KB132234

빛 혹은 그림자

IN SUNLIGHT OR IN SHADOW: Stories Inspired by the Paintings of Edward Hopper
Compilation and foreword copyright © Lawrence Block, 2016

Girlie Show, copyright © Megan Abbott, 2016
The Story of Caroline, copyright © Jill D. Block, 2016
Soir Bleu, copyright © Robert Olen Butler, 2016
The Truth About What Happened, copyright © Lee Child, 2016
Rooms by the Sea, copyright © Nicholas Christopher, 2016
Nighthawks, copyright © Michael Connelly, 2016
The Incident of 10 November, copyright © Jeffery Deaver, 2016
Taking Care of Business, copyright © Craig Ferguson, 2016
The Music Room, copyright © Stephen King, 2016
The Projectionist, copyright © Joe R. Lansdale, 2016
The Preacher Collects, copyright © Gail Levin, 2016
Office at Night, copyright © Warren Moore, 2016
The Woman in the Window, copyright © Joyce Carol Oates, 2016
Still Life 1931, copyright © Kristine Kathryn Rusch, 2016
Night Windows, copyright © Jonathan Santlofer, 2016
A Woman in the Sun, copyright © Justin Scott, 2016
Autumn at the Automat, copyright © Lawrence Block, 2016

Korean Translation Copyright © MUNHAKDONGNE Publishing Corp., 2017

This Korean edition is published by arrangement with the author, c/o BAROR INTERNATIONAL, INC., Armonk, New York, U.S.A. through Danny Hong Agency, Seoul, Korea.
All Rights Reserved.

이 책의 한국어판 저작권은 대니홍 에이전시를 통해 저작권사와 독점 계약한
(주)문학동네에 있습니다.
저작권법에 의해 한국 내에서 보호를 받는 저작물이므로
무단 전재 및 무단 복제를 금합니다.

이 도서의 국립중앙도서관 출판예정도서목록(CIP)은
서지정보유통지원시스템 홈페이지(http://seoji.nl.go.kr)와
국가자료종합목록 구축시스템(http://kolis-net.nl.go.kr)에서 이용하실 수 있습니다.
(CIP제어번호: CIP2017019690)

빛 혹은 그림자

In Sunlight or In Shadow

호퍼의 그림에서 탄생한 빛과 어둠의 이야기

로런스 블록 엮음
이진 옮김

문학동네

일러두기

1. 주석은 모두 옮긴이주다.
2. 본문 중 고딕체는 원서에서 이탤릭체나 대문자로 강조한 부분이다.

차례

서문

로런스 블록

케이프코드의 아침, 1950

시작에 앞서……

에드워드 호퍼는 1882년 7월 22일, 뉴욕주 어퍼나이액에서 태어나 1967년 5월 15일 뉴욕시티 워싱턴스퀘어 인근에 위치한 자신의 스튜디오에서 사망했다. 그 기간을 채운 삶은 흥미롭지만, 여기서 내가 다룰 문제는 아니다. 그의 삶에 관해서는 게일 레빈이 쓴 『에드워드 호퍼: 빛을 그린 사실주의 화가』를 읽어볼 것을 권한다.

(호퍼의 카탈로그 레조네*를 제작한 바 있는 레빈은 이 단편집에도 참여했다. 그녀의 단편 「목사의 소장품」은 화가 말년의 거의 알려지지 않았던 일화들을 소설의 형식으로 풀어낸 것으로, 레빈 자신이 직접 알아낸 사실을 바탕으로 했다.)

이야기가 본론에서 벗어났다. 본론에서 벗어나는 게 이번이 마

* 작가의 작품을 집대성한 전작 도록.

지막은 아닐 것 같다. 이제 이 책의 아이디어가 어떻게 떠올랐는지, 그토록 걸출한 작가 군단이 왜 이 책의 기획에 동참했는지에 대해 조금 이야기해보고자 한다.

오랜 세월 동안 나는 글쓰기에 관한 글, 발상에 관한 글을 써왔고, 그렇기에 독자들은 아마도 내가 이 책의 아이디어의 단초에 대해 설명할 수 있을 거라고 기대할 것이다. 그러나 그럴 수 없다. 이 아이디어는, 서론과 제목을 비롯한 모든 것이 그저 그곳에 있었고, 나는 별로 깊이 생각하지 않고 이 파티에 가장 초대하고 싶은 작가들의 명단을 만들었다.

거의 모두가 기꺼이 초대에 응했다.

모두가 나의 친구들이긴 하지만, 우정 때문은 아니었다. 다른 할 일이 없어서도 아니었고, 내가 그들에게 줄 푼돈이 아쉬워서도 아니었다. 그들의 마음을 사로잡은 것은 에드워드 호퍼였다. 그들 모두 그의 작품을 사랑했고 그의 작품에 화답했다. 지극히 작가다운 방식으로.

비국에서나 전 세계적으로나 호퍼의 작품에 대한 열렬한 환호는 전혀 희귀한 현상이 아니다. 그러나 독서가와 작가들 사이에서 유독 그렇다는 생각이 든다. 호퍼의 작품들이 이야기에 심취한 우리 같은 사람들에게 강한 반향을 불러일으키기 때문이다. 이야기를 읽으며 기쁨을 얻는 사람이건 이야기를 들려주며 기쁨을 얻는 사람이건, 어느 순간 에드워드 호퍼의 팬이 되고 마는 것이다.

그리고 그것은 호퍼의 그림이 들려주는 이야기 때문이 아니다.

자신의 작품이 삽화로 폄하될 때 호퍼는 당혹스러워했다. 추상표현주의 작가들과 마찬가지로 그의 관심사도 형체와 색과 빛이었다. 의미나 서술이 아니었다.

호퍼는 삽화가가 아니었고 서사화가도 아니었다. 그의 작품들은 이야기를 들려주지 않는다. 다만, 그 그림들 속에 누군가가 읽어주기를 기다리는 이야기들이 들어 있음을—강렬하고도 거부할 수 없는 방식으로—암시할 뿐이다. 호퍼는 캔버스 위에 펼쳐진 시간 속의 한순간을 우리에게 보여준다. 거기엔 분명히 과거가 있고 미래가 있지만, 그것을 찾아내는 일은 우리 자신의 몫이다.

이 책에 글을 실은 작가들이 바로 그 일을 했고, 나는 그들이 들려준 이야기에 완전히 매료되었다. 주제가 정해져 있는 단편집은 보통 작품들의 내용이 너무 비슷해서 한 번에 완독하기보다는 띄엄띄엄 읽는 게 좋다.

그러나 이 책은 그렇지 않다. 이 단편소설들은 장르가 다양하거나 혹은 아예 장르가 없다. 어떤 이야기는 작가가 선택한 그림과 맞아떨어져 캔버스에서 곧바로 튀어나온 것만 같다. 또 어떤 이야기는 그림이 어떤 식으로든 계기가 되어, 캔버스에 모호한 각도로 맞고 튀어나온다. 내가 아는 한 이 소설들에는 단 두 가지 공통분모가 있을 뿐이다—작가들 개개인의 걸출함, 그리고 그들이 에드워드 호퍼의 그림에서 영감을 얻었다는 것.

독자들이 이 소설들을 즐길 수 있으리라 생각한다. 그리고 책을 읽는 동안 아름다운 그림들도 감상하게 될 것이다.

표제화인 〈케이프코드의 아침〉을 포함해서. 보다시피, 이 책에는 이 그림에 해당하는 이야기가 없다. 그렇게 된 데에는 사연이 있다—혹은 사연이 없다고 해야 하나.

〈케이프코드의 아침〉은 단편집으로의 초대를 수락했던 뛰어난 작가이자 호퍼의 열렬한 팬이 선택한 작품이었지만 결국 그는 소설을 쓰지 못했다. 종종 있는 일이고 이런 경우 결코 그들을 비난할 수 없다.

그러나 덕분에 우리에게 한 점의 그림이 남았다. 우리는 이미 〈케이프코드의 아침〉의 수록에 필요한 절차를 밟아두었고, 페가수스북스 담당자의 고화질 그림 폴더에 파일이 보관되어 있었다. 그는, 이 그림에는 딸린 이야기가 없는 것 같다는, 유용한 지적을 해주었다.

나는 이 그림이 남게 된 경위를 설명해주었다. "잘됐네요." 그가 말했다. "아름다운 그림이니 표제화로 쓰면 되겠어요."

"아," 내가 말했다. "하지만 이야기가 없잖아요."

"그러면 어때요? 독자들이 직접 쓰게 하면 되잖아요."

이렇게 해서, 관대한 독자들이여, 우리는 여러분에게 열여덟번째 그림을 맡기게 되었다. 참으로 강렬한 그림이 아닌가? 이 그림을 보고, 부디 음미하기를. 이 그림 속에 한 편의 이야기가 담겨 있는 것 같지 않은가? 누군가가 읽어주기를 기다리는 한 편의 이야기가.

주저하지 말고 이야기를 풀어내기를. 그러나, 음, 내게 말하지는 말기를. 책은 이미 내 손을 떠났다.

그러나 감사의 인사는 전해야 할 것 같다. 물론 에드워드 호퍼에게, 그리고 이 책에 작품을 실어준 작가들에게. 그의 그림과 그들의 이야기가 아니었다면 우리에게는 텅 빈 페이지와 제목만 남았을 것이다.

섀나 에어하트 클라크는 작품을 추적하고 확보하고 이를 사용하기 위한 권리를 취득했으며, 고되지만 생색이 나지 않는 일을 효율적으로, 그리고 수완 좋게, 지칠 줄 모르는 유머로 완수했다.

나의 에이전트이자 친구인 대니 배러가 보여준 이 프로젝트에 대한 신념과 열정은 결코 흔들림이 없었다.

페가수스북스의 클레이번 행콕은 이 책의 잠재력을 곧바로 간파했고—아이리스 블라시, 마리아 페르난데스와 함께—시작부터 끝까지 열정적으로 후원해주었다.

그리고 마지막으로, 삼십 년 넘도록 나의 열정적인 후원자가 되어준 아내 린에게 감사한다. 린은 "여보, 당신 컴퓨터 앞에 너무 오래 앉아 있었어. 피곤할 텐데. 휘트니 뮤지엄에 가서 그림이나 좀 보고 오지 그래?"라고 말해야 할 때가 언제인지 정확히 알고 있다.

누드 쇼

메건 애벗

메건 애벗은 『데어 미*Dare Me*』 『피버*The Fever*』를 비롯하여 최신작 『당신은 나를 알게 될 거야*You Will Know Me*』를 포함한 여덟 편의 장편소설을 쓴 에드거상 수상 작가다. 『디트로이트 누아르』 『2015 미국 미스터리 걸작선』 『미시시피 누아르』에도 작품을 실었다. 하드보일드 소설 및 필름누아르 연구서 『그 거리는 나의 것*The Street Was Mine*』의 저자이기도 하다. 현재 뉴욕주 퀸스에 살고 있다.

누드 쇼, 1941

"젖가슴을 다 드러냈어."

"젖꼭지도 안 가리고?"

"한 쌍의 신호등 같던데."

폴린은 포치에서 그들이 나누는 대화를 듣는다. 버드가 그녀의 남편에게 몇 년 전 뉴욕시티에 다녀온 이야기를 하고 있다. 카지노 드 파리*에 갔던 이야기.

그녀의 남편은 거의 말을 하지 않고 줄담배만 피우며, 버드가 옆의 금속 아이스박스에서 블라츠 맥주를 계속 꺼내 마시고 있는지 챙긴다.

"젖꼭지가 꼭 딸기 같더군." 버드가 말한다. "지스트링**은 끝까

* 1930년대에 운영한 뉴욕 맨해튼의 나이트클럽.

** 음부를 가린 뒤 허리에 묶어 고정하는 가느다란 천조각.

지 안 벗더라고. 다리도 절대 안 벌렸어."

"그래?"

"어쩌면 자넨 내가 못 본 것들을 다 봤을지도 모르지만."

"무슨 소린지 모르겠군." 성냥을 잔디에 버리며 남편이 말한다.

"으-흠."

잠시 후, 남편이 안으로 들어온다. 어두운 불꽃처럼 뺨이 달아오른 채.

다음날 그녀는 부엌에서 식탁에 발을 올리고 작업중인 남편을 보게 된다.

스케치북을 꺼낸 게 넉 달 만에 처음이다. 최근 들어 그는 광고회사에서 퇴근하고 돌아오는 폴린을 화난 얼굴로 쳐다보기 시작했다. 그녀가 열심히 일한 대가로 슈미트 파인퍼스의 그 남자에게 선물 받은 새 비버 모자를 쓰고 있을 때면 더더욱.

그러나 지금 그는 미친듯이 스케치를 하고 있고, 그녀는 말을 건네지도, 가까이 다가가지도 않는다. 결혼한 지 십사 년째라 그녀는 그의 모든 프렛frets과 스톱 장치stops, 휘어진 부분wood warps과 가장 효율적인 지점sweet spots을 꿰고 있다.*

"하지만 너무 추운데." 그녀가 말한다. 그가 이런 부탁을 하는 게 너무 오랜만이라 농담일 거라 생각한다.

그에게 모델이 필요하다.

---

* 모두 악기와 관련된 용어로, 남자의 몸을 악기에 비유하고 있다.

"스토브 옆에 서." 그가 말하며 팔꿈치 위까지 셔츠 소매를 걷어올린다. 그의 팔뚝에 불거진 성난 힘줄.

그녀는 요리용 스토브 쪽으로, 그 열기의 언저리로 다가간다.

추억이 밀려든다. 거의 십오 년 전 일이다. 그녀가 기억하는 가장 추운 1월. 기차역에서 스토브 옆에 바짝 붙어 서 있는데, 누가 등을 누르는 것 같은 느낌이 들었다. 뒤를 돌아보니, 웬 남자가 코트 주머니에 양손을 깊숙이 찔러넣고 뺨이 상기된 채 그녀 뒤에 서 있었다.

남자의 숨결에서 센-센* 향이 배어났고 머리에선 마카사르 오일 냄새가 풍겼다.

그녀는 깜짝 놀랐지만, 그는 너무 미남이었고 그녀는 스물일곱 살에 동네에서 남편이 없는 유일한 여자였다.

두 사람은 석 달 뒤 결혼했다.

아주 오래전, 그녀는 나의 매셔**라는 애칭으로 그를 부르기도 했다.

폴린이 집에서 입는 옷을 벗고 스타킹을 벗는 동안 그는 스케치북을 무릎 위에 올려놓고 기다린다.

마지막으로 팬티가 파르르 발치에 떨어진다.

"내가 보여주고 싶지 않은 것까지 다 보겠네." 그녀가 쉰 듯한 목소리로 말한다. 이런 목소리가 어디서 나오는 건지 그녀 자신도 알지 못한다.

---

* 19세기 말부터 2013년까지 생산된 구취제거제.

** 감자 따위를 으깨거나 짓이기는 요리 기구.

아내로서의 의무, 결혼생활의 친밀함은 그녀에게 결코 쉽지 않았다. 당시 이미 결혼한 지 십팔 개월이 된 그녀의 들러리가 준 『이상적인 결혼생활, 그 심리와 기술』을 읽었는데도 결혼식 날 밤 모든 것이 충격과 함께 찾아왔다. 들러리는 식당에서 크림 커피를 마시며 이제는 아랫도리가 마차 바퀴보다 더 헐겁다고 속삭였다.

책으로는 별 소득이 없었다. 어쩌면 그녀의 라틴어 실력이 부족했을지도 모른다. 왜냐하면, 알고 보니 그녀의 새신랑이 가장 하고 싶어했던 것들은 이백 페이지 안에 담겨 있는 것 이상이었고, 그녀에게 요구되는 움직임이나 그가 내는 소리들은 그 책 어디에도 나오지 않았기 때문이다.

그녀가 좋아했던 건 우연의 순간들이었다. 그가 푸른 꽃잎 같은 자국이 남을 정도로 세게 양손으로 그녀의 어깨를 잡고 그녀를 움직일 때 거의 우연히 느끼곤 했던 감정들. 그런 감정들은 갑자기 브레이크가 걸린 열차가 길게 떨리며 멈출 때의 그 은밀한 순간들을 연상시켰다.

전부 벗었다. 옷, 스타킹, 슬립, 브래지어, 팬티까지. 그녀는 부엌 스툴 위에 올라서 있다. 키가 아주 큰 남자라면 부엌 커튼 위에 난 창문으로 그녀를 볼 수도 있지 않을까.

"오른쪽으로 돌아."

소름이 돋는다. 무릎 뒤의 핏줄이 거미처럼 간지럽다.

그녀는 마흔둘이고 아주 오랫동안 그 누구도 그녀에게 옷을 벗어달라고 부탁하지 않았다. (점심이나 한번 할까요? 그녀에게 전화할 때마다 슈미트 씨는 물었다. 비버 모자 쓴 모습 보고 싶어요.)

그녀는 옆으로 돌아서며 젖가슴을 들어올린다. 늘 자랑스럽게 생각하는 젖가슴이다. 빽빽거리며 우는 아기가 매달렸던 적이 없기 때문에 그녀의 가슴은 그녀가 아는 여자들이 남몰래 털어놓았던 것처럼 한 쌍의 고체 이스트같이 쪼그라들지 않았다. 그녀의 회사 주임 전화교환원 버트런드 부인은 폴린에게 가슴을 한번 만져봐도 되느냐고 물은 적도 있었다. 옛날 기억을 되살려보고 싶다면서.

폴린은 금속 재질 토스터에 비친 자신의 모습을 흘긋 쳐다보며 살짝 미소를 짓지만, 그녀 혼자만의 미소다.

그는 그녀에게 다양한 포즈를 취하라고 시킨다. 마를레네 디트리히처럼 양팔을 꼬아 높이 쳐들라거나, 다리를 벌리라거나, 권투 선수 같은 자세를 취하라고 한다. 백화점 모델처럼 한 손으로 허리를 짚으라거나, 무릎을 굽히라거나, 유모차에 누워 있는 아이에게 까꿍! 하는 엄마처럼 양손을 허리에 얹어보라고도 한다.

"이런 걸 왜 시키는 건데?" 마침내 그녀가 묻는다. 등이 욱신거리고 머리부터 발끝까지 몸이 저린다. "내가 무슨 댄서라도 돼?"

"당신은 아무것도 아니지." 그가 차갑게 말한다. "하지만 이 그림 제목은 '아일랜드의 비너스'가 될 거야."

결혼한 뒤 처음 몇 년 동안 그녀는 그를 위해 포즈를 취하곤 했다. 그가 돈을 벌기 위해 그림을 그릴 때에만 그렇게 했다. 앞치마를 두른 주부(설거지로 거칠어진 손을 보는 순간 로맨스는 죽는다!), 목욕하는 미녀(4.5킬로그램이 내 인생을 바꾸어놓았다! 마른 여자에겐 기회가 오지 않는다!), 6월의 신부, 레더호젠*을 입은 맥줏집 아가씨의 포즈를 취했다. 그러다가 그녀가 광고회사에 다니면서 고정 수입이 생기기 시작했고, 그녀는 회사에서 하루종일 직접 그림(수없이 많은 여자의 구두, 혹은 남자의 모자, 혹은 아이들의 잠옷)을 그려야 했다. 그가 미대생을 모델로 고용하겠다고 했지만 그녀가 반대했다.

"질투하지 마." 그는 말하곤 했다.

"그나마 우리가 함께 보내는 유일한 시간이잖아." 그녀가 완곡하게 우겼다.

그러다 어느 날, 그녀가 회사에서 늦게 돌아왔다. 승진한 지 얼마 안 되었을 때였다.

이젤에 놓여 있던 캔버스는 반으로 찢어져 있었고 그는 네시까지 매크로리 술집에 있었다. 마침내 현관 계단에 놓인 우유병을 쓰러뜨리며 집으로 돌아온 그는 이불 속에서 난폭하게 굴며 그녀에게 협조할 것을 요구했다. 다음날 그녀는 병원에 가서 안을 몇 바늘 꿰매야 했다. 기차역 개찰구를 밀고 들어가며 그녀는 고통의 비명을 질렀다.

그는 그날 밤 일이 맹세코 기억나지 않는다고 했지만 그다음주에 미대생을 고용했다. 미대생은 뻐드렁니였지만 그는 그녀가 항상 입을 다물고 있어서 괜찮다고 했다.

그날 밤 그는 거의 두시까지 그녀를 스케치한다.

그녀가 양치를 하고 욕실에서 나와 보니 그가 신발을 신은 채

---

* 독일의 전통 의상으로 무릎 길이의 가죽 반바지.

침대에서 잠들어 있다. 그는 주로 일광욕실에서 잔다.

그녀는 그의 신발끈을 풀고 양말과 신발을 조용히 벗긴다.

한밤중 어느 땐가 그가 바지를 벗은 모양이다. 분홍빛으로 동이 트기 직전, 그의 맨다리가 그녀의 등에 닿았기 때문이다.

"자기." 그녀가 속삭인다.

그가 침대에서 그녀에게 가까이 다가오고 매트리스가 부끄러운 소리를 낸다. 그녀는 천천히 돌아누워 그를 마주보지만 그는 돌아눕는다. 눈을 감고 있는데도 그녀는 느낄 수 있다.

다음날 밤, 그가 다시 한번 모델이 되어달라고 요구한다. 그는 채색으로 넘어갈 준비가 되었다. 그녀가 집으로 돌아올 무렵 그는 전부 준비해두었다. 물감을 섞어놓고 새로 만든 캔버스를 이젤에 올려놓았다.

전날 밤 서 있었던데다 하루종일 근무한 뒤라 다리가 여전히 욱신거리지만, 그녀의 가슴속엔 춤추는 한 쌍의 매미나방 같은 흥분이 밀려든다.

그녀는 스토브에 커피를 데우고 스툴을 제자리로 밀어놓는다. 천장에 매달린, 파리로 얼룩진 텅스텐램프 아래로.

그는 그날 밤 몇 시간에 걸쳐 스케치를 한다. 그녀는 몸이 욱신거리고 일할 때 신는 힐 때문에 발이 얼얼하다. 공기 중에는 테레빈유와 아마인유 냄새가 진동한다.

그는 완전히 몰입한 상태다. 눈썹에서 턱까지 온통 주름이 졌다.

그는 불이 붙었다.

"저쪽으로 좀 움직여줄래?" 물감으로 얼룩진 엄지손가락을 내지르며 그가 말한다.

오늘밤은 더 춥다. 채색을 시작한 지 오늘이 엿새째. 그녀는 발꿈치를 들고 삐거덕거리는 스툴에서 회전하다가 허리를 한 번, 허벅다리를 두 번 스토브에 데었다.

처음 데었을 땐 마치 만화에 나오는 소녀처럼, 혹은 자동차 정비소에 걸려 있는 달력의 여자들처럼, 언제나 스커트 자락을 펄럭이며 검은 화살 같은 가터를 드러내는 그 여자들처럼, 손가락들이 입으로 날아간다.

그는 이젤 너머로 그녀를 쳐다보지만 아무 말도 하지 않는다.

그날 밤 늦고 늦은 시간, 그녀의 몸은 욱신거리고, 그는 올드 센리 위스키 한 잔으로 오늘 작업을 끝내자고 제안한다. 폴린은 술을 좋아하는 편이 아니지만 통증을 가라앉히는 데 도움이 될지도 모른다고 생각한다.

그가 그녀의 발을 자신의 무릎 위에 올려놓는다. 처음에 그녀는 그가 무얼 하려는 건지 알아차리지 못한다. 그가 얼음 한 조각을 집어 그녀의 허벅다리 위에 올린다. 벌린 입처럼 성난 두 개의 상처 위에.

더 늦은 시간, 그날 밤 침대에서, 그녀는 무언가를 느낀다. 그의 손가락이, 침대 옆 테이블 위에 놓아둔 얼음통에 담가서 차가워진 손가락이, 상처의 홈을 어루만진다. 손가락은 점점 더 크게 원을 그리며 허벅다리 안쪽으로, 그 중심으로 움직인다. 그녀는 자신의 입술이 벌어지는 것을, 숨결이 새어나오는 것을 느낀다. 손가락이 가까이 더 가까이, 너무도 천천히 움직인다.

그 순간, 그녀의 머릿속에 장면 하나가 떠오른다. 어디서 튀어 나온 것인지 알 수 없고 논리에도 맞지 않는 장면이다. 몇 년 전 볼링장에서 옆 레인에 서 있던 매혹적인 까만 눈의 여자. 기다란 손가락들을 볼링공 구멍에 넣은 채, 폴린에게 밝은 빨간색 공을 건네주려고 팔을 뻗던 여자. 당신 주려고 내가 데워놓았어요.

다음날, 그녀는 은밀한 미소를 머금고 일찍 퇴근한다. 그이가 좋아하겠지. 그녀가 생각한다. 일찍 시작할 수 있을 테니까. 저녁 내내 작업하지 뭐.

네시가 조금 넘어 그녀가 부엌으로 들어서니 접이식 테이블 위에 상자가 놓여 있다. 상자를 열고 얇은 종이를 젖히면서 그녀의 미소는 더 커진다. 작은 금색 굽이 달린 초록색 구두 한 켤레. 한 짝을 들어 얼굴에 대어보니, 그럴 리가 없다는 걸 아는데도, 마치 새틴처럼 보드랍게 느껴진다. 안에 든 제품 카드에 색상이 압생트* 라고 적혀 있다.

두 사이즈가 작지만 말하지 않을 생각이다.

"당신," 그가 집으로 돌아오자 그녀가 그의 뺨에 키스하며 말한다. "당신." 그녀는 우스터소스를 넉넉하게 넣고 그가 좋아하는 비프스튜를 만들었다.

그가 이상한 표정을 지어 보이자 그녀는 자신의 발을 가리키며

* 향쑥, 살구씨, 아니스 등을 주된 향료로 써서 만든 초록색 술. 19세기 말과 20세기 초 프랑스 예술가들 사이에서 인기가 많았다.

도로시처럼 양쪽 굽으로 바닥을 구른다.

그의 얼굴에 놀란 표정이 스친다. 내가 옷을 벗으면 짠 하고 꺼낼 생각이었나보네. 그녀가 생각하며 혼자 얼굴을 붉힌다.

그날 밤 그는 작업을 일찍 끝내고 싶어한다. 그는 자꾸만 그녀의 구두를 쳐다본다. 그러다가 결국 그녀에게 일할 때 신는 구두로 다시 갈아 신으라고 말한다.

"그 구두의 곡선이 더 나아." 그가 말한다. "그것 때문에 그래."

그는 한동안 애를 쓰지만 그림이 뜻대로 풀리지 않는다.

그는 이 빨간색이 아니라고 한다. 다시 섞어야 한다고, 아니면 내일 상점에 가야겠다고, 아니면 그녀에게 회사에서 주홍색 물감을 하나 집어올 수 있겠느냐고.

그러다 그는 플란넬 재킷을 걸치더니 친구들과 "사업 이야기"를 한다면서 슬쩍 빠져나간다. 정육점 뒤에 모여 주사위 게임을 하겠다는 뜻이다.

나가기 전에 그는 늘 사용하는 낡고 허름한 모슬린으로 캔버스를 덮어놓는다. 그림이 완성될 때까지 그녀는 결코 봐서는 안 된다.

그러나 스케치북은 부엌 식탁에 놓여 있다. 아무것도 덮어놓지 않았고, 스케치북에 관한 규칙은 들어본 적이 없다. 그래서 그녀는 표지를 들추고 첫번째 스케치를 본다. 그가 사무실에서 훔쳐오라고 했던 고급 딕슨 색연필로 칠한 휘황한 빛깔이 눈에 들어온다.

어두운 무대에 한 여자가 있고, 스포트라이트가 그녀를 비춘다. 아래쪽 악단석에 유령 같은 드럼 연주자가 고개를 돌린 채 앉아 있다. 그녀를 바라보고 있는 사람들은 맨 앞줄에 앉은 검은 머리 남자 몇 명으로, 그들은 굶주린 아기 새처럼 고개를 쳐들고 여자를 쳐다본다.

그녀는 나체다. 팬티라고 부르기에는 너무도 조그맣고 너무도 얇은 파란색 천조각을 제외하면.

그녀는 나체다. 자신의 알몸을 과시하고 있다. 반짝이는 갈색 단발, 크림색을 띤 분홍빛 몸, 풍만하게 솟아오른 젖가슴. 날개를 펼친 한 마리 새처럼 두 팔을 들고, 기다란 파란색 천을 뒤로 펄럭인다. 다리와 발은 아직 완성되지 않았지만 목탄으로 그린 선들은 보인다. 굴곡 있는 튼튼한 다리, 왼쪽 골반을 따라 살짝 늘어진 한 타래의 피부.

고개를 뒤로 젖히고 폴린이 아는 표정을 짓고 있는데, 누구인지 말할 수가 없다.

"세상에, 굉장하네." 그녀가 혼자 중얼거린다. "내가 무슨 여왕이라도 된 것 같아."

그녀는 바보가 아니다. 이게 다 버드가 들려준 이야기 때문이란 걸 그녀는 안다. 그가 보았다는, 젖꼭지가 딸기 같다는 그 댄서. 어쩌면 신경써야 하는 일인지도 모른다. 이 일을 신경썼을 그녀의 엄마처럼, 혹은 고향의 복음 전도사들처럼. 한때는 그녀도 이런 일로 서글퍼졌을지 모른다. 그러나 지금은 그렇지 않다.

이 그림은 아주 오랫동안 생각해본 적 없는 것들을 생각하게 만든다. 이를테면, 일곱 살인가 여덟 살 무렵 아버지의 옷장에서 구둣솔을 찾던 때 같은 것들을. 발꿈치를 들고 맨 꼭대기 서랍을 뒤지는데 서늘하고 매끄러운 사진 한 장이 만져졌다. 서랍을 더 잡아

당기자 사진이 바닥에 떨어졌다. 색조를 입힌 젊은 여자의 사진이었다. 여자는 목이 긴 백조를 끌어안고 있었는데 완벽한 흰 발까지 늘어진 길고 곱슬한 붉은 머리카락을 제외하면 나체였다. 폴린이 음란한 사진을 본 건 그때가 처음이었고 여자의 육체, 성인 여자에 관한 특정 사실들을 알게 된 것도 그때가 처음이었다. 다리 사이의 그 빨간 불꽃.

사진을 들여다보는 그녀를 보고 그녀의 엄마는 돼지털 빗자루로 그녀를 한참 두들겨 팼다.

오랫동안 그녀는 그 사진을 떠올려본 적이 없었다. 머릿속 서랍에 사진을 넣고 닫아버렸다.

다음날 점심시간, 그녀는 쇼윈도가 호화롭게 꾸며져 있는 백화점 앞에 멈춰 선다. 그녀는 주로 티눈 치료제나 거들 같은 것이 진열되어 있는 울워스 슈퍼마켓에서 필요한 물건들을 산다. 그러나 가끔은, 특히 연말연시 휴일에는, 환상적인 진열장을 구경하러 이곳에 온다. 특히 벽이 온통 분홍색 다마스크 천으로 덮여 있고 알록달록한 병에 담긴 향수들과 눈뭉치처럼 생긴 파우더 퍼프들을 파는 화장품 코너를 구경하러 온다.

그녀가 통로를 지나는데, 진열장이 보석 상자처럼 반짝인다. 그녀는 남편의 스케치 속 여인을 떠올린다. 도도하게 치켜든 턱과 칼라 꽃 같은, 그러나 그보다 천 배는 더 강한 다리를.

판매대 뒤에서 점원이 아주 작은 장밋빛 유리병을 들고 그녀에게 손짓한다.

"시간을 사라지게 해줄 거예요." 폴린의 손에 향수를 문지르며 점원이 말한다. 그녀의 손이 따듯한 실크처럼 느껴질 때까지, 털로 만든 토시 속에 손을 넣은 것 같은 느낌이 들 때까지, 원을 그리며 문지른다.

얼마 후, 4층 여자 화장실 나무 칸막이 문 뒤에서 폴린은 몸을 꿈틀거리며 드레스를 조금 내린다.

그녀는 천천히 로션을 빗장뼈에, 가슴에, 젖가슴에 문지른다—젖가슴 아래까지 손을 움직이고 젖꼭지에 점을 찍는다. 갑자기 번져오는 냄새가 너무 강렬해 현기증이 난다. 그녀는 사무실로 돌아가기 전에 자리에 앉아 백까지 세야 한다.

늦게, 아주 늦게, 부엌 창밖으로 보이는 하늘이 칠흑처럼 검을 때, 그가 잠시 작업을 멈추고 캔버스 너머로 그녀를 쳐다본다.

"당신이라면 어떻게 하겠어?" 그가 불쑥 묻는다.

그녀는 팔을 떨어뜨리고, 쉬게 한다. "뭘 어떻게 해?"

"남자들이 이런 당신의 모습을 보고 있다면 말이야." 그가 말한다. 별안간 그의 목소리가 나사못처럼 조여온다. "그런 자세로 서 있겠어? 다 보여줄 거야? 그런 식으로?"

그녀는 이게 질문이 아니라는 걸 안다. 이런 질문에 대답할 정도로 어리석지는 않다.

그녀는 아무 말도 하지 않고 스툴에서 내려와 냉장고에서 맥주 두 캔을 꺼내 딴다.

두 사람은 허겁지겁 맥주를 마신다. 그리고 폴린이 다시 스툴에 올라선다. 오후에 뿌린 향수 냄새가 너무 진하고 그녀는 말할 수 없이 행복하다.

아침에 그녀는 그가 부엌 식탁 앞에 앉아 있는 모습을 본다. 그의 앞에 브로모셀처*가 놓여 있고 눈빛에 어둠이 서려 있다.

부엌 한복판에 이젤이 있고 그는 그림을 보고 있다.

"뭔가가 잘못됐어." 그가 말했다. "이제야 보여."

"잘못됐다고?" 그녀가 말한다.

"그림 말이야." 그림에 시선을 고정한 채 그가 말한다. "여자가 영 아니야."

그날 밤엔 포즈를 취하지 않는다. 그다음날 밤에도.

토요일, 그는 재향군인회관에 카드 게임을 하러 가지만 자정이 되기 전에 돌아온다.

그는 해가 잘 드는 일광욕실에 나가 있다. 바닥에 스케치들을 흩어놓았다. 주로 세부적인 그림들이다. 폴린의 다리 그림이 대여섯 장 보인다. 어린 시설, 길을 따라 가다보면 나오는 낙농장에서 매년 여름 소젖을 짜며 보낸 덕분에 생긴 불룩한 종아리 근육들이다.

"오늘 내가 누굴 만났는데," 그가 고개를 들지 않고 말한다. "시내에서 일을 한다더군. 그 친구 말이, 이번주에 시내 배로먼 호텔에서 당신이 어떤 남자하고 점심식사하는 걸 봤대. 분위기가 아주 좋아 보였다던데."

"그 얘긴 했잖아." 그녀가 침착함을 유지하려 애쓰며 말한다.

* 두통 등을 완화하는 데 쓰이는 진통제.

"일 때문이었어. 우리 회사의 새 인쇄업자야."

단 한 번의 깔끔한 동작으로, 그가 손등으로 그녀를 후려친다. 야구방망이처럼 찍 하는 소리.

"침대에서 항상 차갑게 굴더니." 그가 숨을 고른 뒤 말한다. "일요일에 제대로 된 고기 요리도 한 번 안 해주고."

다음날, 카네이션들이 있다.

그는 다시 그림을 그리기 시작하지만 더이상 그녀가 필요하지 않다고 말한다. 미대에서 오는 여자가 있는데 한 시간에 25센트밖에 안 받는단다.

월요일, 동이 튼 직후, 그녀는 부엌에 들어선다. 그녀의 시선이 너덜너덜한 덮개를 씌운 유령 같은 이젤에 고정된다.

그녀는 타일 바닥을 살금살금 가로질러 주저없이 덮개를 걷고 바닥에 던진다.

처음에 그녀는 뭔가 단단히 잘못되었다고 생각한다. 새벽의 어둠이 깃든 공간, 그녀는 부엌에서 성냥을 찾아 불을 밝힌 뒤 캔버스 가까이에 비추어본다.

대체 이게 뭐지? 그녀는 생각한다.

스케치와 전혀 다르다. 물론, 여자이고, 나체이고, 무대 위에 있다. 자세는 똑같지만 그러면서도 다르다. 모든 게 다르다. 느낌이 다르다.

갈색 단발이 있던 자리에는 길고 숱 많은 적갈색 머리칼이 있고, 가발처럼 뻣뻣하다. 분홍빛을 띤 크림색 몸은 희어졌고, 발과

다리는 스케치와 전혀 다르다. 가늘고, 막대 같고, 허리는 멍든 것 같다. 발목에 끈이 달린 중간 굽 구두를 신고 있는데 색깔은 여자의 스카프 색과 똑같은 밝은 파란색이다.

그녀가 자부심을 느끼는 커다랗고 단단한 젖가슴이 아니라, 여자의 젖가슴은 선반처럼 앞으로 돌출되었으며 서커스 광대의 고깔모자처럼 작은 원뿔 모양이고 젖꼭지는 야한 붉은빛이다.

하지만 그 얼굴. 그녀가 도저히 시선을 뗄 수 없는 것은 바로 그 얼굴이다. 멀리서 보면, 그것은 거의 하나의 얼룩과도 같다. 가까이 들여다보니 이목구비가 더 억세진다. 입술은 짙은 빨간색이고 뺨마저도, 서커스단 광대처럼, 붉게 칠했다.

"지갑을 잃어버렸어." 그날 밤 그가 집으로 돌아와서 말한다.

만화에 나오는 주정뱅이처럼 그의 주머니 안감이 덜렁거린다.

"어디 갔었어?" 그녀가 묻는다. 스파게티 면이 냄비에서 곤죽이 되어 차갑게 식었다. "하루종일, 밤새도록, 어디 있었어?"

"일자리 알아봤어. 알리바이 라운지 주인이라는 남자를 만났는데, 뒤쪽 벽에 벽화를 그려보면 어떻겠냐고 하더군."

"거기서 잃어버린 거야?" 그녀가 묻는다. "당신 지갑."

"아니." 그는 철로를 따라 걸어서 집으로 돌아오던 길에 지갑을 잃어버린 것 같다고 말한다. "부랑자처럼."

그의 목소리에서 그녀의 입을 다물게 만드는 날카로움이 배어 나온다. 그는 우유 한 잔을 따라 싱크대에서 마신다. 그가 그녀 뒤로 지나갈 때 그에게서 그녀가 좋아하지 않는 냄새가 풍긴다. 술냄새가 아니다.

그녀가 그를 보았을 때 그는 담뱃가게에서 걸어나오고 있었다. 낮시간 동안 그가 시내에서 무얼 하는지 그녀는 짐작할 수 없다. 더구나 포트폴리오도 없이.

그녀는 인쇄소에서 나오는 길이고 사무실로 돌아가야 하지만, 그 대신 서쪽을 향해 가는 그를 뒤쫓는다.

그를 쫓아가기가 버겁다. 북적이는 인파와 자동차 경적, 신문 파는 소년들의 고함소리.

극장은 어두운 유리창들이 나 있는 아담한 빨간 벽돌 건물이다.

젖꼭지가 꼭 딸기 같더군. 지스트링은 끝까지 안 벗더라고. 다리도 절대 안 벌렸어. 버드가 남편에게 했던 말이다. 그리고 그는 넌지시 덧붙였다. 어쩌면 자넨 내가 못 본 것들을 다 봤을지도 모르지만.

그가 안으로 들어가는 순간까지 그녀는 아무 생각도 하지 않는다.

1.5미터짜리 포스터가 그녀에게 소리친다. 서부에서 곧장 날아온 론델 형제의 익살극! 시사풍자 뮤지컬 상하이 펄! 뱀 소녀 콘차! 매일 절찬 공연중!

그리고 그 아래 광고가 있다. 매주 화요일, 아일랜드의 비너스 강림!

반쪽짜리 조개껍데기에서 솟아오르는 빨간 머리의 미녀가 그려져 있다.

그녀는 밀려드는 관객들로부터 벗어나 통로에 서서 담배 두 개비를 피우며 생각에 잠긴다.

매표소 근처에서 키 큰 남자가 서성거린다. 어쩌면 그녀를 보고 있는 건지도 모른다.

어이, 예쁜이! 남자가 그녀를 향해 소리치는 순간 폴린은 그에게서 돌아선다.

"불 있어요?" 여자 목소리가 들려오고, 폴린이 돌아보니 무대 뒷문이 있는 복도 끝에서 한 여자가 그녀에게 다가오고 있다. 창백한 팔을 앞으로 뻗고 몸을 움직이는 방식이, 가느다란 다리와 밝은 파란색 구두가, 어딘가 친근하다.

"혹시 우리 만난 적 있나요?" 저도 모르게 폴린이 묻는다.

여자는 매니큐어를 칠한 손가락 하나로 모자 가장자리를 밀어 올리고는 폴린이 불을 붙인 성냥 쪽으로 몸을 숙인다.

그림 속에서 그토록 야하게 느껴졌던 짙은 빨간색 머리카락은 실제로 보니 생동감이 넘친다. 목탄 얼룩과 거리가 먼 얼굴은 활기 넘치고 환하다.

"아일랜드의 비너스?" 폴린이 묻는다.

여자가 미소를 짓는다. "그냥 메이라고 불러요."

매표소 옆에서 서성거리던 키 큰 남자는 이제 통로 끝에 서 있다. 남자가 그들 두 사람을 바라본다.

"저 남자는," 폴린이 말한다.

메이가 고개를 끄덕인다. "악질이에요, 저 남자. 어느 날 밤 내 불두덩을 얼마나 세게 움켜쥐었던지 이 주 동안 멍자국이 남았어요."

그녀가 그에게로 다가가기 시작한다. "내가 보고 있어, 맥그루 씨!" 손을 오므려 입에 대고 그녀가 소리친다. "바지 속에 고이 넣어두는 게 좋을 거야. 내가 웨이드를 부르면, 나불거릴 혀마저 없어질 테니까."

남자가 얼굴이 하얗게 질리더니 게처럼 허겁지겁 사라진다.

"웨이드가 누구죠?"

메이가 통로의 입구 쪽으로 그녀를 손짓해 부르더니 바닥에 떨어진 주사위 한 벌을 가리킨다. 아니면 진주 칼라 핀인가?

찬찬히 보니 비로소 제대로 보인다. 권투 경기에서 이런 걸 본 기억이 있다. 창백한 미들급 선수, 빨간 분수 같은 입, 바닥에 흩어진 이빨.

메이가 무릎을 꿇고 가까이 다가간다. 이제 보니, 그중 하나는 어금니다.

"웨이드는 양말 밴드 속에 펜치를 넣고 다녀요." 메이가 말한다.

폴린은 그녀가 그 사실을 어떻게 알게 되었는지 궁금하다.

통로 끝에 남자가 다시 나타난다.

"웨이드!" 메이가 열린 극장 문을 향해 외친다. "웨이드, 빙고 보이*가 돌아왔어요."

폴린이 메이를 쳐다본다.

"아무래도," 메이가 말한다. "당신도 같이 들어가야겠어요."

무대 뒤에서는 독한 담배 연기, 오래된 커피, 사워크라우트**의 시큼한 냄새가 풍긴다.

"추운 날이면 그레타가 항상 이걸 직접 만들어요." 메이가 윙크하며 말한다. "요크빌에서 사워크라우트를 빼앗아갈 순 있어도 그레타한테서 사워크라우트를 빼앗을 순 없죠."

---

* 술 취한 사람을 뜻하는 속어.

** 양배추를 절여 발효시킨 독일 음식.

키 큰 커튼 뒤편의 킥드럼 소리와 꽥꽥거리는 소리들 때문에 폴린은 메이의 목소리를 간신히 알아듣는다. 커튼의 양끝은 하도 오래되어서 손가락 사이로 바스라질 것 같다.

두 사람은 거울이 얼룩진 화장대, 말리려고 라디에이터에 널어둔 망사 옷, 높이 쌓아놓은 커피잔, 분장을 지워낸 수건, 색칠한 얼굴의 유령 같은 잔해, 곳곳에 나뒹구는 접이의자 들 사이를 날렵하게 지난다.

어느 움푹한 공간에서는, 황금색 기모노를 입은 여자가 180센티미터의 발가벗은 금발 여자에게 병에 든 무언가를 발라주며, 정맥이 드러난 불그스름한 피부를 순식간에 새틴 같은 매끄러운 피부로 변신시키고 있다.

또다른 공간에서는, 긴 다리와 그 다리에 어울리는 물결치는 금발을 가진 여자 둘이 자신들의 의상에 달린 초록색 깃털을 반듯하게 펴고 있다.

"메이를 캔자스로 데려가려고 메이 엄마가 왔네." 폴린을 쳐다보며 둘 중 한 명이 말한다. "아랫도리에 신앙심을 회복해주려고."

폴린이 대꾸하려는 순간 메이가 그녀의 팔을 끌어 그들을 지나친다. "앵무새한테 먹이 주지 말아요. 쟤들 둘은 쳐다만 봐도 구강염 옮아요."

두 사람은 화장대 두 개가 있는 좁은 개인 분장실에 다다른다. 파우더와 팬케이크, 향수 냄새가 진동해서 폴린은 숨을 쉬는 것조차 힘들다.

"자," 메이가 말하며 폴린에게 스툴에 앉으라고 손짓한다. "클리오가 또 뱀에 물리는 바람에, 오늘은 나 혼자 공연해요."

자리에 앉은 뒤에야, 폴린은 숨을 고른다. 어쩌자고 여길 온 건지. 무대에서 트롬본 소리가 울려퍼지고 폴린은 갑자기 울음이 터질까봐 걱정스럽다. 폴린은 양 주먹을 꽉 움켜쥐고 마음을 다잡는다. 울음을 거부한다.

그러는 동안 메이가 그녀를 관찰하고 있고 아마도 모든 걸 간파하는 듯하다.

전구가 밝혀진 거울들의 부드러운 빛 속에서 황금빛 반점들이 있는 메이의 머리카락은 더욱 돋보인다. 메이가 스펙테이터 구두* 를 벗기 위해 몸을 숙일 때, 폴린은 잡아 늘인 새틴 같은 메이의 다리를 보지 않을 수 없다.

"그러니까. 남편을 미행했군요."

폴린은 아무 말도 하지 않는다. 그녀의 시선이 무언가에 걸린다. 메이 옆 바닥에 놓여 있는 구두 한 켤레. 아직 상자에 들어 있다. 속 포장지를 젖히기도 전에 폴린은 그 구두가 어떤 빛깔인지 안다. 압생트의 초록색.

"아," 구두를 바라보는 폴린의 시선을 좇으며 메이가 말한다. "이게 바로 그거였군요, 그렇죠?"

폴린이 고개를 끄덕인다.

"단골이에요. 나한테 저것도 줬어요." 그녀가 옆에 있는 화장대 가장자리에 놓인 커다란 하트 모양의 캔디 상자 쪽으로 고갯짓을 하며 말한다.

* 구두코와 뒤꿈치 부분에 다른 부분과 대비되는 색상을 사용한 낮은 굽의 구두.

폴린은 다시 한번 고개를 끄덕인 뒤, 캔디 상자를 집어들고 그것을 본다. 그녀의 내면에 무언가가 없다는 것이 놀랍다. 더이상은 울고 싶지 않다. 뭔가 다른 일이 일어나고 있다.

"이런 말이 도움이 될지 모르겠지만," 메이가 말한다. "그 사람 아무것도 얻지 못했어요."

"난 괜찮아요." 폴린이 심란한 마음으로 하트 모양 캔디 상자를 어루만지며 말한다.

"그 사람 이제 클리오한테 옮겨갔어요. 클리오는 뱀이라면 익숙하니까."

폴린은 캔디 상자의 하트를 만지작거린다. 어떤 말도 할 수가 없다. 쿵 탁 쿵 탁 하는 드럼 소리가 귓가에 울린다.

메이가 그녀를 바라보다가, 입술을 조금 일그러뜨리고는 거울 쪽으로 돌아서서 화장을 시작한다. 볼연지 용기를 들고, 푸른빛이 감도는 붉은 볼연지를 손가락으로 찍어 소용돌이를 그리며 문질러 뺨에 불을 붙인다.

"저기요." 빨간색을 묻힌 손가락으로 캔디 상자를 가리키며 그녀가 말한다. "하나 까줄래요? 나 배고파 죽겠어요."

폴린이 캔디 상자를 무릎 위에 올려놓는다. 마담 쿠스 크렘 봉봉. 상자 안에 산호색 새틴 안감이 대어져 있다. 상자를 열자 열두 개의 캔디가 보인다. 찬란한 분홍색, 반짝이는 흰색, 금박과 요정 가루가 뿌려진 빛나는 알사탕들.

"당신도 들어요." 메이가 말한다. "먼저 먹어봐요, 자기."

이에 닿는 순간 사탕은 바사삭 부서진다.

반짝이는 마라스키노 잼, 혀에 감겨드는 크림, 바다 거품 같은 누가, 코를 간질이는 아몬드 리큐어, 쌉싸름한 오렌지, 보드라운 살구.

두 사람은 바짝 붙어서, 교회에 온 두 여학생 같은 미소를 머금고, 두 개를 먹은 다음 두 개를 더 먹는다. 폴린은 이런 캔디를 한 번도 먹어본 적이 없다.

"일곱 살 때, 파이브 앤드 다임*에서 크림 캔디 한 상자를 훔치다가 다른 여자애한테 들켰어요." 폴린이 말한다. 누구에게도 한 적 없는 이야기다. "그애는 내가 캔디를 나눠주면 아무에게도 말하지 않겠다고 약속했어요."

폴린은 지금 그 일을 떠올린다. 무릎이 까지고 주근깨가 난 소녀. 그들은 양말 코너의 진열대 다리 뒤에 숨어서 캔디 한 상자를 다 먹고 포장지를 욕실화 속에 쑤셔넣었다. 그들 위에 있던 판지 다리들, 그 많은 캔디들, 그것은 달콤한 마법이었다.

메이가 미소를 지으며 검지와 엄지를 핥는다. "고통은 나누면 반이 되지요."

폴린이 미소를 짓는다.

"사탕 하나 더 먹어요." 메이가 상자를 내밀며 말한다. "아니면 뭐라도."

달콤함이 그녀를 취하게 만들고, 모든 걸 잊게 만든다. 캔디 속

* 20세기 초중반 미국 전역에 있던 상점으로, 주로 5센트나 10센트짜리 물건을 판매했다.

에 들어 있던 럼과 리큐어 때문일 수도 있고, 폴린의 무릎 위에 굴곡진 흰 다리를 올리고 머리를 뒤로 젖힌 채 웃고 있는 메이 때문일 수도 있다. 그녀의 입은 체리가 든 캔디처럼 붉고 달콤하다.

"메이," 폴린이 말한다. "나 좀 도와줄래요?"

메이가 그녀를 바라보며 말한다. "물론이죠."

"당신이 곤란해질 수도 있어요."

"소문 못 들었어요?"

두 사람 모두 웃는다.

"캔디 하나 더 들어요." 메이가 말한다. "아니면 뭐라도."

전부 벗어던지기는 쉽다. 그가 부엌에서 바라보고 있을 때보다 쉽다.

발치에 휘감긴 드레스, 추운 게 당연하겠지만 춥지 않다.

메이가 폴린의 발을 화장대 위에 올리고 스타킹을 벗긴다.

"내가 배운 첫번째 비법," 메이가 손가락 두 개를 빨간 볼연지 용기에 넣으며 말한다. 그녀는 몸을 앞으로 숙여 폴린의 젖꼭지에 연지를 바른다. "남자들이 이걸 좋아해요."

폴린은 사탕을 삼킨다.

"예쁘기도 하지!" 연지를 소용돌이 모양으로 문질러 조그만 장미로 만들며 메이가 말한다. "밍크처럼 몸을 꼬고 있네."

마치 캔디처럼, 따스하고 달콤하다. 아마도 불빛 아래 너무 오래 두었던 것 같다.

메이가 얼룩덜룩한 거울을 가리킨다. 거울 한쪽 구석에 콜드크림이 묻은 엄지손가락 자국이 있다.

붉게 칠한 젖가슴을 양손으로 감싸고 폴린은 자신의 모습을 바라보며 미소 짓는다.

복장이라고는 다리 사이에 걸친, 스팽글이 달리고 앵무새 같은 파란색의 그물 천 한 조각뿐이다. 그 천이 그녀를 가까스로 가린다.

"이럴 줄 알았으면 보드라운 안감을 대어놓을걸." 메이가 스팽글을 반듯하게 매만지며 말한다. "시간이 좀더 있었더라면."

폴린이 메이의 길고 숱 많은 붉은색 머리칼을 내려다본다. 메이의 손이 폴린의 허리를, 그리고 다리 사이를 매만진다.

잠시, 설명할 수 없는 방식으로, 그녀는 숨을 쉴 수가 없다.

"죄수 호송차를 타지 않으려면 이게 필요할 거예요." 메이가 공작 깃털이 달린 망토를 폴린의 어깨에 두른 다음 목에 묶어주며 말한다.

"난 추위 속에서 하는 데 익숙해요." 폴린이 말한다.

메이가 고개를 들어 폴린을 바라보고, 천천히 미소를 지으며 윙크한다.

그들은 서늘하고 어두운 무대 가장자리에 서 있다. 음악 소리가 너무 커서 폴린의 발이 압생트의 초록색 구두 속에서 진동한다.

메이가 가림막 뒤로 얼른 머리를 내밀어본다.

"그이 아직 있어요?" 폴린이 묻는다.

메이가 고개를 끄덕인다. "연주자들한테 얘기해뒀어요. 순수하게 쿠치*만 할 수 있는 시간을 십오 초 줄 거예요. 그것보다 길어지면 매니저가 낮잠에서 깨어나 당신을 쫓아낼 거예요."

"알겠어요." 메이의 말이 무슨 뜻인지 알 수 없지만 폴린은 대답한다. 그녀가 알고 있는 거라고는 자신의 온몸이 언제 튀어오를지 모르는 용수철처럼 바짝 긴장하고 있다는 것뿐이다.

"당신은 이미 달걀처럼 껍데기를 홀랑 벗었어요. 이제 지그펠드 걸**처럼 활보하기만 하면 돼요, 알았죠?"

폴린이 고개를 끄덕인다.

"엉덩이를 몇 번 돌려주고, 발차기 몇 번 하고. 그리고 이걸 계속 두르고 있어요." 메이가 속삭이며 폴린의 떨리는 어깨에 망토를 좀더 단단히 조여준다. "안 그러면 경찰이 벌금 12달러를 물릴 거예요."

폴린이 무대에 오른다. 무대는 권투 경기장보다 크지 않다.

몇 걸음을 걷는다. 이렇게 발가벗겨진 기분은 처음이다.

"계속해, 멋진 아가씨." 메이가 무대 가장자리에서 소리 죽여 외친다.

조명은 폴린이 상상했던 것보다 더 뜨겁고, 뿌연 안개 속에서 그녀는 어떤 악귀들도 볼 수 없다. 메이는 그들을 그렇게 부른다(오직 분홍색만 보고 싶어하는 악귀들).

갑자기 음악이 빨라지면서 조명이 그녀를 비추고, 그녀는 자신의 모습을 본다.

그녀 자신도 모르게, 그녀가 움직이고 있다. 허벅다리가 서로

---

* 여성이 선정적으로 추는 동양풍의 춤.

** 브로드웨이 쇼 〈지그펠드 폴리스〉에서 코러스를 맡은 여성 연기자를 뜻하는 말.

부딪치고, 깃털이 목과 팔과 허리를 간질인다.

호른 연주가 느려지자, 그녀는 거드름을 피우며 걷다가 망토의 리본을 풀고 젖가슴을 내민다.

그녀의 몸은 반짝이고, 젖꼭지는 장미처럼 붉다.

폴린이 턱을 높이 치켜든다. 이런 기분은 처음이다. 살갗이 뜨겁고 아름답다.

늑대의 휘파람 소리, 약간의 야유, 날카로운 웃음소리와 시끌벅적한 환희의 소리가 터져나온다.

그녀의 눈이 조명에 적응하자 그녀도 남자들의 모습을 볼 수 있게 된다. 흐릿한 형상이지만 분명히 그곳에 있다.

저기 있군, 그녀가 생각한다. 실제로 그가 그곳에 있다. 맨 앞줄, 셔츠 차림의 턱이 뾰족한 드러머 바로 옆에. 그 그림에서처럼.

붉은 얼굴에, 휘둥그레진 눈으로, 그가 그녀의 이름을 부른다. 처음엔 크게, 그다음엔 그보다 더 크게.

폴린, 당신 도대체……

그가 일어선다.

폴린!

트롬본이 새총처럼 미끄러지듯 질주하고, 그녀는 밴드의 리듬에 맞추어 돌고, 어깨와 엉덩이를 흔든 다음, 마지막으로 무대를 가로지른다. 느슨하게 푼 망토가 비상하는 앵무새의 날개처럼 그녀의 뒤에서 펄럭인다.

그녀의 시선이 앞줄에서 자신의 캔디 봉지*에 손을 넣고 그 짓을

* 남자의 성기를 일컫는 말.

하면서, 자신이 하고 있는 일을, 자기 자신을 보여주고 있는 남자를 스친다. 지퍼를 연 바지 사이로 그의 살덩어리가 보인다.

무대 가장자리에서, 그녀는 남편이 그 남자에게 달려들어 멱살을 잡는 모습을, 침착하게, 차분한 미소를 머금고 바라본다.

잠시 후, 셔츠 차림의 거구가 그들 둘에게 달려들어 그녀의 남편을 손수건 한 장을 들어올리듯 번쩍 들어올린다. 그리고 그를 구긴다.

웨이드, 그녀가 생각한다. 이런.

그녀가 커튼 가장자리에 이르자 음악이 막바지로 치닫고, 그녀는 한 바퀴 돌고 나서 마지막으로 몸을 흔든 다음, 발차기를 한 번 하고 무대 밖으로 걸어나간다.

여전히 따스하고 불이 밝혀진 그녀의 몸이, 무대 가장자리를 지나, 무대로 올라서는 180센티미터의 금발을 지나친다. 여자는 바이킹 머리 장식을 했고, 장식의 술들이 춤을 춘다.

"웨이느가 누들겨 패고 있어." 초록색 깃털을 단 여자 중 한 명이 복도 쪽으로 난 출입문을 밀며 말한다. "공짜 구경 할 사람!"

폴린은 그들을 지나치며, 여자의 옅은 빛깔 머리 너머로 셔츠 차림의 남자에게 턱을 얻어맞는 남편의 모습을 본다.

분노에 찬 남편의 작은 얼굴을 바라보면서, 그녀는 잠깐 그가 안됐다고 생각한다.

"폴린," 그녀를 보고 그가 소리친다. "폴린, 당신 나한테 왜 이러는 거야!"

그러나 그녀는 이미 문에서 멀어지고 있다. 걸음을 옮기며 여자들 중 한 명의 꼬리 깃털을 하나 뽑는다.

천천히 구두를 딸각거리며, 그녀는 무대 뒤 메이의 분장실의 분홍색 불빛을 향해 걷는다.

문이 반쯤 열려 있다. 그녀는 새로 분칠한 기다란 팔을, 그녀의 이름을 부르는, 보드랍고, 불타는 머리카락의 여자를 바라본다.

안으로 들어서며, 폴린이 등뒤로 문을 닫는다.

캐럴라인 이야기

질 D. 블록

질 D. 블록은 〈엘러리 퀸 미스터리 매거진〉에 자신의 소설을 처음 소개했으며, 현재 뉴욕시티에 거주하는 작가이자 변호사다. 대학 시절 미술사 강의실에서 불이 꺼진 뒤 잠들기 직전에 아주 잠깐 에드워드 호퍼의 슬라이드를 보았던 기억을 어렴풋이 간직하고 있다.

여름날의 저녁, 1947

해나

이제는 찾아볼 때가 되었다는 결론에 도달했을 때, 그녀를 찾기란 그리 어렵지 않았다. 너무도 큰 기대를 품었기에, 피치 못할 좌절과 실망, 잘못된 단서, 막다른 골목과 피할 수 없는 금전적 낭비에 대한 마음의 준비를 했지만, 실제로는 한 달도 채 걸리지 않았다. 매사추세츠의 공개 입양법이 도움이 되었고 몇 가지 추측이 운좋게 들어맞았다. 그러다가 구글과 페이스북이 제대로 짚는 데 도움이 되었다.

눈을 들여다보고 목소리를 들을 수 있을 정도로 그녀에게 가까이 다가갈 방법을 찾는 것이 가장 어려운 대목이었다. 요란하고 격정적인 재회를 기대했던 건 아니다. 이제 와서 관계가 회복되는 것을 원하거나 기대하지도 않았다. 심지어 내가 누구인지도 알리고 싶지 않았다. 이건 그녀의 문제가 아니었고, 나는 그녀의 궁금증을 풀어주려고 찾아온 게 아니었다. 내 말은, 내가 누구인지에 대해 그렇게 관심을 갖는 사람이라면, 나를 찾아볼 수도 있었을 거란 얘기다. 그렇지 않은가?

이렇게 말하니 그녀가 날 떠나보낸 것에 내가 화가 난 것처럼 들린다. 그러나 난 화나지 않았다. 내가 정말 하고 싶은 말은, 내가 어떻게 되었는지 그녀가 손톱만큼도 관심이 없었을 거란 거다. 그래도 괜찮다. 보다시피, 이제 내 나이가 거의 마흔이다. 나는 이해한다. 날 사랑하지 않는다는 이유로 누군가를 비난할 수는 없다는 것을 이미 오래전에 깨달았다.

나를 가졌을 때 그녀의 나이는 열여섯이었다. 내가 어떻게 되었건 그녀와 함께 있는 것보다는 나았을 확률이 높다. 그렇지 않은가? 그 선택은 나쁘지 않았다. 날 키워준 사람들, 나의 부모는 더할 나위 없이 다정하고 선량한 사람들이었다. 날 입양했을 때 사십대였으니 나이도 더 많았고, 날 집으로 데려가 가족으로 품어주었다. 뭐, 말하자면 그랬다는 것이다. 돌이켜 생각해보면, 그들은 막상 날 입양하고 난 뒤에는 자신들이 굳이 입양까지 해야 했던 이유를 기억하지 못했던 것 같다. 이렇게만 말해두겠다. 사랑이 넘치는 집은 아니었다고. 그들은 날 키워주었고, 내게 머물 곳과 음식과 옷, 그리고 교육을 제공해주었다. 그들이 날 위해 한 일들을 나는 정확히 알고 있고, 그것에 감사한다. 수많은 아이들이 나보다 훨씬 덜 누리며 자란다. 그러나 이제는 내가 누리지 못한 것이 무엇인지 알아야겠다.

그레이스

그녀는 식탁에 앉아 옆방에서 들려오는 그의 숨소리에 귀를 기울였다. 커피를 한 모금 마셨다. 차갑다. 저 방에 그와 함께 있어야 하는데. 이 시간을 소중히 여기고 그와의 마지막 시간을, 마지막 순간들을 보내야 하는데. 머지않아 때가 오리라는 것을 그녀는 알고 있었다. 그리고 그때가 되면, 그의 곁에 있을 수도 있었는데 도대체 무엇이 그녀를 여기 이곳에 얼어붙게 만들었는지 기억할 수 없을 것이다. 오직 후회만 남을 것이다.

그가 퇴원하고 집으로 돌아왔을 때 미시와 제인은 그를 위층 침실이 아닌 이곳 아래층에, 가족의 공간에 두기로 했다. 그들은 휴대전화와 스타벅스 컵을 흔들며 폭풍처럼 요란하게 들이닥쳐서는, 창문을 열어젖히고, 식료품을 풀어놓고, 가구 위치를 바꾸고, 침대를 배달하러 온 남자들에게 자기들 집인 양 지시를 했다. 마치 이 집에 사는 사람들인 양. 마치 이것이 자기들이 해결할 문제인 양. 그녀가 그를 집으로 데려왔을 때 그들은 그의 곁을 지켰다. 때로는 둘이 같이, 때로는 번갈아가며, 그의 손을 잡고 머리카락을 쓸어넘기고, 다정하게 말을 건네고, 이마에 키스했다. 그러다가 그들은 눈을 깜빡이며 눈물을 삼키고, 곧 다시 오겠다고 말한 뒤 차를 타고 떠나버렸다.

그게 이틀 전 일이었다. 그날 이후 그녀는 주로 이곳 부엌 식탁에 앉아 커피를 마시며 그의 숨소리를 들었다. 몇 시간에 한 번씩 음식을 먹여줄 때를 제외하고는, 무심하고 능률적인 동작으로 부산을 떨며 재료를 섞고 양을 조절하고 바보 새처럼 재잘거리고 혀를 차고 그가 대답할 수 없다는 걸 알면서도 질문들을 던지며 음식을 먹일 때를 제외하고는, 그와 한방에 있는 시간을 견딜 수가 없었다.

일방적인 대화가 신경에 거슬리는 건 아니다. 그녀는 그런 대화에 익숙하다. 마지막으로 큰 수술을 받고 나서, 그는 이 년 넘도록 말을 하지 못했다. 처음엔 그가 말을 하려 애썼다. 그가 말을 하려 애쓰면 그녀는 짐작을 했고, 그가 무슨 말을 하려 하는지 이해하려고 애썼다. 고양이와 대화를 했다면 꼭 그 정도 통했을 것이다. 그런 상황을 놓고 함께 웃기도 했다. 그때만 해도 두 사람이 이 상황을 함께 헤쳐나가는 것 같은 기분이었다.

그러다가 어느 순간 그들은 마음을 접었다. 그녀가 추측을 하면 그가 고개를 서너 번 연거푸 젓다가, 됐다고 손을 내젓고는 신문으로 고개를 돌리곤 했다. 그럴 때면 그녀는 그를 실망시킨 것 같은 기분이 들었다. 만약 그들의 유대가 정말 깊다면, 그의 말은 그녀에게 닿아야 하는 것 아닐까?

중요한 일이 생기면 그는 그녀에게 쪽지를 썼다. 집안에는 그의 노트들, 그가 구긴 낙서들과 칼로 깎은 그의 연필들이 널려 있었다. 그가 떠나면 그 노트들은 어떻게 하지? 딸들이 그 노트를 원할지 궁금하다. 딸들은 아마도 그 노트가 시적인 사랑의 선언들, 자신들의 아버지로서 그가 누린 행복에 관한 에세이 따위라고 상상할 것이다. 그러나 실제로 그 노트에는 주로 그녀가 잊지 말고 사와야 할 물품들이 적혀 있었다. 면봉과 고양이 깔짚.

그가 병원에 입원하기 전 몇 달 동안 메모는 점점 더 줄었다. 그는 그녀의 질문들에 엄지를 올리거나 내리는 동작, 때로는 어깨를 으쓱하는 동작(그녀는 자신의 기분에 따라 그것을 "모르겠어"

혹은 "아무래도 상관없어"로 이해했다), 눈썹을 치켜세우는 동작("정말?"), 혹은 미소로 답했다. 최근에는 미소를 짓는 일이 많지 않았다.

호세는 매일 오겠다고, 매일 목욕을 시켜주고 침대 시트를 갈아주겠다고 했다. 그는 필요할 때 바로 쓸 수 있도록 약상자를 냉장고에 넣어두었다고, 그리고 냉장고 문에 자석으로 쪽지를 붙여놓았다고 했다. 그는 팸플릿 한 무더기를 주고 떠났다. 며칠에 한 번씩 자원봉사자가 오도록 조처하겠다고 했다.

해나

그녀가 일하는 갤러리로 찾아갈 계획이었다. 페이스북 사진을 보았기 때문에 그녀를 알아볼 수 있을 거라 생각했고, 이 동네에 처음 왔다고 하면서 헤매는 척 방향을 묻거나 할 생각이었다. 그녀가 내 말이 앞뒤가 맞지 않는다는 걸 알아차리기 전에 자리를 뜰 생각이었다. 맹세컨대 그 정도면 충분했다. 하지만 네번째로 찾아갔을 때도 그녀를 만나지 못하자 나는 결국 굴복하고 이름을 대며 그녀를 찾았다. 사람들이 다른 사람의 사생활을 얼마나 쉽게 알려주는지 참으로 놀랍다. 그들은 그녀가 아픈 남편을 간호하기 위해 갑자기 일을 그만두었다고 했다. 남편의 암이 재발했다고. 지금은 병원에 있지만 더이상 손을 쓸 수 없어 집으로 갈 거라고.

곧바로 차선책이 떠올랐다. 나는 호스피스 자원봉사자가 되기 위한 오 일 코스에 등록했다. 물론, 나도 안다. 사기죄. 그러나 알고 보면 말처럼 끔찍한 일은 아니다. 그러니까 내 말은, 내가 딱히 뭘 하려는 건 아니라는 거다. 그저 안으로 들어가서 집안을 둘러보고, 그녀와 한 이 분 정도 이야기를 나누고, 그다음엔 그녀가 미용실에 가거나, 아니면 죽어가는 남편 때문에 할 수 없는 일이 뭐든 그걸 하려고 외출이라도 하게 되면, 그녀의 남편을 한두 시간 돌봐주겠다는 것뿐이다. 그다음에는 '파이어니어 밸리 호스피스'의 착한 사람들에게 이 일을 못하겠다고 말할 것이다. 정말 미안하지만 너무 가슴이 아프다고, 난 이 일의 적임자가 아니라고. 그러고 나면 모두가 각자의 삶으로 돌아갈 수 있다.

그레이스

커피 한 주전자를 막 내렸을 때 진입로로 차 들어오는 소리가 들렸다. 자원봉사자. 그녀는 얼른 집안을 둘러보며 이 집이 어떤 인상을 줄지 생각해보려 애썼다. 아침에 호세가 다녀가서 그나마 다행이었다. 하마터면 잠옷 바람으로 앉아 있을 뻔했다. 그녀는 심호흡을 한 다음 미소를 지으며 문을 열었다.

"어서 오세요. 자원봉사자시죠? 와주셔서 감사합니다. 난 그레이스라고 해요. 리처드는 옆방에 있어요. 리처드가 바로 그, 뭐, 들으신 대로예요. 어쨌든, 들어오세요. 실은 이런 일이 어떻게 진행되는지 잘 몰라요. 한 번도 해본 적이 없거든요. 하긴, 해본 적 없는 게 당연하겠지만. 그러니까 좀 가르쳐주세요. 이제 어떻게 해야 하죠? 제가 외출해야 하나요?"

"안녕하세요. 전 해나예요. 저는, 음…… 실은, 저도 이 일을 해본 적이 없어요. 저도 오늘이 처음이거든요."

"그럼 우리 둘이 같이 방법을 찾아보면 되겠네요. 안 그래요? 이쪽으로 오세요."

그들이 들여다보았을 때 리처드가 잠들어 있어서 두 사람은 다시 부엌으로 돌아갔다.

"방금 커피를 내렸어요. 드실래요?"

"좋아요. 주시면 좋죠. 고맙습니다. 하지만 전 도와드리러 왔는데요. 제가 할 일이 없을까요? 필요하시면 심부름이라도 해드릴게요. 아니면 제가 여기 있어도 되고요. 그러니까, 어디 외출하고 싶으시면요."

"아뇨, 아니에요. 오늘은 괜찮아요. 그냥 잠깐 앉죠. 그래도 괜찮다면요. 말동무나 해주세요."

두 사람은 커피를 들고 식탁으로 가서 앉았다.

"집이 참 예쁘네요. 노샘프턴에서 오래 사셨어요?"

"결혼하고 이곳으로 이사했어요. 이 집에선 십삼 년 정도 살았고요. 막내가 대학에 진학하면서 집을 떠난 직후부터요."

"아, 자제분이 있으세요?"

"딸만 둘이에요. 다 컸어요. 미시와 제인. 아마 그쪽하고 나이가 비슷할 거예요. 아니면 더 어리거나."

"따님들도 이 근처에 사나요?"

"미시는 코네티컷 하트퍼드에 살아요. 제인은 스톡브리지에 있고요. 멀진 않아요. 둘 다 삼십 분 거리니까. 방향은 다르지만. 저게 몇 년 전에 찍은 미시와 존 사진이에요. 하와이에 갔을 때 찍은 거예요. 아들 윌리와 맷이고요. 그리고 저애가 제인이에요. 캐스린하고 아기하고 같이 있죠. 귀고리를 한 아이가 제인이에요. 매디슨을 데리고 고향으로 돌아왔을 때 리처드가 공항에서 찍은 거예요. 그이를 집으로 데려왔을 때, 미시와 제인 둘 다 여기서 이틀을 묵었어요. 리처드 말이에요. 리처드가 집에 왔을 때. 애들은 목요일에 저녁식사를 하러 올 거예요. 그날이 우리 결혼기념일이거든요."

"아, 잘됐네요. 가족이 다 모이는군요. 결혼한 지는 얼마나 되셨어요?"

"삼십팔 년 됐죠. 이렇게 오래 살다니 믿기지가 않네요."

"삼십팔 년이요? 어떻게 그럴 수가 있어요? 죄송해요. 제 말은, 와! 정말 대단하세요. 어려서 결혼하셨나봐요."

"맞아요. 정말 어렸어요."

"언제…… 어떻게 만나셨나요?"

"어떻게 만났느냐고요? 그건 모르겠네요. 내 이름을 알았던 것만큼이나 오래 리처드를 알았거든요. 리처드는 우리 아랫동네에 살았고 부모님들끼리 친구였어요. 우리는 소위 말하는 고등학교 연인이었고요."

두 사람은 말없이 앉아 있었다.

"방에 가서 그이가 일어났는지 보고 소개해드릴게요. 무슨 얘기를 듣고 오셨는지 모르겠네요. 그이는 말을 못해요. 위에 연결한 튜브로 먹어요. 자, 이리 와요. 리처드? 여보, 이분은 해나 씨야. 며칠에 한 번씩 올 거야. 맞죠, 해나? 호세한테 그렇게 들었어요. 해나 씨가 와서 우리하고 같이 있어줄 거래. TV 틀어줄까? 야구 중계 찾아볼까? 아니면 뉴스라도? 자, 내가……"

그가 고개를 저었다.

"여보, 여기 너무 더워? 이걸 좀 조절해야…… 알았어, 알았어.

미안. 가만히 있을게. 알았어. 해나는 이제 갈 거야. 좀 있다가 저녁 줄게. 알았지?"

그레이스는 문까지 그녀를 바래다주었다.

"원하시면 내일도 올 수 있어요. 너무 번거롭지 않으시다면."

"내일도 좋아요. 보다시피 우린 아무데도 못 가니까요. 미안해요. 내가 말이 너무 심했네요. 그러니까 내 말은……"

"아뇨, 아니에요. 괜찮아요. 심하지 않았어요. 정말이에요. 제가 뭐라도 좀 가져다드릴까요? 필요한 게 있으시면 제가 오는 길에 가게에 들러서 사다드릴게요."

"아니에요. 그럴 것 없…… 아, 내가 정말 먹고 싶은 게 뭔지 알아요? 맥도널드 감자튀김하고 밀크셰이크. 그것 좀 사다줄래요? 아무한테도 말 안 하겠다고 약속해줘요. 솔직히 난 그런 음식 절대 안 먹거든요. 자, 이 돈 받으세요. 바닐라 맛으로요. 이런 부탁 해도 괜찮을지 모르겠네."

해나

평상시처럼 행동하자. 차에 타고, 안전벨트를 매자. 고개를 돌리고, 손을 흔들고, 시동을 걸고 출발하자. 어디든 상관없다. 일단 가자.

젠장 방금 무슨 일이 일어난 거지? 방금 엄마를 만났다. 엄마와 커피를 마셨다. 삼십구 년 만에 처음으로. 엄마와 시간을 보냈다. 고등학교 시절의 연인과 결혼한 엄마와. 대체 그게 무슨 뜻일까? 엄마는 리처드와 함께 자랐다. 그가 엄마의 남자친구다. 엄마는 임신했고, 그리고 나를 떠나보냈다. 그런 다음 그와 결혼을 한 건가? 그리고 아이를 둘 더 낳은 건가? 그리고 그로부터 삼십팔 년 동안 같이 살았다는 건가?

말이 되지 않는다.

리처드는 나의 아버지다. 아니, 어쩌면 아닐지도 모른다. 다른 남자가 있었을지도 모른다. 그전 혹은 그사이에, 임신시킬 정도로만 머물렀던 남자가 있었을지 모른다. 솔직히 아버지 생각은 해본 적이 없다. 그를 찾아볼 생각도 못했고, 어떤 사람인지 궁금했던 적도 없다. 내가 엄마를 위해 상상했던 삶에 그는 존재하지 않았다. 나의 엄마를 위해, 그레이스를 위해 상상했던 삶에는.

내 자매라는 그 딸들은 또 어떻게 된 걸까? 어쩌면 그들은 그저 이복 자매들일 수도 있다. 각진 턱의 남편과 이국적인 휴가를 보내는 미시. 동성애자 제인. 내게 동성애자 여동생이 있다니. 중국 아기를 입양한 동성애자 여동생. 얼마나 멋진 일인가. 얼마나 상투적인가. 젠장. 방금 나는 패배자 언니가 되었다.

그레이스

수요일, 리처드가 잠을 더 많이 자는 기미가 있었느냐고 호세가 그녀에게 물었다. 그는 통증을 느끼는 것 같지 않았다. 그러나 그가 집으로 돌아온 뒤 나흘 동안 두 사람은 그가 꺼져가고 있다는 것을 알 수 있었다. 그녀는 결국 용기를 내서 호세에게 그가 얼마나 버틸 수 있을지 물었다. 병원에 있는 사회복지사 말에 따르면, 호스피스 치료는 육 개월 이상 살 수 없는 사람들을 위한 거라고 했는데, 그녀는 그 이상은 알고 싶지 않았었다. 오늘 호세는, 며칠이 될 수도 있고 몇 주가 될 수도 있지만, 길어야 한두 주 정도일 거라고 말했다. 그는 말기 환자들이 병원에서 더 빨리 퇴원해 호스피스 치료를 받을 수 있었으면 좋겠다고, 그들이 집에서 보다 많은 시간을, 보다 나은 시간을 보냈으면 좋겠다고 했다. 그녀가 어느 쪽을 원하는지는 그녀 자신도 알 수 없었다.

해나가 도착하자 그들은 접시에 두 사람 분 감자튀김을 쌓아두고, 케첩 봉지를 모두 뜯어 찍어 먹을 케첩을 접시 가장자리에 쏟아놓았다. 마지막 감자튀김이 사라질 때까지 그들은 아무 말도 하지 않았다.

"얼마 안 남았어요. 호세가 오늘 알려주더라고요. 호세 알아요? 그 간호사? 며칠 남았다네요. 길어야 한 주나 두 주 정도."

"아, 정말 유감이에요."

"내일 딸들한테 말해야겠어요. 아마 힘든 일일 거예요. 딸들은 이런 일을 치를 준비가 안 되어 있거든요. 고생을 모르고 자란 애들이라."

"부인은 어떠세요? 준비가 되셨나요?"

"뭐, 난 나름대로 힘든 일을 겪었어요. 그걸 묻는 거라면. 가장 힘든 시간은 지나갔다고 생각했어요. 어리석은 생각이죠, 나도 알아요. 결혼할 때, 리처드는 앞으로 우리의 가장 힘겨운 날들을 함께 헤쳐나가자고 약속했어요. 앞으로 결코 다시는 혼자 고통받는 일은 없을 거라고."

"다시는?"

"얘기가 길어요. 일단 이걸 좀 치우죠. 난 리처드한테 가봐야겠어요."

"제가 커피 좀 만들까요?"

"내가 임신을 했어요. 졸업반으로 올라가기 전 여름에요. 리처드는 막 졸업을 했고, 이쪽 애머스트 대학으로 진학할 예정이었어요. 우린 댄버스 출신이라 그 사람이 두 시간 거리에 살게 된 거였지요. 어쨌든, 난 그 사람한테 말을 할 수가 없었어요. 그 일이 그의 인생을 망칠까봐 두려웠거든요. 내가 그의 인생을 망칠까봐요. 결국 엄마한테 이야기했고, 엄마가 그의 어머니에게 이야기했고, 그래서 두 사람이 계획을 세웠어요. 추수감사절 직전에, 두 사람이 나를 도체스터의 어딘가로 보냈어요. 세인트메리 미혼모의 집. 믿을 수 있어요? 고딕소설에나 나오는 이야기 같죠. 나는 아픈 이모를 돌보기 위해 시카고에 간 걸로 하고, 모든 사람들에게 그렇게 말했어요. 리처드에게도."

"그래서 사람들이 믿던가요?"

"믿은 사람도 있고 안 믿은 사람도 있겠죠. 아무래도 상관없었어요. 1967년도였고, 그때만 해도 선택지가 많지 않았으니까요. 해마다 학교에서 여학생 한두 명이 사라졌어요. 몇 달 혹은 영원히. 우린 그 얘기를 하지 않았어요. 좋은 일이 아니었으니까."

"죄송해요. 제가 말을 잘랐네요. 세인트메리 미혼모의 집으로 갔다고 하셨나요?"

"세인트메리. 거긴 훌륭하고도 끔찍한 곳이었어요. 여자애들하고 그런 식으로 지낸 건 처음이었으니. 매일 밤이 파자마 파티 같았죠. 하지만 한편으로는 눈물이 날 정도로 따분했고, 너무 수치스러웠고, 아기를 낳아야 한다는 것도 너무 두려웠어요. 아기를 낳은 여자들은 돌아오지 않았어요. 그래서 아이를 낳는 게 정말 어떤 건지 한 번도 이야기를 듣지 못했지요.

우린 늘 이야기했어요. 아기를 낳으면 어떻게 할 건지—아기를 키울 건지, 아니면 포기할 건지. 아들 이름과 딸 이름을 정해두었고, 아기를 데리고 집으로 돌아가면 우리 삶이 어떻게 달라질지 상상했어요. 내가 생각해둔 이름은 토머스와 캐럴라인이었어요. 우리가 몰랐던 게 있다면, 그 일에서 우리가 결정할 부분은 아무것도 없다는 거였어요. 결정은 이미 내려져 있었어요. 아기를 안아보기도 전에 데려갔어요. 난 딸을 낳았답니다. 캐럴라인. 그 아이를 안아보지도 못하게 했어요."

"아, 그레이스, 정말 유감이네요. 끔찍한 일이에요."

"맞아요, 끔찍한 일이죠. 난 완전히 넋이 나갔어요. 말하자면 충격을 받은 상태였죠. 부모님이 날 데리러 왔고, 모두가 다시는 그 얘기를 꺼내지 않기로 합의한 것 같았어요. 나는 학업을 마치기 위해 집으로 돌아갔어요.

솔직히, 그 사람한텐 절대 말하지 않을 생각이었어요. 그 사람이 여름에 집으로 돌아오면 아마 나와 헤어질 거라고 생각했지요. 내가 아주 못되게 굴었거든요. 그 사람은 내가 그러는 이유를 이해할 수 없었고요. 나는 집으로 돌아갈 때까지 그의 편지에 답장을 하지 않았고, 돌아간 뒤에도 그저 몇 줄만, 주로 날씨나 학교 수업에 관한 얘기만 했어요. 그에게 비밀을 숨긴다는 건 정말 끔찍한 일이었어요. 만약 내게 용기가 있었다면, 그가 헤어지자고 말할 때까지 기다리지 않고 내가 먼저 말을 꺼냈을 거예요."

"그분은 편지를 어떻게 보냈어요? 편지를 어디로 보냈죠? 그는 당신이 시카고에 있다고 알고 있지 않았나요?"

"실제로 시카고에 이모가 살았어요. 우리 어머니의 여동생. 이모도 이 일을 도왔어요. 이모가 그의 편지를 우리집으로 보내줬고, 나는 집에 돌아가서 그 편지를 전부 읽었어요. 우습죠. 지금 생각해보면 한심한 노릇이에요. 그때 우리가 얼마나 애썼는지를 생각하면."

"그래서 그가 고향으로 돌아왔나요?"

"네. 그해 여름에요. 그가 돌아왔을 때 나는 여전히 고등학교 과정을 마무리하고 있었어요. 겨우겨우 진도를 따라잡아서 동급생들과 함께 졸업할 수 있었지요. 모두가 예상했던 대로 우린 졸업 무도회에 함께 참석했어요. 그 사람은 내가 뭐가 잘못된 건지 이해하지 못했어요. 내가 왜 행복하지 않은지. 솔직히 나도 몰랐어요. 작은 문제가 있었고, 그 문제는 해결됐는데 말이에요. 다 끝난 일이었죠. 아무도 다치지 않았고, 삶은 계속되었어요. 다만, 내가 나 자신을 증오하게 되었지요.

마침내 그에게 털어놓던 그 순간을 난 결코 잊지 못할 거예요. 그해 여름 가장 더운 날이었어요. 낸터스킷 비치에서 낮시간을 보내고 나서 패러건파크에 갔어요. 거기서 튀긴 조개를 먹고, 롤러코스터를 타고, 그다음엔 영화를 보러 갔어요. 아마 그때 봤던 영화가 〈토머스 크라운 어페어〉였던 것 같아요. 거기 스티브 매퀸이 나오던가요?"

"아, 네. 아마 그럴걸요. 몇 년 전에 리메이크 영화도 나왔어요. 르네 루소가 나왔을 거예요."

"어쨌든, 완벽한 하루였어요. 내가 입을 열 때마다 무슨 말을 하게 될지 두려웠던 것만 빼면. 그래서 난 거의 한마디도 하지 않았어요. 리처드가 날 집으로 데려다주면서, 아마 그날 들어 스무번째로 나한테 무슨 일이 있느냐고 물었어요.

마치 어제 일처럼 그날을 또렷이 기억해요. 우리집 포치에 서 있었어요. 자정이 가까웠는데도 여전히 더웠어요. 집안 불은 전부 꺼져 있었지만 엄마가 2층에서 안 자고 날 기다리고 있다는 건 알았지요. 어쩌면 엄마는 침실 창문에서 엿듣고 있었을지도 몰라요. 더이상 귀가 시간 같은 건 없었지만, 그 모든 일을 치르고 난 뒤에도 엄마는 여전히 내가 집에 들어갈 때까지 잠자리에 들지도, 포치 불을 끄지도 않았거든요."

"그래서 그에게 말했나요? 아기에 대해?"

"캐럴라인 얘기, 네, 그 얘기를 했어요. 그를 쳐다볼 수가 없었어요. 땅만 보면서 이야기했어요. 생리를 걸렀다는 것, 아침에 속이 메슥거렸다는 것. 그가 대학으로 떠나기도 전이었다고. 마침내 부모님께 말씀드리기까지 얼마나 무서웠는지 이야기하고, 아버지가 우시더라는 이야기도 했어요. 다음날 양가 어머니가 커피 한 주전자와 전화번호부를 놓고 마주앉아 어떻게 해야 할지 의논했다는 얘기도요. 세인트메리 미혼모의 집과 거기 있던 여자애들에 대해서도, 집을 떠나기가 얼마나 싫었는지도 이야기했어요. 얼마나 그가 그리웠고, 얼마나 두려웠는지도. 캐럴라인이 태어나자마자 그들이 아이를 데리고 가버리더라고 말했어요. 한 번도 그 아이를 안아보지 못했다고. 미안하다고 말하지도 못했다고. 작별인사도 하지 못했다고. 나 자신을 증오한다고. 결코 나 자신을 용서하지 않을 거라고."

"그다음엔 어떻게 됐어요?"

"그 사람이 무릎을 꿇었고, 내 손을 잡았고, 청혼을 했어요. 만약 자기가 캐럴라인에 대해 알았더라면, 그때 결혼을 해서 우리가 아이를 키웠을 거라고. 캐럴라인이 우리 대신 다른 가족과 산다고 해서 달라지는 건 아무것도 없다고."

"그래서 청혼을 수락하셨군요."

"청혼을 수락했지요. 우린 일 년 뒤에 결혼했어요. 기다리고 싶지 않았지만, 엄마들이 약혼식을 제대로 하지 않으면 사람들이 뭐라고 생각하겠느냐며 걱정했거든요. 우습죠."

"와. 그럼 그뒤로 계속 행복하게 사셨겠어요."

"행복하게 살았죠. 죽음이 우릴 갈라놓을 때까지. 그 말이 나왔으니 말인데, 그이 식사 시간이에요. 이제 그만 가보세요. 오후 내내 붙잡아둘 생각은 없었는데."

"내일도 올까요? 필요한 거 있으시면 가게에 들러 사올게요. 저녁식사라노?"

"내일 다시 와주세요. 그래주시면 정말 좋겠네요."

"뭐 사올 건 없나요?"

"아뇨. 미시가 필요한 게 있으면 자기가 사오겠다고…… 아, 생각해보니, 타코벨 어떨까요? 타코벨에서 슈퍼 나초 좀 사다줄래요?"

해나

나에겐 남몰래 정크 푸드를 즐기는 엄마가 있다. 그리고 죽어가는 아빠가 있다. 두 자매도. 남자 조카 한 명과 여자 조카 둘도. 나에겐 가족이 있다. 그들은 내가 누구인지 모른다. 너무 멀리 와 버렸다. 이제 어쩌지?

그레이스

"어제 일 이후 다시 와줄지 확신이 안 섰어요. 내 이야기를 한꺼번에 쏟아내서 미안해요. 솔직히 아주 오랫동안 그 일을 생각한 적이 없었어요."

그레이스가 접시를 헹구어 세척기에 넣었다.

"사과하지 마세요. 놀라운 얘기였어요. 남편이 정말 멋진 분 같아요."

"내가 운이 좋았죠. 가족으로서 우리는 무척 운이 좋았어요. 리처드의 병마저도. 미시와 제인에게도 그 점은 일깨워줘야겠어요. 커피 드실래요?"

"네, 주세요. 따님들도 캐럴라인에 대해 알고 있나요?"

"물론이죠. 아주 오래전에 더이상 비밀이 있어선 안 되겠다고 생각했답니다. 아이들이 어렸을 때 캐럴라인 이야기를 가장 좋아했어요. 커피 들어요."

"고맙습니다. 혹시 아이를 찾아보셨나요?"

"아뇨. 그럴 순 없었죠. 그건 옳은 일이 아니니까요. 내가 한 일을 돌이킬 수는 없잖아요. 그러고 싶었지만 그럴 수 없었어요."

"하지만 그 아이는 그걸 모르잖아요. 제 말은, 그 아이가 어떻게 알겠어요?"

"날 찾고 싶다면 그 아이가 찾을 거예요. 날 찾기가 생각보다 쉽다는 걸 알게 되겠죠. 내 얘기를 너무 많이 했군요. 이젠 내가 이야기를 좀 들어줄게요. 당신 얘기를 해봐요. 이 근처에 사세요?"

"아, 좋아요. 음, 저는 지금 약간 애매한 상황이에요. 여름을 보내려고 여기 왔어요. 홀리오크에 있는 친구 집에 머물고 있어요. 친구가 집을 비운 동안 집을 봐주고 있는 셈이에요. 프로비던스에 아파트와 직업과 남자친구가 있는데, 어쩌면 집에서 도망쳐나온 것 같기도 하네요. 3월이면 마흔이 되는데 아무래도 중년의 위기 같은 게 왔나봐요."

"아, 그렇군요. 마흔 살 무렵에 나이를 의식했던 기억이 나요. 본래 프로비던스 출신이에요?"

"매사추세츠에서 태어났고 크랜스턴에서 자랐어요."

"가족은 아직도 로드아일랜드에 살고요?"

"아뇨. 그렇진 않아요. 그분들은, 그러니까 부모님은 돌아가셨어요."

"아, 정말 유감이에요."

"괜찮아요. 나이가 많으셨어요. 제가 입양되었거든요."

"아."

"죄송해요. 이렇게 불쑥 말할 생각은 아니었는데, 어제 일이 있고 나서 왠지 얘기를 안 하면 이상할 것 같았어요."

"어제. 맞아요. 나이가 어떻게 된다고 했죠?"

"몇 달 후면 마흔이에요."

"3월이라고 했던가요?"

"아, 네."

"그리고 태어난 곳이……?"

"매사추세츠요. 그레이스?"

침묵.

"정말 죄송해요, 그레이스. 이럴 생각은……"

"그럼 당신이……?"

"그런 것 같아요. 그러니까 제 말은, 맞아요."

"당신이 캐럴라인?"

"그런 것 같아요."

"방금 차 소리 난 거 아닌가요? 이런. 미시가 왔어요."

"안녕, 엄마. 여기, 이것 좀 받아줘요. 내가 라사냐 만들어 왔어요. 아무때나 데우기만 하면 돼요. 제인이 샐러드 가지고 올 거고 와인도 한 병 가져오기로 했어요. 와인 괜찮죠? 출발하기 직전에 통화했는데, 아마 곧 올 거예요. 아, 안녕하세요. 미안해요. 이제야 봤네요. 미시라고 해요. 제 말은, 와인 마시면 안 된다고 누가 그랬느냐고요. 아빤 좀 어때요?"

"안녕하세요. 해나라고 해요. 난……"

"아빤 괜찮아. 오늘 많이 주무시는구나. 자, 어서 들어가자. 기다리고 계실 거야."

해나는 다시 자리에 앉았다. 미시가 나지막이, 아기나 환자들을 대할 때 특유의 다정하고 단조로운 억양으로 말하고 있는데도 해나는 다 알아들을 수 있었다.

"기분 어떠세요, 아빠? 편안하세요? 베개 좀 바로잡아드릴게요. 자, 훨씬 낫죠? 존하고 아이들이 안부 전해달래요. 일요일엔 다들 올 거예요. 아셨죠? 좋으세요? 세상에, 91번 도로에서 차가 얼마나 막혔는지 몰라요. 스프링필드 근처요. 사고가 났든가 아니면 무슨 일이 있었던 모양인데, 거리가 너무 멀어서 하나도 못 봤어요. 엄마, 저분은 누구세요?"

"해나. 호스피스 자원봉사자란다. 날 도와주고 있어. 내 심부름도 해주고."

해나는 미시의 반응을 기다렸지만 반응이 없었다.

"계속하렴. 여기 앉아라. 아빠하고 얘기해."

그녀가 다시 부엌으로 돌아와 자리에 앉았다.

"저애가 미시예요. 가끔은 말할 틈을 주지 않아서 힘들지요."

"좋은 분 같아요. 전 이만 가볼게요. 어서 따님과……"

"제발 가지 마요. 제니도 만나고 우리와 같이 저녁식사해요. 그러면 좋겠어요."

"좋아요. 그런데 정말 그러길 원하세요? 원하신다면 그렇게 할게요."

옆방에서 미시가 리처드에게 다정하게 이야기하는 소리가 들려왔다.

"아빠 책 읽어드릴까요? 새로 나온 '프레이 시리즈'*를 샀어요.

---

* 존 샌드퍼드의 추리소설 시리즈로 제목에 공통적으로 '프레이'라는 단어가 들어간다.

존 샌드퍼드요. 제목이 뭐였는지 기억이 안 나네요. 분명히 프레이 어쩌고일 텐데. 잠깐만요, 금방 올게요."

미시가 부엌으로 들어와 가방에서 책을 꺼냈다.

"아빠한테 책 읽어드리려고요. 존 샌드퍼드 신간 샀거든요. 『팬텀 프레이』, 제목이 이거네. 가만, 일단 라사냐를 오븐에 넣을게요. 제인은 왜 안 오지? 올 때가 됐는데."

그들은 옆방에서 미시가 그에게 책을 읽어주기 시작하는 소리를 들었다.

"'뭔가 잘못되었다. 차가운 악마의 속삭임. 집은 모더니스트의 유물이었고, 유리와 돌과 삼나무 목재로……'"

"그가 알아요. 리처드요. 우리 얘길 들었어요."

"우리 얘기를 들었다고요?"

"그는 당신이 누군지 알아요."

"그걸 어떻게 아세요? 왜 그렇게 생각하세요?"

"미시가 책 읽는 소리 들려요? 들어봐요. 단어 하나하나까지 다 들리잖아요. 나는 며칠 동안 여기 앉아서 리처드가 숨쉬는 소리를 들었어요. 그런데 우리가 여기서 하는 이야기를 리처드가 들을 수 있을 거란 생각은 미처 못했네요. 들을 수 있고말고요. 그리고 조금 전에, 미시에게 당신이 누군지 말했을 때 있잖아요? 그때 리처드가 얼굴을 찌푸렸어요."

"얼굴을 찌푸렸다고요?"

"눈썹을 치켜세웠어요. 마치, '과연 그럴까? 그레이스, 당신 이제 더이상 비밀은 없다고 하지 않았어?' 하고 말하는 것처럼."

"그레이스, 정말 미안해요. 제가 엄청난 분란을 일으킨 것 같아요. 이러지 말았어야 했는데. 이러는 게 아니었어요. 전 이럴 생각이……"

"아가. 괜찮다. 정말 괜찮아."

진입로로 차가 들어왔다.

"제인이 오네."

"오, 엄마. 아빠 괜찮으세요? 어젯밤에 정말 끔찍한 꿈을 꿨어요. 여기로 차를 몰고 오는데, 아무리 운전을 해도 거리가 좁혀지지 않는 거예요. 그러니까, 꿈속에서요. 내가 오기 전에 아빠가 돌아가실까봐 너무 두려웠어요. 아무리 차를 몰아도 GPS는 계속 아직 사십이 분이 남았다고 하는 거예요. 왜 사십이 분이지? 이상하지 않아요? 어쨌든, 오늘 아침에 일어나서 꿈이라는 걸 알았는데도, 막상 이리로 차를 몰고 오려니까 그런 생각이 드는 거 있죠. 혹시 사실이면 어쩌지? 혹시 일종의 전조는 아닐까? 얼마나 서럽게 울었는지 차를 세워야 했어요. 내가 도착했는네 아빠가 돌아가셨을까봐 두려웠어요. 그러다가 내가 운전을 하지 않으면 실제로 이곳에 오지 못할 거고 그랬다간 내 꿈이 사실이 되리란 걸 깨달았어요."

"아가, 울지 마. 이리 와서 그 가방들을 줘. 아빠는……"

"세상에, 제인. 대체 넌 애가 왜 그 모양이야? 아빤 괜찮으셔. 네가 정신 나간 사람처럼 들이닥칠 때까지 내가 책 읽어드리고 있었어."

제인은 미시를 밀치고 방으로 들어갔다.

"내 동생은 그러려니 하세요. 정서적으로 불안정한 애라."

"미시, 이해하렴. 마음이 좀 심란해서 그런 것뿐이니까."

"저기, 해나, 미안한데, 이름이 해나 맞죠?"

"맞아요."

"호스피스 환자들을 위해 자원봉사를 하시는 거예요? 참 좋은 일 하시네요. 엄마한테 아주 큰 도움이 되었을 거예요."

"아, 실은, 별로 큰 도움이 되진 못하고 있어요. 정말 도움이 되는 일은 간호사분들이 와서 하죠. 그 사람들은 제가 하는 일을 임시 간호라고 불러요. 전 그저 어머님이 필요할 때 좀 쉬시라고 오는 거예요."

"이렇게 도와주셔서 우리 가족과 전 진심으로 감사드려요. 하지만 이제 그만 다른 일을 보셔야 할 것 같은데……"

"미시, 내가 해나한테 저녁식사하고 가라고 부탁했다."

"엄마가 부탁하셨다고요. 아, 그래요, 그렇다면…… 그럼 좋죠. 음식은 충분하니까."

"이제 아버지한테 저녁식사 드려야겠다. 두 사람은 식탁 좀 차려줄 수 있을까? 제인한테도 와서 도우라고 할게."

해나와 미시는 식탁을 차리면서 그레이스와 제인의 대화를 들을 수 있었다.

"잠깐, 저 여자 누군데요?"

"말했잖아. 날 도와주고 말동무해주러 오는 사람이라고."

"가족끼리 하는 식사에도 낄 만큼 그렇게 친해졌다는 거예요? 겨우 이틀 만에?"

"사흘이야. 그리고 맞아, 좋은 친구가 되었어. 잠깐 네 아빠하고 둘이 있어야겠다. 그러니까 망나니처럼 굴지 말고 가서 정식으로 인사해. 너 때문에 엄마가 무안하잖아."

제인은 부엌으로 들어와 조금 전에 가방을 두었던 카운터로 걸어갔다. 미시와 해나는 그녀가 와인병을 따는 것을 지켜보았다. 제인이 병을 식탁으로 가지고 와서 세 개의 잔에 와인을 따르고 자리에 앉았다. 미시가 잔을 들고 조용히 건배를 했고 세 사람은 와인을 마셨다.

미시가 가방에서 휴대전화를 꺼냈다. 제인은 며칠 전에 호세가 놓아둔 그대로 식탁 위에 올려져 있는 팸플릿을 반듯하게 펴고 또 폈다. 해나는 그녀의 손을 바라보고 있었다. 그들 모두 그레이스가 리처드에게 속삭이는 말을 들으려 애썼지만 들리지 않았다.

그레이스가 문간에 섰다.

"좀 들어올래? 아빠와 내가 너희들한테 할 이야기가 있어."

미시와 제인이 일어섰다.

"해나. 너도 들어와."

네 여자가 리처드의 침대맡에 섰다. 제인과 미시가 한쪽에 서고 맞은편에 그레이스와 해나가 섰다. 리처드와 해나의 눈이 처음으로 마주쳤다. 리처드가 미소를 짓더니 그레이스를 바라보며 고개를 끄덕였다.

"미시, 제인. 너희들 캐럴라인 이야기 기억하고 있겠지……"

푸른 저녁

로버트 올렌 버틀러

로버트 올렌 버틀러는 열여섯 편의 장편소설과 여섯 권의 소설집을 발표했고, 그중 『이상한 산의 향기』는 소설 부문 퓰리처상을 수상했다. 또한 창작 과정에 관한 강의를 담은 『당신이 꿈꾸는 곳에서*From Where You Dream*』도 널리 읽혔다. 그의 최신작 『퍼퓸 리버*Perfume River*』는 베이비부머 세대와 그들이 어떻게 끊임없이 베트남전의 영향을 받고 있는지에 관한 이야기다. 그의 전작 소설 세 편은 오토 펜즐러가 발행인으로 있는 미스티리어스 프레스의 1차 대전을 배경으로 한 역사/스파이/스릴러 소설의 시초가 되었다. 버틀러는 플로리다 주립대학에서 문예창작을 가르치고 있다.

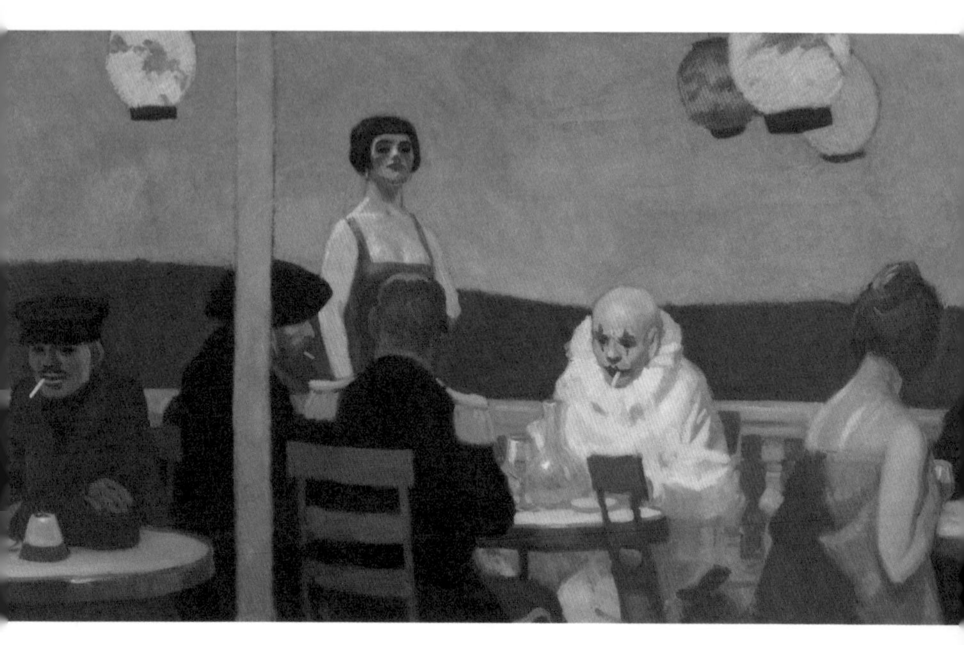

푸른 저녁, 1914

캔버스에 유채, 36 1/8 x 71 15/16 in. (91.8 x 182.7cm). 휘트니 뮤지엄 오브 아메리칸 아트,
뉴욕; 조세핀 N. 호퍼 유증 70.1208 © 조세핀 N. 호퍼의 상속인, 휘트니 뮤지엄 오브 아메리칸 아트 사용 허가.
디지털 이미지 © 휘트니 뮤지엄, 뉴욕

내가 한눈을 파는 사이 어릿광대가 완벽한 침묵 속에 베란다 테이블에 자리를 잡고 앉았다. 그러나 말해 무엇하겠는가. 어쨌든 그는 피에로이고, 분장을 하고 있는 한 팬터마임을 할 텐데.

어쩌자고 한눈을 팔았을까, 젠장. 광대가 그 자리에 앉아 있다는 것을 알아차리기 전, 내 오른편에 앉아 있던 르클레르 대령은, 호텔에서 싱그럽게 단장을 하고 나와 그에게 교태를 부리기 위해 멈춰 선 솔랑주에게 추파를 던지고 있었다. 나는 그녀가 예전의 모습으로 돌아가 장난치는 꼴을 도저히 봐줄 수가 없었다. 내가 그녀를 플라스 피갈*에서 구출해 내 모델로 삼았다. 내가 그녀의 발가벗은 육체를 나의 예술로 승화시켰다. 그러나 르클레르는 내 그림보다는 그녀를 살 사람이었다. 화가 바숑의 그림 한 점 대신 그의

* 프랑스 파리의 광장으로, 나이트클럽이 많은 것으로 유명하다.

창녀였던 여자를 가질 사람이었다.

이 모든 생각이 나의 사지로 불꽃처럼 번져갔고 나는 애써 시선을 그녀의 뒤쪽 에스테렐산으로, 짙은 청록빛 오후를 설익은 밤의 프러시안블루 빛깔로 이제 막 물들이기 시작한 황혼으로 옮겼다. 나는 생각했다. 이 순간의 이 색감조차 내 손끝에 있어. 나는 그림을 그리려고 니스에 온 거야. 행상을 하러 온 게 아니라. 이 여잔 더이상 창녀가 아니야. 고귀한 몸이지. 나의 뮤즈. 나에게 필요한 뮤즈. 그녀도 그 사실을 알고 있어.

그런 생각을 하며 나는 에스테렐산에서 솔랑주에게로 시선을 옮겼다. 그녀는 투알레트*에서 볼과 입술을 새로 칠했다. 진하게. 요란하게. 그녀는 노골적으로 열정적인 얼굴을 창조했다. 그러나 그녀는 곧바로 나에게 시선을 보낸다. 그 표정이 어떤 의미인지 나는 안다. 그런 표정을 그려본 적이 있다. 그 표정은 이런 의미였다. 당신을 위해 저 남자를 낚을게요. 그는 당신 그림들을 살 거예요. 그는 오직 당신을 통해서만 날 가질 거예요.

그녀가 나에게 한 말이었다. 그 모든 말을 찰나의 시선에 담았다. 그녀는 곧바로 다시 대령에게 관심을 돌렸고, 두 사람은 하던 일을 계속했다.

그래서 나는 고개를 숙이고 테이블 맞은편을 보았다.

거기 그가 있었다.

그를 보고 놀라지는 않았다. 나는 이미 극장에 자리를 잡고 앉아 있었다. 이미 코메디아**의 한 장면을 보기 시작했다. 르클레르

---

* '화장대'라는 뜻의 프랑스어.

대령과 솔랑주는—일카피타노와 콜롬비나***처럼—서로에게 너무 깊이 빠진 나머지 피에로의 등장을 알아차리지도 못했다. 그리고 여전히 알아차리지 못하고 있다.

이제 우리는 서로를 쳐다본다, 피에로와 나. 그는 마치 어린아이가 들라크루아의 팔레트를 사용한 것처럼 얼굴을 칠했다. 대머리에 아연백색으로 칠한 얼굴, 지나치게 큰 입술과 아치 모양의 눈썹, 눈에서 흘러내리는, 바람난 아내를 둔 남자의 주홍색 눈물. 배우의 얼굴을 캔버스 삼아 그린, 괴로운 광대의 살아 있는 초상이다. 이 호텔 근처 아브뉘 드 라 가르를 따라 극장들이 있다. 그는 공연을 마치고 곧장 이곳으로 온 게 분명하다. 어쩌면 그 역시 극단을 위해 행상을 하고 있는 것인지도.

검은 눈두덩이 속에 자리잡은 그의 눈은 깊다. 광대의 눈이 그렇다는 게 아니라 배우의 눈이 그렇다는 거다. 어쩌면 나이가 많을 수도 있다. 어쩌면 그저 오늘밤에는 분장을 지울 기운이 없었던 것인지도 모른다. 술 한잔 하기 전엔 그럴 수 없었던 것인지도.

그늘진 그의 눈빛을 읽을 수 없다.

그러나 우리는 한동안 서로를 쳐다본다. 그러다가 그가 손가락 두 개로 입술에 담배를 무는 연기를 한다. 다른 손으로는 과장된 동작으로 성냥을 그어 불을 붙이더니 담배 연기로 완벽한 고리 모양을 만드는 연기를 한다. 실제로 그게 보이는 것만 같다. 그가 고

** 코메디아 델라르테. 16세기 북부 이탈리아에서 시작된 즉흥극.

*** 둘 다 코메디아에 등장하는 정형화된 인물. 일카피타노는 허풍과 군인 정신으로 사람들을 겁주지만 실제로는 그다지 용감하지 않은 인물이고, 콜롬비나는 무례하지만 매력적이고 똑똑한 하녀다.

개를 비스듬히 기울인다. 그의 눈을 볼 수는 없지만 그가 방금 윙크를 했다는 생각이 든다.

나는 이해한다.

내가 안주머니에서 지탄* 갑을 꺼내지만, 피에로는 일그러진 미소를 머금고 턱을 홱 젖히며 오른손을 펼친다. 그는 불붙은 담배를 만들어냈다. 그가 담배를 입에 물고 깊이 들이마신 다음 진짜 담배 연기 고리를 내뿜고, 그 고리는 점점 커지며 내 쪽으로 다가온다.

나는 르클레르를 돌아본다.

그는 여전히 솔랑주에게 취해 있다.

담배 연기의 고리가 그의 시선 밑으로 흘러들지만 그가 알아차리지 못한 채 엷어진다.

나는 다시 피에로에게 시선을 돌리고 우리는 잠시 함께 담배를 피운다. 테이블 위로 연기 기둥을 두 번 피워올릴 만큼 오래. 첫번째와 두번째 연기 기둥 사이, 내 왼쪽에 솔랑주가 앉는다. 그녀나 대령을 돌아보지 않아도 두 사람의 시선이 여전히 서로 얽혀 있음을 느낄 수 있다.

그때 르클레르가 내게 말한다. "바숑 씨. 당신과 마드무아젤에게 사과의 말씀 드립니다. 저는 피곤해서 이만 들어가겠습니다. 아침에 와서 그림을 고르도록 하지요."

나는 그를 돌아본다.

그는 내 뒤쪽을 바라보고 있다.

"그러시지요." 내가 말한다.

---

* 프랑스의 대중적인 담배 브랜드.

그가 일어선다.

그가 자리를 뜬다.

나는 나폴레옹블루 빛깔의 제복에 덮인 널찍한 근육질의 등이 멀어져가는 것을 지켜본다.

나는 솔랑주를 돌아본다.

그녀가 미소 짓는다. “살 거예요.” 그녀가 말한다.

그 말에 담긴 모호함을 간파하지 않을 수 없다. 그러나, 나는 그것을 떨쳐버린다. 그녀는 결국 나의 천재성과 깊이 사랑에 빠진 것이었다. 그녀는 내가 만든 자신의 이미지와 사랑에 빠졌다. 나는 햇빛과 그림자 속에서, 잠과 열정 속에서, 그녀의 육체가 지닌 본래의 빛깔을 드러냈다. 오직 나만이, 그녀가 르클레르에게 보여준 그 열정적인 얼굴에 칠한 천박한 빛깔들 이면의 뺨의 본색을, 본디 그대로의 시에나토와 황색토, 카드뮴 레드 빛깔의 그 뺨을 알고 있다. 우리는, 솔랑주와 나는, 심오한 존재로서의 그녀가 오직 나의 손끝에서만 존재한다는 사실을 이해하게 되었다.

르클레르가 자리를 뜬 후 그녀는 줄곧 나만 바라본다. 나는 피에로를 흘금 쳐다보았고, 그 역시 나를, 진지한 표정으로, 흔들림 없이 쳐다보고 있다. 나는 다시 솔랑주를 바라보면서 광대를 향해 한 손을 펼친다. 그가 손으로 묘기를 선보일 때 그랬던 것처럼.

그녀가 내 손동작을 따라 고개를 움직인다.

그녀는 아무것도 보지 못한다. 무심함. 이 기묘한 인물조차 그녀의 목적을 흐려놓지 못한다. 나는 생각한다. 그 시시껄렁한 군인한테 마음이 가 있군.

이런 거라면 지긋지긋하다. 그녀의 마음을 읽으려 애쓰는 동안은 와인을 마시고 싶은 생각도, 담배를 피우고 싶은 생각도 들지 않는다.

"그만 일어나지." 내가 그녀에게 말한다. "난 좀더 마실 거야. 가서 기다려."

그녀가 의자를 뒤로 밀기 시작한다.

"조심해." 내가 말한다. 나 역시 모호함을 담아서. 그를 조심해, 나를 조심해.

그녀가 내 팔을 다독인다. 그리고 일어선다.

나는 피에로에게 관심을 돌리고 솔랑주는 내 뒤쪽으로 멀어진다. 그의 눈은 어둠 속에 있지만 그의 머리는 밤과 대비되는 빛깔로 칠해져 있다. 그가 그녀의 행로를 좇는 것 같지는 않다. 그러나 그녀가 멀어지자 나를 향해 고개를 끄덕인다. 잘했어, 라고 말하는 것처럼.

나는 그를 향해 조금 몸을 숙인다.

그가 눈썹을 치켜세우며 내 쪽으로 몸을 숙인다.

"저 여잔 내가 시키는 대로 하죠." 내가 말한다.

내 말에 그가 양쪽 어깨를 으쓱하고, 얼굴을 들고, 아랫입술을 앞으로 내밀어서 거대한 광대 입술이 만들고 있는 엷은 미소를 회의적인 찌푸림으로 바꾼다. 그는 메트로놈처럼 앞뒤로 고개를 흔든다. 내 말이 맞을 가능성을 가늠해보기라도 하듯이. 그러나 그의 찌푸린 표정과 잰 듯 정확한 머리 움직임은 내가 틀렸다고 생각하고 있음을 암시한다.

나는 내버려둔다. 그는 광대다. 이건 웃어넘길 일이다.

나는 그렇게 한다. 비록 나의 웃음은 나의 감정만큼이나 억지스럽지만.

그러나 나의 웃음은 피에로를 만족시킨다. 그의 얼굴이 내려온다. 미소가 피어난다. 환하고 커다란 미소. 연기를 잘한다, 이 배우는. 그가 나이들었을 거라는 나의 짐작은 틀린 게 분명하다. 그의 얼굴은 놀라울 정도로 유연하다.

그가 왜 내 마음을 사로잡았는지 비로소 깨닫는다. 그가 내 의견에 반박하는데도 왜 그를 보고 기꺼이 웃어주는지. "팬터마임을 하는 당신을 본 적 있어요."

그의 눈이 휘둥그레지고 고개가 갸우뚱해진다.

"그 배우가 당신이 아니었을지도 모르지만," 내가 말한다. "당신 같은 캐릭터를 본 적 있습니다."

그가 미간을 찌푸리더니 생각해보는 듯 고개를 끄덕인다.

"아주 오래전이었지요." 내가 말한다. "내가 꼬마였을 때."

또하나의 깨달음과 함께 내가 멈칫한다. 사실, 이건 힘든 기억이다. 가서는 안 될 곳이다.

그러나 무언가가 계속하라고 나를 압박한다. "몇 살 때였지?" 목소리를 낮추고 꼬마였던 나 자신을 떠올리려 애쓰며, 나 자신에게 그 질문을 던진다.

자기한테 물었다는 듯, 피에로가 어깨를 으쓱하며 양손을 든다.

내 앞에 펼쳐진 어린 시절의 단순한 이미지—이 광대의 얼굴—가 그날의 기억을 떠올리라고 부추긴다. 내 안의 어른은 멈추기를 바라는데도. 기억 속의 내 곁에 누군가가 앉아 있다.

피에로가 환하게 웃기 시작한다. 고개를 한쪽으로 비스듬히 기울였다가 반대편으로 움직였다가 다시 또 반대편으로 기울이면서,

나를 부추긴다.

내 나이를 계산해보았지만, 더이상 말해서는 안 된다. 이 이야기를 계속할 필요는 없다. 그런데도 나는 이야기한다. 팬터마임 자체에만 집중하자고 생각하면서.

"열두 살 때였지요." 내가 말한다. "발뱅에서."

내가 말을 멈춘다. 피에로는 다시 주의깊게 경청하는 자세를 취한다.

그가 나를 관찰하는 동안 나도 그를 관찰한다.

아무래도 그의 나이에 대한 나의 짐작은 옳았던 것 같다. 어쩌면 그가 바로 그 배우 아니었을까? 그가 오십대라면 가능한 일이다. 때로는 일어날 것 같지 않은 일이 일어나기도 하니까.

내가 말한다. "발뱅의 그 극장. 폴 마르그리트의 〈자기 아내를 죽인 피에로〉를 봤거든요. 그가 피에로 역을 연기했지요."

나는 테이블 맞은편의 배우를 바라보면서, 자기가 바로 그 배우임을 알리는 징후를 그가 보여주기를 기대한다. 한쪽 눈썹을 치켜세운다거나, 고개를 끄덕인다거나. 뭐라도 보여주기를. 그러나 그는 다시 유화로 그린 초상화가 된다. 짙어지는 밤의 푸름에 대비되는 움직이지 않는 존재.

"정말 대단했는데." 나는 칭찬을 미끼로 던지고, 다시 기다린다.

"그 연극 아십니까?" 윙크와 함께 내가 묻는다.

그는 넌지시 미소를 내비친다.

"그 사람 아시나요? 므시외 마르그리트?"

내 앞의 피에로가 검지를 들고 까딱거린다. 마치, 내가 누구인지 알아냈군요. 하지만 그 이야기는 하지 마세요, 라고 말하는 듯이.

"알겠습니다." 내가 말한다.

들어올린 손가락이 멈추더니 그의 손이 상승 곡선을 그리며 나에게 계속할 것을 주문한다. 그 손은 곧 아래로 떨어졌다가 다시 위로 솟아오르고 이번에는 다른 쪽 손도 함께 솟아오른다. 그는 전부 듣고 싶어한다.

그래서 이제 나는 폴 마르그리트의 변화무쌍한 공연을 설명하기 시작한다. 어쩌면 그 공연을 했던 당사자가 아닌 다른 사람에게 말하듯이. 그러나 나는 나 자신의 목소리를 거의 들을 수가 없다. 나는 삼십여 년 전 어느 여름밤 답답한 파리의 극장으로 옮겨가고, 피에로는 흰 외투에 흰 손수건을 들고 범죄를 연기한다. 끔찍하지만 완벽해 보이는, 미해결 사건을 연기한다. 장례식장을 선명하게 보여주는 무대의 배경막들은 검은색이다. 배경막 중 한 곳에 피에로의 아내 콜룸비나의 빈소임을 알리는 커다란 장례식 안내문이 붙어 있다. 또 한 곳에는 가엾게 죽은 여인의 초상화가 걸려 있다. 살인 사건을 재구성하는 과정에서 피에로는 자신과 아내를 동시에 연기한다. 아니. 그 이상이다. 어린아이였는데도 나는 사람 속의 사람들에게 매료되었다. 작가 폴 마르그리트는 배우 폴 마르그리트가 피에로를 연기하는, 그리고 그 피에로가 자기 자신은 물론이고 자신의 아내까지 연기하는 팬터마임을 썼다. 사건을 재연하는 과정에서 광대는 살인자가 되고 그의 아내는 그의 희생양이 된다.

처음에 피에로는 혼자서, 자신이 그녀를 죽여야만 하는 이유를 고민한다. 그녀는 그를 강탈했다. 그에게 소홀했다. 그것보다 더 끔찍하다. 남자를 만나 잠자리를 했다. 그녀는 피에로를 배신했고, 바람을 피웠다. 이제 그는 그녀를 어떻게 죽일지 생각한다. 밧줄로

목을 졸라 죽일 수도 있겠지만, 그가 보게 될 얼굴이, 불거진 눈과 헐떡거리는 입과 축 늘어진 혀가 너무 끔찍하다. 칼로 베어 죽일까도 생각해보지만 피바다가 될 것이다. 피, 온통 피. 독약은 구역질과 구토를 유발한다. 총은 경찰을 부른다. 열성적으로 계획을 세우다가 피에로는 발을 헛디뎌 발을 다친다. 그는 신발을 벗고 맨발을 문지르다가 웃음을 터뜨린다. 발을 문질러 통증을 가라앉히려 애쓰는 중인데도, 스스로를 계속 간지럽히지 않을 수 없다. 그는 문지르고 웃고 문지르고 웃는다. 처절한 웃음. 마침내 그는 자신이 할 일이 무엇인지를 깨닫는다.

"그다음 장면은 거장다웠어요." 테이블 맞은편의 광대에게 내가 말한다. "당신은 거장다웠어요." 그리고 머릿속에서 나는 마르그리트가, 놀랍도록 정확하게, 한 침대에 누워 있는 피에로와 그의 아내의 모습을 차례로 형상화하는 모습을 지켜본다. 광대가 아내를 침대 머리판에 묶고, 그녀의 스타킹을 벗기고 맨발을 간질이자, 그녀는 웃고 비명을 지르고 웃고 비명을 지르다가, 지친 기복으로 인해 밀려드는 경련 속에서, 멈추지 않는 웃음 반사의 고통 속에서, 죽어간다.

모든 웃음과 비명이 팬터마임으로 표현되었고—소리는 일절 없었다—그 살인 장면은 열두 살 소년이었던 나의 머릿속에서 끔찍하게 아우성을 친다. 그러나 콜룸비나가 죽는 순간, 성인이 된 나의 머릿속이 다른 무언가로 채워진다.

나는 그것이 두려웠다. 그것을 외면했다. 그런데 이제 그것이 내게 다가온다.

이곳 니스의 베란다에서 피에로에게 이야기하는 나 자신의 목소리 대신, 갑자기 그에게 입을 다물어버리는 나의 소리를 듣는다. 그리고 발뱅의 그 극장에서, 콜롬비나가 죽는 순간, 나는 내 옆에서 펼쳐지는 또하나의 팬터마임으로 접어든다.

고개를 돌려 내 아버지를 본다.

근육질의 몸. 술주정뱅이의 부풀어오른 빨간 코. 거대하고 얽은 빨간 코. 그럼에도 불구하고 똑똑했던 사람. 채권 딜러. 심지어 세련된 남자. 아버지는 나를 두렵게 하고 나를 매혹한다. 그의 검은색 울 슈트, 검은색 새틴을 댄 기다란 롤칼라. 무대를 향한 그의 절대적인 집중. 그의 맹렬한 집중. 아버지는 그 극장에 나를 여러 번 데리고 갔다.

아버지가 나의 시선을 느낀다.

주위의 관객들은 숨도 제대로 못 쉬면서 웃는다. 무대 위 팬터마임이 계속되지만 아버지는 나를 본다. 우리의 눈이 마주친다. 나는 그 표정을 이해하지 못하지만 그의 표정은 조금 전 피에로를 볼 때처럼 강렬하다.

나는 고개를 돌린다.

그날 밤 극장에서 본 것이 아버지의 마지막 모습이었다.

다음날 어머니가 죽었다. 어머니의 목이 부러졌다.

그리고 아버지는 사라졌다.

나는 지금 그 모든 것에 저항한다. 눈을 부릅뜨고 내 앞에 펼쳐진 장면으로 돌아오려 애쓴다. 니스의 스플렌디드 호텔 베란다. 초롱들. 이제 막 사라진 프러시안블루 빛깔의 황혼. 광대. 얼굴을 찌푸리고 있는 광대. 내 입이 그를 향해 벌어지는 것이, 억지 미소를 짓는 것이 느껴진다. 마치 나 자신이 겁에 질린 아이의 주의를 분산시키려 애쓰는 광대라도 된 것처럼.

그리고 피에로가 말한다.

"여자한테 가세요." 그가 말한다. 몹시 거슬리는, 뾰족한 목소리다. 병들었거나 다쳤거나 너무 많이 사용해서 거칠어진 목소리. 나는 생각한다. 그는 한때 무대에 서는 배우였다고. 무슨 까닭인지 모르겠지만 자신의 악기를 잃었고 어쩔 수 없이 무언극 배우가 된 거야.

그가 어깨 근육을 푼다. 꾸물거리는 내가 짜증스럽다는 듯이.

"조심하세요." 그가 말한다. "어서 가봐요."

그의 주홍색 입이 위쪽으로 아치 모양을 그리며 커다란 찌푸림을 만든다.

나는 알아듣는다. 가슴이 조여온다. 그동안 내가 어리석었다.

나는 벌떡 일어선다. 식사중인 사람들, 잘 갖추어 입은 남자들, 어깨를 드러낸 여자들을 지나친다. 베란다 문들을 지나고 로비의 대리석 바닥도 서둘러 지난다. 뛰지 않으려고, 자제하려고 애쓰면서. 나의 얼굴. 나의 얼굴이 팽팽하게 당겨지는 것 같다. 무언극 자세 속에 얼어붙은 채. 나는 생각한다. 코린트식 기둥들 사이, 의자에 느긋하게 앉아 있는 저들은, 음료수를 들고서, 하던 얘기를 멈추고, 내게 시선을 돌리는 저들은 알고 있을까? 나의 성난 침묵을 읽을 수 있을까? 솔랑주와 르클레르는 버젓이 여기서 만났을까? 솔랑주는 사람들 앞에서 그와 팔짱을 꼈을까?

걸음에 속도를 낸다. 프런트를 지나 엘리베이터의 철문으로 이어진 복도로 들어선다. 그러나 엘리베이터가 오지 않는다. 나는 카펫이 깔린 계단으로 향한다. 이제는 서두르며, 계단으로 한 층씩, 한 걸음에 두 칸씩 올라간다. 나의 가슴속과 눈 뒤에서 너울거리는 불길처럼, 나는 강하고 빠르고 가볍다. 계단 끝에서 우리 방이 있는 복도로 들어선다.

서둘러 복도를 지나지만 방문이 가까워지자 갑자기 속도를 늦춘다. 만약 그녀가 바람을 피우고 있다면 미리 신호를 주고 싶지 않다. 그녀를 현장에서 적발할 것이다. 천천히 걷다가 멈춰 선다. 이제 몇 발자국 남았다. 그러나 나는 기다린다. 숨을 헐떡인다. 나의 손이 떨리고 있다. 침착해야 한다.

그리고 마침내 나는 침착해진다. 주머니에서 열쇠를 꺼낸다. 조금 전에 흥분에 휩싸였던 것처럼 지금은 냉정하고 계획적이다.

나는 문으로 다가선다.

고개를 돌리고 문에 귀를 대고 들어본다.

아무 소리도 들리지 않는다.

나는 손잡이 아래쪽 열쇠 구멍으로 몸을 숙인다. 마치 붓을 들고 물감을 조금 묻혀 그날 처음으로 붓질을 하는 순간처럼, 나의 손은 안정적이다.

나는 부드럽게, 소리 없이, 열쇠를 구멍에 넣는다. 다른 손으로 손잡이를 잡는다. 나는 심호흡을 하고 열쇠를 돌리는 동시에 손잡이를 돌린다. 문을 밀어서 연다. 살살.

작업실은 비어 있다. 내 이젤은 창문 앞에 놓여 있다. 침실 문이 열려 있고 틈새는 소변처럼 노란 전기 불빛으로 밝혀져 있다. 방안에서 솔랑주가 경쾌하게 웃고 뒤이어 옷이 버스럭거리는 소리와 남자의 신음 소리가 들린다.

나는 침실로 다가간다. 거대하고 푸른 정적이 내 안에서 팽창한다. 나는 문을 연다.

사실이다.

그들은 침대 발치에 서 있다. 르클레르가 솔랑주를 품에 안은 채 몸을 숙이고 있고 솔랑주는 몸을 뒤로 젖힌 채 침대로 쓰러지려는 참이다. 그의 비열한 파란 등 위에 그녀의 하얀 두 손이 펼쳐져 있다. 그가 그녀의 입술에 키스하지만 그녀는 곁눈으로 내가 들어와 있는 것을 본다. 그녀의 눈이 내게 고정된 채 휘둥그레지고 그녀가 움직임을 멈추자 그것을 감지한 그 역시 멈춘다. 마치 나의 그림을 위해서인 듯 두 사람이 포즈를 취한다.

그 순간 그녀가 주먹을 쥐더니 그의 등을 때리는 척한다. 두 사람이 떨어지고 그녀는 똑바로 서려 애쓴다. 르클레르가 내 쪽으로 돌아서더니 군인답게 허리를 꼿꼿이 편다.

잠시 그와 싸워야 한다는 생각이 든다.

그러나 그는 갑자기 눈을 깜빡이더니 몸을 부르르 떤다. 겨울의 한기가 덮쳐왔다는 듯이. 그가 말한다. "거짓말이에요. 이 여자가 날 유혹했어요."

그가 신발 굽을 딸각이며 내 쪽으로 다가오더니 나를 지나쳐 침실 밖으로 나간다.

솔랑주가 다시 포즈를 취한다. 감탄을 자아내는 나의 그림으로도 나는 결코 담아낼 수 없을 것이다. 거짓말을 찾고 달아날 방법을 궁리하고 생명의 위협을 느끼는, 비록 이번에는 좌절되었으나 이미 대여섯 차례 성공했던 자신의 바람기를 되짚어보며 내가 이제야 알아차린 그 배신들을 후회하는 그녀의 표정에 담긴 그 미묘함을.

방은 덥고 그녀는 아름답고 그녀는 나의 뮤즈이고 나는 망설인다. 그러나 갑자기 고통스러울 정도로 차가운 공기가 어깨너비로 나를 덮쳐오면서 솔랑주를 향한 나의 모든 열정—육체와 창의적인 영혼이 통합된 열정—을 얼려버리고 산산조각낸다. 나는 순식간에 방을 가로지른다. 그녀의 표정이 바뀔 겨를도 없이, 그녀의 눈이 휘둥그레질 겨를도 없이. 나의 두 손이 그녀의 목을 감싸고, 나는 그 손이 그녀를 옥죄는 것을, 그녀의 목을 조르고 또 조르는 것을 바라본다. 그녀의 생명을 빼앗으면서 나는 처음에는 내 손가락에 불거진 푸른빛을 생각하고, 그다음엔 커다랗게 벌린 입의 소리 없는 비명을 생각한다.

마침내 그녀가 죽는다.

나는 그녀를 놓아주고 그녀는 침대로 쓰러진다.

그리고 냄새가 나를 채운다.

분장용 페인트와 지탄.

나는 돌아선다.

피에로가 팔 하나 거리에 서 있다. 그의 얼굴은 침통하다.

그는 고개를 한 번 끄덕이고는 오른손을 든다. 손이 그의 목 밑에서 멈추고, 그가 무언가를 움켜쥔다. 그의 손이 위로 올라가고 흰 빛깔도 그와 함께 올라간다. 조금 더. 그의 피부가, 그의 살이 위로 올라가고 그의 목뼈가 모습을 드러내고 해골의 턱이 드러난다. 그의 손이 올라갈수록, 위로 향할수록, 해골의 치아와 볼의 뼈와 입술이 드러나고, 이제 해골 속에 보존되어 있던 살점 붙은 코가 모습을 드러낸다. 마지막 한 번의 동작으로 그는 남아 있던 광대의 얼굴을 벗겨낸다. 이제 남은 것은 잿빛 뼈와 텅 빈 눈구멍뿐이다. 오직 코만이, 무덤에서 부식되지 않은 채 남아 있다. 술주정뱅이의 부풀어오른 빨간 코. 거대하고 얽은 빨간 코.

해골들이 으레 그러듯 그 해골도 미소를 짓고 있다.

나는 그 미소를 나눌 수 없다.

"아버지," 내가 말한다. "우리가 무슨 짓을 한 거죠?"

사건의 전말

리 차일드

전직 TV 감독이자 노조 설립자, 극장 기술 담당자이자 법대생이었던 리 차일드는 해고되어 슬픔에 잠겨 있던 중 베스트셀러 소설을 써서 가족들을 파산에서 구하겠다는 무모한 계획을 세웠다. 『추적자』는 전 세계적으로 찬사를 받았다. 잭 리처를 주인공으로 한 스물한번째 소설인 『나이트 스쿨*Night School*』은 2016년 11월에 출간되었다. 그의 시리즈 주인공인 잭 리처는, 허구의 인물이긴 하지만, 리 차일드에게 책을 읽거나 음악을 듣거나 양키스와 애스턴빌라의 경기를 보는 여가를 허용해주는 따듯한 마음을 지닌 영혼이다.

리 차일드는 영국에서 태어났으나 현재 뉴욕시티에서 거주하고 있고 그의 통제권을 넘어선 부득이한 경우에만 맨해튼을 벗어난다. 온라인 사이트 www.LeeChild.com에서 장편소설과 단편소설, 영화 〈잭 리처〉와 톰 크루즈 주연의 〈잭 리처: 네버 고 백〉에 관한 보다 많은 정보를 얻을 수 있다. 페이스북(www.facebook.com/LeeChildOfficial), 트위터(@LeeChildReacher), 유튜브(www.YouTube.com/leechildjackreacher)에서도 그를 만날 수 있다.

호텔 로비, 1943

진술을 마치고 나올 때의 기분은 상당히 좋았다. 내 답변은 짧고 간결했다. 나는 상황을 잘 통제했다. 하지 말았어야 할 말은 한 마디도 하지 않았다. 나는 아주 오래전 누군가가 알려준 낡은 수법을 따랐다. 대답하기 전에 머릿속으로 셋을 세라는 것이었다. 이름은? 하나, 둘, 셋, 앨버트 앤서니 잭슨. 그 수법이 성급하고 지혜롭지 못한 답변을 차단해준다. 생각할 시간을 벌어주기 때문이다. 그들을 미치게 만들지만 그렇다 해도 그들이 할 수 있는 일은 없다. 선서에는 "상대편 변호사가 입을 다무는 순간부터 삼 초 이내에 진실, 전체의 진실, 오직 진실만을 말하라"고 나와 있지 않다. 한번 시도해보기를. 언젠가는 이 수법이 당신의 목숨을 구할 것이다. 왜냐하면 때로는 지혜롭지 못한 대답을 하고 싶은 유혹을 느끼기 때문이다. 그날 아침 내가 그랬던 것처럼. 위원회 의장에게는 분명한 목표가 있었다. 그의 입에서 처음으로 나온 실질적인 질문은,

"왜 군에 있지 않으시죠?"였다. 마치 내가 겁쟁이이거나 도덕적으로 타락한 사람이라는 듯이. 아마도 필요에 의해 내 진술이 공개되는 경우, 나의 신뢰도를 깎아내리기 위해서인 것 같았다.

"한쪽 다리가 의족이라서요." 내가 말했다.

그 말은 사실이었다. 진주만 같은 데서 잃은 건 아니었다. 그렇다고 해서 그렇게 추측하는 걸 굳이 막지는 않는다. 실제로는 미시시피 주에서 T형 포드*에 치였다. 좁은 목재 휠, 딱딱한 타이어, 쪼개진 정강이, 어디로든 가기에는 너무 외진 곳에 있었던 시골 의사. 의사는 무릎 아래로 다리를 잘라내는 간편한 방식을 택했다. 대수롭지 않은 일이었다. 군에서 나를 원하지 않게 되었을 뿐. 해군에서도 나를 원하지 않았다. 그러나 그들은 나를 제외한 모두를 원했다. 그리하여 결국 1942년 여름 FBI는 구인난을 겪게 되었다. 다리는 그들에게 문제가 되지 않았다. 야구방망이처럼 단풍나무로 만들었는데, 그들이 그런 걸 묻지는 않았다. 그들은 날 훈련시켰고, 배지와 총을 주었고, 나를 세상으로 내보냈다.

그래서 그로부터 일 년 뒤, 나는 군에 있진 않았지만 적어도 무장은 하고 있었다. 그러나 그런데도 그는 물러서지 않았다. "그런 불운을 겪으셨다니 유감입니다." 그가 말했다. 못마땅하다는 듯, 비난하는 듯, 마치 내가 부주의했다는 듯, 아니면 그게 내가 징병을 피하기 위해 오랫동안 구상한 계획이라도 된다는 듯. 그러나 그 뒤로는 잘 풀렸다. 조사에 관한 절차상의 질문들만 이어졌고, 나는 하나, 둘, 셋을 세고 전부 대답했고, 열두시 십오 분 전에 조사실에

* 포드가 만든 세계 최초의 대량생산 자동차.

서 나올 수 있었다. 앞서 말했듯이 나는 꽤 괜찮은 기분으로 조사실에서 나왔는데, 밴더빌트가 복도에서 나를 붙잡고 한번 더 해야 한다고 말했다.

"한번 더 하다니요?" 내가 물었다.

"진술이요." 그가 말했다. "하지만 사실 진술이라고 할 것도 없습니다. 선서도 하지 않고, 헛소리도 없어요. 순전히 비공식적인 기록이고, 우리 파일에만 보관할 겁니다."

"그 사람들 파일과 다른 우리 파일을 만드는 게 꼭 필요할까요?" 내가 말했다.

"이미 결정된 일입니다." 밴더빌트가 말했다. "그들은 어딘가에 진실이 기록되기를 바랍니다."

그들이 나를 다른 방으로 데리고 갔고 그곳에서 이십 분을 더 기다리자 속기사가 들어와 기록할 준비를 했다. 풍만하고 건장한 체격의 여자였다. 서른 살쯤 되었을까. 천박한 금발. 수영복을 입으면 보기 좋겠다는 생각이 들었다. 그녀는 대화를 원치 않았다. 그러다가 슬로터가 들어왔다. 밴더빌트의 상사였다. 그는 자기가 세인트루이스 카디널스의 이너스 슬로터*와 인척 관계라고 주장했지만 아무도 믿지 않았다.

우리 모두 자리에 앉았고, 슬로터는 건장한 체격의 여자가 연필을 들고 자세를 취할 때까지 기다렸다가 말했다. "좋아, 얘기해보게."

내가 말했다. "전부 다요?"

"내부적인 용도야."

* 세인트루이스 카디널스에서 활약했던 메이저리그 우익수.

"호퍼 씨의 생각이었습니다." 내가 말했다.

책임 소재는 일찌감치 밝히는 편이 낫다.

"이건 마녀사냥이 아니라네." 슬로터가 말했다. "처음부터 시작하지. 이름을 말해주게. 후세를 위해."

하나, 둘, 셋.

"앨버트 앤서니 잭슨." 내가 말했다.

"직책은?"

"FBI 특수요원이고 임시 파견 근무중입니다."

"어디에서?"

"지금 우리가 있는 곳에서요." 내가 말했다.

"그게 어디지?"

"이 프로젝트요." 내가 말했다.

"기록을 위해 이름을 말해주게."

"머티리얼스 그룹 개발사업."

"새 이름."

"그걸 말해도 됩니까?"

"긴장 풀게, 잭슨. 그래주겠나?" 슬로터가 말했다. "자넨 지금 동지들과 함께 있어. 선서를 하지도 않았고. 서명을 할 필요도 없지. 우리가 원하는 건 오직 구두 진술뿐이라네."

"왜죠?"

"우리가 항상 승승장구할 것 같나? 조만간 그들이 우릴 버릴 거야."

"그들이 왜 그러겠어요?"

밴더빌트가 말했다. "왜냐하면 우린 그들을 위해 성공할 거고,

그들은 스포트라이트를 우리와 함께 받고 싶어하지 않을 테니까."

"그렇군요." 내가 말했다.

"그러니까 우리만의 버전을 준비해두는 게 좋겠지."

슬로터가 말했다. "프로젝트 이름을 말해주게."

내가 말했다. "맨해튼 프로젝트."

"자네가 맡은 임무는?"

"보안 업무입니다."

"성공적이었나?"

"지금까지는요."

"호퍼 씨가 무엇을 부탁했지?"

"부탁하지 않았어요, 처음에는." 내가 말했다. "통상적인 절차대로 시작된 일이었습니다. 건물을 한 채 지어야 했어요. 테네시에. 엄청난 양의 콘크리트와 수많은 전문가들의 설계가 필요한 일이었고, 예산은 200만 달러였습니다. 책임자가 필요했지요. 제가 할 일은 그 검증 절차를 진행하는 것이었습니다."

"어떤 방식으로 진행하는지 말해주게."

"그들의 사생활에서 수치스러운 부분을 찾아내고, 사상적으로 의심스러운 부분을 찾는 것입니다."

"왜지?"

"그들이 비밀 때문에 협박당하는 걸 원하지 않고, 그들이 헐값에 그 비밀을 폭로하는 건 더더욱 원치 않으니까요."

"그래서 누구를 조사하고 있었나?"

"셔먼 브라이언이라는 사람이었습니다. 구조공학자였어요. 나이가 많았는데도 일을 제대로 할 줄 알았어요. 그를 군 대령으로 앉혀서 일을 시키자는 게 우리 생각이었습니다. 깨끗한 사람으로 판명이 난다면 말이지요."

"그렇게 판명이 났나?"

"처음엔 괜찮았습니다. 전혀 다른 사안으로 그 사람을 만나서 살펴보았지요. 굳이 말하자면, 콘크리트 선船에 관한 회의였어요. 먼저 그 사람을 보고 싶었어요. 멀리서, 그가 알아차리지 못할 때. 키가 크고, 옷을 잘 입고, 은발에, 은색 콧수염. 나이가 많았지만 꼿꼿했어요. 말도 잘하는 것 같았고요. 그런 유의 사람이었어요. 귀족이라고, 사람들이 그러더군요. 전과도 없었어요. 세 번 다 루스벨트를 뽑지 않았지만, 공식적으로 우린 그 점이 마음에 들었습니다. 좌편향적 연민이 없고. 믿고 맡길 수 있는 사람이라고 생각되었죠. 재정적인 문제도 없고, 업무와 관련된 스캔들도 없었고. 그가 지은 건물이 무너진 적도 없었습니다."

"하지만?"

"다음 단계는 그의 친구들과 얘기를 나눠보는 거였어요. 아니, 그들 얘기를 들어본다고 해야 하나. 그 사람들이 하는 말과 하지 않는 말들을요."

"그래서 무슨 얘길 들었나?"

"별로 듣지 못했습니다, 처음에는. 그런 부류의 사람들은 아주 신중하죠. 아주 올바르고요. 꼭 우편배달부한테 말하듯 하더라고요. 예의바른 사람들이었고, 내가 탄탄하고 훌륭한 조직을 위해 일하고 있다는 데 의심의 여지가 없었는데도, 비밀을 공유하려 하지 않았습니다."

"그런 경우엔 어떻게 하지?"

"진실의 일부를 말하죠. 전부는 아니고요. 우리에게 일급비밀 프로젝트가 있다는 말을 흘렸어요. 전쟁 사업. 국가 보안. 콘크리트 선 얘기를 하면서 절대적으로 필요한 절차임을 암시했습니다. 요즘 같은 시대에는 비밀을 공유하는 것이야말로 애국자의 의무라고요."

"그래서?"

"약간 긴장을 풀더군요. 좋아한다. 존경한다. 비즈니스의 관점에서 보면 정직한 사람이다. 청구서를 제때 지불한다. 사람들을 제대로 대우한다. 고급 틈새시장에서 상당한 성공을 거두었다."

"다 좋다는 얘기로군."

"그 사람들이 말하지 않는 부분이 있었어요. 내가 밀어붙여야 했지요."

"어떤?"

"우리의 셔먼은 결혼한 상태였습니다. 하지만 정부가 있다는 얘기가 있더라고요. 여자와 함께 있는 것을 본 사람도 있었고요."

"협박당할 소지가 있는 내용으로 보였나?"

"저는 호퍼 씨를 만나러 갔습니다." 내가 말했다.

"후세를 위해, 그 사람이 누군지 말해주겠나?"

"저의 상사요. 보안국장. 큰 결정이었어요. 호퍼 씨는 고급 틈새시장에서 성공을 거두었다는 부분을 유독 반기더군요. 그를 대령이 아니라 준장으로 만들 생각을 하고 있었지요. 그는 우리가 필요로 하는 바로 그런 유형의 인물이었습니다. 그에게 일을 넘기는 건 큰 결단이었죠."

"호퍼 씨는 그가 협박당할 가능성이 있다고 보았나?"

"그렇진 않았어요. 하지만 그런 걸 어떻게 확실히 알 수 있겠습니까?"

"호퍼 씨에게 어떤 식으로든 조언을 했나?"

"정보를 더 수집해야 한다고 했습니다. 루머만 믿고 큰 결단을 내려서는 안 된다고."

"호퍼 씨가 자네 충고를 듣던가?"

"어쩌면요. 호퍼 씨는 오만한 사람은 아니었어요. 항상 우리를 위해 시간을 할애해주었지요. 어쩌면 어느 정도는 제 의견에 동의했던 것일 수도 있고요. 아니면 회의에 들어가서 잘돼가는 일에 초를 치는 게 두려웠을 수도 있고요. 어쩌면 결정을 미루고 싶었는지도 모르죠. 어느 쪽이건, 그는 더 많은 정보를 원했습니다."

"그래서 정보를 어떻게 수집했지?"

"처음 사흘간은 할 수 있는 일이 없었어요. 셔먼이 자기 여자 중 누구도 만나지 않았으니까요. 콘크리트 선 회의에 매여 있었어요. 그런데 대체 그게 말이 되는 일이라고 생각합니까?"

"나한테 묻는 건가?" 슬로터가 말했다. "콘크리트 선 말이지?"

"제가 듣기엔 한심한 발상 같아서요."

"내가 항해 전문가는 아니라서."

"철판이 아니잖아요. 아주 두껍게 주조를 해야 할 거라고요."

"주제에서 벗어나지 말아주겠나?"

"죄송합니다. 그는 콘크리트 선 회의에 참석중이었어요. 열심히 일했지요. 침대에서 시간을 보내지 않았어요. 하지만 호퍼 씨는 자기 두 눈으로 직접 보고 싶다고 했습니다. 정말 그 사람을 좋아했거든요. 그 일의 적임자로 생각했다는 거죠. 일말의 의심도 없기를 바랐어요. 그래서 우린 기다려야 했죠."

"얼마나?"

"여기저기 기름을 좀 쳐두었어요. 주로 호텔들에요. 그러다 어느 날 우리의 셔먼이 금요일 밤 객실을 예약했다는 직원의 제보를 받았습니다. 더블룸이었어요. 그와 그의 아내 이름으로 되어 있었지요. 아무도 믿지 않았어요. 왜 호텔을 예약하겠어요? 집을 놔두고. 그래서 호퍼 씨가 작전을 짰습니다."

"작전이라면?"

"우선 우리는 호텔을 둘러보러 갔습니다. 호퍼 씨는 로비에서 일을 처리하고 싶어했죠. 그런 부류의 사람을 객실에서 상대하는 건 어딘가 적절하지 않다고 생각했으니까요. 그래서 호텔 로비를 살펴보았어요. 회색 벨벳 팔걸이의자가 있었는데, 한쪽에 세 개가 있고 맞은편에 두 개가 있었어요. 문양을 새긴 육중한 오크재로 만든 프런트가 있었고요. 조식을 먹는 식당으로 들어가는, 커튼이 쳐진 출입구가 있었어요. 호퍼 씨가 어떻게 하면 좋을지 알 것 같다고 했습니다. 창문이 하나 있었어요. 문 오른쪽으로. 까치발을 하면 거리에서 창문 안쪽을 들여다볼 수 있었어요. 괜찮은 방법이긴 했지만, 꼭 그렇다고만 볼 수는 없었던 게, 거기 서서 몇 시간 동안 창문으로 안을 들여다볼 수는 없는 노릇이니까요. 더구나 보도에서 그럴 수는 없었죠. 행인이 경찰을 부를 테니. 시간을 정확히 맞춰야 했어요. 호퍼 씨는 뾰족한 수를 찾을 수가 없었습니다."

"그래서 호퍼 씨는 그 문제를 어떻게 해결했지?"

"해결 못했어요. 제가 며칠 동안 프런트를 맡으면 어떻겠느냐고 제안했어요. 일종의 잠복근무였죠. 일이 많을 것 같지는 않았어요.

주로 램프 갓 뒤에 숨어 있으면 되니까요. 아무도 날 못 볼 테고. 호퍼 씨가 안을 들여다봐야 할 시간이 되면 호텔 밖 네온등을 깜빡이면 되겠다고 생각했죠. 스위치가 바로 거기 있었거든요."

"그러니까 두 사람이 체크인을 할 때 그에게 알려주겠다는 계획이었나?"

"우리는 그 작전으로 두 가지를 얻을 수 있을 거라고 생각했습니다. 호퍼 씨는 바라던 대로 직접 그를 볼 수 있고, 저는 초근접 거리에서, 그의 애인이 부인으로 위장해 체크인하는 장면을 볼 수 있을 테니까요. 호퍼 씨는 탐탁하게 여기지 않았습니다. 앞서 말씀드렸듯, 그 사람을 좋아했기 때문입니다. 하지만 어떻게든 선을 그어야 했어요. 그 프로젝트는 중요했으니까요."

"작전은 성공했나?"

"아뇨." 내가 말했다. "여자는 실제 그의 부인이었습니다. 면허증을 보여주더군요. 거의 자동적으로. 남편하고 여행을 많이 다니는 것 같았어요. 콘크리트 선과 관련된 모든 비밀 회의가 열리는 곳으로 말입니다. 별생각 없이 보여주더라고요. 이름도 일치했고 사진도 일치했습니다."

"그래서 어떻게 했나?"

"아무것도요. 우린 호텔 직원인 척했어요. 전화벨이 울렸는데, 호퍼 씨가 길 건너 공중전화에서 건 전화였어요. 다급했어요. 또다른 여자가 같은 호텔로 향하고 있다는 정보를 입수한 겁니다. 바로 그 시각에요. 호퍼 씨는 제게 대기하라고 했어요. 제가 우리의 서면을 아래층으로 호출할 계획이었어요. 문제될 게 없다고 생각했습니다. 그는 내가 여자를 올려보내는 걸 원하지 않을 테니까요.

더구나 자기 부인이 있는 방으로는."

"여자가 도착했나?"

"마치 영화의 한 장면 같았습니다. 스크루볼 코미디* 영화요. 엘리베이터가 움직이는 소리가 들렸어요. 엘리베이터는 저와 식당 사이에 있었습니다. 엘리베이터 문이 열리고 우리의 셔먼이 걸어 나오더군요. 아내의 모피 망토를 들고서요. 바로 뒤에서 부인이 걸어나왔어요. 파란색 드레스를 입고, 잡지를 들고서. 제 마음의 반은 요원답게 생각하지만, 나머지 반은, 이봐, 너무 늦기 전에 어서 여기서 튀어, 라고 말합니다. 그런데 부인이 의자에 앉아요. 바로 제 앞에. 그리고 잡지를 읽기 시작합니다. 우리의 셔먼은 엘리베이터에서 두 발짝 떨어져 있어요. 그때까지 저는 램프 갓 뒤에 숨어 있고요. 또다른 여자가 들어옵니다. 모피 코트, 모피 모자, 붉은 드레스. 나이가 더 많아요. 셔먼과 비슷한 나이예요. 그녀가 몸을 숙이고 셔먼의 아내 뺨에 키스하더니 셔먼에게 다가가 똑같이 합니다. 나는 생각하죠. 대체 이게 무슨 상황이지? 세 사람이 한 침대에? 그건 더 끔찍한데."

"그다음엔 어떻게 됐지?"

"다른 여자가 의자에 앉았고 부인은 계속 잡지를 읽었어요. 다른 여자가 고개를 들고 셔먼에게 뭐라고 얘기를 했어요. 공손한 대화가 오갔어요. 제가 네온등을 깜빡이자 호퍼 씨가 창문으로 안을 들여다보았어요. 그가 전부 봤습니다. 호퍼 씨는 세부적인 것을 다

---

* 경제적·신분적 격차가 큰 남녀 주인공이 등장하는 코미디 영화로, 로맨틱 코미디 장르의 원형.

기억하고 있었어요. 벽에 걸려 있는 산속 호수 그림까지. 하지만 무슨 일이 일어나고 있는지는 이해할 수가 없었어요. 대체 상황이 어떻게 돌아가는지 알 수 없었죠."

"그래서 어떻게 했나?"

"호퍼 씨는 벽에서 물러나 보도에서 기다렸어요. 우리의 셔먼은 아내하고 떠났고요. 또다른 여자는 제게 택시를 불러달라고 했어요. 제가 상황의 주도권을 쥐고 배지를 보여준 뒤 그의 친구들에게 했던 장광설을 풀어놓았어요. 국가 보안, 어쩌고저쩌고. 그리고 몇 가지 질문을 했습니다."

"그래서?"

"여자는 셔먼의 장모였습니다. 셔먼보다 두 살이 어렸는데, 참, 세상 살다보면 별일이 다 있어요. 셔먼은 어린 아내와 아주 행복했어요. 아내도 무척 행복했고요. 장모는 그들 두 사람을 흐뭇해했어요. 장모가 한 달 동안 방문차 이곳에 와 있었고 그가 구경을 시켜주고 있었다더군요. 자기를 위해 시간을 내어준 것을 고맙게 생각하고 있었어요. 우리는 그가 자기 아내를 기쁘게 해주려고 그랬을 거라 생각했어요. 기쁘게 해줄 만하죠. 나이든 남자라면 더더욱. 그들은 아침 일찍 기차를 타야 했기 때문에 집이 아닌 호텔에 묵었던 거였어요. 그래서 결국 공포는 끝났습니다. 수많은 남자들이 어린 여자와 결혼하니까요. 그건 불법이 아니고요. 호퍼 씨는 셔먼을 그 일의 적임자로 판단했고, 셔먼은 이미 테네시에서 작업에 착수했습니다."

슬로터가 잠시 말을 멈추었다가 말했다. "좋아. 우리에게 필요한 자료는 얻은 것 같군. 고맙네, 잭슨."

그날 들어 두번째로 나는 기분좋게 진술을 마쳤다. 나는 하고 싶지 않은 말은 전혀 하지 않았다. 진실의 일부는 기록되었다. 모두가 행복했다. 결국 우린 그들을 위해 성공했다. 그리고 그들은 우리를 버렸다. 그러나 그때가 됐을 때 우리의 셔먼 브라이언은 이미 죽고 없었기 때문에 아무래도 상관없었다.

바닷가 방

니컬러스 크리스토퍼

니컬러스 크리스토퍼는 열일곱 권의 책을 출간한 저자로 그중에는 여섯 편의 장편소설 『솔로이스트*The Soloist*』『베로니카*Veronica*』『별로 떠나는 여행*A Trip to the Stars*』『프랭클린 플라이어*Franklin Flyer*』『베스티어리*The Bestiary*』『타이거 래그*Tiger Rag*』와 아홉 권의 시집이 있으며 최신작으로는 시집 『주피터 플레이스에서*On Jupiter Place*』『적도를 건너며*Crossing the Equator*』가 있다. 비소설 『깊은 밤 어딘가에서: 필름누아르와 미국의 도시*Somewhere in the Night: Film Noir & the American City*』와 동화책 『니콜로 젠의 진짜 모험*The True Adventures of Nicolò Zen*』을 썼고 두 편의 시선집 『언더 35*Under 35*』와 『모험을 즐기다*Walk on the Wild Side*』를 편집했다. 그의 저서는 여러 나라에서 번역·출판되었다. 그는 현재 뉴욕시티에 살고 있다.

그는 이렇게 쓰고 있다. "에드워드 호퍼는 1913년에서 1967년까지 워싱턴스퀘어 북부 3번지 4층에 있는 스튜디오에서 살며 작업했다. 나는 그의 브라운스톤 건물에서 두어 블록 떨어진 곳에 살았고 거의 매일 그 건물을 지나쳤다. 그의 수많은 캔버스를 밝히던 창밖 불빛들, 그의 작품들의 시금석이 된 빨간 벽돌과 이중 경사 지붕들, 그의 구성에 따라 지리적으로 재배치되곤 했던, 그의 그림에 등장하는 동네 건물들(우리집을 포함한)을 나는 알아본다. 그래서 나에게 그의 작품은 더욱 특별하다."

바닷가 방, 1951

1

집으로 들어가는 문은 두 개였다. 첫번째 문은 가구가 없는 작은 방에 있었고, 곧장 바다로 나 있었다. 그 문은 바다를 통해서만 들어올 수 있는 문이었다. 화창한 날 그 문을 활짝 열어놓으면 사선으로 스며드는 햇살이 바다 가까이에 있는 벽의 절반을 대각선으로 비추었다. 수평선 너머로 해가 저물어가는 동안에는 그 벽을 해시계로 삼을 수도 있었다. 햇살이 드리운 벽의 절반은 벽이 완전히 어두워질 때까지 점점 줄어들었다.

그 집의 반대편, 현관에 있는 두번째 문은 숲을 지나 도시 경계의 후미진 공원으로 이어지는 험한 길 쪽으로 나 있었다. 중앙에 물을 뿜는 석조 인어들이 자리잡은 공원 분수는 몇 달째 물이 말라 있었다. 거리에 줄지어 들어선 건물들은 붉은색과 갈색이었다. 태양이 벽돌을 갉아먹어 작은 먼지바람이 일었다. 황혼이 내리면 파란 창문들은 호박색으로 바뀌었다. 여자들이 비상계단에서 담배를 피우며 책을 읽고, 이따금 바다로 흘러드는 멍든 구름의 강을 바라보았다. 그들 중 한 명, 붉은 머리 여자는 1세기 전에 쓰인 『바닷가 방』이라는 얇은 회고록을 읽고 있었다. 그 책의 작가 클로딘 레멘테리아는 미국으로 이민 온 바스크의 선박왕과 결혼했다. 그녀 자신도 바스크 사람이었는데, 서른 살의 나이에 요절하기 직전 남편을 기쁘게 해주기 위해 모국어인 에우스케라어로 이 책을 썼다. 당시 자비로 출판한 소량을 제외하면—지금은 그중 몇 부만 남아 있다—그녀의 책은 최근까지 영어로 번역되거나 출판되지 않았었다. 붉은 머리 여자 카먼 론슨은 클로딘 레멘테리아의 증손녀로 나이는 서른 살이었고, 영문판과 남아 있는 에우스케라어판을 각각 한 권씩 소장하고 있었다.

카먼은 오늘 아홉시에 이 집에 도착했다. 손가락 사이에 담배 한 개비를 들고 겨드랑이 밑에 『바닷가 방』 두 권을 낀 채 숲에서 나와 길을 따라 걸었다. 길이 끝나는 곳에 있는 바위 밑에서 열쇠를 하나 꺼내 문을 열고 집안으로 들어섰다. 초록색 드레스를 입고, 삼지창 무늬가 있는 초록색 실크 스카프를 둘렀으며, 초록색 신발을 신고, 밴드에 공작새 깃털 하나를 꽂은 파란 스웨이드 모자를 쓰고 있었다. 립스틱은 손톱 매니큐어와 어울리는 산호색이었다. 클로딘 레멘테리아의 회고록에 실린 흑백사진 속 여자도 똑같은 모자를 쓰고 있었다.

카먼은 좁은 흰색 문 열두 개가 있는 기다란 복도를 따라 걸었다. 비스케이만에서 난파된 여객선 사비나호에서 인양한 문들이었다. 그녀는 문이 바다로 나 있는 방을 지나 그 옆방의 빨간 소파에 앉았다. 바다 쪽으로 창문은 나 있었지만 문은 없는 방이었다. 그녀는 모자를 벗고 스카프를 풀고 물결치는 머리카락을 고정한 머리핀을 풀었다. 그녀는 키가 컸고, 희고 주근깨가 없는 피부에, 섬세한 이목구비, 강인한 손을 지녔다. 그녀의 아련한 파란색 눈동자가 바람에 하늘거리는 커튼과 어울렸다.

그녀는 낮은 테이블 위에 책 두 권을 나란히 펼쳐놓았다. 그녀가 이 집에 둔 에우스케라어-영어 사전과 함께. 에우스케라어를 공부했고 바스크 지방에서 여름을 두 번 보냈지만, 그녀는 천천히, 작은 소리로 단어들을 발음하고 더듬더듬 번역해가며 책을 읽었다. 집으로 들어가는 문은 두 개였다…… 방을 여러 개 지나면 나오는 부엌에서 냄새가 풍겨왔다. 샬롯 튀기는 냄새, 그릴에서 지글거리는 옥돔 냄새, 오븐 속 비스킷 냄새.

2

그날 아침 요리사는 물고기를 잡았다. 문에서 바다로 낚싯줄을 드리우고, 문틀에 다리를 걸치고, 잔물결이 그의 샌들 밑창을 핥는 동안. 그의 이름은 솔로몬 파비우스. 오랜 세월 동안 카먼의 어머니 칼레타를 위해 일했다. 칼레타가 딸에게 이 집을 남기고 죽었을 때 그는 이 집에 남았다. 그는 카먼에게 『바닷가 방』을 전해주겠다고 칼레타와 약속했다. 세네갈 출신의 스페인 사람인 그는 스페인어는 물론이고 프랑스어와 세네갈어, 에우스케라어를 할 줄 알았다. 결국엔 미국에 정착했지만, 영어는 생활이 가능한 정도의 기본

적인 회화만 구사했다. 그는 언어라면 이미 할 만큼 했다고 생각했다. 칼레타와 그는 주로 에우스케라어로 대화했고 그것이 칼레타가 그를 고용한 이유 중 하나였다. 카먼과 그녀의 아버지 클라우스를 포함한 다른 가족들은 그들이 하는 얘기를 거의 알아듣지 못했다. 클라우스 론슨은 덴마크 출신의 의사로 베네치아에서 칼레타를 만나 두 달 만에 결혼했다. 그는 카먼이 여섯 살 때 죽었다. 파비우스가 이 집에 들어온 이듬해였다. 해마다 클라우스의 생일이 되면 칼레타는 로마에서 그가 자신에게 청혼할 때 마셨던 것과 똑같은 샴페인을 마셨다. 그를 위해 건배하면서 칼레타는 클라우스가 자신이 사랑했던, 그리고 사랑할 유일한 남자라고 말했다. 남편이 죽은 뒤로 칼레타와 파비우스는 오직 에우스케라어로만 대화했다.

파비우스는 젊은 시절 스페인으로 가서 바르셀로나와 마드리드 최고의 요리학교에서 수학했다. 그는 5성급 호텔 두 곳에서 주방장으로 일했다. 빌바오의 술타나 호텔과 세비야의 아틀란티스 호텔이었다. 그의 특기는 바스크 요리였다. 그가 아틀란티스 호텔에 있을 때, 바스크 가문의 유명한 변호사 후안 아사롤라는 여섯 가지 코스 요리를 맛보고 나서 파비우스의 요리에 감복했다. 아사롤라는 남쪽으로 50마일 떨어진 카디스에서 변호사 일을 하고 있었고, 바스크 레스토랑이라면 여러 곳을 다녀본 사람이었다. 그러나 피레네에서조차 파비우스의 요리만큼 독창적이고 특별한 음식을 맛본 적은 없었다. 아사롤라는 미국에 살고 있는 자신의 부유한 사촌이 주방장을 찾고 있다고 했다. 아틀란티스에서 받는 월급이 얼마건 그 네 배를 줄 수 있으며, 취업허가증, 비자, 거주지, 의료 문제를 전부 해결해주고, 그가 원하는 화폐로, 세계의 어느 은행으로든 연금을 지급해줄 거라며 개인을 위해 일할 수 있겠느냐고 물었다. 너무도 놀란 나머지 그 제안을 반신반의했던 파비우스는 생각해보겠다고 대답했다. 아사롤라는 자신이 세비야를 떠나기 전까지, 스물네 시간 안에 답을 달라고 했다. 파비우스는 자신의 상사와 호텔 매니저, 호텔의 법무법인을 통해 나름대로 조사를 했다. 아사롤라의 기록은 완벽했다. 그의 제안은 확실했다. 파비우스는 그 제안을 받아들였고 그날 이후 뒤를 돌아보지 않았다. 지난 이십오 년간 그 역시 엄청난 부자가 되었다. 아직 카먼에게 알리지는 않았지만 그는 조만간 은퇴해 스페인으로 갈 생각이었다.

파비우스는 어깨가 넓고, 가슴이 떡 벌어진 남자였다. 예순여덟의 나이에도 근육질의 팔과 크고 평평한 손, 기다란 목의 조합 때문에 실제보다 키가 더 커 보였다. 그는 길고 흰 셔츠에 바지 차림이었지만 요리사 모자는 쓰지 않았다. 대신 숱이 많고 곱슬한 흰 머리카락 위에 황금색 술이 달린 빨간 페즈*를 썼다. 수많은 복도를 지나야 나오는 그의 방은 바다로 문이 난 방에서 너무 멀어서 아무도 찾을 수가 없었다. 그도 그럴 것이, 그가 이 일을 수락하면서 내건 한 가지 조건이 바로 그의 방이 예외 없이, 언제나, 완벽하게 사생활이 보장되는 공간이어야 한다는 것이었다.

3

그 집에는 다른 특이한 점들—카먼에게는 놀라운 일이었다—

* 일부 이슬람 국가에서 남자들이 쓰는, 챙 없는 모자.

이 있었다. 예를 들면, 해마다 인간의 도움 없이, 방이 새로 생겼다. 파비우스가 도착하던 해, 클라우스 론슨이 폐암에 걸리기 몇 달 전부터 시작된 일이었다. 칼레타 론슨은 그 우연의 일치를 대수롭지 않게 넘겼다. 그녀는 마치 바다에서 솟아나듯 갑자기 방이 생겨날 수 있다고 믿어 의심치 않았다. 통상적인 물리법칙에 어긋나는 일들은 항상 일어나지만, 대부분은 사람들이 알아차리지 못한 채 묻히는 것뿐이라고 칼레타는 말했다. 그렇다면 사람들이 알아차린 것들 중에는 어떤 게 있느냐고, 여섯 살 카먼이 물었다.

"머리가 두 개이고 심장이 하나인 도롱뇽이 있지." 칼레타가 대답했다. "브라질 고지대에는 하늘로 솟아오르는 폭포도 있고."

"그런 것들을 직접 봤어요?" 카먼이 물었다.

"물론이지. 그러지 않고서야 엄마가 어떻게 알겠니? 그런 경이로운 일들을 행운의 징조로 여기렴. 성스러운 축복이라고 말이야."

어머니 덕분에 카먼은 설명할 수 없는 일들은 설명할 수 없어서 더 진실하고 강력한 것임을 이해했다. 커갈수록 어머니의 순환 논리와 상상의 나래에 익숙해져갔다.

그러나 그런 칼레타조차 이 현상이 끝나지 않는 과정이며, 이 집에 얼마나 많은 방들이 생겨날지 알 수 없다는 것이 분명해지자 불안해했다. 칠 년 뒤 그녀는 그녀와 남편이 전부터 일을 맡겨온 건축가들을 불러 상황을 설명했다. 그들은 그녀의 말을 믿지 않았다. 집에 와서 집의 본래 설계도를 보며 조사한 뒤 방 일곱 개가 새로 생겨났음을 깨닫고 그들은 경악했다. 전부 새로 페인트칠을 한 잘 만든 방들이었다. 처음에 건축가들은 그녀가 자신들을 속이는 거라고, 시공업자를 시켜 방을 만들었을 거라고 생각했다. 그러나 무엇 때문에 그들을 속인단 말인가? 더구나 그들은 그녀에게 시간당 400달러를 청구하고 있었다. 건축업자들은 칼레타를 놀라게 할 셈으로 이 년 뒤 예고 없이 찾아왔지만 새로운 방 두 개를 발견했을 뿐이었다. 건축가 한 명은 집안을 돌아다니다가 길을 잃었고 어두운 방에서 넘어지는 바람에 팔이 부러졌다. 또 한 명은 아버지가 프랑코* 휘하에서 일했다는 보수파 스페인 사람이었는데, 자신의 동료에게 바스크 사람들하고 일을 하면 결국 이 꼴이 난다며 화를 냈다. 그는 일종의 엑소시즘 의식으로 앞마당의 잔디에서 설계도를 태웠다. 그러고는 떠나면서 칼레타에게, 그녀에게 필요한 건 건축가가 아니라 엑소시스트라고 쏘아붙였다. 그다음날 그는 심각한 심장마비를 일으켰다.

4

한 달 전, 어느 후덥지근한 오후, 카먼은 보트 사고를 당했다. 그녀는 한때 어머니의 소유였던 작은 보트를 몰고 나갔다. 어렸을 때 보트 조종법을 익혔고 작은 사고 한 번 낸 적이 없었다. 그런데 이번에는 고요한 바다에서 갑자기 거센 파도가 솟아올라 갑판을 휩쓸었다. 그녀는 쓰러지거나 다치지 않았고 의식을 잃지도 않았고 보트도 뒤집히지 않았지만, 한참 동안, 마치 시간 속에 정지된 듯, 파도 속에 갇혀 있었다. 그녀는 보트 밖으로 떨어질까봐 두려웠다. 그러나 파도가 안개 속으로 잦아들며 바다는 다시 고요해졌고, 그

* 프란시스코 프랑코. 나치 시대 스페인의 총통이자 독재자.

녀는 노를 저어 해변으로 돌아올 수 있었다.

그날 이후 카먼은 방의 숫자가 빠르게 불어나기 시작했다고 확신했다. 매년이 아니라 매달. 방을 세어볼 때마다 다른 숫자가 나왔다. 집의 외형은 삼십 년 전 처음 집을 지을 때와 다르지 않았지만, 내부는 그녀가 살펴볼 때마다 점점 더 넓어졌다. 마침내 그녀는 집의 구조를 파악할 수 없다는 결론에 도달했다. 그녀의 머릿속으로 그려보기엔 너무 거대한 집이었다. 방과 복도들은 그저 늘어나기만 하는 게 아니라 확장되거나, 수축되거나, 위치가 바뀌었다. 집 전체의 구조가 유동적이었다. 며칠을 연달아 같은 복도로 들어서면 하루는 침실이 네 개였고 그다음날은 두 개였다. 아니면 끝이 막혀 있고 그 자리에 잠긴 벽장이 하나 생겼거나 하는 식이었다.

방들은 침실과 응접실이었다. 벽은 흰색으로, 천장은 파란색으로 칠해져 있었다. 침실 가구는 다 똑같았다. 침대 하나, 서랍장 하나, 침대 옆에 놓인 작은 테이블 하나. 응접실에는 초록색 유리 램프가 올려진 책상 하나와 안락의자 하나가 있었고 책상마다 파란색 노트 한 권과 만년필이 있었다. 침실은 반듯하게 정돈되어 있었고 노트에는 아무것도 적혀 있지 않았다.

보이지 않는 자신의 방에서 묵는 파비우스, 그리고 카먼만이—최근까지—이 집에서 잠을 잤다. 아담한 2층에는 카먼의 침실과 작업실만 있었는데, 일종의 감시탑 안에 있는 독립된 공간이었다. 나선형 계단을 통해 올라갈 수 있었고 바다가 보이는 세 개의 창문과 숲이 보이는 네번째 창문을 통해 360도 전망을 확보하고 있었다.

파비우스가 왜 이 집에 대해 다른 사람들보다 더 정확히 알고 있는지 카먼은 이해할 수 없었다. 그는 자신의 숙소를 편안히 드나드는 것은 물론이고 방과 방 사이를 더 빠르게 이동했다. 그녀가 그 점에 대해 묻자 처음에 그는 질문을 이해하지 못한 척했다. 그녀가 불완전한 프랑스어로 다시 물었을 때는 이 집이 행운의 집이라고 대답하는 것으로 답변을 회피했다. "어머님께서 늘 그렇게 말씀하셨지요." 카먼은 그가 더이상 아무 말도 해주지 않으리라는 걸 알았다.

5

파비우스가 카먼의 인생 거의 대부분에 걸쳐 곁에 있었음에도 불구하고 그녀는 그에 대해 놀라울 만큼 아는 것이 없었다. 그의 어린 시절, 학창 시절, 세네갈에서의 삶—전부 모호했다. 그는 자신이 할 줄 아는 몇 개의 언어 중 그 어떤 언어로도 결코 자신의 과거에 대해 말하는 법이 없었다. 어머니는 더 많이, 훨씬 더 많이 알고 있었을 거라고 카먼은 확신했다. 그러나 칼레타는 자신이 알고 있는 사실을 카먼에게 꼭 한 번 얘기했을 뿐이었다. 파비우스의 출생에 대한 간략한 이야기였다.

칼레타는 카먼에게, 파비우스의 아버지는 스페인 선교사였고, 엔지니어였던 남편을 잃은 프랑스 여자와 결혼했는데, 여자가 자살하려는 것을 그가 말렸다는 이야기를 들려주었다. 그녀는 어느 정글 마을의 광장으로 들어서서—그늘에 개 여러 마리가 잠들어 있었고 닭들이 땅을 쪼고 있었다—자신의 가슴에 총을 겨누었다. 가슴에 닿은 총구가 서늘했다. 등의 움푹한 부분에 땀이 고였다.

요리사의 아버지가 행인들에게 나눠주던 팸플릿을 내던졌다. 팸플릿에는 구원이 너의 나침반이요, 빛의 바다를 가로지르는 항해를 시작하라, 라고 적혀 있었다. 그는 양손을 깍지 끼고 그녀 앞에 무릎을 꿇었다. 여자는 너무나 놀랐지만, 눈을 깜빡이거나 무슨 말을 하지 않고 총구를 내렸다. 그러고는 남자가 일어서서 총을 받아들고 공이치기를 내리는 모습을 바라보았다. 그는 그녀를 햇살 밖으로, 아이언우드나무 아래 곰팡이 핀 벤치로 이끌었고, 그녀는 벤치에 주저앉으며 울음을 터뜨렸다. 그가 그녀의 곁에 앉았고 두 사람은 네 시간 동안 아무 말도 하지 않았다. 그러다 마침내 그녀가 자신의 외동딸이 우기에 물에 빠져 죽었다는 이야기를 했다. 그녀는 일주일 뒤 선교사와 결혼했고 그로부터 아홉 달 뒤 이 집의 요리사로 성장할 아기를 낳았다. 그녀는 아기에게 솔로몬이라는 이름을 지어주고 아기를 요람에 눕힌 뒤, 아기의 아버지에게 이 아기가 백 년 혹은 그 이상을 살 거라고 말했다.

파비우스에게 가까운 가족이라고는 일흔 살 된 쌍둥이 여자 형제들뿐이라는 것을 카먼도 알고 있었다. 한 명은 마르세유에 사는 은퇴한 과학 교사이고 또 한 명은 다카르에 나이트클럽을 소유하고 있었다. 그는 그녀들이 스무 살 때 찍은 사진을 부엌 선반에 두었다. 두 사람은 흰 드레스를 입고 뜨거운 햇볕 아래에서 양산 하나를 나누어 쓰고 있었다. 칼레타는 파비우스가 결혼한 적이 없다고 했고 카먼이 알기로는 친구도 없었다. 고용인이긴 했지만 그는 이십오 년 동안 마음대로 드나들며 이 집에 살고 있었다. 그는 일 년에 이 주 정도 쌍둥이 중 한 명을 만나러 가는 것을 제외하면 집을 벗어나는 일이 거의 없었다. 자기 카약을 타고 해변에서 수마일

노를 저어 바다로 나가기도 했고, 날씨나 계절에 상관없이 매일 두 차례씩 한참 동안 수영을 했다. 개인 수상 서비스를 통해 일주일에 두 번 식료품과 각종 물자를 공급받았다. 그는 항상 부엌 카운터에 체스판을 놓아두었다. 요리를 하는 동안 그는 체스 책에 기록된 유명한 게임들을 복기했다. 알레힌, 카파블랑카, 모피.*

얼핏 보기에 카먼과 파비우스의 관계는 단순해 보였다. 그러나 속을 들여다보면 여간 복잡하게 얽혀 있는 게 아니었다. 두 사람은 그들의 공용어인 프랑스어로 대화했다. 그들은 그가 준비할 음식에 대해 의논했고, 두 사람 다 항해를 좋아하기 때문에 조류와 풍향의 과학에 대해 이야기했다. 그것이 그나마 가장 사적인 대화였다. 카먼은 자신의 어머니와 파비우스의 관계가 늘 궁금했다. 수상택시가 그를 바다로 난 문 앞에 처음 내려주고 그가 에우스케라어로 인사를 건넸을 때부터 칼레타는 그를 편안해했다. 카먼은 한동안 어머니와 파비우스의 관계가 성적인 것은 아닌지 의심했다. 그러나 아버지의 죽음 이후, 카먼은 죽은 남편에 대한 어머니의 정절이 얼마나 확고한 것인지 알게 되었다. 칼레타는 남자와 로맨틱한 관계를 맺는 것은 고사하고 저녁 외출을 한 적조차 없었다. 칼레타는 자신의 선을 지키면서도—파비우스는 요리를 했고 모든 식사를 서빙하면서도 가족과 한 식탁에 앉는 법이 없었다—그를 하인이라기보다는 입주 예술가로 대했다. 두 사람은 체스를 두었고 채소밭에서 함께 일했다. 카먼이 보기에 그 모든 것들 중 가장 이상했던 것은 파비우스의 존재 그 자체였다. 그의 전임자는 가정부였

* 차례로 러시아, 쿠바, 미국 출신의 유명한 체스 선수.

고 그녀도 평균 이상의 요리사였다. 칼레타가 훌륭한 식사를 좋아하긴 했지만 때로 차와 치즈, 그리고 사과 한 개로 하루 식사를 때우는 경우도 있었다. 그러나 신혼여행의 연장으로 남편과 함께 바스크 지방을 여행하면서, 칼레타는 문화와 입맛 등 모든 면에서, 바스크 요리와 그 요리에 담긴 놀라운 섬세함, 벽돌 오븐의 무쇠솥에서 며칠을 끓인 수프와 스튜에 반해버렸다. 그녀는 파비우스의 주문에 따라, 그를 위해 그런 오븐을 설치했다.

카먼이 어머니에게, 파비우스와 그토록 긴 세월을 함께 보냈는데도 어째서 그에 대해 그토록 아는 게 없느냐고 물었을 때 칼레타는 망설임 없이 이렇게 대답했다. "알아야 할 건 이미 다 알고 있단다. 난 자신만의 미스터리를 간직한 사람이 좋아. 진정한 자아를 배신하지 않는 사람. 파비우스가 이곳에 온 뒤 처음 몇 달 동안, 난 그가 먼저 마음을 열고 자기 이야기를 해주기를 기다렸단다. 그러다 어느 순간, 그가 결코 그러지 않으리란 걸 알았지. 문득 그에 대해 알아야 할 것은 그것뿐이라는 생각이 들더라. 그 점을 존중했어. 네가 그에 대해 캐물으려 하면, 카먼, 그 사람은 뒤로 물러날 거야. 사라져버릴 거야."

6

카먼은 파비우스가 자신의 감정을 격하게 표출하는 것을 꼭 한 번 보았다. 어머니의 장례식 때였다. 그가 어머니의 죽음을 카먼에게 설명해주었다. 이틀 전 칼레타가 아침 수영을 하고 있을 때, 파비우스는 부엌 창문을 통해 그녀가 얼마나 큰 곤경에 처했는지 그녀보다도 먼저 알아차렸다. 해변에서 수백 야드 떨어진 곳에서 그녀는 쥐가 났다고 생각했지만 약한 뇌졸중이 온 상태였다. 뇌졸중이 그녀의 오른쪽을 거의 마비시켰다. 고통은 극심했다. 육지에서라면 의학적 도움을 받을 때까지 버틸 수 있었을지 모르지만 물속에서는 아니었다. 그녀는 왼팔로 중심을 잡으며 파도 위로 머리를 내놓고 있으려 애썼다. 파비우스는 집을 가로질러 바다로 문이 난 방으로 뛰어가 신발을 벗고 물속으로 뛰어들었다. 그의 수영 실력은 상당한 수준이었지만 그녀가 가라앉기 전에 물살을 거슬러 그 거리를 따라잡는 것은 무리였다. 그는 옆으로 헤엄을 치면서 문턱 너머로 그녀를 방안으로 밀어넣은 다음, 자기는 짧은 사다리를 타고 올라왔다. 폐에 들어간 물을 토해내게 하고 심장이 다시 뛰게 하려고 가슴을 누르면서 인공호흡을 시도했지만 너무 늦었다. 그는 그녀의 몸 위에 엎드려 흐느껴 울었고, 장례식에서도 흐느껴 울었고, 어머니의 유해를 바다에 뿌리기 위해 집으로 날아온 카먼과 함께 흐느껴 울었다. 그는 그 주 내내 카먼을 세심하게 챙겨주었다. 그러나 그뒤로는 완전히 입을 닫았다. 본래 과묵했던 그는 고집스러운 침묵 속으로 침잠했다. 그는 카먼에게, 당분간 모든 요구와 지시 사항을 글로 써줄 수 있겠느냐고, 그 역시 그렇게 답해도 되겠느냐고 물었다. 자신 역시 애도중이었으면서도 그녀는 별 불만 없이 그렇게 하겠다고 했다. 카먼은 그가 이 집에 남아 여전히 요리를 하는 이유는 어머니에 대한 충성심 때문일 거라고 생각했다.

한번은 도저히 호기심을 억누를 수 없었던 카먼이 이 집의 절대 규칙, 어머니로부터 전해 받은 규칙을 어기고 저녁식사 후 부엌에서 방으로 가는 파비우스의 뒤를 밟았다. 짧은 복도를 두 번 조용히 걷고 나니 더는 그의 발소리가 들리지 않았고 정신을 차리자 카먼은 차가운 돌벽으로 둘러싸인 칠흑처럼 컴컴한 커다란 방에 서 있었다. 그녀는 벽 세 군데를 손으로 더듬어보고 난 뒤에야 전에 한 번도 본 적 없는 복도로 통하는 문을 찾았다. 겨우 지나갈 수 있을 정도의 너비였다. 구불구불한 통로를 한참 지나고 나서야 카먼은 부엌 옆 저장실에 이르렀다.

그녀는 그후로 다시는 그의 뒤를 밟지 않았다.

7

보트 사고 이후, 피로감이, 그다음엔 두려움이 카먼을 갉아먹기 시작했다. 잠을 이룰 수 없었다. 의사 두 명을 찾아가봤지만 두 사람 다 그녀가 지극히 건강하다고 말했다. 그들은 그녀에게 수면제를 처방해주었고 담배를 끊으라고 했다. 카먼은 외국으로 나가볼까 생각했다. 그녀는 오스트리아와 이탈리아에서 소묘와 회화를 공부했고 그곳에 있는 동안 행복했다. 어머니가 세상을 떠나기 전까지, 카먼은 어렸을 때 살았던 집으로 돌아올 생각은 해본 적이 없었다. 그러나 이제 이곳은 그녀의 집이 되었고 이 집에 머무는 짧은 시간 동안 그녀는 소위 '바다 그림'을 그려서 유명해졌다. 마음의 눈에 비친 커다란 집을 스케치하려고도 해봤지만 연필로는 도저히 포착할 수 없었다. 그것이야말로 다음번에 그녀가 그릴 작품의 핵심이라고 생각했다. 그녀는 그렸다 지우기를 반복하며—지붕의 각도와 창문의 수와 포치와 문의 크기를 바꾸어가며—면적을 수정하고 세부 사항을 채워나가기로 했다.

수면제는 효력이 없었고 어둠을 바라보며 지새우는 또 한번의 밤은 견딜 수 없어서 카먼은 시내에 아파트를 빌렸다. 나무 그늘이 있는 조용한 거리의 브라운스톤 건물이었다. 그날 이후 그녀는 매일 밤 푹 잤고 낮시간에 그림을 그릴 때만 집으로 돌아왔다. 그녀는 바다로 트인 방에서 점심식사를 했지만 파비우스가 바구니에 저녁 도시락을 싸주면 해질 무렵 아파트로 돌아왔다. 그녀는 자신이 이런 방식을 택한 이유를 그에게 말하지 않았고 그가 그 점에 대해 한마디도 하지 않아도 놀라지 않았다.

그녀는 계속 클로딘 레멘테리아의 『바닷가 방』을 읽었다. 영문판은 거의 다 읽었지만 에우스케라어판은 생각보다 읽기가 더 어려웠다. 그 책을 읽는 데 그 많은 에너지를 쏟아부을 수가 없었다. 클로딘은 자신의 결혼생활, 남편과 공유했던 책과 음악들, 훗날 칼레타 레멘테리아의 아버지가 될, 그들의 아들의 탄생에 대해 많은 이야기를 썼다. 또한 자신이 살고 있는, 아무렇게나 뻗어나간 빅토리아풍 저택에 대해서도 지나가며 언급했다. 카먼은 그 집의 토대가 현재 집이 있는 위치를 포함하고 있지만 면적은 지금보다 다섯 배가 컸음을 깨달았다. 4층짜리 집은 인디애나에서 수입한 옅은 회색 라임스톤으로 지어졌다. 오크재로 마감했고 지붕엔 슬레이트를 올렸다. 집의 구조에 관해서는 가족들 삶의 배경으로 스치듯 언급했다. 사람들이 태어났고, 죽었고, 병에 걸렸고, 사랑에 빠졌고, 먹고 마셨고, 일광욕실에서 별을 보았고, 밤이면 침대에 누워 파도의 부드러운 리듬에 귀를 기울였다. 가족들은—남자건 여자건 아이들이건—수영을 하고 낚시를 하고 바닷가를 따라 긴 산책을 하며 많은 시간을 보냈다. 비교적 새집이었고, 잘 지어졌으며, 바람이 잘 통하고 해가 잘 들었다. 그리고 끊임없이 팽창하는 집이었다는 것을 카먼은 섬뜩함과 함께 깨달았다. 레멘테리아 집안 사람들은 타고난 보수가들이었고, 새로운 건물을 추가하고, 벽을 무너뜨리고, 방을 다시 설계하고, 설비를 개선한 것 같았다.

칼레타는 카먼에게, 믿기 힘들겠지만 이 집의 사진이나 그림, 스케치, 혹은 그 어떤 시각적인 자료도 존재하지 않는다고 말했다. 서재에 불이 나는 바람에 가족의 사진 앨범들, 회계 기록들, 집안의 청사진과 구조 설계도가 들어 있던 캐비닛이 전부 타버렸다고 했다. 칼레타는 카운티 직원의 문서 보관함에서 집의 설계도를 찾아보았지만 헛수고였다.

어느 날 오후 카먼은 에우스케라어판 178페이지와 179페이지 사이에서 흐릿한 사진 한 장을 발견했다. 집이었다. 눈 오는 크리스마스 아침에 레멘테리아 가족 전체가 집 앞에 서 있었다. 내리는 눈과 빛바랜 사진 사이에서 그녀는 그들의 얼굴을 간신히 알아볼 수 있었다. 집의 가장 뚜렷한 특징은 360도 창문이 달린 한 쌍의 답들과 과부의 널찍한 산책로, 현관문 양쪽을 지키고 있는, 라임스톤으로 깎아 만든 한 쌍의 참고래들이었다.

그렇게 해서 이 집의 현존하는 가장 선명한 이미지는 바로 그 사진, 『바닷가 방』 곳곳에 흩어져 있는 간결하고 단편적인 설명으로 더욱 선명해진 그 사진이었다.

그리고 카먼의 스케치북에 담긴 이미지들도 있었다. 왜냐하면, 그것이 그녀가 그리려 애써왔던 바로 그 집이기 때문이었다.

8

클로딘은 자신들이 사라진 아틀란티스 대륙에 거주했던 사람들의 후손이라는 바스크의 전설을 하나의 사실로 기술하는 것으로 그 책의 마지막 챕터를 시작하고 있었다. 아틀란티스 대륙은 지진 혹은 화산 폭발 같은 불가사의한 대재앙으로 인해 대서양 밑으로 가라앉았다. 그 섬의 마지막 왕은 가데스였고, 그가 스페인 남부 해안에 위치한 고대 도시 카디스를 세운 뒤 그 도시에 자신의 이름을 붙였다. 아틀란티스 대륙의 소수 생존자들이 그곳으로 떠내려왔다. 그들은 북쪽으로 향했고 바다에서 최대한 먼 피레네산맥 고지대에 정착했다. 그녀는 그 이야기에 그녀만의 반전을 하나 더 보탰다. 익사 직전까지 갔던 몇몇 생존자들이 양서류로 변신해 어쩔 수 없이 뒤처지게 되었다는 것이다. 그들은 생존을 위해 바닷가에 남았다. 어부가 되어 해안에 버팀대를 세우고 집을 지었다. 그들은 하루에 적어도 여덟 시간을 바다에서 보내야 했다. 해안에서 수영을 하거나, 보트를 타고 먼 바다로 나갔다.

클로딘의 남편은, 그의 아버지와 할아버지처럼, 방대한 어선단을 물려받았는데—그가 회사를 운영할 무렵에는 스물네 척이었다—모두 그의 증조부가 직접 모은 어선들이었다. 그의 증조부는 수세대에 걸쳐 낚싯배를 탔던 어부들의 후예로, 그들의 초기 조상은 소박한 어부들이었으며, 바닷가에 정착했던 바로 그 아틀란티스의 생존자들이었다.

9

카먼이 파비우스를 미행하고 몇 주 후 파비우스가 기다란 정찬 테이블에 카먼의 점심을 차렸다. 그는 오직 해물만으로 평상시보다 더 공들인 만찬을 준비했다. 아귀 수프, 해초 샐러드, 문어 세비체, 게와 가리비를 채운 오징어. 카먼은 와인 한 잔을 곁들여 식사를 하면서 『바닷가 방』을 읽었다. 두 판본을 비교하면서 마지막 챕터의 세 페이지 이상이 영어 번역판에서 누락되었다는 것을 알게 되었다.

그녀는 사전을 뒤적이고 두 책을 오가며 독서에 열중하느라 파비우스가 염소 치즈를 넣은 살구 요리와 와인잔, 와인병을 들고 온 줄도 몰랐다. 그는 테이블 맞은편에서 그녀를 바라보며 서 있었다. 그녀는 그가 평상시의 흰 옷 대신 파란색 더블브레스트 슈트에 파란색 셔츠, 하늘색 타이를 매고 있는 것을 보고 놀랐다.

"고마워요." 그녀가 말했다. "맛있네요."

"좀 앉아도 될까요?"

그가 또 한번 그녀를 놀라게 했다. 처음으로 앉아도 되겠느냐고 물어서가 아니라 그 질문을 영어로 했기 때문이었다.

"그럼요." 그녀가 말했다.

그가 와인잔과 병을 내려놓고 의자를 당겼다. "이 집에서 가장 오래된 와인입니다. 파우스티노 리오하." 그가 그녀의 잔을 다시 채워주고 자신의 잔도 채웠다.

"영어를 하시네요." 그녀가 말했다.

"못한다고 말한 적은 없습니다. 언어라면 이미 할 만큼 했다고만 했지요. 드릴 말씀이 있습니다." 그가 테이블 위에서 손을 깍지 꼈다. "책을 거의 다 끝내셨네요."

"네."

"두 판본의 페이지들이 대충 비슷하다는 걸 아셨겠군요. 마지막 챕터만 빼고. 왜 그런지 알고 싶으신가요?"

"원본을 보면서 알아내려 애쓰고 있었어요."

"제가 시간을 절약해드리죠. 그리고 아셔야 할 것들을 몇 가지 알려드리겠습니다. 바스크인들의 기원에 대해 써놓은 대목을 읽으셨겠지요."

"그 이야기를 믿으세요?"

"물론입니다. 번역가가 그 부분을 축약했어요. 그녀 자신도 바스크인이었고, 바스크인이라면 누구라도 그럴 수밖에 없었을 겁니다. 오랫동안 숨겨왔던 비밀을 드러낼 순 없었으니까요."

"그럼 당신도 바스크인이군요."

"처음 여기 왔을 땐 몰랐어요. 제 삶을 돌이켜보면, 진작 알았어야 했는데도 말입니다. 제 아버지는 에우스케라어를 사용하지 않았어요. 바스크에서 멀리 떨어진 말라가에서 자랐거든요. 하지만 바스크인이었어요. 고아였고 젖먹이 때 스페인 부부에게 입양되었기 때문에 그 사실을 알지 못했던 거죠. 그의 친부모는, 지금은 산세바스티안이라고 불리는 도노스티아에서 화재로 죽었다더군요."

"번역가가 삭제했던 대목이 뭐죠?"

"어떤 바스크인들은 두 번 죽는다는 것."

"네?"

"해안의 바스크인 후손은, 클로딘이 말한 것처럼 양서류예요.

그들은 지상에서의 삶을 포기한 후, 일 년 동안 해양 생물이 되지요. 그다음엔 진짜 죽어요. 그러한 변이의 순간이 오면 그 사실을 알고 스스로 준비를 합니다. 자신의 삶을 일 년 더 즐기는 거죠. 대신 그 시간 동안은 하루에 여덟 시간이 아니라, 계속 물속에서 살아야 합니다."

카먼은 그를 쳐다보았다.

"못 믿으시겠어요?" 파비우스가 말했다.

"모르겠어요."

"당신의 증조할머니가 그 과정을 상세히 묘사했어요. 그녀 자신도 겪을 과정이었지요." 그가 말을 멈추었다. "어머니도 마찬가지였고요."

"그게 무슨 소리예요?"

"어머니는 익사하지 않았어요. 화장한 게 아닙니다."

"거짓말을 한 거예요?"

"어머니의 부탁이었습니다."

"엄마가 거짓말을 한 거였군요."

"어머니는 당신이 장례식에 도착하기 전에 여길 떠났어요. 물속으로."

카먼이 책을 한쪽으로 치우고 그를 향해 몸을 숙였다. "일 년 전 일이잖아요."

"네. 그러니까 어머니는 이제 정말 떠났어요. 이런 식으로 놀라게 해서 미안합니다. 때가 되면 말씀드릴 생각이었어요."

"그게 언제죠?"

"언젠가 배를 타고 물에 나가 있을 때요." 그가 침착하게 말했다. "하지만 지금은 선택의 여지가 없어요. 저도 준비를 해야 하거든요. 전 오늘 떠납니다."

"이렇게 갑자기요?"

"아주 드문 경우, 우리는 더 많은 시간을 살아요. 보통 이런 식이죠. 난 백 년을 살았어요. 그리고 일 년을 더 살 거예요."

"당신은 예순여덟이잖아요."

그가 미소를 지었다. "제 말 믿으세요. 전 그것보다 더 오래 이 삶에 머물렀어요. 당신의 가족은 내게 정말 친절했습니다. 이제는 내가 태어난 곳으로 돌아가려고 해요."

"바스크 지방으로?"

"아뇨. 그 이전. 카디스 이전." 그가 말을 멈추었다. "이해하시겠어요?"

"무슨 말인지는 알겠지만 이해는 못하겠어요."

"이게 사실이에요."

카먼이 와인을 마셨다. "그럼 나에게도 그런 일이 일어나겠네요. 지금 그 얘길 하는 거잖아요."

그가 고개를 끄덕였다. "다만 아주 긴 삶을 살고 난 뒤일 겁니다."

10

그것이 파비우스의 작별인사였다. 카먼은 다시는 그를 볼 수 없었다.

몇 시간 뒤 그녀는 그의 바다 카약이 사라졌음을 깨달았다. 그는 부엌 카운터 위에 열쇠들을 놓아두었다. 집 열쇠들과 삼지창이 새겨진 커다란 청동 열쇠였다. 부엌은 깨끗했다. 앞치마들은 고리에 걸려 있었지만 쌍둥이의 사진은 사라졌다.

카먼은 파비우스의 열쇠들을 손에 쥐고서 그가 늘 드나들던 문을 지나 전에 보았던 짧은 복도 두 개를 지났다. 이번에는 길을 잃지 않고 훨씬 더 넓고 환하게 불이 밝혀진 복도로 들어섰다. 평범했다. 하얀 벽, 벽에 달린 파란색 촛대, 파란 천장. 난파된 사비나호에서 떼어온 하얀 문이 달린 방들을 몇 개 더 지나쳤다. 복도 끝에 청동 자물쇠가 달린 파란 문이 있었다. 이렇게 쉽게 이곳에 오다니.

그녀는 두 번 노크했지만 파비우스가 이미 떠났다는 것을 알고 있었다. 그녀는 문을 열고 바다 냄새가 나는 크고 둥글고 푸른 방으로 들어섰다. 동그란 창문들은 현창舷窓처럼 생겼지만 그보다 컸다. 전부 바다를 향하고 있었다. 침대 시트는 벗겨져 있었고 소지품은 전혀 없었다. 책상은 깨끗했고 벽장과 캐비닛도 비었다. 욕실은 널찍했고 파란색과 흰색 타일과 청동 세간들이 있었다. 싱크대, 변기, 샤워 부스도 모두 흰색이었다. 그러나 카먼을 욕실 안으로 이끈 것은 둥근 욕조였다. 물을 뺀 지 얼마 되지 않았다. 짙은 파란색 타일이 아직도 젖어 있었다. 깊이 7피트에 지름 15피트인 욕조는 욕조라기보다는 풀장 같았다. 남자 한 명이 몇 시간 동안 잠겨 있거나 떠 있을 수 있는 크기였다. 날씨가 험하거나 일 때문에 바다에 나갈 수 없을 때 파비우스는 이곳에 있었을 거라고, 그녀는 생각했다.

카먼은 이미 자신의 물건 대부분을 시내 아파트로 옮겨두었다. 그날 밤 그녀는 남아 있는 물건들, 캔버스, 물감, 책 들을 챙겼다.

바다로 나 있는 방을 지날 때 문이 닫혀 있는 것을 보았다. 그녀는 불을 끄고 대문을 잠근 뒤 돌길을 따라 걸어내려갔다.

그녀는 어깨 너머로 한 번 돌아보았다. 그때 그녀가 본 것은 방금 떠난 집이 아니라, 사진 속, 그리고 그녀의 스케치 속에 있던 커다란 집이었다. 창문들이 환히 밝혀져 있고 그 뒤로 반짝이는 파란 바다가 펼쳐져 있는 집. 그녀는 아주 오랫동안 그 집을 바라보다가 숲으로 들어갔다. 다시는 뒤돌아보지 않았고, 다시는 돌아가지 않았다.

밤을 새우는 사람들

마이클 코널리

마이클 코널리는 스물여덟 편의 장편소설을 펴낸 작가이며 그중 상당수는 로스앤젤레스 경찰국의 해리 보슈 형사가 주인공이다. 플로리다와 캘리포니아에 살고 있다. 그는 보슈 시리즈 첫 편을 집필하던 중 시카고 미술관에서 에드워드 호퍼의 〈밤을 새우는 사람들〉을 처음 보고 영감을 받아 소설 말미에 그림을 수록한 바 있다.

밤을 새우는 사람들, 1942

이곳 사람들이 어떻게 견디는지 보슈는 알 수가 없었다. 호수에서 부는 바람이 눈구멍 속 안구를 얼리는 것만 같았다. 그는 완전히 무방비 상태로 이 감시 업무를 하러 왔다. 옷을 껴입긴 했지만 지퍼로 연결하는 얇은 안감을 댄 LA의 트렌치코트가 시카고의 겨울 날씨로부터 시베리아허스키를 따듯하게 지켜줄 수는 없었다. 보슈는 틀에 박힌 이야기 따위에 의미를 두는 사람은 아니었지만 문득 자신이 이런 생각을 하고 있음을 깨달았다. 이런 일을 하기에 난 너무 늙었어.

그의 감시 대상이 워배시 스트리트에서 동쪽으로 방향을 틀어 미시건 애비뉴와 공원 쪽으로 향하고 있었다. 그녀가 어디로 가는지 그는 알았다. 그 전날에도 그녀가 서점의 점심 휴식시간에 이 길을 지나갔기 때문이었다. 박물관에 들어서서 그녀는 회원증을 제시했고 곧바로 입장할 수 있었다. 보슈는 1일 이용권을 사기 위해 줄을 서서 기다려야 했다. 그러나 그녀를 놓칠까봐 걱정하지는 않았다. 그녀가 어디에 있을지 알았다. 그는 코트를 맡기는 수고 따위는 하지 않았다. 뼛속까지 추웠고 박물관에 한 시간 이상 있을 거라고 생각하지 않았기 때문이다. 여자는 다시 서점으로 돌아가야 했다.

그는 전시실을 빠르게 가로질러 곧바로 호퍼 상설 전시실로 향했다. 그곳에서 긴 벤치에 앉아 있는 그녀를 발견했다. 그녀는 노트와 연필을 꺼내 이미 작업을 시작한 상태였다. 그 전날, 그는 그녀가 반복해서 고개를 들고 그림을 쳐다보면서 노트에 스케치를 하고 있는 게 아니라는 데 놀랐다. 그녀는 글을 쓰고 있었다.

보슈는 호퍼의 그 그림이 이 박물관에서 가장 많은 관객을 끌어 모으는 그림일 거라고 생각했다. 수많은 사람들이 그 그림을 보러 왔고 아무 생각 없이 그녀의 앞에 서서 시야를 가렸다. 그녀는 그들에게 그 사실을 일깨우려고 헛기침을 하지는 않았다. 말을 하지도 않았다. 그녀는 그림을 가리고 선 사람들을 피해가며 왼쪽 혹은 오른쪽으로 몸을 움직였고 그럴 때 보슈는 그녀의 입가에 번지는 엷은 미소를 얼핏 본 것도 같았다. 마치 새로운 각도로 보는 느낌이 마음에 든다는 듯이.

유일한 벤치에 일본인 관광객 넷이 그녀와 나란히 앉아 있었다. 거장의 가장 유명한 작품을 공부하러 온 고등학생들 같았다. 보슈는 감시 대상이 알아차리지 못하도록 그녀의 뒤쪽으로 가서 전시실 맞은편에 자리를 잡고 섰다. 손바닥을 비벼 온기를 느껴보려 애썼다. 추위 때문에 그리고 박물관까지 아홉 블록을 걸어오느라 관절이 욱신거렸다. 서점 정문의 시야를 확보할 수 있는 실내 공간을 찾을 수 없었다. 그는 차고 앞을 서성거리며 그녀가 점심시간에 서점 입구에 모습을 드러내기를 기다렸다.

학생 하나가 일어서면서 벤치 반대편 끝에 자리가 났다. 그는 벤치로 다가가 감시 대상과 그 사이에 앉은 세 학생을 방어막으로 이용했다. 그는 몸을 앞으로 숙여 모습을 드러내지 않고 벤치 아래쪽을 바라보면서 그녀가 노트에 무엇을 쓰고 있는지 보려 애썼다. 그러나 그녀가 왼손으로 쓰고 있어서 시야가 가렸다.

그는 고개를 들고 그림을 바라보았고 그 순간 관람객들이 흩어지면서 그림이 제대로 보였다. 그의 시선이 카운터에 홀로 앉아 있는 남자에게로 이끌렸다. 남자의 얼굴은 그림의 어두운 곳을 향하고 있었다. 카운터 맞은편에 한 커플이 앉아 있었다. 그들은 따분해 보였다. 혼자 앉아 있는 남자는 그들을 외면하고 있었다.

"이쿠 지칸."*

보슈는 그림으로부터 시선을 거두었다. 나이 지긋한 일본 여자가 벤치에 앉아 있는 학생들에게 다급하게 손짓을 했다. 갈 시간이었다. 여학생 두 명과 남학생 한 명이 일어서더니 종종걸음으로 전시실 밖으로 나가 다른 학생들과 합류했다. 걸작과 함께한 그들의 오 분이 끝났다.

보슈는 벤치에 감시 대상과 단둘이 남겨졌다. 벤치의 두 사람 사이에는 4피트 정도의 공간이 있었다. 보슈는 자리에 앉은 것이 전략상의 실수라는 걸 깨달았다. 그녀가 그림과 노트에서 고개를 돌린다면 그의 얼굴을 똑똑히 볼 수 있을 것이었다. 하루를 더 감

* '갈 시간이야'라는 뜻의 일본어.

시한다면 그녀가 그를 기억할 수도 있었다.

혹시라도 그녀의 시선을 끌까봐 처음에 그는 움직이지 않았다. 그는 이 분 기다렸다가 일어나기로 했다. 얼른 돌아서서 그녀에게 얼굴을 보이지 않을 생각이었다. 아직까지 그녀는 그의 존재를 알아차리지 못하는 듯했고 그는 다시 그림을 바라보는 일로 돌아갔다. 그는 왜 화가가 밖에서 들여다본 식당 내부를 보여주기로 했는지 생각해보았다. 왜 밤의 어둠 속에서 그 광경을 그리기로 했는지.

그 순간 그녀가 입을 열었다.

"굉장하죠. 안 그래요?" 그녀가 물었다.

"네?" 보슈가 물었다.

"이 그림 말이에요. 정말 굉장해요."

"네, 다들 그렇게 말하더군요."

"어느 쪽이세요?"

보슈가 얼어붙었다.

"무슨 말씀이신지요?"

"둘 중 어느 쪽에 더 공감이 가세요?" 그녀가 말했다. "혼자 앉아 있는 남자, 그다지 행복해 보이지 않는 커플, 그리고 카운터 뒤에서 일하는 남자. 저중 누가 당신인가요?"

보슈가 그녀에게서 고개를 돌려 그림을 보았다.

"잘 모르겠어요." 그가 대답했다. "당신은 어느 쪽인가요?"

"저야 당연히 혼자 있는 사람이죠." 그녀가 말했다. "저 여잔 따분해 보여요. 자기 손톱을 들여다보고 있잖아요. 난 절대 따분해하지 않아요. 그러니까 혼자 있는 사람이에요."

보슈는 그림을 쳐다보았다.

"네, 저도 그런 것 같습니다." 그가 말했다.

"무슨 이야기일까요?" 그녀가 물었다.

"저 사람들 말입니까? 왜 이야기가 있다고 생각하시죠?"

"이야기는 항상 있어요. 그림이란 결국 이야기를 들려주는 거잖아요. 저 그림 제목이 왜 '밤을 새우는 사람들'인지 아세요?"

"아뇨, 잘 모르겠어요."

"왜 밤인지는 아주 분명해요. 여자와 함께 있는 남자의 '매부리코'를 보세요."

보슈는 그렇게 했다. 그는 그것을 처음 보았다. 남자의 코는 날카로웠고 새의 부리처럼 구부러져 있었다. 쏙독새.*

"그렇군요." 그가 말했다.

그러고는 미소 지으며 고개를 끄덕였다. 새로 하나 배웠다.

"하지만 빛을 보세요." 그녀가 말했다. "저 그림 속의 모든 빛은 커피숍 안에서 흘러나와요. 그들을 그곳으로 이끈 바로 그 불빛이죠. 빛과 어둠, 음과 양이 선명하게 드러나 있어요."

"화가이신 것 같은데, 그림을 그리지 않고 노트에 글을 쓰고 계시네요."

"화가는 아니에요. 하지만 이야기를 하는 사람이죠. 작가라면 더 좋겠고요. 언젠가는."

그녀의 나이가 겨우 스물셋이라는 것을 그는 알고 있었다. 작가로 성공하기에는 너무 이른 나이였다.

"그러니까 작가인데 그림을 보러 오셨군요." 그가 말했다.

---

* 그림의 제목 'nighthawks'에는 '쏙독새'라는 의미도 있다.

"영감을 얻으러 왔어요." 그녀가 말했다. "저 그림에 관해 백만 자는 쓸 수 있을 것 같아요. 힘든 일이 생기면 여기로 와요. 내가 이겨낼 수 있게 도와주거든요."

"어떤 힘든 일을 말하는 건가요?"

"글을 쓴다는 건 다음에 무슨 일이 일어날지 생각하는 거잖아요. 때론 그게 쉽게 안 떠올라요. 그래서 여기 와서 이런 걸 보는 거예요."

그녀가 다른 손으로 그림 쪽을 가리키고는 고개를 끄덕였다. 문제는 해결되었다.

보슈도 고개를 끄덕였다. 영감이라는 게 무엇이고 그것이 한 분야에서 다른 분야로 어떻게 옮겨가는지, 전혀 무관해 보이는 노력을 통해 어떻게 그것이 떠오르는지 자신은 이해한다고 생각했다. 그는 색소폰의 소리를 연구하고 이해하는 것이 보다 나은 형사가 되는 데 도움이 되었다고 믿고 있었다. 그 이유는 정확히 알 수 없었고 그 자신에게도, 다른 사람에게도 설명할 수 없었다. 그러나 프랭크 모건*의 〈자장가〉 연주를 들으면 일이 더 잘된다는 건 알았다.

보슈가 그녀의 무릎 위에 놓인 노트를 향해 고갯짓을 했다.

"저 그림에 관한 글을 쓰고 있나요?" 그가 물었다.

"그렇진 않아요." 그녀가 말했다. "제 소설을 쓰고 있어요. 저 그림이 제게 영향을 주었으면 해서 자주 오는 것뿐이에요."

그녀가 웃었다.

"알아요, 이상하게 들린다는 거." 그녀가 말했다.

---

* 1940년대부터 오십 년 이상 활동한 미국의 알토색소폰 연주자.

"그렇지 않아요." 보슈가 말했다. "저도 이해합니다. 혼자인 사람에 관한 소설인가요?"

"네, 상당히 비슷해요."

"당신에 관한 이야기?"

"때로는요."

보슈가 고개를 끄덕였다. 규칙을 어기는 것임에도 불구하고 그녀와 이야기하는 게 좋았다.

"그건 제 이야기고," 그녀가 말했다. "당신은 여기 왜 왔나요?"

그녀의 질문에 그는 흠칫했다.

"왜 여기 왔느냐고요?" 시간을 벌어볼 생각으로 그가 반문했다. "저 그림 때문이죠. 직접 보고 싶었어요."

"이틀을 내리 오고 싶을 정도로요?" 그녀가 물었다.

들켰다. 그녀가 미소를 지으며 자기 눈을 가리켰다.

"훌륭한 작가는 관찰을 잘하죠. 어제 여기 오신 걸 봤어요."

보슈가 멋쩍게 고개를 끄덕였다.

"얼마나 추워 보이던지 눈길이 안 갈 수 없었어요." 그녀가 말했다. "그 코트…… 여기 사는 분 아니시죠?"

"맞아요, 여기 안 살아요." 보슈가 말했다. "LA에서 왔습니다."

그 말을 하면서 그는 그녀의 표정을 살폈다. 그가 하는 말들이 박물관 밖 바람만큼이나 찼다.

"좋아요, 누구시죠?" 그녀가 물었다. "무슨 일인가요?"

대기실에서 이십 분을 기다린 뒤에야 그리핀의 경호원이 보슈를 사무실로 데리고 갔다. 그리핀은 거대한 마호가니 책상 뒤에 앉아 있었다. 보슈가 그를 처음 만났을 때 앉아 있던 바로 그 자리였다.

그의 오른쪽 창문의 열린 커튼 사이로 수영장의 고요한 수면이 보였다. 그리핀은 지퍼가 달린 긴팔 터틀넥에 운동복 차림이었다. 그가 운동 삼아 하는 일이 무엇인지는 몰라도 얼굴이 벌겋게 달아올라 있었다.

"기다리게 해서 미안해요, 보슈." 그가 말했다. "로잉 운동을 하고 있었어요."

보슈는 그저 고개를 끄덕였다. 그리핀이 책상 앞 의자들 중 하나를 가리켰다.

"앉으세요." 그가 말했다. "뭘 알아냈는지 들어보죠."

보슈는 여전히 서 있었다.

"오래 안 걸립니다." 그가 말했다. "일이 뜻대로 안 풀렸어요. 시카고에 가봤는데, 그 여자가 아니었습니다."

그리핀은 의자에 몸을 기대며 보슈의 말을 곱씹었다. 그는 부와 권력을 지닌 남자였고 일이 안 풀렸다는 말을 듣는 것에 익숙하지 않았다. 레지널드 그리핀이 하는 일은 항상 잘 풀렸다. 그는 아카데미 수상작 세 편을 제작한 프로듀서였다.

"그 아이와 얘기해봤어요?" 그가 물었다.

"네." 보슈가 말했다. "길게요. 여자와 룸메이트가 일을 하는 시간에 아파트도 조사해봤습니다. 신분을 숨기고 있다는 증거는 발견되지 않았어요. 그 여자가 아니에요."

"틀렸어요, 보슈. 그 아이가 맞아요. 난 알아요."

"팔 년 전에 달아난 사람이에요. 긴 시간이고 사람은 변하기 마련이죠. 그 나이 또래의 아이라면 더더욱. 그 사진은 그 여자의 모습을 제대로 포착하지 못했더군요."

"솜씨가 좋을 거라 기대했는데요, 보슈. 명성이 하도 자자해서. 다른 사람을 고용할 걸 그랬나봅니다. 지금이라도 그래야 할 것 같군요."

"그러실 필요 없습니다. 유전학자나 찾아보세요."

"그게 무슨 말씀이신지?"

보슈는 코트 주머니에 손을 넣고 있었다. 시카고에서 돌아온 뒤 지퍼로 연결된 안감은 떼어냈지만 엘니뇨로 인한 비가 '천사의 도시'에 계속 내렸기 때문에 여전히 트렌치코트가 필요했다. 시카고에서 그를 따듯하게 지켜주진 못했을지 몰라도 로스앤젤레스에서는 그가 젖지 않게 해줄 코트였다. 비록 그 코트 덕분에 진부하기 짝이 없는 행색을 면치 못하긴 했지만 어쩔 수 없었다. 그의 딸이 일깨워준 사실이었다. 그래도 페도라 모자는 쓰지 않았다.

그는 코트 왼쪽 주머니에서 비닐봉지를 꺼냈다. 그리고 몸을 앞으로 숙여 책상 위에 봉지를 올려놓았다.

"DNA 샘플입니다." 그가 말했다. "여자 집에 갔을 때 브러시에 붙어 있던 머리카락을 떼어왔어요. 연구소에 보내 DNA를 추출해서 본인 것과 비교해보세요. 과학적인 결과가 나오면 아실 겁니다. 따님이 아니에요."

그리핀이 비닐봉지를 집어들고 안을 들여다보았다.

"룸메이트가 있다면서요." 그가 말했다. "이게 그 아이의 머리카락인지 어떻게 압니까?"

"룸메이트는 아프리카계 미국인이고 남자니까요." 보슈가 말했다. "어떤 연구소에서든 이 머리카락이 백인 여자의 것이라는 사실을 확인해줄 겁니다."

보슈는 다시 주머니에 손을 넣었다. 여기서 벗어나고 싶었다. 처음부터 이 일을 맡는 게 아니었다. 〈밤을 새우는 사람들〉 앞 벤치에 앉아 그리핀의 딸이 들려준 이야기를 듣고, 일을 맡기 전에 고용인을 먼저 조사했어야 한다는 걸 확실히 깨닫게 되었다. 사람은 평생 배운다. 사설탐정 일에 관해서라면 보슈는 초짜였다. LA경찰을 그만둔 지는 일 년이 채 되지 않았다.

그리핀이 책상 위의 비닐봉지를 끌어 서랍에 넣었다.

"확인해보겠습니다." 그가 말했다. "하지만 이 사건을 계속 맡아주세요. 미해결 사건을 맡아 사람을 추적하는 일을 그토록 오래 하셨으니 뭔가 다른 방안이 있으실 테죠."

보슈가 고개를 저었다.

"시카고에 가서 사진의 주인공을 찾아보라고 절 고용하신 거였죠." 보슈가 말했다. "전 그 일을 했고 그 여자가 아니었어요. 나머진 관심 없습니다. 따님은 본인의 소재를 당신에게 알리고 싶을 때 연락할 겁니다."

그리핀은 화가 난 것 같았다—보슈의 거절 때문일 수도 있었고 딸이 연락을 해올 때까지 기다려야 한다는 생각 때문일 수도 있었다.

"보슈, 이렇게 끝낼 순 없습니다. 계속 이 일을 맡아주세요."

"이런 일이라면 할 사람이 얼마든지 있어요. 전화번호부만 찾아봐도. 더이상 관계를 지속할 생각은 없습니다. 이걸로 우린 끝입니다."

보슈는 사무실 문으로 향했다. 그리핀의 경호원이 그곳에 있었다. 그는 보슈의 어깨 너머로 자신의 고용주를 바라보면서, 어떻게 해야 할지, 보슈를 보내줘야 할지 막아야 할지, 신호나 지침을 내려주기를 기다리고 있었다.

"보내줘." 그리핀이 말했다. "쓸모없는 작자야. 그러니 선금을 요구했겠지. 그 아이가 손을 썼어. 사진 속 그 아이가 분명한데, 저 자한테 손을 쓴 거야."

경호원이 사무실 문을 열고 옆으로 비켜서며 길을 내주었다.

"보슈!" 그리핀이 소리쳤다.

보슈는 막 문을 나서려던 참이었다. 그가 걸음을 멈추고 그리핀의 최후 구두 공격을 정면으로 받기 위해 돌아섰다.

"그 아이가 마우이섬 이야기를 했지?" 그리핀이 물었다.

"무슨 말씀이신지 모르겠군요." 보슈가 말했다. "말씀드렸잖아요. 따님이 아니었다고."

"그때 난 취했었다고, 젠장. 그뒤로는 그런 일이 한 번도 없었어."

보슈는 기다렸지만 그걸로 끝이었다. 그는 돌아서서 문밖으로 걸음을 옮겼다.

"나가는 길은 알고 있습니다." 그가 경호원에게 말했다.

사무실 문이 닫혔고 경호원은 현관으로 향하는 보슈의 뒤를 따라왔다. 어느 순간 그리핀이 닫힌 사무실에서 소리를 질렀다.

"난 술에 취했었다고!"

그게 변명이 된다고 생각하나, 보슈가 생각했다.

집밖에서 보슈는 차에 올라탄 뒤 그리핀의 영토 밖으로 차를 몰았다. 자신의 낡은 체로키가 자갈 진입로에 기름을 흘렸으면 좋겠다고 생각했다.

그리핀의 저택에서 몇 블록 멀어졌을 때 그는 길모퉁이에 차를 세우고 앞좌석 사이의 컵 홀더에서 일회용 선불 휴대전화를 꺼냈다. 그리고 저장되어 있는 단 하나의 단축번호를 눌렀다.

벨이 세 번 울리고 나서 상대방이 전화를 받았다.

"네?" 젊은 여자의 목소리였다.

"접니다." 보슈가 말했다. "방금 당신 아버지 집에서 나왔어요."

"당신 얘기를 믿던가요?"

"안 믿는 것 같습니다. 하지만 또 모르죠. 머리카락을 받았고, 검사를 해보겠다고 했어요. 검사를 하고 나면 믿을지도 모르지요."

"그럼 따님에게로 연결되지 않을까요?"

"아뇨, 제 딸은 유전자 검사를 한 적이 없어요. 일치하는 사례가 없는 걸로 나올 겁니다. 거기서 손을 떼길 바라야죠."

"다시 이사할 거예요. 위험을 감수할 순 없어요."

"그게 좋을 것 같습니다."

"마우이섬 이야기를 하던가요?"

"네, 나올 때요."

"제가 한 얘기와 똑같던가요?"

"다 이야기하진 않았지만 먼저 그 얘길 꺼냈다는 게, 저에게 확신을 주더군요. 제가 옳은 일을 하고 있다는 걸 알았습니다."

잠시 침묵이 흐른 뒤 그녀가 입을 열었다.

"고맙습니다."

"아뇨, 내가 고맙죠. 사진에 대해선 알아보셨습니까?"

"아, 네. 알아냈어요. 미스터리 소설가 D. H. 라일리의 사인회에서 찍은 사진이었어요. 그가 사인하고 있던 『노 트랩 소 데들리*No Trap So Deadly*』라는 책의 판권이 아빠 회사에 팔렸거든요. 전 몰랐어요. 아빠 사무실에서 기사 발췌 서비스를 받고 있는데, 거기서 회사 제작물이나 자산에 관한 모든 매체의 기사를 수집해요. 홍보 전략을 세우는 데 도움이 되거든요. 정말 말도 안 되는 우연이었어요. 내가 사진 배경 속에 서 있었고 아빠는 아마 라일리와 판권을 산 책에 관한 기사를 훑어보다가 그 사진을 봤을 거예요."

보슈는 잠시 생각해보았다. 그럴 수도 있을 것 같았다. 사인회 사진이 달아난 딸을 추적할 단서를 제공했다. 보슈를 고용하고 이 일을 맡길 때 그리핀은 보슈에게 준 사진의 출처에 대해서는 말하지 않았다.

"앤절라," 보슈가 말했다. "현재 상황을 고려해볼 때, 직장을 옮기는 게 좋을 것 같습니다. 이사하는 것 이상의 조치를 취해야 할 수도 있어요. 아예 다른 도시로 이사하는 것도 생각해봐요."

"알았어요." 그녀가 낮은 목소리로 말했다. "그게 맞는 것 같아요. 하지만 전 여기가 좋아요."

"따뜻한 곳을 알아보세요." 보슈가 말했다. "마이애미라든가."

그가 건넨 농담은 반응을 얻지 못했다. 앤절라가 자신을 찾는 아버지를 피해 또다시 이사해야 하는 상황을 생각해보는 동안 오직 침묵만 흘렀다.

그 침묵의 시간 동안 보슈는 불현듯 그 그림을 떠올렸다. 카운터에 혼자 앉아 있던 남자. 이 도시 저 도시로 떠돌아다니면서, 앤절라는 항상 혼자 카운터에 앉아 밤을 새우는 사람으로서 얼마나 오래 버틸 수 있을까.

"저기요." 그가 말했다. "이 전화 없애지 않으려고요. 원래는 없애버릴 계획이었는데, 계속 갖고 있을래요. 아무때나 전화해요, 알았죠? 도움이 필요하거나 혹은 그냥 얘기를 하고 싶을 때라도. 언제든 전화해요, 알았죠?"

"알았어요." 그녀가 말했다. "그럼 저도 이 전화 갖고 있을게요. 저한테 전화하셔도 돼요."

그녀가 볼 수 없는데도 보슈는 고개를 끄덕였다.

"전화할게요." 그가 말했다. "잘 지내요."

그는 전화를 끊고 트렌치코트 주머니에 넣었다. 그는 뒤쪽에서 다가오는 차들을 사이드미러로 확인했다. 차들이 지나가기를 기다렸다가 모퉁이에서 빠져나왔다. 배가 고팠고 뭐라도 먹고 싶었다. 그는 다시 한번 카운터에 혼자 앉아 있던 남자를 생각했다.

내가 그 남자야, 차를 몰며 그는 생각했다.

11월 10일의 사건

제프리 디버

전직 저널리스트, 포크싱어이자 변호사인 제프리 디버는 세계적인 베스트셀러 작가다. 그의 소설은 전 세계의 베스트셀러 목록에 올라 있고, 백오십 개국에 팔렸으며 스물다섯 개 언어로 번역되었다. 장편소설 서른일곱 권, 단편집 세 권, 논픽션 법률서 한 권을 썼고, 컨트리웨스턴 앨범의 작사가로 수십 차례 수상하거나 후보에 올랐다. 그의 소설 『남겨진 자들』은 국제 스릴러 작가협회의 '올해의 소설'로 선정되었으며 링컨 라임 시리즈인 『브로큰 윈도』와 단독 작품인 『엣지』 역시 같은 상 후보에 올랐다. 그는 일곱 차례 에드거상 후보에 올랐다.

디버는 바우처콘 국제 추리소설 박람회에서 평생 공로상을, 이탈리아에서 레이먼드 챈들러 평생 공로상을 수상했다.

그의 소설 『소녀의 무덤』은 제임스 가너와 말리 매틀린 주연의 HBO영화로 제작되었으며, 〈본 콜렉터〉는 덴절 워싱턴과 앤젤리나 졸리 주연의 유니버설 픽처스 대작이다. 라이프타임 채널에서는 그의 소설 『악마의 눈물』을 영화로 제작했다.

그의 아버지는 유명한 화가였고 여동생도 재능 있는 예술가지만 디버의 마지막 미술적 시도는 핑거 페인팅이었다. 안타깝게도 그의 작품은 더이상 존재하지 않는다. 그의 어머니가 침실 벽에서 지워버리라고 했기 때문이다.

선로 옆 호텔, 1952

1954년 12월 2일

소비에트사회주의공화국연방 각료이사회 제1부의장,
미하일 타사리치 장군

모스크바, 크렘린 의사당

타사리치 장군 동지:

본인, 러시아 군사정보국 소속 미하일 세르게예비치 시도로프 대령은, 올해 11월 10일에 일어난 사건과 그로 인한 죽음과 관련해 이 보고서를 씁니다.

먼저, 제 자신을 소개할 기회를 허락해주시기 바랍니다. 저는 이 땅에서 살아온 사십팔 년 중 삼십이 년을 조국의 군인으로 살았음을 밝힙니다. 자랑스러운 시간이었고 그 무엇과도 바꾸고 싶지 않은 시간이었습니다. 대조국전쟁 당시 저는 62군단 13소총사단에서 싸웠습니다(우리의 구호는, 동지께서도 기억하고 있듯이, '한 발짝도 물러서지 마라!'였습니다. 아, 우리는 진정 얼마나 그 구호에 충실했던가요!). 저는 스탈린그라드에서 바실리 추이코프 장군 지휘하에 싸우는 특권을 누렸습니다. 물론 동지께서는 그곳 스탈린그라드의 영광스러운 천왕성 작전에서 루마니아군의 측면을 격파하고 독일 6군단을 포위하라고 부대에 명령을 내리셨지요(독일군은 그로부터 고작 몇 달 후 항복했습니다. 나치 독일에 대한 조국의 승리의 발판을 마련한 것이지요). 저는 스탈린그라드를 수호하기 위한 학살의 장에서 몇 차례 부상을 당했지만 수많은 부상과 시련 속에서도 계속 투쟁했습니다. 그 공로로 보그단 흐멜니츠키 훈장 3급, 글로리 훈장 2급을 받은 바 있습니다. 그리고 물론, 저의 부대는, 장군 동지의 부대와 마찬가지로, 레닌 훈장을 받는 영광을 누렸습니다.

전쟁이 끝난 뒤 저는 군에 남아 군사정보국에서 일했습니다. 첩보에 타고난 재능이 있고 또 그런 평을 들었기 때문에, 군이나 혁명 사상에 대한 충성심이 의심스러운 군인들을 색출하고 고발하는 일을 맡았습니다. 제가 고발한 사람들 모두가 자신의 죄를 시인하거나 재판에서 유죄판결을 받고 처형당하거나 동부로 추방되었습니다. 군사정보국에 저와 같은 기록을 갖고 있는 정보원은 거의 없습니다.

저는 몇 개의 첩보망을 가동하고 있었고, 제 첩보망은 우리의 조국에 침투하려는 서방의 시도를 성공적으로 저지했으며, 덕분에 군사정보국 내에서 현재 직급인 대령으로 승진했습니다.

1951년 3월, 저는 서구 제국주의에 대항하는 우리 조국의 자위 계획에 중요하다고 판단되는 한 개인을 보호하라는 임무를 명받았습니다.

그는 당시 47세였던 전직 독일 과학자 하인리히 디터였습니다.

디터 동지는 바이센펠스 오베르네사에서 수학과 교수의 아들로 태어났습니다. 어머니는 남편의 대학 인근 기숙학교의 과학 교사였습니다. 디터 동지에게는 남자 형제가 있었는데 그보다 세 살 아래였습니다. 디터 동지는 마르틴 루터 할레비텐베르크 대학에서 물리학을 공부해 이학사 학위를 받았고 인스브루크의 레오폴트 프란첸스 대학에서 물리학 석사 학위를 받았습니다. 그후 곧바로 베를린 대학에서 물리학 박사과정을 마쳤습니다. 그의 전공은 알파입자의 칼럼 이온화였습니다. 네, 장군 동지, 저 역시 이런 난해한 주제가 익숙하지 않지만, 곧 동지께서도 알게 되시다시피, 그의 연구는 상당히 중요한 결과를 초래할 분야였습니다.

재학중 그는 독일사회민주당SPD 학생 분과와 그 당의 준군사 조직이었던 흑적황 국기단에 가담했습니다. 그러나 얼마 후 그 단체들을 그만두었습니다. 정치에 별 관심이 없었고 교실이나 연구실에서 시간을 보내는 것을 더 좋아했기 때문이었습니다. 확인된 바에 따르면, 그에게는 유대인의 피가 흘렀고 따라서 나치 정당에는 가담할 수 없었습니다. 그러나 그는 정치에 무관심했고 자신의 종교를 드러내지 않았기 때문에 강의직과 연구직은 유지할 수 있었습니다. 나치의 이러한 관용은 그의 천재성에 기인한 것으로도 볼 수 있었습니다. 알베르트 아인슈타인조차도 디터 동지가 범접할 수 없는 정신세계를 지녔으며 물리학의 이론과 실제 모두를 이해할 수 있는 보기 드문 과학자라고 평했습니다.

디터의 가족은 그들 같은 사람들—유대인 혈통을 지닌 지식인들—이 독일에서 위험에 처하게 되리라는 사실을 간파하고 이민을 계획했습니다. 디터의 부모와 형제(그리고 그의 가족)는 성공적으로 베를린에서 영국으로, 다시 영국에서 미국으로 이주했지만 디터 동지는 연구 프로젝트를 끝내느라 출발이 늦어졌고, 한 교수가 그를 추천하며 군에서 봉사하여 전쟁에 기여할 것을 제안하는 바람에, 출발 전날 게슈타포에 의해 저지당했습니다. 그의 연구(앞서 언급한 '알파입자'에 관한 연구) 덕분에, 디터 동지는 우리 시대 가장 위협적인 무기, 바로 원자폭탄 개발에 협조하라는 임무를 부여받았습니다.

그는 독일육군군수성HWA과 독일교육부연구위원회RFR에서 공동으로 운영하는 나치의 우라늄 프로젝트, 2차 우라늄 클럽의 일원이 되었습니다. 유대인 혈통이라는 것 때문에 승진이나 급여 인상은 없었지만 그의 공로는 지대했습니다.

대조국전쟁에서 우리 조국이 나치에 승리를 거두고 난 뒤, 독일에 거주하는 우리측 내무인민위원회 알소스 프로젝트의 담당 사무관은 디터 동지를 우리의 우라늄 클럽 과학자 중 한 명으로 선정했습니다. 보안 장교와의 유익한 토론 끝에 디터 동지는 러시아로 이주하여 이번에는 우리 조국을 위해 원자무기 연구를 지속할 것을 자청했습니다. 그는 서방세계의 공격과, 유럽, 아시아를 비롯한 전 세계를 자본주의와 타락으로 물들이려는 그들의 사악한 패권주의를 막는 일에 기여하는 것이야말로 영광스러운 일이라고 생각한다고 말했습니다.

디터 동지는 곧바로 러시아로 이송되었고 러시아에서 일정 기간 동안 재교육과 사상 교육을 받았습니다. 그는 공산당원이 되었고, 러시아어를 배웠으며, 혁명의 교훈과 프롤레타리아의 가치를 이해하도록 도움을 받았습니다. 그는 우리 조국의 문화와 민족을 열정적으로 포용했습니다. 그 과도기를 거친 뒤 그는 러시아의 아토모그라드, 즉 최고 폐쇄 도시 아르자마스-16에 위치한 올 유니언 실험물리학 과학연구소로 발령을 받았습니다. 저도 그곳으로 파견되어 그를 보호하는 임무를 맡게 되었습니다.

저는 디터 동지와 많은 시간을 보냈고, 그가 곧바로 작업에 착수했다고 보고드릴 수 있습니다. 장군 동지께서 기억하시는 바와 같이, 그는 지난 8월에 폭발한 우리 조국의 첫번째 수소폭탄을 준비하는 일을 포함해 많은 공을 세웠습니다. 그 실험에 사용한 RDS-6*의 장비는 400킬로톤에 달했습니다. 최근 디터 동지의 팀은 미국인들처럼 (비록 그들의 무기가 우리보다 한 수 아래라는 것은 다 아는 사실이지만) 메가톤급 핵분열 장치를 개발하는 데 몰두하고 있었습니다.

우리의 국가 방위에 절대적인 역할을 하는 대다수의 외국인 과학자들이 대체로 그렇듯 디터 동지도 철저한 감시하에 있었습니다. 우리 조국에 대한 그의 충성도를 가늠하고 그 결과를 모든 관계 부서에 보고하는 것이 저의 임무 중 하나였습니다. 그를 면밀히

* 구소련의 수소폭탄을 칭하는 말.

감시한 결과, 저는 우리의 명분에 대한 그의 헌신을 확인할 수 있었고 그의 충성도가 나무랄 데 없다는 걸 알 수 있었습니다.

예를 들면 그는, 앞서 언급했듯이, 유대인 혈통이었습니다. 그는 아르자마스-16 내에서 제가 특정 남성 혹은 여성을 체제 전복적이라거나 반혁명적인 말과 행위를 했다는 이유로 고발한 사실을 알고 있었고, 그들이 모두, 순전히 우연이지만, 유대인이었다는 것 또한 알고 있었습니다. 저는 디터 동지에게 저의 행동이 거슬리는지 물었고 그는 그렇지 않다고, 만약 친구든 가족이든, 유대인이든 비유대인이든, 반혁명적인 발언을 속삭임으로라도 했다면, 자기도 같은 행동을 취했을 거라고 답했습니다. 저에게 다윗의 자손에 대한 악감정이 없음을 증명하기 위해, 저는 제 과거의 임무 중 하나가, 중앙위원회 프로그램의 일환으로 유대인을 찾아내 새로 건국된 이스라엘에 최대한 신속하게 재정착시키는 작업이었다고 설명했습니다. 그는 그 사실을 알게 되어 기쁘다고 말했습니다.

디터에게는 아내가 없었고 저는 그가 러시아인 아내를 맞이하게 할 셈으로 아름다운 여자들과의 '우연한 만남'을 주선하곤 했습니다. (실제로 성사되지는 않았지만 그는 그 여자들과 제각기 다른 기간 동안 관계를 지속했습니다.) 모든 여자들이 그와 나눈 대화를 저에게 상세히 보고했으며, 그들과 이야기를 나눌 때에도, 심지어 완전히 무방비 상태였을 때조차도, 디터 동지의 입에서는 단 한마디의 불순한 말도 새어나오지 않았습니다.

뿐만 아니라, 그와 저는 셀 수 없을 만큼 여러 차례 보드카 한 병을 놓고 마주앉았고, 저는 그에게 장문의 글을 읽어주면서 마르크스의 변증법적유물론 철학에 대해 길고 상세히 설파하곤 했습니다. 그의 러시아어는 훌륭했지만 완벽하지는 않았기 때문에 그에게 〈프라우다〉*에 실린 고매하신 흐루쇼프 서기장의 연설에 대한 장문의 기사들을 읽어주었습니다. 그는 제가 읽어주는 내용에 큰 관심을 보였습니다.

그의 충성심은 그의 삶의 또다른 한 분야에서도 너무도 분명히 나타났습니다. 바로 예술에 대한 열정이었습니다.

그림과 조각에 대한 열정은 집안 내력이라고 그가 말했습니다. 그의 남동생은 뉴욕주 북부 어느 대학의 미술사 교수였고, 남동생의 딸, 즉 디터 동지의 조카는 맨해튼의 화가(겸 무용수)라고 했습니다. 마침내 가족과 편지 교신을 해도 좋다는 당의 허락이 떨어지자 저는 그의 편지를 철저히 검열해 (그가 하는 일에 대한 논의는 물론이고) 그의 충성심에 의문을 제기하거나 암시하는 내용이 없는지 확인했습니다. 편지의 주제는 철저히 그와 그의 가족의 예술에 대한 사랑이었습니다.

그는 우리 조국에서 부흥하고 있는 예술에 대해 설명하면서 혁명의 목표를 완수하기 위해 분투하는 소비에트의 예술가들을 치하했습니다. 그는 가족들에게 레닌 동지 이후 우리 문화의 특징으로 자리잡은 '사회주의리얼리즘' 운동에 대해 열변을 토했고, 우리 조국의 가치관을 떠받치는 4대 기둥이라고 말할 수 있는 당성, 이념성, 계급성과 진정성을 훌륭하게 실현하고 포용하는 작품들에 대해 열정적으로 논했습니다. 그 작품들 중 그가 가족들에게 보낸 것은 드미트리 마예프스키의 풍경화 엽서, 블라디미르 알렉산드로비

* 구소련 공산당 중앙 기관지.

치 고르브(유명한 레핀 미술연구소 소속)의 심오한 초상화 엽서, 그리고 자신이 참석하기로 예정되어 있는 당 대회의 포스터가 있었는데, 그 포스터에는 미트로반 그레코프의 〈트럼펫 부는 사람과 깃발을 든 사람〉이 그려져 있었습니다. 물론 애국심을 지닌 모든 동포에게 추앙받는 작품이었습니다.

그의 동생도 디터 동지가 좋아할 만한, 혹은 그가 자기 방을 장식할 만한 그림엽서나 자그마한 포스터를 보내오곤 했습니다. 이 엽서들 역시, 다른 편지들과 마찬가지로, 러시아 군사정보국 기술팀에서 비밀 메시지, 혹은 마이크로필름 같은 것이 들어 있지 않은지 검열을 했습니다. 물론 저는 그런 일이 일어날 거라고 생각하지 않았지만 말입니다. 이런 선물들에 대한 저의 걱정은, 굳이 걱정이라고 한다면, 장군 동지, 다른 곳에 있었습니다.

미 중앙정보국CIA의 국제사업부에 대해서는 장군께서도 익히 알고 계실 줄 압니다. 서서히 마수를 뻗어오는 이 조직은 (러시아 군사정보국에서 최초로 발견했다는 점을 덧붙이고 싶습니다만) 최근 들어 황당무계하고 타락한 미국의 '추상표현주의'를 전 세계에 홍보함으로써 미술품을 무기로 사용하려고 시도해왔습니다. 잭슨 폴록, 로버트 마더웰, 윌럼 드 쿠닝, 마크 로스코 같은 자들에 의한 이 기괴한 캔버스 훼손은 진정한 감정가들로부터 신성모독으로 여겨지고 있습니다. 만약 이자들이(종종 여성도 있지만) 이곳에서 그러한 자기 탐닉에 빠져들었다면 아마도 체포되었을 것입니다. 미 중앙정보국 국제사업부는, 서방세계는 표현의 자유를 중시하는데 우리 조국은 그렇지 못하다고 주장하는 한심한 시도를 하고 있습니다. 이것은, 깊이 생각해볼 필요도 없이, 황당한 주장입니다. 심지어 미국 대통령인 해리 트루먼조차 추상표현주의 운동을 두고, "만약 그것이 예술이라면, 나는 호텐토트족이다"라고 말한 바 있습니다.

그러나 저는—디터 동지 본인은 말할 것도 없고—그의 가족들이 그러한 터무니없고 졸렬한 작품의 복제품을 보내기를 거부하고 있다는 점에 심히 안도했습니다. 그들이 보낸 그림과 스케치는 사실적인 작품이었고 전통적인 구성을 따르고 혁명의 사상에 대치되지 않는 주제를 보여주었습니다. 이탈리아의 자코포 비냘리와 같은 고전적인 화가는 물론이고 미국 작가인 프레더릭 레밍턴, 조지 이니스, 에드워드 호퍼 같은 사람들의 작품이었습니다.

실제로, 디터 동지가 받은 복제품 중에는 우리 조국의 가치를 지지하는 선전에 부합하는 것도 있었습니다! 예를 들면, 뉴욕의 거리에서 몸부림치는 이민자들의 모습을 담은 제롬 마이어스의 그림이 그러했고, 바이마르공화국의 타락상을 조롱하는 독일 화가 오토 딕스의 작품 역시 마찬가지였습니다.

자신의 새로운 조국과 사랑에 빠진 사람, 그 사람이 바로 디터 동지였습니다. 아니, 정보 장교로서의 제 직감은, 설령 그에게 어떤 위험의 소지가 있다 해도, 그것은 그의 충성도의 문제가 아니라 핵무기 분야에서 우리의 노력을 좌절시키기 위해 그를 죽이려는 외국 정보국의 요원들이나 반혁명주의자들 때문이라고 말하고 있었습니다. 그를 보호하는 게 곧 저의 삶이었고 저는 한시도 게을리하지 않고 그를 보호했습니다.

배경 설명을 이쯤 해두었으니, 타사리치 장군 동지, 이제 지난 11월 10일에 일어난 불미스러운 사건에 대해 이야기를 해야 할 것 같습니다.

디터 동지는 활동적인 당원이었고 여건이 허락할 때면 언제나 당 대회와 집회에 참석했습니다. 그러나 아르자마스-16이라는 폐쇄 도시 내에서 그런 행사가 열리는 일은 드물었기 때문에, 그는 그러한 행사에 참석하기 위해 러시아의 보다 큰 도시나 소비에트 연방 내의 다른 국가들로 출장을 가곤 했습니다. 앞서 언급했던 화가 그레코프의 그림이 게재된 포스터가 홍보했던 행사도 그중 하나였습니다. 11월로 일정이 잡혀 있던 베를린 합동 당 대회였는데 흐루쇼프 제1서기와 동독 수상 오토 그로테볼이 연설을 할 예정이었습니다. 근래에 이룬 동독 자주권 확립을 축하하고 양국의 동맹을 위한 계획들이 발표될 예정이었습니다. 우리 조국의 모든 국민들이 과거에 적이었던 두 나라가 향후 나아갈 방향에 대해 궁금해했습니다.

저는 내무성MVD, 새로 설립된 국가보안위원회KGB와 접촉하면서 안전한 여행 일정을 확인했습니다. 대회에 참석한 소련 국민의 신변의 위협과 관련된 정보가 있는지, 특히 디터 동지의 위험에 관한 정보가 있는지 알고 싶었습니다. 그들은 그런 정보는 없다고 했습니다. 그런데도 저는 위협이 존재한다는 가정하에 일을 진행했습니다. 단독으로 그를 수행하지 않고 KGB 보안 장교 니콜라이 알레소프 중위와 동행할 계획이었습니다. 우리 둘 다 무장을 할 예정이었습니다. 나아가 슈타지(저는 동독 비밀경찰의 팬은 아니지만 그들의 유능함—혹은 감히 무자비함이라고 말해도 될는지—에 관해서는 아무도 이의를 제기할 수 없을 것입니다)와도 긴밀히 협조할 예정이었습니다.

우리의 지침—러시아 군사정보국과 국가보안국으로부터 하달받은—은, 디터 동지를 반혁명 세력 혹은 외국 정보기관으로부터 보호하고, 집시, 가톨릭 신자, 이주하지 못한 유대인들이 자행하는 불법 행위의 온상으로 익히 알려진 베를린의 범죄로부터 지키는 것이었습니다.

추가적인 명령도 있었습니다. 만약 서방 요원들이나 반혁명 분자들이 디터 동지의 납치를 시도하는 경우, "그가 우리의 무기 프로그램에 관한 그 어떤 체계적인 정보도 적군에게 제공할 수 없도록" 조처한다는 것이었습니다.

고위급 관료들이 그 내용을 상세히 설명하지는 않았지만 그게 어떤 의미인지는 분명했습니다.

솔직하게 말씀드리겠습니다, 장군 동지. 비록 일말의 후회는 있을지언정, 만약 그런 상황이 닥치게 된다면 디터 동지가 적의 손에 넘어가는 것을 막기 위해 제가 그를 죽일 수도 있으리라는 것을 저는 알고 있었습니다.

당 대회 전날인 11월 9일, 일정이 확정되었고, 우리는 공군기를 타고 바르샤바로 날아가 베를린행 기차를 탔습니다. 쇤하우젠 궁전에서 멀지 않은 팡코브에 우리의 숙소가 마련되었습니다. 그곳은 제가 본 그 어떤 곳보다 우아한 곳이었습니다. 대회는 다음날로 잡혀 있었기 때문에 우리 셋—저와 디터 동지와 알레소프 보안 장교 동지—은 저녁에 발레 공연을 관람했습니다(볼쇼이 수준에는 못 미쳤지만 그런대로 괜찮은 〈백조의 호수〉 공연이었습니다). 공연이 끝난 뒤 프랑스 레스토랑에서 식사를 했습니다(서방세계에는 원자폭탄이 필요 없다고, 그들 스스로 먹다가 죽을 거라고 농담을 하면서요!). 호텔에서 담배를 피우고 브랜디를 마신 다음, 방으로 돌아가 쉬었습니다. 알레소프 동지와 저는 디터 동지의 방문을 지키며 번갈아 불침번을 섰습니다. 슈타지가 위험 요인이 있는지 호텔을 수색했고 모든 투숙객의 신원을 확인했다며 우리를 안심시켰습니다.

실제로 그날 밤에는 아무 위험도 없었습니다. 그러나 적대적인 행위가 일절 없었음에도 불구하고, 제가 거의 잠을 이루지 못했음을 시인합니다. 디터 동지를 안전하게 지켜야 하는 임무 때문이라기보다는 이런 생각을 했기 때문입니다. 나는 불과 몇 년 전 내 전우들을 잔혹하게 처단하고 나에게 상처를 입힌 사람들의 나라에 와 있다. 그런데 이제 그곳에서, 양국이 거의 동일한 이상을 포용하고 있다니. 이것이야말로 혁명의 교훈이며 프롤레타리아의 완전무결함이다. 우리 조국은 단연코 세계를 지배할 것이며 천 년 동안 건재할 것이다!

다음날 우리는 당 대회에 참석했고 그것은 참으로 고무적인 행사였습니다! 아, 〈인터내셔널가〉가 울려퍼지고 남녀 할 것 없이 붉은 깃발을 흔들며 환호할 때, 흐루쇼프 제1서기를 직접 본다는 건 얼마나 영광스러운 일이었는지요! 베를린 사람 절반이 참석한 것 같았습니다! 장장 여섯 시간에 걸쳐 연설 또 연설이 이어졌습니다. 행사가 끝나자 우리는 한껏 들뜬 마음으로 행사장을 나섰고, 침울한 족제비 같은 얼굴을 한 슈타지 요원과 함께 비어하우스에서 식사를 했습니다. 그다음엔 역으로 돌아가 바르샤바행 야간열차를 기다렸고 비밀경찰에게는 그곳에서 작별을 고했습니다.

그 기차역이 바로 제가 설명하고자 하는 사건이 일어난 장소입니다.

우리는 출발 대합실에 앉아 있었고 그곳은 꽤 북적였습니다. 우리는 책을 읽으며 담배를 피웠고, 디터 동지는 신문을 읽다가 일어서더니, 열차가 도착하기 전에 화장실에 다녀오겠다고 했습니다. KGB 요원과 저는 물론 그와 동행했습니다.

화장실로 가는 길에 근처에 있던 중년 부부를 보았습니다. 여자는 무릎에 책을 올려놓은 채 앉아 있었고 장밋빛 드레스를 입고 있었습니다. 바지에 셔츠, 조끼를 입은 남자가 그 곁에 서서 담배를 피우고 있었습니다. 남자는 창밖을 보고 있었습니다. 쌀쌀한 저녁인데도, 그들 둘 다 코트도 입지 않고 모자도 쓰지 않았습니다. 그들의 모습이 어딘가 친근하게 느껴졌지만 왜 그런 기분이 드는지는 알 수 없었습니다.

디터 동지가 갑자기 방향을 틀더니 곧장 그들 쪽으로 다가갔습니다. 그가 그들에게 무어라고 중얼거리고는 저와 알레소프 동지 쪽으로 고갯짓을 했습니다.

저는 즉각 긴장했지만 제가 미처 행동을 취하기도 전에 여자가 책을 들었고 책 밑에는 권총이 숨겨져 있었습니다! 그녀가 발터 권총을 들어 저와 알레소프 쪽으로 겨누었고 그사이 재킷을 입지 않은 남자가 디터를 데리고 사라져버렸습니다. 여자가 미국 억양이 있는 러시아어로 우리에게 무기를 버리라고 말했습니다. 그러나 알레소프 동지와 저는 무기를 꺼내들었습니다. 여자가 총을 두 번 쏘았습니다—알레소프 동지는 죽고 저는 부상을 입었으며, 그 바람에 저는 들고 있던 총을 놓쳤습니다. 저는 고통 속에서 바닥에 무릎을 꿇었습니다.

그러나 저는 곧바로 다시 일어서서 총을 들고 왼손으로 쏠 채비를 한 다음 밖으로 뛰쳐나갔습니다. 저의 고통은 안중에 없었고 저 자신의 안위 따위는 개의치 않았습니다. 그러나 이미 너무 늦었고 요원들은 디터 동지와 함께 사라진 뒤였습니다.

기차역에서 인민군 범죄 수사부와 슈타지가 조사를 했지만 건성으로 진행되었습니다—이 사건은 서방국가와 러시아의 문제였고 동독인은 연루되지 않았습니다. 실제로 그들은 제가 알레소프 동지를 죽였다고 의심하는 것 같았습니다. 무슨 일이 벌어졌는지 설명할 목격자도 나타나지 않았습니다. 슈타지는 중년 여인이 그런 범죄를 저질렀다는 것은 믿기 힘들다면서 저의 주장에 타당성을 부여하지 않았습니다만…… 그러나 손에 잡힌 새 한 마리를 체포하는 것이 진짜 범인을 찾아 숲을 누비고 다니는 것보다 훨씬 쉽다는 것이 솔직한 답이었을 것입니다—더구나 그 새가 경쟁국의 보안 요원이라면 더더욱 그렇겠지요. 바로 저였습니다.

이틀 뒤 그들은 제가 무죄라는 결론을 내렸지만 저를 아주 형편없고 하찮은 사람 취급했습니다. 저는 폴란드 국경으로 이송되었고, 그곳에서 불명예스럽게 풀려났습니다. 저는 너무도 비협조적인 그곳 경찰들에게 모스크바로 돌아갈 비행기를 타야 하니 바르샤바로 갈 교통편을 구해달라고 애걸해야 했습니다. 제복 입은 사람들 모두에게 러시아 정보국 고위 관료의 신분증을 들이밀었는데도 말입니다!

고국으로 돌아온 저는 병원에서 총상 치료를 받았습니다. 퇴원한 이후, 저는 11월 10일에 일어난 사건에 대한 제 기억을 기록해 장군 동지의 위원회에 제출할 진술서를 준비하라는 요청을 받았습니다.

따라서 지금 이 보고서를 동지께 제출합니다.

디터 동지의 망명은 디터 동지의 형제와 조카의 도움으로 워싱턴 DC의 중앙정보국이 수행한 작전임이 분명해 보입니다. 가족들이 미술을 사랑했던 것은 모두 허위로 밝혀졌습니다. 디터 동지가 미국으로 보낸 첫번째 편지에서 그런 관심을 표출한 것은, 가족들이 그가 서방세계로 탈출할 수 있도록 도와주기를 바라며, 미국 정보국과 비밀리에 교신할 방법을 찾았다는 걸 알리기 위한 것이었습니다. 그의 형과 조카들은, 알고 보니 미술계에 종사하지 않았고 모두 인정받는 과학자들이었습니다.

디터 동지로부터 연락을 받은 CIA 요원들은, 의심할 나위 없이, 제가 앞서 언급한 그림엽서를 그에게 보낸 사람들이었습니다. 그러나 무작위로 고른 그림들은 아니었고, 각각의 그림에 의미가 담겨 있었으며, 디터는 그 의미를 파악할 수 있었습니다. 저의 생각에 그 그림에는 이런 의미가 담겨 있었을 것입니다.

- 대천사가 죽음을 앞둔 영혼을 구하는 17세기 화가 자코포 비냘리의 작품은 미국인들이 그를 우리의 조국으로부터 구원하기를 바란다고 말하는 것이었습니다.
- 총을 든 남자를 묘사하고 있는 프레더릭 레밍턴의 〈군대〉라는 그림은 구출 작업에 무력이 사용되리라는 것을 설명하고 있었습니다.
- 조지 이니스의 그림은 뉴욕 계곡의 목가적인 풍경을 묘사하고 있는데, 그곳은 그의 동생이 살고 있는 곳이었고, 그에게 그

곳으로 오라고 손짓하는 그림이었습니다.

• 뉴욕시티 사람들을 그린 제롬 마이어스의 그림에서 동방세계에서 서방세계로의 탈출을 뜻하는 '이민'의 메시지를 찾을 수 있었습니다.

디터 동지 자신이 미국에 보냈던 그림들 중에 그레코프의 작품이 실린 포스터가 있었던 것을 기억하실 것입니다. 그 교신의 요점은 그 그림 자체가 아니라 동베를린에서 열리는 당 대회의 세부 사항이었습니다. CIA는 곧바로 그 포스터가 디터 동지가 그 대회에 참석한다는 의미임을 간파했습니다. 베를린의 서방 요원들은 호텔과 열차표 기록을 쉽게 조사했고 디터 동지와 그의 경호원들이 동베를린의 어느 역에서 언제 출발하는지를 확인했습니다.

오토 딕스의 엽서—독일의 풍경이 담긴—는 디터 동지가 마지막에서 두번째로 받은 것으로, 베를린이 서방 요원들과의 실제 접촉 장소임을 확인해주었습니다. 디터 동지가 마지막으로 받은 엽서야말로 가장 중요한 것이었습니다—바로 에드워드 호퍼의 그림이었습니다.

작품 제목은 '선로 옆 호텔'이었는데, 그림 속에 두 사람이 있습니다. 장미색 드레스를 입은 중년 여자가 책을 읽고 있는 모습과 재킷을 입지 않고 모자를 쓰지 않은 남자가 창밖을 바라보고 있는 모습이었습니다. (이것이 바로 역에서 본 남녀가 친근하게 느껴졌던 이유였습니다. 호퍼의 엽서를 불과 얼마 전에 보았기 때문입니다.) 그 그림은 디터 동지에게 동베를린에서 그의 탈출을 도울 요원들을 어떻게 알아볼지 알려주고 있었습니다. 그들은 호퍼의 그림 속 사람들과 똑같은 옷을 입고 똑같은 자세를 취하고 있을 예정이었습니다.

지금까지 저는 납치 사건이 일어난 경위를 설명했습니다. 사건 이후, 기차역에서의 총격전에 이어, 밖에서 기다리고 있던 차가 요원 두 명과 디터 동지를 동베를린의 비밀 장소로 이송했으며, 그들이 거기서 발각되지 않고 서베를린으로 넘어갔음을 알게 되었습니다. 그곳에서 미국 국적기가 디터 동지를 태우고 런던으로 날아갔고, 런던에서 다시 미국으로 날아갔습니다.

장군 동지, 이것이 1954년 11월 10일의 사건과 그후에 일어난 사건들에 대한 저의 회고이자 평가입니다.

국가보안국에서 발송한 편지를 통해, 저는 KGB가 알레소프 동지의 죽음은 물론이고 디터 동지의 탈출 및 미국 망명이 전적으로 저의 잘못이라 주장하고 있음을 알고 있습니다. 제가 디터 동지의 본성을 파악하지 못했다는 주장이었습니다. 그는 충성스러운 당원도 아니었고, 우리의 조국에 대한 일말의 충성심도 없었습니다. 그는 거짓으로 연기를 한 것이었고 원자폭탄 프로젝트와 관련하여 필요한 것들을 배우며 시간을 보내면서 서방으로의 탈출이 가능한 시기를 엿보고 있었습니다.

나아가 그 편지에서는 그러한 탈출을 위해 조작된 정황들을 제가 예측하지 못했다고 주장하고 있습니다.

굳이 제 자신을 변호하자면, 디터 동지의 속임수와 그의 작전—미술 작품을 통해 서방세계와 교신한 것—은 가히 천재적인 것이었으며, 저처럼 고도로 숙련된 정보원마저 결코 눈치챌 수 없는 전략이었다고 주장하는 바입니다.

디터 동지는, 앞서 말씀드린 바와 같이, 단연 걸출한 인물입니다.

따라서, 타사리치 장군 동지, 송구스럽지만 저는 장군 동지께, 다가올 저의 재판을 중재해주시고 이 비극적인 사건에 대한 책임을 물어 제게 동부에서의 무기징역을 선고하라는 KGB의 제안을 거부해주시도록, 저와 마찬가지로 전직 군인이셨던 흐루쇼프 제1서기님께 탄원해주실 것을 간청하는 바입니다.

그러나 저의 운명이 어떻게 되건, 제1서기, 당, 그리고 우리 조국에 대한 저의 충성은 영광스러운 혁명의 이상처럼 결코 사라지지 않고 영원할 것입니다.

변함없는 충성과 함께,

미하일 세르게예비치 시도로프
모스크바 루비안카 구치소

직업인의 자세

크레이그 퍼거슨

크레이그 퍼거슨은 다수의 영화와 TV 쇼를 집필했다. 두 권의 책을 썼고 여러 편의 스탠드 코미디 대본을 썼지만 스스로를 작가라고 부르는 것은 영 당혹스러워한다. '예술적 허세가 있는 저속한 라운지 엔터테이너'가 더 정확한 표현일 것이다. 두터운 화장을 하고, 정숙한 작가라면 결코 하지 않을 농담을 하고, 최근에는 적당히 즐거운 영혼으로 살고 있는데, 그것은 곧 그가 가짜 지식인들 사이에서 그 어떤 신뢰도 쌓지 못했다는 의미다.
그는 그가 사랑하는 놀라운 여자와 결혼했고, 역시 사랑하는 예쁘고 총명한 아이들의 아버지이고, 솔직히 별로 좋아하지 않는 다양한 개들과 고양이들과 그의 막내아들을 위해 수시로 '회생'하는 물고기의 보호자다. (개들 중 한 마리는 그나마 괜찮다.)
그는 호퍼 씨와 블록 씨의 열렬한 팬이고 블록 씨를 두려워하기 때문에 이 단편집에 작품을 수록하게 되었다. 또한 엘비스와 세인트 오거스틴의 팬이기도 한데, 이 글을 읽은 독자라면 이미 그 사실을 간파했을 줄 믿는다.
그는 때때로 죽는 것에 대해 걱정한다.

사우스트루로 교회, 1930

지난 오십여 년간 이 교구에서 사랑받고 존경받았던 제퍼슨 T. 애덤스 목사는 길고 가느다란 자메이카 스타일의 궐련을 깊이 빨아들이고는 연기를 폐 깊숙한 곳에 가두었다. 더이상 희열은 느낄 수 없었고, 두려움이나 강박, 그 외의 다른 불쾌한 느낌도 없었다. 그 어떤 느낌도 없었지만 그는 이 의식을 치르는 것 자체를 즐겼다.

그는 교회 밖에서 음악 소리에 귀를 기울였다. 안으로 들어가기엔 날씨가 너무 화창했다. 날씨는 차갑고 고요했으며 높다란 우윳빛 구름 폭포가 햇살을 적당히 분산시켜서, 마치 늙은 배우의 얼굴 사진처럼, 모난 부분이 부드러워 보이고 불완전함이 탈색되어 풍경이 한층 돋보였다.

바다는 이제 막 무언가를 먹어치운 듯 죄책감이 서려 있고 고요했다.

어쨌건 그가 지금껏 너무 많은 장례식에 참석한 것은 사실이었다. 그토록 긴 세월 목사로 일하면서 어느 정도 그 일이 지겨워지는 것은 어쩔 수 없는 일이었다. 아주 많이 지겨워지는 것은.

차갑고 고요했다.

날씨만 그런 게 아니었다.

교회 안의 저 가엾은 영감탱이. 몇 년에 걸쳐 점점 더 차가워지고 굼떠지더니 이제 완전히 멈추고 굳어버렸다.

노랫소리는 아름다웠다. 주일학교에 다니는 동네 아이들이 1961년도의 끔찍한 영화 〈블루 하와이〉에 나온 엘비스의 〈Rock a Hula Baby〉를 애절한 천상의 목소리로 부르고 있었다. 우습고 한심하고 기괴하고 슬픈 일이었다.

마치 그의 삶처럼.

제퍼슨이 자신의 암에 대해 털어놓은 직후 빌리가 그에게 마리화나를 권했다. 빌리는 수많은 '선구적인 건강 전문가들'이 썼다는 기사들을 인터넷에서 찾아 제퍼슨에게 보여주면서, 자신이 중요하다고 생각하는 것에 대해 이야기할 때마다 그가 사용하는 특유의 해설 광고식 말투로 이렇게 말했다.

"물론 이게 병을 치료하는 건 아니지만 스트레스를 줄여주고 화학요법으로 인한 메스꺼움을 완화한다는 거지." 포틀랜드의 무료 치료소에서 그에게 마리화나를 팔았다는, 잘난 척하는 힙스터 직원이 했다는 말이었다. 그 직원은 말은 그렇게 하면서도 실제로는 마리화나로 암을 치료할 수도 있다고 암시했다.

제퍼슨은 빌리에게 화학요법을 받지 않겠다고 했다. 자신은 이미 팔십대에 접어들었고, 화학요법은 피할 수 없이 결국 가야 할 길을 더 악화시키는 방법일 뿐이며, 나이스미스 박사도 치료를 받아봐야 별 효과가 없을 거라고 했다는 말을 전했다. 빌리는 그 말에 전혀 관심을 갖지 않았다. 빌리에게는 자신의 생각에 부합하지 않는 것에는 전부 귀를 막아버리는 사랑스러우면서도 짜증스러운 특유의 성향이 있었다. 그래서 두 노인은 해변에 앉아 질 좋고 합법적인 약초를 피우며 죽음 혹은 치료를 기다렸다. 제퍼슨은 마리화나를 무척 좋아했다. 마리화나는 그를 차분하고 멍청하고 두려움 없게 만들어주었다. 약효가 떨어졌을 때의 그는 그런 사람이 아니었다.

적어도 처음엔 그런 사람이 아니었다.

마리화나는 제퍼슨과 빌리를 결속시켰다. 제퍼슨은 빌리와 마지막날을 보내게 되리라고는 꿈에도 생각해본 적이 없었다. 수많은 미스터리의 산만하고 열정적인 신봉자인 빌리는 오랜 세월 동안 예수와 그 제자들과 언약궤와 외계인들과 아틀란티스섬에 관한 질문으로 제퍼슨을 괴롭혀왔으며, 두 주 동안은 충격적이게도 탄트라 성性 수행법의 정신적 이점을 설파하기도 했다. 수행을 함께할 파트너가 없었음에도 빌리는 혼자서 열정적으로 수행했다.

제퍼슨은 인내심을 갖고 반복적으로, 자신은 교회의 목사일 뿐 아니라 팔십대 노인이자 장로교 신자이고, 빌리가 말하는 것들 중 상당수는 자신의 분야가 아니라고 설명했다. 특히, 탄트라 성 수행법에 관한 얘기는 다시는 꺼내지 말아달라고 부탁했다.

그러나 그는 빌리의 영적 갈망을 존경했다. '밝혀지지 않은 것들'에 대한 빌리의 처절한 갈망은 급격히 노망이 든 뒤에도 여전했다. 빌리는 정이 많은 사람이어서 제퍼슨이 그럴 필요 없다고 했는데도 목사를 위해 질 좋고 합법적인 마리화나를 사려고 매주 포틀랜드까지 네 시간씩 차를 몰았다.

물론 빌리도 마리화나를 좋아했다. 그는 유튜브의 교습 영상을 보고 마리화나 마는 법을 익혔다. 그들은 다양한 흡입 방식을 시도했다. 구금된 백인 우월주의자들과 1920년대 신여성들이 선호했다는 종이 한 장으로 접어서 마는 방식도 해보았고, 남학생 클럽의 머저리들이 썼다는 물담뱃대도 써보았다. 심지어 마리화나 브라우니도 만들어보려 했지만 오랜 세월 동안 어머니와 부인이 시중을 들어주었던 탓에 둘 다 음식을 만드는 일에는 젬병이었다. 결국 그들은 라스타파리*식으로 담배 종이 세 장을 이용하는 방식에 안착하게 되었다. 그것이 그나마 희열을 맛보는 가장 종교적인 방식인 것 같았다.

준비 의식은 신성한 마리화나의 흡입 자체만큼이나 중요했다.

그들은 칠십 년 넘게 서로를 알고 지냈다. 물론 내내 친구는 아니었지만 초등학교와 고등학교 시절 동급생이었다. 제퍼슨은 신학교에 진학하기 위해 고향을 떠났고 그것은 신실한 그의 부모님에게 크나큰 자랑이었다. 그는 다시 고향으로 돌아와 마을의 종교적 필요에 부응하는 애덤스가 3세대가 되었다. 모두가 흡족해했다. 당시 마을 사람들은 어부와 그 가족들이 대부분이었고, 그들은 지속성을 사랑하는 사람들이었다. 바다처럼 변덕스러운 것을 상대하

* 1930년대에 자메이카에서 시작된 신흥 종교.

다보면 그편이 위안이 되었다.

빌리는 아버지의 자동차 정비소를 물려받고 바버라 프렌치와 결혼했다. 빌리에게는 바버라가 떠나고 난 뒤 연락이 끊긴 딸이 둘 있었다. 바버라는 딸들을 데리고, 밴쿠버의 세일즈 컨퍼런스에서 만난 복사기 세일즈맨과 애리조나 프레스콧에서 살림을 차렸다.

그렇게 제퍼슨과 빌리는 서로 안면은 있었지만, 진이 죽을 때까지는 직접적인 교류가 없었다. 제퍼슨은 자기보다 열 살 아래인 아내가 먼저 세상을 떠날 거라고는 생각하지 못했지만, 아내는 자신의 예순번째 생일에서 한 달이 지나고 그의 일흔번째 생일에서 두 달이 지난 어느 날 심각한 심장마비로 부엌에 쓰러졌다. 나중에 의사는 그를 위로할 생각으로 그녀가 바닥에 쓰러지기 전에 이미 죽었을 거라고 말했지만 그는 그 사실에서 거의 위로를 얻지 못했다. 워낙 씩씩한 여자이긴 했지만 가혹할 정도로 남성적인 죽음의 방식이었다.

그들의 외동딸 몰리는 장례식 때도 고향에 돌아오지 않았다. 그녀는 고등학교를 마치고 캘리포니아로 날아가 사이언톨로지* 신자가 되었고, 무지하게도 본인들의 종교와 비교하며 그녀의 종교의 타당성에 의문을 제기하는 부모를 연락을 끊고 지내야 하는 '억압적인 사람들'로 간주했다.

급작스러운 초상을 치러야 하는 경우 대부분의 사람들이 그러하듯 교구 주민들은 훌륭하게 대처했다. 그들은 사려 깊었고 도움

---

* 신과 같은 초월적 존재를 부인하고 과학기술이 인간의 정신과 영혼을 치료할 수 있다고 믿는 종교.

이 되었고 현실적이었다. 그러나 세상일이란 게 다 그렇듯 그들은 진의 죽음을 제퍼슨보다 훨씬 더 빨리 잊을 준비가 되어 있었다. 하지만 빌리만은 그렇지 않았다. 그는 매일 밤 찾아왔다. 몇 달에 걸쳐 계속. 물론 그에게 딱히 말벗이 없다는 사실도 그의 이타심에 한몫한 게 분명했지만, 제퍼슨은 어느덧 빌리의 방문을 기다리게 되었고 매일 밤 일곱시면 찻주전자를 올려놓고서 피할 수 없는 일을 치를 준비를 했다.

시간이 우수수 새어나가는 동안 평생 불과 몇 마일 거리에 살던 두 노인은 마침내 서로의 사연을 알게 되었다. 두 사람 모두 더는 비웃음이나 수치심 따위에 연연하지 않았기 때문에 자신들의 실패에 대해서도 털어놓을 수 있었다. 남편으로서, 아버지로서, 연인으로서, 남자로서. 실패를 털어놓다보니 당연히 서로에 대한 애정이 싹텄다. 죽을 날을 받아놓은 사람들에게만 가능한 신뢰였다.

물론 빌리에 대해 알게 되기는 쉬웠다. 그는 도무지 입을 다물 줄 몰랐고 전부 다 얘기했다. 하지만 때로는 어떤 질문을 던지고는 그 대답에 대한 관심의 깊이로 상대를 놀라게 했다.

결국 그는 제퍼슨에게서 두 가지 큰 비밀을 듣게 되었다. 그중 한 가지는 진조차도 몰랐던 사실이었다.

제퍼슨은 입양아였고 무신론자였다.

제퍼슨이 입양아라는 이야기에 빌리는 충격을 받았고 호기심을 느꼈다. 제퍼슨을 순종 양키라고만 생각해왔기 때문이었다—이름마저도 애덤스가 아닌가, 젠장! 빌리는 제퍼슨의 친부모의 소재를 파악하는 데 집착했지만 그의 양부모에 의해 길이 막혀버린 까닭에 그것은 불가능했다. 그의 양부모는 자신들의 불임 사실이 동네에 알려지는 것을 수치스럽게 생각했다. 제퍼슨은 어머니가 임종 당시 그가 외동이고 귀가 그토록 큰 이유를 설명하며 고백했던 내용을 통해 그 사실을 알게 되었다.

그는 그 말들을 옥시콘틴*으로 정신이 흐릿해진 알코올중독 노인네의 헛소리로 치부했다. 그러면서도 스물네 시간 간병이 필요한 노망든 성직자들을 위한 요양 기관 프림로즈 패스웨이에서 시들어가고 있을망정 아직 생존해 있던 아버지에게 사실을 확인해보지 않을 수 없었다.

그의 아버지는 어머니의 이야기가 사실임을 확인해준 것은 물론 거기에 또하나의 충격적인 진실을 보탰다. 1934년 혹은 1935년의 크리스마스 직후 미시시피로 복음 여행을 떠났다가, 어느 찢어지게 가난한 소작농에게서 아기인 그를 샀다는 것이었다.

제퍼슨은 진에게 그 사실을 털어놓았고, 한동안 두 사람은 어떻게든 조금 더 알아내보려 애썼다. 하지만 그의 부모는 그해 겨울 사망했고 그뒤로는 그 일에 대해 더 묻거나 얘기할 사람이 없었다.

"내가 누구였는지는 결코 알아내지 못할 걸세. 어쨌든 전부 죽고 나면 그게 다 무슨 의미가 있겠나?" 제퍼슨이 빌리에게 말했다.

그러나 빌리는 자기 자신에 관한 진실을 밝혀내는 것은 중요하다고 생각했다. 더구나 요즘은 인터넷 덕분에 뭐든 알아낼 수 있

* 모르핀과 유사한 마약성 진통제.

었다.

하지만 물론 아무것도 알아내지 못했다. 그 어떤 기록이나 웹사이트에도 그런 유의 오래된 불법 정보는 없었다. 인터넷 검색을 통해 빌리는 제퍼슨이 사실은 고 엘비스 프레슬리의 쌍둥이 형제라는 황당한 주장을 하기에 이르렀다.

엘비스는 미시시피 주 투펠로에서 정확히 같은 시기에 가난한 소작농의 쌍둥이 중 한 명으로 태어났다. 그의 형제 제시는 사산된 것으로 알려졌지만 그건 사실이 아니었고, 독실하지만 너무도 가난했던 글래디스와 애런 프레슬리가 두 아기를 다 키우지 못할 것이 두려워 한 명을 북부에서 온 가난하고 불임이고 하느님을 두려워하는 목사에게 팔았다는 것이 빌리의 주장이었다.

빌리가 이 얘기를 했을 때 제퍼슨은 실제로 웃음을 터뜨렸다. 크고 깊고 목쉰 웃음소리였고, 빌리는 그것이 고마웠다. 아내가 죽은 뒤로 이 노인네가 웃는 걸 본 적이 없었기 때문이었다.

그들은 제퍼슨의 출생의 비밀을 거기서 덮어두었다.

또다른 비밀은 그보다 더 골치 아팠다. 그 비밀은 죽은 고래 때문에 수면 위로 떠올랐다.

화창하고 추운 4월의 어느 날이었고 그들은 이제 막 엄청나게 강력한 멕시칸 골드 마리화나를 큼직하게 말아서 피운 참이었다. 그 식물의 효력이 얼마나 강력했는지 얼마간은 그 어떤 대화도 나눌 수 없을 지경이어서 두 사람은 모래언덕 꼭대기에 앉아 전날의 살인적인 봄의 조수에 밀려 해안에 내동댕이쳐진 다 자란 북대서양참고래의 거대한 시신을 촉촉하고 충혈된 눈으로 바라보고 있었다.

물론 빌리가 먼저 입을 열었다. 그는 제퍼슨에게 그 고래를 구글에서 검색해봤다는 이야기를 했고 두 사람은 십여 분간 발작적으로 웃었다.

마침내 정신을 차렸을 때, 고요하면서도 거의 성교 후의 환희에 버금가는 마약성 환희 속에서 빌리는 북대서양참고래가 지구에서 가장 심각한 멸종 위기에 처한 종 중 하나임을 구글을 통해 알게 되었다고 말했다.

"지금 남아 있는 개체수가 오백 마리 정도밖에 안 된다는군." 그가 제퍼슨에게 말했다.

"녀석들이 이렇게 계속 해안에 스스로 투신한다면 그렇게 되는 것도 놀라운 일은 아니겠어." 한참 뜸을 들이다가 제퍼슨이 말했다.

"늙은 녀석이야. 아마 뭍에 닿기 전에 죽었겠지." 빌리가 말했다.

"진처럼." 제퍼슨이 말했다. "집사람이 그리워. 벌써 십 년이 지났는데 아직도 진이 불쑥 나타날 것만 같아. 이상하지 않나?"

"다시 만날 거야. 자네가 죽어서 천당에 가면." 빌리가 가장 다정하고 가장 달래는 목소리로 말했다.

제퍼슨은 살짝 웃었고 빌리는 그 웃음이 마음에 들지 않았다.

"자넨 그렇게 생각하지 않는 거야?" 빌리가 물었다.

제퍼슨은 솔직히 그렇게 생각하지 않는다고 말했다. 그는 오랜 세월 동안 수많은 사람들이 '천당'으로 가는 것을 보아왔다고 했다. 젊은 사람, 늙은 사람, 선한 사람, 그리 선하지 않은 사람, 건강한 사람, 아픈 사람, 모두 죽으면 거의 똑같은 모습이었다고 했다. 텅 비어버린 느낌. 끝난 것 같은 느낌. 다 됐다는 느낌.

빌리는 그에게 하느님을 믿기는 하느냐고 물었고, 제퍼슨은, 빌리의 마음이 아프게도, 믿지 않는다고 대답했다. 한때는 믿었지만, 나이가 들고 삶이 희귀하고 냄새나는 죽은 고래들을 점점 더 많이 그의 해변에 혹은 해안선을 따라 이어진 다른 해변들에 밀어다놓는 것을 보면서, 그게 다 동화 같은 얘기라는 생각이 들었다고 했다. 사람들이 절망에 정신을 놓지 않게 하기 위한 방편이라고. 그래서 더이상 그 거짓말을 믿지 않게 된 뒤에도 계속 목사로 남았다고 했다. 그런 어마어마한 이야기라도 없으면 너무도 심란해할 사람들을 도울 수 있는 하나의 방편이라 생각했기 때문이었다.

"그런 내용을 담은 책을 읽은 적이 있네. 『착한 사람들에게 나쁜 일이 일어날 때』. 도움이 많이 되던데."

"빌리, 나쁜 일은 누구에게나 일어난다네. 좋은 일과 나쁜 일 모두. 어떤 유형이 있는 게 아니야. 다 헛소리라고."

"설마 자네 정말 그렇게 믿는 건 아니겠지!"

"그렇게밖엔 믿을 수가 없어." 제퍼슨이 서글프게 말했다.

빌리는 제퍼슨이 그 오랜 세월 동안 정작 자신은 거짓말이라고 생각하는 것을 설파해왔다는 사실이 너무도 충격적이었다. 제퍼슨은 자신이 고객들에게 즐거움과 위안을 주기 위해 주어진 역할을 연기하는 배우일 뿐이었다고 말했다.

"대체 자네가 믿지도 않는 신에 대해 설교를 하는 이유가 뭔가?" 그의 말이 믿기지 않아 빌리가 소리쳤다.

"내 생각엔 일종의 습관이 된 것 같아. 가업을 운영하고 있는 셈이지. 이건 직업이야. 나쁠 게 뭐 있나?"

"진실이 아니라는 게 나쁜 거야. 자네가 진실이라고 믿는 걸 말하는 게 아니잖아!"

"내가 보기에, 진실이라는 건 상당히 과대평가되고 있어." 제퍼슨이 단호하게 말했다.

빌리는 친구의 선언이 심히 거북했지만 거의 초인적인 낙천성과 부정의 능력을 발휘하여, 제퍼슨의 말을 암과 멕시코 마리화나꽃의 강력한 효력 탓으로 돌렸다.

빌리는 평생 단 한 번도, 신비로운 방식으로 자신의 경이로움을 실현하는 전지전능한 신의 부재를 상상해본 적이 없었다. 그는 바보가 아니었다. 단지 오거스틴 종파의 믿음이라는 축복을 받았을 뿐. 실제로 그의 부엌 벽에는 십자수로 수놓아 액자에 끼워둔 세인트오거스틴의 잠언이 걸려 있었다.

"하느님의 마음을 이해하려 애쓰는 것은 바다를 컵에 담으려 애쓰는 것과 같다."

그를 버리고 보다 나은 삶을 찾아 떠난 아내의 선물이었다.

그들은 매일 고래 옆에서 만나 고래가 썩어가는 것을 지켜보았다. 어느 정도 시간이 흐르자 악취 때문에 구역질이 나서 바람을 등지고 앉아 있어야 했다.

썩어가는 살점으로 뒤덮인 오래된 교회의 잔해 같은 거대한 갈비뼈가 그 모습을 드러내기 시작하자 제퍼슨은 마리화나 궐련을 피우는 것을 멈추었다.

그는 빌리에게 지킬 박사와 하이드 씨의 사례를 언급하며 너는 마리화나가 필요하지 않다고 말했다.

빌리는 알겠다는 듯 고개를 끄덕였다.

"마리화나가 자네를 하느님을 믿지 않는 괴물, 하이드 씨로 만들었기 때문인가?" 빌리가 자신의 이론을 확인할 셈으로 제퍼슨에게 물었다.

"결코 그렇지 않네." 제퍼슨이 대답했다. "그 이야기의 어느 시점에서 지킬 박사는 자기가 하이드 씨로 되돌아오는 것을 막아줄 약을 원하게 돼. 본래의 효력과 반대의 효력을 지닌 약을. 약이 그를 바꾼 거야. 나한테도 그런 일이 일어났다네. 이제 마리화나를 피우면 예전처럼 초조하고 두려워져. 하지만 피우지 않으면 훨씬 더 기분이 좋고 편안하고 삼삼하지."

"요즘도 삼삼하단 말을 쓰나?" 빌리가 물었다.

"난 써." 제퍼슨이 대답했다.

"그럼 자넨 아직도 신을 믿지 않는다는 건가?"

"그래. 아직도 안 믿어."

빌리는 더이상 그 얘기를 하고 싶지 않았고 그래서 그만두었다. 그리고 제퍼슨은, 빌리의 친구로서, 그가 그러도록 내버려두었다.

여름이 한창이었고 그들이 바다로 나갈 무렵 고래의 유해는 거의 사라진 상태였다. 빌리는 데니스 미첼에게서 선외 모터가 달린 작은 나무 보트 한 척을 빌렸다. 데니스 미첼은 마침 자신의 트럭에 새로 설치한 변속기 값을 제때 지불하지 못해 외상 기간을 연장할 방법을 찾고 있던 터였다. 제퍼슨의 육체적 쇠락은 고래의 쇠락만큼이나 극적이어서, 그는 급속도로 기력을 잃어가고 있었다. 두 노인은 낚시를 간다고는 했지만, 두 사람 다 이것이 늙은 목사가 죽기 전 마지막 소풍이 되리라는 것을 알았다.

그들은 오래된 석조 부두에서 탁한 잿빛 바다의 부드러운 물결 속으로 털털거리며 나아갔다. 바람이 불지 않았고 멀리 수평선은 물색보다 아주 조금 옅은 안개로 흐릿해져 있었다. 시야가 제한되어 있었지만 그들 둘 다 갈 길을 아는 노인들이었다. 그들은 어디로 가야 하는지 알았다.

제퍼슨은 선미 쪽에 앉아 말없이 바다를 바라보았고, 육지가 시야에서 사라지자 빌리가 엔진을 껐다. 두 노인은 한동안 침묵 속에 앉아 있었다. 평상시와 달리 먼저 입을 연 사람은 제퍼슨이었다.

"그런데 말이야." 그가 말했다. "내 생각엔, 무신론자가 죽으면, 어찌됐건, 그 사람은 더이상 무신론자가 아니야."

두 사람은 서로를 바라보며 미소를 지었지만 그 순간 보트가 한쪽으로 급격하게 기울어 하마터면 물에 빠질 뻔했다.

"젠장 대체 뭐였지?" 제퍼슨이 중얼거렸다.

"나도 모르겠어." 빌리가 말했다.

그들의 작은 보트로부터 15피트 정도 떨어진 곳에서, 다 자란 북대서양참고래가 거대한 꼬리를 공중으로 들어올렸다가 다시 물 위로 떨어뜨리며 그들에게 얼음장 같은 소금물 세례를 주고 보트를 한번 더 옆으로 기울게 만들 때에도, 그들은 여전히 겁에 질려 있었다.

"엔진을 켜! 어서!" 제퍼슨이 소리쳤다.

빌리가 점화 코드를 당겼으나, 유서 깊은 선외 모터의 전통에 따라 결정적인 순간에 모터가 작동을 거부했다. 보트가 공중으로 사뿐히 들리는 순간에도 빌리는 여전히 시동을 걸기 위해 애쓰고 있었다.

선체 밑에 고래가 있었다.

보트가 거대한 생명체의 등에 올라탄 채 수면에서 2피트 가까이 올라갔고, 잠시 후 고래는 다시 사뿐하고 고요하게 보트를 물에 내려놓았다.

그들은 경외의 눈빛으로 자신들의 목숨을 쥐락펴락하는 괴물을 쳐다보았다. 고래의 머리가 보트 옆에 있었고 녀석이 옆으로 몸을 돌리자 반짝이는 검은 눈이 그들을 똑바로 쳐다보았다.

그들은 거대한 고래가 그들에게서 살짝 멀어지더니 시계 방향으로 보트 주위를 세 번 돌고 나서 잔물결 하나 일으키지 않고 어두컴컴한 물속으로 사라져가는 모습을 말없이 지켜보았다.

두 노인은 잠시 서로를 바라보다가, 마치 연습이라도 한 듯, 승리에 취한 스포츠광들처럼 동시에 괴성을 질렀다. 그들은 웃고 소리지르며 승리감에 취해 허공에 주먹을 휘둘렀다.

잠시 후 그들은 잠잠해졌고 숨을 골랐다.

빌리가 제퍼슨과 눈을 맞추었다. 그는 결단을 내렸다. 빌리는 앞으로 돌진해 자신의 친구를 보트 밖으로 밀었다. 누구도 말을 하지 않았다. 아무 소리도 나지 않았다. 제퍼슨은 비명을 지르지 않았고, 빌리는 제퍼슨이 고래를 따라 사라져가는 모습을 지켜보았다.

지난 오십여 년간 이 교구에서 사랑받고 존경받았던 제퍼슨 T. 애덤스 목사는 길고 가느다란 자메이카 스타일의 궐련을 깊이 빨아들였다. 그는 교회의 음악 소리에 귀를 기울였고 그 음악을 빌리가 골랐을 거라고 생각했다. 정말 〈Rock a Hula Baby〉였다!

그는 미소를 짓지 않을 수 없었다.

엘비스 애런 프레슬리가, 그의 마지막 라스베이거스 시절의 가장 화려한 반짝이 의상을 입고 제퍼슨에게 다가왔다.

"이봐, 형제, 만나서 정말 반가워."

제퍼슨이 그를 향해 돌아섰고, 그 순간 그는 그들이 실제로 닮았음을 깨달았다.

"이건 죽어가는 두뇌가 만들어낸 착각이야, 그렇지?" 제퍼슨이 말했다.

오래된 록의 황제가 어깨를 으쓱했다.

"그야 나도 모르지. 자네, 생각을 너무 많이 하는군." 죽은 황제가 말했다.

음악의 방

스티븐 킹

스티븐 킹이 이 단편집에 수록할 단편소설을 쓸 시간이 없다는 소식을 들었을 때 전혀 놀라지 않았다. 그러나 그는 도저히 이 제안을 뿌리칠 수 없었다. "제가 호퍼를 좋아하거든요"라고 그는 썼다. "시간을 갖고 생각해보겠습니다." 나중에 그는, 확률적으로는 희박하지만 글을 쓰게 될 경우, 어떤 그림에 관해 쓸지 골라두었다. "〈뉴욕의 방〉이라는 작품이 있습니다. 집에 그 작품의 복제품이 있어요. 그 그림이 저에게 말을 걸기 때문이죠." 그 그림이 그에게 말을 걸고 설득한 게 분명하다. 「음악의 방」은 그 행복한 결실이다.

뉴욕의 방, 1932

엔더비 부부는 음악의 방에 있었다—그들은 그 방을 그렇게 불렀다. 실제로는 그저 남는 침실일 뿐인데도. 한때는 제임스 혹은 질 엔더비의 방이 될 거라 생각했지만, 십 년 가까이 노력한 결과, 어디선가 사랑스러운 아기가 나타나 이 방으로 들어올 가능성은 점점 더 희박해지고 있었다. 그들은 아기 없는 삶을 받아들였다. 적어도 그들에겐 일이 있었고, 여전히 사람들이 식량 배급을 받기 위해 줄을 서는 요즘 같은 시대에 그것은 축복이었다. 물론 일이 없는 시기가 있는 것은 사실이지만, 일단 일이 시작되고 나면 다른 생각은 할 겨를이 없었고 두 사람 모두 이런 방식을 선호했다.

엔더비 씨는 〈뉴욕 저널 아메리칸〉을 읽고 있었다. 창간한 지 반 년도 되지 않은 새 일간지였다. 어떻게 보면 타블로이드 신문이었고 어떻게 보면 아니었다. 그는 주로 만화를 먼저 보기 시작했지만 일이 진행되고 있을 땐 지역 뉴스를 먼저 펼쳐서 기사들을, 특히 경찰의 사건 일지를 빠르게 훑었다.

엔더비 부인은 피아노 앞에 앉아 있었다. 피아노는 부모님이 주신 결혼 선물이었다. 그녀는 건반 하나를 쓰다듬어보곤 했지만 아무것도 누르지는 않았다. 오늘밤 음악의 방에 흐르는 유일한 음악은 열린 창문으로 흘러드는 서드Third 애비뉴의 야간 차량 소음 교향곡뿐이었다. 서드 애비뉴, 3층. 단단한 브라운스톤으로 지은 괜찮은 아파트. 위아래층 이웃의 소음은 거의 들리지 않았고, 이웃들도 그들의 소음을 거의 듣지 못했다. 무조건 환영할 일이었다.

그들 뒤쪽 벽장에서 쿵 소리가 한 번 났다. 그리고 또 한번. 엔더비 부인은 연주를 하려는 듯 양손을 펼쳤다가 쿵 소리가 멎자 손을 무릎 위에 내려놓았다.

"우리의 친구 조지 티먼스에 관한 기사는 아직 한 토막도 없군." 엔더비 씨가 신문을 흔들며 말했다.

"〈올버니 헤럴드〉 한번 확인해봐." 그녀가 말했다. "렉싱턴 애비뉴와 60번가 교차로에 있는 판매대에선 팔 텐데."

"그럴 필요 없어." 마침내 연재만화로 넘어가며 그가 말했다. "〈저널 아메리칸〉이면 충분해. 티먼스 씨가 올버니에서 실종되었다면 올버니 사람들이 찾게 둬야지."

"알았어, 여보." 엔더비 부인이 말했다. "난 당신을 믿어." 그를 믿지 못할 이유는 없었다. 오늘까지 일은 순조롭게 진행되었다. 티먼스 씨는 특별히 튼튼하게 만든 벽장의 여섯번째 손님이었다.

엔더비 씨가 껄껄거리며 웃었다. "〈캐천재머 키즈〉*가 또 시작

* 1912년부터 1949년까지 신문에 연재되었던 인기 만화로, 쌍둥이 형제와 그들의

이군. 이번엔 불법 낚시를 했다고 더 캡틴이 체포됐어—대포로 그물을 쏴서. 되게 웃기네. 읽어줄까?"

엔더비 부인이 대답을 하기도 전에 벽장에서 또 한번 쿵 소리가 나더니, 어쩌면 고함소리일 수도 있는 약한 소리가 이어졌다. 귀를 문에 바짝 대지 않으면 무슨 소리인지 분간하기 힘들었는데, 그녀는 전혀 그럴 생각이 없었다. 피아노 의자는 티먼스 씨를 처리할 시기가 될 때까지 그에게 최대한 가까이 붙여놓았다. "저 사람 그만 좀 했으면 좋겠어."

"그럴 거야, 여보. 머지않아서."

그 말에 반박이라도 하듯 들려오는 또 한차례의 쿵 소리.

"어제도 그렇게 말했잖아."

"내가 좀 섣부른 판단을 한 것 같네." 엔더비 씨가 말하고는 다시, "이런, 세상에, 딕 트레이시가 또 프룬페이스**를 쫓고 있어."

"프룬페이스 진짜 소름 끼쳐." 그녀가 돌아보지도 않고 말했다. "트레이시 형사가 영원히 끝장내버렸으면 좋겠어."

"그런 일은 절대 일어나지 않아, 여보. 사람들이 영웅을 응원한다고 주장하지만, 실제로 기억하는 건 악당들이야."

엔더비 부인은 대답하지 않았다. 그녀는 다음번 쿵 소리가 나기를 기다렸다. 소리가 나면—만약 소리가 난다면—또 다음번 소리를 기다릴 것이다. 기다림이 가장 끔찍한 대목이었다. 저 가엾은 남자는 당연히 굶주렸고, 목이 마를 것이다. 사흘 전에 먹을 것과

대리부 더 캡틴이 등장한다.

** 1931년에 연재를 시작한 만화 〈딕 트레이시〉의 주인공 딕 트레이시 형사와 악당 프룬페이스를 말하는 것.

마실 것을 끊었다. 그가 자신의 계좌를 비울 수표에 마지막으로 서명한 뒤에. 그의 지갑에 들어 있던 200달러도 싹 털었다. 지금처럼 심각한 공황에 200달러면 잭팟을 터뜨린 거나 마찬가지였고, 그의 시계도 그들의 수입에 20달러 정도 보탬이 될 수 있었다(물론, 조금 낙관적인 생각이라는 것을 그녀 자신도 인정했지만).

티먼스 씨의 올버니 내셔널 은행 당좌예금 계좌야말로 진짜 광맥이었다. 800달러. 굶주림이 심해지자 그는 현금화할 수 있는 수표 몇 장에 기꺼이 서명했고 수표마다 알맞은 곳에 '업무 비용'이라는 메모를 기입했다. 가장이 뉴욕에 갔다가 돌아오지 않으면 그 돈에 의지해야 할 부인과 아이들이 어딘가에 있을지도 모르지만, 엔더비 부인은 그런 생각에 매달리지 않았다. 그녀는 티먼스 부인이 올버니의 대저택 지구에 사는, 디킨스 소설에서 막 튀쳐나온 것 같은 자애로운 부모를 두고 있다고 상상하기를 즐겼다. 그 부모는 그녀를 받아들여주고 그녀의 아이들을 돌봐줄 것이다. 아이들은 〈캐천재머 키즈〉에 나오는 한스와 프리츠처럼 사랑스러운 장난꾸러기들일 것이다.

"슬러고*가 이웃집 창문을 깨뜨려놓고 낸시 짓이라고 우기고 있어." 엔더비 씨가 껄껄 웃으며 말했다. "슬러고 하는 짓을 보면 캐천재머 꼬마들은 천사라니까."

"걔가 쓰는 그 흉측한 모자는 또 어떻고!" 엔더비 부인이 말했다.

벽장에서 또 한번 쿵 소리가 났다. 굶어죽기 일보 직전의 남자가 내는 아주 강한 쿵 소리였다. 티먼스 씨는 결코 만만치 않은 상

* 1938년에 연재를 시작한 만화 〈낸시〉에 등장하는 주인공의 친구.

대였다. 심지어 클로랄 하이드레이트*를 넉넉히 넣은 와인을 마신 뒤에도 하마터면 엔더비 씨를 제압할 뻔해서 엔더비 부인이 도와야 했다. 티먼스 씨가 진정할 때까지 그녀가 그의 가슴에 올라타고 있었다. 숙녀답지 못한 행동이었지만, 필요한 일이었다. 그날 밤, 엔더비 씨가 저녁식사에 손님을 데려온 날이면 늘 그렇듯, 서드 애비뉴 쪽으로 난 창문은 닫혔다. 그들은 술집에서 처음 만났다. 상당히 사교적인 편인 엔더비 씨는 시내에 혼자 와 있는 비즈니스맨을 식별하는 능력이 뛰어났다—역시 사교적이고 새로운 친구를 사귀는 것을 좋아하는 사람들. 특히 그들이 하는 일의 새로운 고객이 될 가능성이 있는 새로운 친구들. 엔더비 씨는 그들이 입고 있는 슈트로 그들을 판단했고 황금 시곗줄에 일가견이 있었다.

"나쁜 소식이 있어." 엔더비 씨가 이마에 주름을 한 줄 만들며 말했다.

그녀가 피아노 의자에서 몸을 꼿꼿하게 펴고는 돌아앉아 그를 보았다. "뭔데?"

"밍 더 머실러스**가 플래시 고든과 데일 아든을 몽고의 라듐 광산에 가뒀어. 거기 악어처럼 생긴 괴물들이 있는데……"

벽장에서 가냘픈 통곡 소리가 들려왔다. 방음벽을 친 벽장 안에서, 그것은 아마도 가엾은 남자의 성대가 파열되기에 충분한 비명이었을 것이다. 티먼스 씨는 어떻게 아직도 그런 괴성을 지를 힘이 남아 있는 건지. 그는 이미 앞선 다섯 명보다 하루를 더 버텼고 그

* 수면진정제. 술과 섞어 마시는 경우 사망에 이르기도 한다.

** 1934년에 처음 소개된 신문 연재만화 〈플래시 고든〉의 등장인물로 '몽고'라는 행성의 폭군.

의 독한 생명력이 이제 그녀의 신경을 긁기 시작했다. 그녀는 오늘 밤이 그의 마지막 밤이 되기를 바라고 있었다.

그를 감쌀 양탄자가 침실에 준비되어 있었고, 엔더비 엔터프라이스라고 적힌 소형 트럭이 길모퉁이에 주차되어 있었다. 뉴저지 파인 배런스까지 한번 더 다녀올 수 있을 만큼 가득 연료를 채워두었다. 그들이 처음 결혼했을 때만 해도 실제로 엔더비 엔터프라이스라는 회사가 있었다. 공황—〈저널 아메리칸〉이 대공황이라고 부르기 시작한—은 이 년 전 그 회사에 종지부를 찍었다. 이제 그들에겐 새로운 일이 있었다.

"데일은 두려워해." 엔더비 씨가 말을 이었다. "플래시가 데일에게 용기를 북돋워주려고 애쓰고 있어. 플래시는 자코브 박사가 그들을……"

이번에는 쿵 소리가 연달아 들려왔다. 열 번, 혹은 열두 번 정도 소리가 나더니 그뒤로 비명이 이어졌다. 방음벽에 묻혀 약해진 목소리였지만 여전히 섬뜩했다. 그녀는 티먼스 씨의 입술에 피가 맺히고 찢어진 주먹에서 피가 뚝뚝 떨어지는 광경을 상상할 수 있었다. 그의 목이 얼마나 앙상해졌을지, 그의 몸이 생존을 위해 지방과 근육을 소진하면서 통통했던 그의 얼굴이 얼마나 길게 늘어졌을지도.

아니. 사람의 몸은 생존을 위해 자기 몸을 먹을 수 없었다. 그렇지 않은가? 그건 골상학만큼이나 비과학적인 생각이었다. 더구나 지금쯤 그는 얼마나 목이 마르겠는가!

"너무 짜증나!" 그녀가 소리쳤다. "끝도 없이 저러고 또 저러고 또 저러는 게 정말 싫어! 왜 저렇게 힘센 남자를 데려와야만 했어,

여보?"

"돈 많은 남자이기도 했으니까." 엔더비 씨가 온화하게 말했다. "두번째 마신 술값을 내려고 지갑을 열 때 봤거든. 저 친구가 보태준 돈으로 우린 석 달을 버틸 수 있을 거야. 아껴 쓰면 다섯 달까지도."

쿵, 그리고 쿵, 그리고 쿵. 엔더비 부인은 손가락을 관자놀이의 여리고 움푹한 곳에 대고 문지르기 시작했다.

엔더비 씨가 연민 어린 표정으로 그녀를 보았다. "당신이 원한다면 내가 멈추게 할 수 있어. 지금 같은 상태라면 저항이 심하지 않을 거야. 저렇게 많은 에너지를 소모하고 난 뒤라면 더더욱. 당신이 쓰는 가장 날카로운 부엌칼로 한 번만 그어주면 돼. 물론 내가 그 작업을 하면 청소는 당신이 해야겠지. 그래야 공평하니까."

엔더비 부인이 충격에 휩싸여 그를 쳐다보았다. "우린 도둑이지 살인자는 아니야."

"만약 우리가 잡힌다면 사람들은 그렇게 생각하지 않을 거야." 그가 변명하듯, 그러면서도 그만큼 단호하게 말했다.

그녀는 빨간 드레스로 덮인 무릎 위에서 손마디가 하얗게 변할 정도로 힘을 주어 양손을 깍지 끼고 그의 눈을 똑바로 쳐다보았다. "만약 우리가 법정에 서게 된다면, 난 고개를 꼿꼿이 들고 판사와 배심원들에게 우리가 이 상황의 희생자라고 말할 거야."

"분명히 아주 설득력 있을 거야, 여보."

벽장 문 뒤에서 또 한번 쿵 소리와 비명소리가 들렸다. 섬뜩했다. 그의 생명력을 표현할 말이 있다면 바로 그것이었다. 섬뜩함.

"하지만 우린 살인자가 아니야. 우리 손님들은 단지 이 끔찍한

시기에 많은 사람들이 그렇듯 식량이 부족했을 뿐이야. 우린 그들을 죽이지 않았어. 단지 그들이 사라졌을 뿐이지."

엔더비 씨가 맥솔리스*에서 일주일 전에 데려온 남자에게서 또 한차례 비명이 새어나왔다. 어쩌면 말을 한 것이었는지도. 어쩌면 빌어먹을, 이라고 말했는지도.

"오래 걸리지 않을 거야." 엔더비 씨가 말했다. "오늘밤 아니면 내일이겠지. 당분간은 일을 하지 않아도 돼. 그리고……"

그녀가 똑같이 침착한 방식으로 그를 바라보았다. 손을 깍지 낀 채. "그리고?"

"내가 보기엔 당신도 한편으론 이 일을 즐기고 있어. 지금은 아니겠지만, 숲에서 사냥꾼이 짐승을 잡을 때처럼 우리가 그들을 잡는 그 순간은 말이야."

그녀가 그의 말을 생각해보았다. "그럴지도 모르지. 지갑에 들어 있는 걸 보는 순간만큼은 분명히 즐겨. 어렸을 때 아빠가 나와 오빠를 위해 해주던 보물찾기 게임이 생각나거든. 하지만 그다음에 일어나는 일들은……" 그녀가 한숨을 쉬었다. "난 원래 기다리는 걸 잘 못해."

이어지는 쿵 소리들. 엔더비 씨는 경제면으로 넘어갔다. "저 사람은 올버니 출신이고 거기 사람들은 벌을 받아 마땅해. 뭐라도 좀 쳐봐. 기분이 나아질 거야."

그녀가 피아노 의자에서 악보를 꺼내 〈I'll Never Be the Same〉을 연주했다. 그다음엔 〈I'm in a Dancing Mood〉와 〈The Way

* 1854년에 문을 연 맨해튼에서 가장 오래된 아이리시 술집.

You Look Tonight〉을 연주했다. 엔더비 씨는 박수를 쳤고 앙코르를 청했다. 마지막 선율이 잦아들 무렵, 방음 처리가 되고 특별히 튼튼하게 만든 벽장 뒤의 쿵 소리와 비명소리도 멈추었다.

"음악!" 엔더비 씨가 선포했다. "음악에는 야성을 길들이는 힘이 있나니!"

그 말에 두 사람이 웃었다. 오랜 결혼생활을 통해 서로의 마음을 잘 알게 된 사람들이 그렇듯, 편안하게.

영사기사

조 R. 랜스데일

조 R. 랜스데일은 마흔다섯 편이 넘는 장편소설을 썼으며, 단편, 중편, 논픽션, 서문을 포함해 사백 편에 달하는 글을 썼다. 그는 수많은 작품집을 편집하거나 공동 편집했다. 그의 작품 중 몇 편은 영화화되었고—〈부바 호텝〉〈콜드 인 줄라이〉〈죽은 자와 함께 크리스마스를*Christmas with the Dead*〉—TV 시리즈 〈햅 앤드 레너드*Hap and Leonard*〉에 영감을 주었다. 그는 평생 공로상을 비롯해 에드거상, 스퍼상 등 수많은 상을 받았고, 브램 스토커 상을 아홉 차례 수상했다. 그와 그의 아내 캐런은 텍사스주 내커도치스에서 핏불테리어와 고양이와 함께 살고 있다.

뉴욕 영화, 1939

내가 하는 일을 만만하게 보는 사람들이 있는데, 프로젝터에 전원을 꽂는 게 다가 아니라는 걸 몰라서 하는 소리다. 제때 대기하고 있다가 릴을 바꿔줘야 하고, 이음새가 드러나지 않게 조절해서 영화가 한 장면도 버벅대지 않도록 해야 한다. 그 일을 제대로 하지 않으면 한참 중요한 장면이 나오는데 릴이 튈 수도 있고, 릴이 걸려서 전구에 필름이 타기도 한다. 그러면 아래층에 있는 사람들이 소리를 지르기 시작하는데, 그런 상황은 영업상으로도 좋지 않고 나한테도 좋지 않다. 나의 상관도 그 소리를 듣는다. 영화가 튈 때 벌어지는 소동에 관해서라면 그는 귀가 밝은 편이다.

나는 그런 일이 자주 일어나게 하지 않는다. 두세 번 필름이 튄 적이 있고, 한 번은 필름을 태우기도 했지만 우리가 받았을 때 이미 상태가 엉망이었다. 포장을 잘못하는 바람에 필름이 구부러졌고 꺼낼 때 미처 그걸 보지 못한 것이다. 그건 내 잘못이 아니고,

상관도 그 사실을 알았다.

그래도 잘 살펴봐야 한다.

이게 구덩이를 파는 것과 같은 종류의 고된 일은 아니다. 나는 고등학교를 졸업하지 못했기 때문에 그 일도 해보았다. 졸업을 일 년 조금 넘게 남겨두고 일이 생기는 바람에 중퇴를 해야 했다. 졸업장이 없으면 기회가 그리 많지 않다.

어쨌든, 언젠가는 돌아가서 시험을 보고 졸업장을 받겠다고 생각했지만 그러지 못했다. 하지만 처음에 돈을 조금씩 벌 때 영화를 보러 가곤 했다. 그곳에 버트라는 사람이 일을 하고 있었는데, 아주 친한 건 아니었지만 그가 내 아버지를 알았기 때문에 나도 그를 알았다. 나는 올라가서 그를 만나곤 했다. 그는 아무때고 날 들여보내주었고 나는 영사실에서 영화를 볼 수 있었다. 버트는 정말 좋은 사람이었다. 그는 날 위해 좋은 일들을 해주었다. 나는 그가 나의 수호천사라고 생각한다. 그가 나에게 일자리를 주었다.

그곳에 있을 때, 내가 이미 본 동시 상영 영화를 시작해야 할 때가 되면, 그가 영사 작업이 어떻게 이루어지는지 내게 보여주었다. 그래서 버트가 일을 그만두고 연금을 받으며 살기로 결정했을 때 내가 이 일을 맡게 되었다. 그때 나는 스물다섯 살이었다. 그리고 그때부터 오 년째 이 일을 하고 있다.

한 가지 좋은 점이 있다면, 영화를 공짜로 볼 수 있다는 것이다. 물론 개중에는 한 번으로 충분한 영화도 있지만. 〈7인의 신부〉를 다시 봐야 하는 상황이 온다면, 나는 울다가 기절할지도 모른다. 나는 노래가 나오는 영화는 별로 좋아하지 않는다.

영화를 보고 있지 않더라도, 영화에서 나오는 말들을 듣고 또 들어야 해서, 영화가 일주일 넘게 상영되는 경우에는, 마치 걸어다니는 녹음기가 된 것처럼 영화 대사를 거의 다 읊을 수 있었다. 영화에서 남자들이 여자들에게 했던 대사, 작업 멘트들을 실제로 해보기도 했지만 효력은 전혀 없었다.

나는 잘생기지 않았지만 그렇다고 무섭게 생기지도 않았다. 그러나 문제는, 내가 여자를 영 못 사귄다는 것이다. 그냥 못 사귄다. 그런 걸 배운 적이 없다. 아버지는 여자들한테 인기가 많았다. 검고 곱슬한 머리에 이목구비가 또렷했고 밝은 파란색 눈을 가졌다. 육체노동을 많이 해서 체격도 좋았다. 아버지는 여자들을 해롱거리게 만들었다. 자기가 원하는 여자를 얻고 나면 싫증을 냈고, 그건 우리 엄마와도 마찬가지여서 아버지는 금세 관계를 끝내고 싶어했다. 그렇다, 아버지는 여자들을 침대에 눕히는 법을 알았고 그들에게서 돈을 뜯어내는 법을 알았다. 아버지는 여자들이 원하는 바로 그런 남자였다. 아버지 마음이 바뀔 때까지는.

아버지는 늘 말했다. "여자들에 대해 알아야 할 게 있다면 말이야. 나이가 찬 여자는 널려 있고 그렇지 않은 여자도 있지만 개들도 쓸 만하다는 거야. 여자들한테는 그저 듣기 좋은 소리만 해주면 돼. 그 헛소리를 다 곧이곧대로 믿는다니까. 그러다보면 어느 순간 정말 원했던 걸 갖게 되고, 그러고 나면 정복해야 할 새로운 산들이 보이지."

아버진 그런 사람이었다.

버트는 늘 말했다. "자기가 여자들 속옷을 쉽게 벗길 수 있다고 떠벌리는 남자들은 그게 전부라고 생각해. 그것 말고는 아무것도 없다고 생각하지. 그런 식이어선 안 돼. 나와 미시는 결혼한 지 오십 년째고 속옷을 입지 않은 서로의 모습을 보려고 안달하진 않지만 아직도 아침 식탁에서 서로를 보고 싶어한단다."

그게 여자에 대한 버트의 간결한 조언이었다.

아, 그것 말고도 또하나가 있었다. 그는 늘 이렇게 말했다. "여자가 무슨 생각을 하는지 알아내려고 끙끙대지 마라. 왜냐하면 그건 절대 알아낼 수가 없거든. 게다가 설령 알아낸다 해도 그 여자 역시 네가 무슨 생각을 하고 있는지 몰라. 그저 서로를 위해 곁에 있어주면 된단다."

그런데 문제는, 내겐 곁에 있어줄 여자가 한 명도 없었다는 것이다. 내가 보기엔 내 자세 때문인 것 같다. 버트는 항상 말했다. "똑바로 서, 카트라이트. 구부정하게 서 있지 말고. 넌 곱사등이가 아니야. 눈을 똑바로 보라고, 젠장."

내가 왜 그러는지, 그러니까 왜 그렇게 구부정하게 서는지 모르겠지만, 어쨌든 난 그렇게 선다. 아마 내 키가 198센티미터이고, 풀잎처럼 말랐기 때문일 것이다. 신경쓰려고 노력하는데도 기억의 무게가 내 어깨를 짓누르는 것 같은 기분이 든다.

얼마 전 로언스틴 씨가 새로운 좌석 안내원을 고용했다. 특별한 여자였다. 그가 여자에게 빨간 옷을 입혔다. 언제나 빨간 옷. 극장 안에는 빨간색이 많다. 의자 등받이에는 붉은색 천이 씌워져 있다. 몇몇 의자는 시간이 갈수록 반질반질해졌는데, 머릿기름을 바른 젊은 남자들이 의자에 머리를 기대기 때문이었다. 무대 앞에 드리운 커튼도 빨간색이다. 나는 커튼이 쳐져 있는 게 좋다. 커튼이 열리면 내가 영화를 상영한다. 나는 커튼이 열리는 순간을 지켜보는 게 좋다. 그 순간은 이상하게 날 자극하고 흥분시킨다. 한번은 버트에게 그 얘기를 한 적이 있다. 그가 내 얘기를 듣고 웃을 거라고 생각했지만, 그는 이렇게 말했다. "나도 그렇단다, 꼬마야."

토요일 아침에는 만화영화를 상영하기 전에 광대와 저글러와 묘기 부리는 개와 한심한 마술사들이 무대에 오른다. 그들이 무대에서 공연을 시작하면 아이들이 소리를 지르고 팝콘과 캔디를 던지고 난리가 난다.

개가 무대 위에서 똥을 싸기도 하고, 광대가 자전거에서 떨어지기도 하고, 뒤로 재주넘기를 하는 사람이 앞줄로 떨어지기도 하고, 저글러가 실수를 해 머리에 공을 맞기도 한다. 그러면 아이들은 더 좋아한다. 사람의 본성을 알고 나면 참 이상하다는 생각이 든다. 사람들이 재미있다고 생각하는 것은 창피하거나 다치는 것과 관계가 있기 때문이다. 그렇지 않은가?

그러나 이름이 샐리인 이 좌석 안내원은 영화 속 여자들을 먹다 남은 햄이나 치즈처럼 보이게 만든다. 샐리는 진짜 예쁘다. 나보다 아마 여섯 살이나 일곱 살 정도 어리고, 긴 금발에 도자기 인형처럼 피부가 곱다. 극장에서 입으라고 준 빨간 드레스를 입을 때를 제외하면, 주로 예쁘고 색이 바랜 옷들을 입고 다닌다. 그녀는 극장에서 옷을 갈아입고 화장을 한다. 그녀가 빨간 드레스를 입고 힐을 신고 나오면 그 모습이 마치 루돌프 사슴 코처럼 극장을 밝힌다. 그녀가 입는 드레스들은 로언스틴 부부가 준 것이다. 로언스틴 부인이 샐리에게 꼭 맞도록 드레스를 수선했고, 내 말을 믿기를, 그 드레스는 진짜 꼭 맞는다. 이렇게 말하면 좋게 들리지 않겠지만, 그 드레스가 샐리에게 얼마나 꼭 맞느냐 하면, 만약 샐리의 살갗이 그을리기라도 하면 드레스 위로 드러날 수 있겠다는 생각이

들 정도로, 그 정도로 꼭 맞는다.

로언스틴 씨는 나이가 못해도 예순다섯은 되었는데, 한번은 나와 함께 캔디 카운터 뒤에 서 있었다. 나는 영사실에 들고 갈 핫도그와 음료수를 받는 중이었다. 그게 매일 나의 점심이자 저녁이었다, 왜냐하면 공짜니까. 극장 문을 열고 나서 정오가 되기 직전 매일 그 시간이 되면, 우리 맞은편, 광대나 저글러나 개들도 사용하는 분장실에서 그녀가 나온다. 그녀는 빨간 드레스에 힐을 신었고, 금발이 어깨에 찰랑거리고, 우리에게 미소를 짓는다.

나는 다리가 후들거렸다. 그녀가 일을 시작하려고 객석으로 들어갈 때 로언스틴 씨가 말했다. "모드한테 드레스를 좀 여유 있게 수선하라고 해야겠군."

나는 아무 말도 하지 않았지만 속으로는 '그러지 말지'라고 생각했다.

나는 날마다 영사실에 올라가 샐리를 훔쳐본다. 그녀는 빨간 전구들이 달린 커튼 옆에 서 있다. 환한 조명은 아니지만 화장실이나 구내매점에 가고 싶은 사람들이 다리를 부러뜨리지 않고 길을 찾을 수 있을 정도로는 밝다.

샐리, 그녀가 하는 일은 관객들에게 좌석을 안내해주는 일인데, 정말 쓸데없는 일이다. 왜냐하면 사람들은 어차피 그냥 앉고 싶은 데 앉기 때문이다. 그녀 때문에 극장은 추가적인 경비를 지출해야 하지만 로언스틴 부부는 그녀가 십대들을 끌어모은다고 생각하고 있다. 내가 보기엔 몇몇 결혼한 남자들도 거리낌없이 그녀를 쳐다보는 것 같다. 그녀는 특별하다. 그래서 나는 항상 그녀를 쳐다보게 되었다. 그냥 그렇게 앉아서 쳐다보았다. 그러다 따분해지면 대개는 남자애들과 여자애들이 애무를 하거나 서로 물고 빠는 뒷줄을 내려다보지만, 그러고 있자면 왠지 그래서는 안 될 것 같은 기분이 들었다. 그들이 애무하는 광경을 봐서는 안 될 것 같았고, 극장에서 그런 짓을 하는 것도 잘못된 일인 것 같았다. 어쩌면 그냥 질투가 난 건지도 모르겠다.

그래서 나는 항상 위에서 샐리를 훔쳐보았다. 그녀가 매일 밤 같은 자리에 서 있고, 빨간 조명을 받으면 그녀의 금발에 약간 붉은빛이 감돌고, 그녀의 드레스는 더 환해지기 때문이었다. 그녀를 바라보는 데 얼마나 정신이 팔렸던지, 진짜 오랜만에 일어난 일이지만, 한번은 릴을 바꾸는 걸 잊어버려서 영화가 엉망이 되기도 했다. 나는 영화를 다시 상영하느라 허둥거려야 했고 객석에 있던 사람들이 신음 소리를 내며 투덜거렸다.

로언스틴 씨는 기분이 좋지 않았고, 그날 밤 나를 나무랐다. 나는 그의 말이 옳다는 것을 알고 나쁜 뜻이 없다는 것도 알았다. 그는 영사 사고가 있을 수 있는 일이라는 것도, 내가 일을 잘한다는 것도 알았다. 그러나 그의 말이 옳았다. 나는 좀더 주의를 기울였어야 했다. 그런데도 샐리를 쳐다보았던 것을 후회하기는 힘들었다.

그 일이 일어난 직후, 극장의 상황이 달라졌다. 그날 로언스틴 부인은 이미 한참 전에 정문 매표소를 떠나 로언스틴 씨보다 먼저 집으로 돌아갔다. 그녀에겐 따로 차가 있었다. 매점 카운터 뒤에는 나와 로언스틴 씨만 있었고 내가 이 일을 하면 제공되는 무료 음료수를 받고 있는데 샐리가 분장실에서 나왔다. 그녀는 낡고 헐렁한 꽃무늬 드레스를 입고 있었고 우리 쪽을 보고 미소를 지었다. 나는 그녀가 나를 보고 미소를 지은 거라고 생각하고 싶었다. 그녀가 내 쪽을 바라볼 때면 나는 의식적으로 똑바로 서려고 애썼다.

바로 그때 유리문 여러 개 중 한 곳으로 남자 둘이 들어오더니 곧장 매점으로 다가왔다. 평상시에는 그들이 들어온 시간보다 거의 삼십 분 일찍 내가 문을 잠갔지만 그날은 음료수를 받느라 미처 문을 잠그지 못했다.

문을 잠그고 나면 나와 로언스틴 씨 그리고 가끔은 샐리가 함께 남게 되었다. 샐리는 보통 우리보다 조금 일찍 나갔지만. 그러고 나면 우리는 뒷문으로 나갔고 로언스틴 씨가 뒷문을 잠갔다. 그는 매일 밤 "태워줄까?"라고 물었고, 나는 "걷는 게 좋아요"라고 대답했다.

샐리가 함께 있을 때면 샐리에게도 똑같이 물어보곤 했다.

샐리도 걷기를 좋아했다. 나와는 반대 방향으로.

우리는 매일 밤 그렇게 했다.

나는 실제로 걷는 게 좋았다. 한번은 로언스틴 씨 차를 탔지만 그 차에서 담배 냄새가 너무 심하게 나서 속이 울렁거렸다. 아버지도 담배를 많이 피웠는데 꼭 그런 냄새가 났다. 싸구려에 좀처럼 사라지지 않는 냄새. 담배 냄새는 옷에도 배었고 세탁 한 번으로는 빠지지 않았다.

그러나 잠겨 있어야 할 문이 잠겨 있지 않았기 때문에 그들이 들어왔다. 상관없었다. 결국 어떻게든 들어올 사람들이었다.

그들 중 한 명은 파란 슈트를 입은 소화전 같았다. 챙이 달린 짙은 색 모자를 뒤로 조금 젖혀 쓰고 있었는데, 이따금 보는 스타일이긴 했지만 그것 때문에 멍청해 보였다. 단지 외모만의 문제는 아니었다. 그에게서 풍기는 분위기가, 그가 침대에 누워 전기의 작동 원리나 문이 열리는 원리를 생각해보는 남자는 아님을 알려주고 있었다. 다른 남자는 더 마르고 더 부드러웠다. 갈색 슈트에 갈색 모자를 썼고 바지에 작은 총과 총집을 달았는지 바지 한쪽의 발목 부분이 조금 구겨져 있었다.

그들이 미소를 지으며 들어왔고 키 큰 남자가 로언스틴 씨를 보며 말했다. "지역안전위원회에서 나왔소."

"지역 뭐요?" 로언스틴 씨가 말했다.

"그게 뭐든 중요하지 않아." 땅딸한 사람이 말했다. "입다물고 우리가 제공하는 서비스에 대해 듣기만 하면 돼. 우리는 누가 이곳에 침입해 불을 지르거나, 약탈하거나, 다른 사람을 구타하는 상황에 대비해서 너희를 지켜줄 거야. 그런 일이 일어나지 않도록."

"보험이라면 이미 들었네." 로언스틴 씨가 말했다. "이 일을 오래했지만 그동안 아무 문제 없었어."

"아니," 키가 큰 남자가 말했다. "이런 보험은 없을걸. 그런 보험으로 보장되지 않는 많은 것들이 포함되어 있어. 조치를 취하지 않으면 일어나게 되어 있는 일들을 막아주는 거지."

나와 로언스틴 씨는 그제야 그들의 말을 알아들었다.

"보아하니, 당신만 상납을 안 하고 있더군." 키 큰 남자가 말했다. "이 블록에 사는 모든 사람들, 모든 가게들이 지난주까지 돈을 냈고 이제 당신만 남았어. 돈을 안 내면 유일하게 당신만 빠지는 거야."

"그럼 난 빼주게." 로언스틴 씨가 말했다.

키 큰 남자가 조심스럽게 고개를 저었다. "그건 별로 좋은 생각이 아닌 것 같은데. 하룻밤 사이에, 눈 깜짝할 새에, 일이 틀어질 수도 있거든. 이렇게 좋은 극장에서 그런 불미스러운 일이 일어나서야 되겠나. 자, 잘 들어요, 유대인 영감. 일단 오늘은 이 정도로 해두겠지만 다음주 화요일에 다시 올 거야. 일주일 가까이 생각할 시간을 주는 셈이지. 하지만 다음주 화요일 이후, 일주일에 100달러를 내지 않으면, 우리의 보호를 받지 못하게 될 거야. 우리가 보호하지 않으면 여기 상황이 약간 나빠질 수도 있어."

"그때 다시 보지." 땅딸한 남자가 말했다. "지금부터 동전을 한 푼씩 단지에 모으는 게 좋을 거야."

그들이 들어올 때 샐리는 그 자리에 멈춰 섰다. 그녀는 그곳에 서서, 그러니까 10피트 정도 떨어진 곳에 서서, 그들의 대화를 듣고 있었다. 땅딸한 남자가 돌아서서 그녀를 보았다.

"이런 일로 저 아가씨의 낡은 드레스가 구겨지는 건 원치 않겠지. 그렇게 되면 내가 말해주지, 아가씨. 그 드레스 속에 우겨넣은 그거, 맛이 아주 기가 막히다고."

"저 아이한테 그런 식으로 말하지 마." 로언스틴 씨가 말했다.

"난 내가 말하고 싶은 대로 말해." 땅딸한 남자가 말했다.

"이건 앞으로 일어날 일에 대한 마지막 경고야." 키 큰 남자가 말했다. "불미스러운 일은 피하자고. 매주 100달러만 내면 다 순조롭게 돌아갈 거야."

"맞아." 땅딸한 남자가 말했다. "순조롭게."

"100달러는 액수가 너무 커." 로언스틴 씨가 말했다.

"전혀." 땅딸한 남자가 말했다. "아주 저렴한 거야. 이 극장, 너, 네 직원들, 뚱뚱한 부인, 우리 예쁜 아가씨, 저 덜떨어진 놈한테 일어날 수 있는 일을 수습하려면 훨씬 더 많은 돈이 들 테니까. 돈으로 수습이 안 되는 일들도 있고."

그들은 늑장을 부리며 극장을 나섰다. 샐리가 다가왔다. "저 사람들 무슨 소리를 하는 거예요, 로언스틴 씨?"

"갈취를 하려는 거란다, 아가." 로언스틴 씨가 말했다. "넌 걱정할 것 없어. 하지만 오늘밤은 두 사람 다 내가 집에 데려다줘야겠다."

그는 우리를 데려다주었다. 나도 개의치 않았다. 나는 샐리의 뒷자리에 앉아 담배 연기 속에서 그녀의 머리카락을 바라보면서 그 냄새를 맡았다.

그날 밤 나는 내 작은 아파트에 앉아서 그들을 생각했다. 그들은 여러모로 나의 아버지를 연상시켰다. 엄포를 놓는 모습하며, 단순한 불량배가 아니었다. 기꺼이 잔인해질 수 있는 사람들. 나는 로언스틴 부부가 걱정되었고, 거짓말할 생각은 없다, 당연히 샐리도 걱정되었다. 나도 걱정이 되었다.

다음날 언제나처럼 출근을 해서 영사실로 가져갈 핫도그 점심을 받고 있는데 샐리가 다가와 물었다. "어젯밤에 왔던 남자들 말이야. 위험할까?"

"잘 모르겠어." 내가 말했다. "위험할 수도 있겠지."

"난 이 일이 필요해." 그녀가 말했다. "그만두고 싶진 않은데, 좀 무서워."

"이해해." 내가 말했다. "나도 이 일이 필요해."

"너 계속 다닐 거지?"

"물론." 내가 말했다.

"나 좀 지켜봐줄 수 있어?" 그녀가 물었다.

참새에게 매를 쫓아달라고 부탁하는 꼴이었지만 나는 고개를 끄덕였다. "그럴게."

샐리에게 당장 그만두고 다른 일자리를 찾아보라고 했어야 했다. 상황이 나빠질 수도 있기 때문이었다. 나는 그런 일을 본 적이 있었다. 아주 나쁜 일.

그런데 문제는, 내가 너무 이기적이라는 것이었다. 나는 샐리가 곁에 있어주기를 원했다. 내가 볼 수 있는 곳에. 그러나 또 한편으로는 그녀를 지켜주기 위해 내가 할 수 있는 일은 없을지도 모른다는 생각이 들었다. 선의를 갖는 것만으로는 충분하지 않았다. 버트는 지옥으로 가는 길이 선의로 포장되어 있다고 말하곤 했다.

그날 일을 마치고 나서 샐리가 집으로 걸어가려고 할 때 내가 물었다. "바래다줄까?"

"방향이 다른데." 그녀가 말했다.

"괜찮아. 너 데려다주고 돌아오면 돼."

"좋아." 그녀가 말했다.

우리는 함께 걸었고 그녀가 말했다. "넌 영사기사 일이 좋아?"

"응."

"왜?"

"보수도 괜찮고, 핫도그도 공짜니까."

그녀가 웃었다.

"난 저 위 영사실이 좋아. 영화들을 다 볼 수 있으니까. 나 영화 좋아하거든."

"나도."

"좀 이상한 얘기지만, 혼자 하는 일이라는 점도 좋아. 저 위에 있으면 좀 외로워지거든. 많이는 아니지만. 가끔 영화를 너무 많이 봐서 지겹거나 영화가 마음에 안 들면 책을 읽어. 하지만 대단한 독서가는 아니야. 책 한 권을 들면 몇 달을 가니까."

"나도 잡지하고 책을 읽어." 그녀가 말했다. "『대지』도 읽었어."

"잘했네."

"너도 읽었어?"

"아니. 하지만 네가 읽기 잘했다고. 좋다는 얘기는 들었거든."

"괜찮았어."

"난 책보단 영화가 더 좋아." 내가 말했다. "내용을 파악하는 데 시간이 많이 안 걸리니까. 한두 시간이면 끝나지. 또 한 가지 내가 좋아하는 건 높은 영사실 안에서 릴을 돌리면서 사람들을 내려다보고, 영화 속 배우들을 보는 거야. 마치 내가 그 사람들을 소유하고 있는 것 같잖아. 나는 저 높은 곳에 있는 신이고 영화들, 배우들, 그 사람들이 하는 일들은, 내가 재생하지 않으면 그들 스스로는 할 수 없는 일이니까. 좀 이상한 얘기지?"

"조금." 그녀가 말했다.

"나는 그 사람들의 삶을 매일매일 재생하고, 그러다가 그 사람들이 떠나버리고, 그러면 나에겐 그 사람들이 더이상 존재하지 않아. 하지만 난 또다시 새로운 사람들을 맡게 돼. 그들은 필름 보관통에 담겨서 오지. 그 사람들이 하는 일들을 내 힘으로 막을 수는 없지만, 내가 없으면 그 사람들은 아무 일도 못해. 그 사람들이 실제로 존재하게 하려면 내가 재생시켜야만 해."

"재미있는 관점이다." 그녀가 말했다.

"관점?" 내가 말했다. "마음에 든다. 네가 말하는 방식이 마음에 들어."

그녀는 무안해하는 것 같았다. "그냥 단어일 뿐이야."

"맞아, 하지만 넌 내가 모르는 단어들을 알아. 아니면 알아도 쓰지 못하는 단어. 난 그런 단어를 쓸 줄 몰라. 난 항상 단어를 잘못 사용해서 사람들이 웃을까봐 두려워. 필름 보관통이라는 단어를 쓰기가 두려웠어. 아는 단어인데도."

"괜찮아." 그녀가 말했다. "나는 어피셔나도aficionado라는 단어를 제대로 발음하지 못해. 내가 잘못 발음한다는 건 아는데, 정확한 발음이 뭔지 모르겠어. 그 단어를 아는 사람이 말하는 걸 들어야 해."

"난 그게 무슨 뜻인지도 모르겠는데." 내가 말했다. "그 단어를 써서 문장을 어떻게 만들어야 하는지도 모르겠고."

"그렇게 하려고 좀 과하다 싶을 정도로 노력하고 있어." 그녀가 말했다. "주말에 강의를 몇 개 들어. 대학에 그런 강좌가 몇 개 있거든. 그 단어는 교재에서만 봤어."

"대학?"

"너도 한번 들어봐. 재미있어."

"하지만 돈이 들잖아."

"그만한 가치가 있어. 준학사 학위가 있으면 더 좋은 직장을 구할 수 있으니까. 결혼을 할까도 생각했는데, 그러기엔 너무 어리다는 생각이 들었어. 아기 엉덩이나 닦아주기 전에 뭘 좀 해보고, 더 봐야겠다는 생각이 들었어. 게다가, 내가 만났던 남자들 중에 남편감으로 괜찮은 사람도 없었고."

"가족을 갖는다는 건 어쩌면 별로 좋은 일이 아닐 수도 있어." 내가 말했다. "반드시 좋은 일인 것 같진 않아."

"난 가족을 갖고 싶어. 좋은 아내가 될 수 있을 것 같아. 물론 지금은 아니지만. 지금은 좀 즐기고 싶어."

바로 그 순간 나는 가족을 갖는 것도 괜찮을 것 같다는 생각이 들었다. 그녀와 함께 가족을 이룰 수도 있겠다고. 그러나 그저 생각일 뿐이었다. 마진 스트리트의 드러그스토어 앞을 지나며 나는 유리창에 비친 우리 모습을 보았다. 그녀는 무슨 여신 같았고, 나는, 막대 몇 개를 묶고서 머리카락을 한 줌 붙여놓은 것 같았다. 앞서 말했듯이 나는 얼굴이 못생긴 건 아니었지만, 그녀와는 한마디로 급이 달랐다. 가게들이 문을 닫고 있었고, 남자들과 여자들이 팔짱을 낀 채 걸어나오며 소리 내어 웃고 미소를 지었다.

그들 중 한 명이 우리를 쳐다보고, 나와 함께 있는 샐리를 쳐다보았다. 그가 '저런 애가 어떻게?'라고 생각한다는 걸 느낄 수 있었다. 그들은 이내 돌아서서 가버렸다.

우리는 마침내 그녀가 사는 집에 이르렀다. 그 집은 2층짜리 벽돌 건물이었다. 환하게 불이 켜져 있지는 않았지만 우리집보다는 훨씬 밝았다. 적어도 가로등 불빛은 있었고 그 불빛에 유리문 안쪽 복도와 복도 끝 계단이 보였다.

"난 맨 위층에 살아." 그녀가 말했다.

"좋네. 높은 곳이라."

"아, 맞아. 너도 극장에서 높은 곳에 있는 게 좋다고 했지?"

"맞아."

"나도 가끔 창밖으로 사람들을 봐."

"나도 사람들을 봐." 내가 말했다. "영화처럼 재미있진 않지만, 같은 영화를 두세 번 보다보면, 정말 좋은 영화가 아니면, 객석에 앉아 있는 사람들을 보기 시작해. 가끔은 매일 밤 영화를 봐도 질리지 않는 경우도 있어. 그쯤이 되면 다음 장면을 짐작할 수 없는 경우는 없지만, 그것도 좋아. 누가 누구인지 알고, 누가 일을 망치는지 알고, 어떻게 끝나는지도 아니까. 진짜 사람들은, 그 사람들이 하는 일은 내가 이해할 수 있는 게 하나도 없어, 정말 그래. 내가 영화를 좋아하는 이유는 앞으로 어떻게 될지 아는 게 좋아서야."

"재미있네." 샐리가 말했다.

그녀가 정말 재미있다고 생각하는지 궁금했다. 영사실에서 신놀이를 하고 있다는 이야기 대신 날씨 이야기나 할 걸 그랬나 하는 생각이 들었다. 나는 그 정도로 멍청하다. 아버지가 늘 했던 말이다. "찌질이 바보 천치 같은 놈."

"자," 내가 말했다. "이제 다 왔어."

"응, 다 왔어. 고마워."

"천만에."

우리는 잠시 어색해하며 바닥에 발을 비볐다. 그녀가 말했다. "그럼 내일 보자."

"좋아. 원하면 내일도 데려다줄게."

"상황 봐서. 어쩌면. 내 말은, 상황에 따라 다르다고. 어쩌면 내가 쓸데없이 부풀려서 생각하는 건지도 몰라."

"그렇고말고. 넌 괜찮을 거야."

내가 유리문을 열었고 그녀가 안으로 들어갔다. 그녀가 계단에서 돌아서서 나를 바라보며 미소를 지었다. 그 미소가 얼마나 진심 어린 것인지는 알 수 없었다. 그녀가 그 미소에 담은 의미가 무엇이건 어쨌지 나는 주눅이 들었다.

나도 미소를 지었다.

그녀가 돌아서더니 다시 내게 돌아왔다. "마니아를 뜻하는 말이야. 애호가."

"뭐가?"

"어피셔나도," 그녀가 말했다. "어떻게 발음하는지는 모르겠지만."

그녀가 미소를 짓더니 다시 안으로 들어갔다. 그 미소가 더 마음에 들었다. 나는 유리문을 통해 계단을 올라가는 그녀의 모습을 지켜보았다.

샤워를 하고 몸의 물기를 닦으며 작은 약장 캐비닛의 거울에 비친 내 가슴을 보았다. 거울엔 금이 가 있고, 내 가슴도 마찬가지였다. 불에 덴 곳 주위로 온통 갈라지고 주름이 졌다.

나는 불을 끄고 잠자리에 들었다.

다음날 아침 나는 버트의 집으로 갔다. 미시는 장을 보러 나가고 없었다. 평상시 같으면 그녀를 보는 게 좋았겠지만 그날은 그녀가 없어서 좋았다.

버트가 나를 데리고 들어가 커피를 따라주고 토스트를 권했고, 나는 먹었다. 그의 아담한 부엌 식탁 앞에 앉아 토스트에 버터를 바른 다음 미시가 만든 무화과 잼을 그 위에 발랐다. 그들은 집 뒤쪽에 1에이커 정도의 땅을 갖고 있었는데, 거기 무화과나무가 있었고, 매년 봄과 초여름에는 조그만 텃밭도 가꾸었다.

나는 토스트를 먹고 커피를 마셨고 그동안 우리는 아무 말도 하지 않았다.

내가 식사를 마치자 버트가 커피를 한 잔 더 따라주고는 뒤쪽 포치에 나가서 앉자고 했다. 포치에는 편안한 의자들이 있었고 우리는 포치 지붕 아래 나란히 앉았다.

"날 찾아온 진짜 이유를 말해보겠니?" 버트가 말했다.

"극장에 사람들이 찾아왔어요." 내가 말했다. "깡패들이요."

"그렇구나."

"로언스틴 씨와 저, 샐리를 위협했어요."

"샐리가 누구지?"

나는 그녀에 대해 말했고, 그들이 했던 말과 그들의 외모에 대해 말했다.

"누군지 알겠다." 그가 말했다. "하지만 난 놈들을 모르는 거야, 무슨 말인지 알겠니?"

"네."

"이봐, 꼬마야. 이건 옛날 일하고는 달라. 내 나이가 이제 일흔넷이란다. 너한텐 내가 아직도 힘깨나 쓰는 사내로 보이냐?"

"지금도 힘이 세잖아요."

"그땐…… 그땐 네가 빠져나갈 길이 없었어. 지금은 빠져나갈 길이 있어. 그 일을 그만두고 다른 일을 찾아."

"전 이 일이 좋아요." 내가 말했다.

"좋지…… 좋아. 하긴. 나도 그 일을 좋아했지. 가끔 그리울 때도 있어. 하지만 난 집에 있는 게 더 좋단다. 살아 있는 게 좋고 집에서 〈딜런 보안관〉을 보는 게 좋아. 나와 미시는, 그럭저럭 잘 지내고 있다고. 미시는 힘든 일을 겪을 만큼 겪었고, 난 미시가 다시는 그런 일을 겪게 하고 싶지 않아."

"알겠어요." 내가 말했다.

"네 걱정이 안 되는 건 아니란다, 꼬마야. 너 때문에 마음이 아프지 않은 건 아니야. 하지만 말했다시피, 난 일흔넷이야. 그때만 해도 젊었지. 그리고 더 직접적인 일이었어, 넌 정말 어렸고…… 도움이 필요했어. 지금은 네가 그만둘 수 있잖니. 아니면 로언스틴한테 돈을 내라고 하든가. 나라면 그렇게 하겠다. 그 돈을 내겠어."

"아뇨," 내가 말했다. "그럴 순 없어요."

"좋을 대로 하렴, 꼬마야. 하지만 내가 분명히 말하는데, 아주 질 나쁜 놈들이야. 그 구역을 관리하는 놈들이 그 둘 말고 셋이 더 있어. 다섯이야, 내가 알기로는."

"어떻게 아세요?"

"영사기를 돌리기 전만큼 그 바닥을 잘 알진 못하지만 아직 아는 사람이 몇 있어서 가끔 소식을 듣거든. 아, 이러면 어떻겠니? 내가 좀 알아보마."

"좋아요." 내가 말했다.

나는 그날 밤 상영한 영화를 보지도, 심지어 기억하지도 못했다. 제때 릴을 바꾸긴 했지만 내내 빨간 불빛 아래 서 있는 샐리만 바라보았다. 그녀는 긴장한 듯 계속 두리번거렸다.

그들은 다음주에 돌아오겠다고 했고 이제 겨우 사흘이 지났다. 나는 아직은 괜찮다고 생각했다. 다음주가 되면 어떻게 해야 할지 생각하는 중이었다.

사흘째 밤 영화가 끝나자 로언스틴이 말했다. "돈을 줄 생각이다."

"그래요." 내가 말했다.

"그래. 극장은 잘되고 있어. 매주 내려면 액수가 꽤 크지만, 그 사람들을 건드릴 수가 없구나. 다음날 경찰에 신고했더니 경찰이 뭐라는 줄 아니?"

"뭐래요?"

"돈을 주래."

"경찰이 그랬다고요?"

"그랬다니까. 내 생각엔 말이다. 놈들이 경찰을 매수했어. 적어도 힘을 쓰는 경찰을 제대로 매수한 거야. 놈들이 업소에서 돈을 뜯고, 경찰들도 그 돈맛을 보는 거지."

아마 사실일 거라고 생각했다. 사람들이 그렇다는 것을 나도 알고 있었다.

나는 그날 밤에도 샐리를 데려다주었다. 집으로 돌아와보니 버트가 계단에 앉아 있었다. 계단 위 그의 옆에 조그만 나무상자가 놓여 있었다.

"젠장, 꼬마야. 포기하고 가려던 참이었다."

"죄송해요. 샐리를 집에 데려다주었어요."

"잘됐구나. 여자친구가 생겼네. 잘된 일이야."

"그런 건 아니에요." 내가 말했다.

"나한테 말했던 그 아가씨 맞지?"

"네. 하지만 그런 사이는 아니에요."

"어째서?"

"하여간 그런 사이는 아니에요. 샐리는 겁이 나지 않았으면 저

하고 안 다녔을 거예요. 제 말은, 항상 친절하긴 하지만, 그게, 아시잖아요, 버트. 저하고 이 인형 같은 여자는. 게다가 똑똑하기까지 해요. 야간대학에 다닌대요."

"그래?"

"아주 어려운 단어도 알아요."

"어떻게 생겼니?"

"정말 예뻐요."

"어려운 단어도 알고 예쁘고, 아주 잘됐구나, 꼬마야. 연애도 해보고 그래야지. 넌 그럴 자격이 있어."

나는 상자를 보았다.

"저건 뭐예요?"

그가 상자를 두드렸다. "알잖아."

"네. 알 것 같아요."

"수소문을 해봤더니, 그 사람들 말이야, 이 일대를 주무르고 있더구나. 경찰한테도 적당히 기름칠을 해가면서. 엄청나게 큰 조직은 아니더라고. 내가 들은 대로, 그리고 너한테 말한 대로, 다섯이야. 거대한 범죄 조직이 될 거라고들 하던데, 정말 그럴 수도 있겠어."

"좋아요." 내가 말했다. "겨우 다섯."

"그것도 적은 숫자는 아니야."

"그렇죠. 로언스틴 씨가 놈들한테 돈을 줄 거래요."

"잘됐구나, 꼬마야. 그게 최선이야. 하지만 내가 분명히 말하는데, 앞으로 한두 달 뒤엔 100달러로 안 될 거다. 200달러가 되겠지. 놈들은 극장의 돈줄을 말리고, 결국엔 극장을 빼앗을 게다. 그게 놈들이 일하는 방식이야. 골목집 사탕가게는 벌써 넘어갔더구

나. 한 번에 몇 집만 손을 대다가 결국 골목 전체를 장악하는 방식인데, 점점 더 세를 확장하고 있어. 머지않아 거기 네 블록의 상점들을 전부 장악할 거야. 그리고 그렇게 블록들을 넓혀가겠지. 그런 놈들은 절대 멈추지 않아."

우리는 한동안 말이 없었다. 버트가 일어섰다.

"그만 가봐야겠다." 그가 말했다. "미시한테 잠깐 나갔다 온다고 했는데 벌써 한참이 됐네."

"미시도 상자를 봤어요?"

"아니. 조심했단다. 미시는 내가 한동안 나쁜 길에 접어들었다가 그 일을 그만두고 영사기사가 되었다고만 알고 있어. 너하고 나에게 무슨 일이 있었는지 몰라. 미시는 네가 아주 멋진 아이라고만 생각하고 있어. 나한테 상자가 있다는 걸 몰라. 기억해라, 저 상자를, 혹은 저 안에 든 물건을 지니고 있어서는 안 돼. 없애버려야 돼. 난 다시는 보고 싶지 않다. 이 친구들은 골목 끝에 있어. 커리어 빌딩. 맨 꼭대기 층이야."

"건물 이름이 왜 그래요?" 내가 물었다.

"모르겠어. 하지만 경호원을 부릴 정도로 대단한 조직은 아니야. 자기네들뿐이고 계획만 있는 정도야."

나는 고개를 끄덕였다.

"로언스틴 씨가 경찰에 알렸대요." 내가 말했다.

"일이 어떻게 됐을지 말 안 해도 알 것 같아. 고개를 들어, 꼬마야. 그리고 기억해. 다른 동네에 다른 극장도 있고 다른 여자도 있다는 걸. 어서 그 상자 들고 들어가라."

그가 내 어깨를 두드리고 날 지나쳐 갔다. 나는 돌아서서, 양손을 주머니에 넣고 절뚝거리며 걸어가는 그의 모습을 지켜보았다.

그날 밤 나는 옷을 입고 신발도 신은 채로 침대에 누웠다. 상자는 침대 위 내 옆에 놓았다.

우리가 함께 살 때 아버지가 집에 여자를 데려오기를 얼마나 좋아했는지 나는 기억하고 있었다. 어린아이였던 나를 옆에 두고 여자들한테 그 짓 하는 것을 얼마나 좋아했는지도.

그것만으로는 충분하지 않았다는 것도 기억하고 있었다. 여자들이 가고 나면 그는 나를 만졌다. 그는 나를 만지는 것을 좋아했다. 그는 괜찮다고 했다. 나는 괜찮지가 않았다.

한번은 내가 그렇게 말했다. 괜찮지 않다고, 이상하다고. 그랬더니 스토브 쇠살대 위에 내 가슴을 누르고 그 상태로 꼼짝 못하게 했다. 나는 비명을 지르고 또 질렀다. 그러나 우리가 살던 그곳에는 아무도 오지 않았다. 아무도 신경쓰지 않았다.

버트만 빼고. 그때 버트와 미시가 거기 살았다. 그는 극장에서 영사기 돌리는 일을 막 시작했을 때였고 나는 영사실에 올라가 그와 얘기를 나누곤 했다. 한번은 그가 내 셔츠에서 피가 배어나오는 것을 보았다. 내가 화상을 입었을 때였다. 딱지가 앉았다가 떨어지면서 피가 났다.

그래서 그가 나에 대해 알게 되었다. 어쩌다가 다쳤느냐고 그가 물었을 때 나는 전부 털어놓았다. 나는 셔츠를 풀었다. 쇠살대 자국이 문신처럼 선명하게 남아 있었다.

버트는 아버지를 알았다. 버트의 말에 따르면, 아버지는 동네에서 버트가 아는 사람들을 위해서 일하고 있었다. 주먹이 연루된 일이고, 때로는 거기서 더 나아가기도 한다고 했다.

아버지가 무슨 일을 하는지 그때까지는 알지 못했다. 물어본 적도 없었고 관심도 없었다. 아버지 없이 나 혼자 있을 때가 가장 행복했다. 단지 아버지와 떨어져 있고 싶어서 학교 가는 게 좋았지만, 앞서 말했듯이, 학업을 다 마치기도 전에 그만두어야 했다.

나는 버트에게 아버지가 밤에 집에 들어왔고 나한테 화상을 입혔고 나를 만지려고 했고 내가 반항했다는 이야기를 했다. 그때 나는 이미 꽤 컸지만 아버지와는 상대가 되지 않았다. 그는 나를 눕히고 자기가 원하는 짓을 했다. 늘 하던 방식으로. 그때 정말 아팠다. 반항하면 다음번엔 더 아플 거라고 했다. 결국 도리스 짝이 날 거라고. 도리스는 내 엄마였다. 나는 아버지가 말한 것처럼 엄마가 도망친 게 아니라 엄마한테 나쁜 일이 일어난 거라고 생각하고 있었다. 그리고 바로 그 순간, 나는 깨달았다. 그 일을 저지른 사람이 바로 아버지라는 걸.

그러고는 그가 스토브로 나를 밀었다. 자기가 스토브 달구는 것을 지켜보게 한 뒤 스토브가 뜨거워지자 나를 그 위로 밀었다. 교훈을 주는 거라고 했다.

그 일에 대해 징징거리고 싶진 않았지만 그날 버트와 함께 영사실에 있을 때 나는 화가 나서 그 얘기를 했다. 나한테 뭔가 문제가 있어서 아버지가 내게 그런 짓을 하고 싶어하는 것 같았다.

"그건 네 잘못이 아니란다, 꼬마야. 네 아버지가 문제야. 네가 아니야. 네 아버지가 잘못된 거야."

"죽여버릴 거예요." 내가 말했다.

"그러다가 네가 당할걸." 버트가 말했다. "네 아버지가 어떤 사람인지, 무얼 하는 사람인지 알아. 내가 생각했던 것보다 더 악질이더구나. 하지만 네가 상대할 만한 사람이 아니란다, 얘야. 그랬다간 넌 그냥 사라져버릴 거야."

나는 울었다.

버트는 내게 한 팔을 두르고 말했다. "괜찮아, 꼬마야. 괜찮을 거야."

나는 결국 그날 밤을 버트 집에서 보냈다. 그의 집은 내가 아버지와 살던 집에서 그리 멀지 않았다. 버트는 우리가 살던 아파트에서 모퉁이 집으로 막 이사한 참이었다. 버트가 사는 곳이 어디인지 알려지고 내가 그와 살고 있다는 소문이 퍼졌다. 아버지가 사람 한 명을 데리고 찾아왔다. 키가 작고 대머리가 반짝이는 땅딸보였다. 그는 모자를 쓰고 있지 않았는데, 그때만 해도 모자를 쓰지 않는 남자는 흔치 않았다.

"내 아들을 데리러 왔어." 아버지가 말했다.

아버지는 대머리 남자와 문밖에 서 있었다. 버트는 한 손으로 문을 열고 있었다. 다른 한 손은 45구경 자동권총을 들고 문 뒤에 감추고 있었다. 그들 사이에는 방충문이 있었다. 나는 그들의 눈을 피해 거실 창고에 서 있었다. 맞은편 벽에 달린 거울을 통해 그들을 볼 수 있었다.

"그 아이는 가고 싶지 않다는데." 버트가 말했다. "여기서 좀 쉬고 있거든."

"내가 그 아이 아버지야. 가야 해."

"아니. 꼭 안 가도 돼."

"경찰 부를 거야."

"그러시지." 버트가 말했다. "그렇게 해. 하지만 그 아이한테 할 얘기가 좀 있는 것 같던데."

"다 지어낸 얘기야."

"내가 그 말을 믿을 것 같아?"

"네가 뭘 믿건 상관 안 해. 내 아들 나오라고 해."

"오늘은 안 돼."

"생각해보니, 그냥 들어가서 아이를 데리고 나오면 되잖아." 대머리가 말했다.

"생각해보니, 그런 생각을 할 것 같더군." 버트가 말했다. "그리고 생각해보니, 그건 별로 좋은 생각이 아닌 것 같고."

"왕년에 한 가닥 했다고 하던데," 대머리가 말했다. "그래봐야 지금은 영사기나 돌리고 있는 주제지만."

"나에 대해 이러쿵저러쿵 말하는 사람들은 여러 부류가 있지." 버트가 말했다. "네가 저 아이를 데려가는 순간, 너도 나에 대해 떠들 수 있게 되겠지. 너만의 의견을 갖게 되고, 사람들한테 말하고, 소문을 낼 수 있을 거야."

"좋아." 아버지가 말했다. "데리고 있어. 일단은. 하지만 나중엔 집으로 보내야 해."

"밤에 외로운가보지?" 버트가 말했다.

"입조심해." 아버지가 말했다. "입만이 아니라 전부 다 조심하는 게 좋을걸."

"작정하고 방충문을 찢고 들어올 생각이 아니라면, 이제 그만 가보시지." 버트가 말했다.

"지금 넌 고통의 세계로 들어서고 있는 거야." 아버지가 말했다.

"내가?" 버트가 말했다.

"착한 마누라가 있고, 허접하지만 안전한 일을 갖고 있는 너 같은 놈한테는 모든 게 순식간에 뒤집힐 수도 있지."

버트가 꼿꼿해졌다.

"날 협박해서 좋을 게 없을 텐데." 버트가 말했다.

"지금 우리는," 대머리 남자가 말했다. "너한테 편하게 살 기회를 주고 있는 거야. 아니면, 네가 협박이라고 부르는 그것, 그게 약속으로 바뀌는 수가 있어."

"기다릴 거 뭐 있어." 버트가 말했다. 그는 그들이 볼 수 있도록 45구경을 들었다. "들어와."

버트는 총신으로 방충문 고리를 젖혔다.

"내가 이렇게 초대를 하잖아." 버트가 말했다.

"우린 시간이 있어." 아버지가 말했다. "시간이 있고 또 방식이 있지. 너 지금 시궁창에 발을 들여놓은 거야."

"일이 다 끝나고 누가 시궁창 냄새를 피우는지 한번 보자고." 버트가 말했다.

아버지와 대머리가 돌아서서 사라졌다. 나는 문 옆으로 다가섰다. 그리고 그들이 차에 타는 것을, 대머리 남자가 운전석에 앉는 것을 지켜보았다. 아버지가 차창으로 집 쪽을 쳐다보았다. 그가 나를 보았다. 그는 사자의 미소를 지었다.

그날 늦게 나는 소파에서 자고 있었고 미시와 버트는 방에 있었다. 적어도 나는 그렇게 생각했다. 그러나 소파에서 돌아눕다가 나는 나무상자를 들고 있는 버트를 보았다. 그가 상자에서 무언가를 꺼내 코트 주머니에 집어넣더니 문을 나섰다.

나는 일어나 옷을 입고 가서 상자를 들여다보았다. 바닥에 헝겊이 깔려 있고, 그것 말고는 텅 비어 있었다.

나는 조용히 집을 빠져나가 진입로를 따라 걸었고 생울타리 부근에서 두리번거리다가 다급하게 걷는 버트를 보았다. 나는 그와의 거리가 꽤 벌어질 때까지 기다렸다가 뒤를 밟았다. 그렇게 한참을 걸었다. 바람이 셌고 안개 같은 비가 흩뿌리고 있었다.

버트가 모퉁이를 돌고 나도 따라서 모퉁이를 돌았지만 그의 모습은 더이상 보이지 않았다. 어느덧 주택가를 벗어나 있었고 건물들이 보였다. 나는 혼란에 빠진 상태로 잠시 그 자리에 서 있다가, 마음을 가라앉히고 커다란 건물 뒤쪽으로 가서 주위를 둘러보았다. 버트가 건물 밖 조그만 포치 중 한 곳의 문 앞에 서 있었다. 그는 불빛 아래 있었다. 그가 무언가를 위로 들어 전구를 부수고는 들고 있던 것을 문틈으로 밀어넣었다. 딸깍 소리가 들렸고 잠시 후 그는 건물 안으로 들어가 내 시야에서 사라졌다.

나는 포치로 갔지만 안으로 들어갈 수 없었다. 나는 거기 서서 기다렸고, 잠시 후 누군가가 크게 기침하는 것 같은 소리가 들렸고, 비명이 들렸고, 그다음엔 또다시 기침하는 소리가 들렸다.

잠시 후, 문이 열리는 순간 나는 하마터면 나가떨어질 뻔했다. 버트였다.

"젠장, 꼬마야. 여긴 어쩐 일이니?"

"뒤따라왔어요."

"보아하니 그런 것 같구나."

그는 권총을 꺼내 위로 들더니 끝에 달린 소음기를 풀었다. 그는 소음기를 한쪽 주머니에 넣고 다른 쪽 주머니에 총을 넣었다.

"어서 가자. 떨 필요는 없지만, 꾸물대진 마라."

"하셨어요?"

"그래. 너의 집 꼰대만 빼고. 아파트에 있다더구나. 내가 물어봤더니 대머리 자식이 그렇게 말했어."

"물어봤다고요?"

"그래. 친절하게. 대답을 듣고 나서, 놈을 쏴버렸어. 두 번. 내가 몰랐던 놈이 하나 더 있었는데, 화장실에서 나오더라. 그놈도 쐈어. 내 너한테 확실하게 말해주마, 꼬마야. 놈들은 7월의 눈보다 더 확실하게 죽었어. 자, 좀 서두르자."

나는 너무도 놀랐지만 그러면서도 기뻤다. 거기 있던 그 사람들은 나한테 아무 짓도 안 했지만, 아버지 같은 짓은 안 했지만, 아버지와 같은 편이었다. 아마 내가 거짓말을 한다고 생각했을 것이다. 스토브에 화상을 입은 건 내가 그럴 만한 짓을 했기 때문이라고 생각했을 것이다. 그런 사람들이 그 주위에 많았다. 아버지 말이 곧 법이라고 생각하는 사람들. 그리고 그런 사람들은 그 법이 엄해야 한다고 생각했다. 그러니까 그들과 한편이거나 적이거나 둘 중 하나였다.

우리는 아버지가 살고 있는 아파트로 갔다. 내가 그와 함께 살았던 아파트. 생울타리가 둘러져 있었지만 한 번도 다듬지 않아서 보도 양쪽으로 아파트까지 뻗어 있었다. 아파트 안으로 들어서서 복도를 따라 쭉 걷다가 왼쪽으로 돌면 우리집이었다.

생울타리 덤불 그늘에 서서 버트가 말했다. "너 정말 괜찮겠니? 죽으면 끝이야. 그래도 네 아버지인데."

"그 사람은 나한테 아무것도 아니에요, 버트. 아무것도. 내가 다시 돌아가면, 아마 날 죽일걸요. 아시잖아요. 그 사람한테 난 아무것도 아니에요. 쓰다가 버리는 물건일 뿐이에요. 우리 엄마한테 그랬던 것처럼. 엄만 좋은 사람이었어요. 엄마 냄새가 아직 생각나요. 그러다 어느 날 엄마가 없어졌어요. 아버지 때문이에요. 엄마는 없고 아버지는 여기 있어요."

"그래도, 꼬마야. 저 사람은 너의 아버지야."

"전 괜찮아요."

버트가 고개를 끄덕였다. 그는 총을 꺼내들고 코트 주머니에서 소음기를 꺼낸 다음 총구에 돌려서 끼웠다. "넌 이 일에서 빠져. 집으로 가."

"전에도 이런 일을 하셨죠? 그렇죠, 버트?"

"항상." 그가 말했다. "자랑할 일은 아니지만, 오늘밤만은 예외구나. 이 작자들, 네 아버지. 난 기꺼이 처치할 수 있어. 어쩌면 이걸로 내가 했던 다른 일들을 만회할 수 있을 것도 같다."

"저도 같이 있을게요, 버트."

"그러지 않는 게 좋을걸, 꼬마야."

"아뇨, 그러고 싶어요."

우리는 보도를 따라 걸었고 문앞에 이르자 버트가 내게 총을 건넸다. 그가 조그만 쐐기로 자물쇠를 여는 동안 내가 총을 들고 있었다. 그는 헐거워진 자물쇠를 문에서 들어올렸다. 나는 그에게 총을 돌려주었다. 우리는 유령처럼 빠르고 조용하게 안으로 들어갔다.

아버지의 집 문 앞에 이르자 버트가 다시 쐐기로 작업을 시작하려 했지만 내가 그의 손을 잡았다. 우리는 문틀 측면의 갈라진 부분에 열쇠를 넣어두곤 했었다. 알고 들여다봐야만 보이는 위치였다. 그 위에 나무색 접합제 반죽을 붙여놓았다. 나는 문틀을 더듬어 접합제 반죽을 떼어내고 열쇠를 꺼냈다. 내가 문을 열었다.

그가 방안에 있다는 것을 느낄 수 있었다. 달리 어떻게 설명해야 할지 모르겠지만 그를 느낄 수 있었다. 그는 담배를 피우며 침대 옆 의자에 앉아 있었고, 우리가 그를 보았을 때 그 역시 우리가 집안에 들어왔다는 것을 알았다.

"소리지르지 않는 게 좋을 거야." 버트가 말했다.

아버지가 의자 옆 램프의 불을 켰다. 그가 불빛에 흠뻑 물들었고 그것은 그가 우리를 보기에 충분한 불빛이었다. 우리는 가까이 다가갔다.

"네가 올 줄 알았어야 했는데, 버트. 네가 누군지 알아. 무슨 짓을 했는지도."

"날 협박하지 말았어야지." 버트가 말했다.

"나랑 같이 일하는 에이머스가 얘기하더라고. 네가 오래전에, 자기가 알던 사람들을 위해 일을 했다고. 그때 에이머스는 그 패거리에 끼지 못했고, 그 언저리에 있었대. 네가 전설적인 존재라고 하더군. 지난번에 문간에 서 있는 걸 봤을 땐, 그렇게 전설처럼 보이진 않았는데. 하지만, 이제 이렇게 나타났군."

"맞아." 버트가 말했다. "이렇게 나타났어."

"이제 난 살기는 글렀어. 소리를 지르건 안 지르건. 안 그래?"

"맞아. 글렀어."

아버지가 램프를 잡아서 버트에게 던지려 했지만 전깃줄이 너무 짧은데다 플러그가 벽에서 뽑히지 않았다. 램프가 앞으로 튕겨져 나왔다가 플러그가 뽑히지 않자 뒤로 떨어지면서 빛을 뿌리며 바닥에 뒹굴었다. 그 순간 아버지가 의자 앞에 서서, 쿠션 뒤에서 꺼낸 총을 집어들었다.

버트가 총을 쏘았다.

한 줄기의 섬광과 탄약 냄새와 가래를 한 움큼 뱉어내는 것 같은 소리가 나더니 아버지가 의자에 털썩 주저앉았다. 아버지가 들고 있던 총이 그의 손끝에서 대롱거렸다. 그는 거친 숨을 몰아쉬었다. 총을 든 손을 들어보려 했지만 들 수 없었다. 강철 대들보를 들려고 애쓰는 것 같았다.

버트가 다가가 그의 손에서 총을 빼앗더니 나에게 건네며 겨누라고 했다. 그러고는 램프를 바로 세웠다. 램프의 불빛이 마치 무게를 지닌 듯 아버지의 얼굴에 드리웠다. 아버지의 얼굴은 창백했다. 그를 바라보며 어떤 감정이든 느껴보려 했지만 아무것도 느낄 수 없었다. 아버지가 안됐다는 감정도, 잘됐다는 감정도 들지 않았다. 아무 감정도 느껴지지 않았다. 적어도 그 순간에는.

아버지는 쌕쌕거렸고 가슴에서 가르랑거리는 소리가 났다. 총탄이 폐 한쪽을 관통한 것 같았다.

"네가 쾌감을 느낄 것 같으면 그가 죽는 걸 지켜봐도 돼. 아니면 내가 끝내버리마, 꼬마야. 네가 좋을 대로 해."

나는 권총을 들고 아버지를 겨누었다.

버트가 말했다. "아서라."

나는 멈추었다.

"소음기가 없잖아." 버트가 말했다. 그가 나와 총을 바꾸었다.

"이제 그는 꼼짝 못해. 네가 어렸을 때 꼼짝 못했던 것처럼. 가까이 가서 처치해."

나는 가까이 다가가 그의 머리에 총구를 겨누고 방아쇠를 당겼다.

총이 흔들렸다.

총과 소음기가 들어 있는 그 상자가 지금 나에게 있다. 오래전 그날, 버트는 아버지의 총을 행주로 깨끗이 닦아 바닥에 떨어뜨려 놓았다. 그러나 자신의 총은 아직 가지고 있었고 이제 내가 그 총을 쓰고 없애버릴 생각이었다. 단지 안전의 문제, 붙잡히지 않는 것의 문제는 아니었다. 앞으로는 관여하지 않겠다고 말하는 버트의 방식인 것 같았다.

오래전, 아버지가 죽었을 때 우리는 조용히 밖으로 나와 빠르게 거리를 걸었다. 우리가 무슨 짓을 했는지 나도 알았고 버트도 알았고, 그걸로 충분했다. 다시는 그 이야기를 하지 않았다. 그런 일이 있었다는 암시조차 하지 않았다.

나는 몇 년 만에 처음으로 푹 잠을 잤다. 마침내 나만의 공간을 갖게 되었고, 영사기사 일도 물려받았다. 그자들이 나타나기 전까지는 모든 게 순조로웠다.

이제 모든 게 원점으로 돌아왔다. 이번에 내가 지켜야 할 사람은 나 자신만이 아니었다. 샐리와 로언스틴 부부도 지켜야 했다. 총과 소음기 밑에 오래전 그날 버트가 문을 열 때 사용했던 쐐기가 있었다. 그리고 그 밑에 종이가 한 장 있었다.

세 개의 주소가 적혀 있었다. 그중 두 곳은 같은 아파트 건물이었다.

또하나는 교외의 주소로 거의 시골 마을에 있는 집이었다. 철로변이었다. 그들이 떠벌리는 온갖 허풍에도 불구하고, 결국 그들은 내 아버지와 똑같은 사람들이었다. 이 사회의 변방에 살면서, 남은 삶을 술과 여자로 탕진하는 사람들. 언젠가 버트가 말했던 것처럼, 말만 그럴싸하고, 실생활은 보잘것없는 사람들.

나는 바지 앞주머니에 총을 넣었다. 손잡이 부분이 불룩하게 튀어나왔다. 나는 셔츠로 그 부분을 가리고 소음기를 다른 주머니에 넣었다. 쐐기는 지갑을 넣는 뒷주머니에 넣었다. 그날 밤 지갑은 필요하지 않을 것이다.

걸을 때 총과 소음기, 쐐기가 주머니에서 묵직하게 느껴졌다. 첫번째 주소는 내가 사는 곳에서 멀지 않았고, 극장에서도 멀지 않았다.

나는 밖으로 나가 보도를 따라 걷다가 멈춰 섰다. 모퉁이에 차가 주차되어 있었다. 내가 아는 차였다. 남자가 내렸다.

버트였다.

"아무래도 내가 같이 가야겠다." 버트가 말했다.

두 아파트는 쉽고 빨랐다. 버트가 내게서 쐐기를 받아 문을 열었다. 안으로 들어가보니 그들이 침대에 누워 있었다. 남자 둘이, 발가벗고서. 그런 얘기를 들은 적은 있었다. 나는 잠들어 있는 그들을 둘 다 쏘았고, 버트는 내가 그들의 얼굴을 확인할 수 있도록 손전등을 비추었다. 나를 찾아왔던 둘은 아니었지만, 다섯 일당 중 둘이라고 버트가 말했다. 그 사기꾼들, 조직폭력배들. 너무도 빨리 끝나서 그들은 자기들이 죽은 줄도 몰랐다.

다른 아파트 역시 먼저 아파트만큼 쉽게 잠입했지만, 그곳에는 아무도 없었다.

나는 그 사실이 마음에 걸렸지만, 도리가 없었다.

우리는 마을 끝에 있는 집으로 차를 몰았고 도로 옆 피칸나무 숲에 차를 세운 다음 차에서 내려 집까지 걸어갔다. 집안에 불이 밝혀져 있었다. 부근에는 집들이 없었지만 소리가 들릴 만한 거리에 두어 채가 보였다. 어둡고 고요했다.

우리는 창문으로 다가가 안을 들여다보았다. 한 남자가 소파에 앉아 TV를 보고 있었다. 그가 무언가를 보고 웃는 소리가 들렸다. TV에서도 녹음된 웃음소리가 나왔다. 극장에 왔던 사람은 아니었지만 버트는 그도 다섯 중 한 명이라고 했다.

로언스틴 씨를 위협했던 둘이 열려 있던 문으로 들어서며 시야에 들어왔다. 그들은 맥주를 한 캔씩 들고 부엌에서 나왔다.

우리는 창문에서 물러섰다.

"좋아." 버트가 말했다. "여기 셋을 포함하면 전부 다섯 명이야. 다 같이 있네. 잘됐어. 아파트에 없던 사람을 찾으러 다닐 필요가 없으니까. 소파에 앉아 있는 게 그놈이야."

"확실해요?"

"놈들을 알아." 그가 말했다. "이 동네에 나타난 지 꽤 됐거든. 내가 말했던 그놈들이야. 이 동네 사람들을 괴롭히는 놈들. 지금까지는 그저 한 놈씩 어슬렁거렸는데, 이제 영역을 구축하려 하고 있어. 전부 여기 있어."

"이제 어떻게 하죠?"

"자고 있을 때 죽이는 편이 저항이 없으니 한결 쉽겠지. 하지만 이런 말이 있단다. 주는 대로 받아라."

"그게 무슨 뜻인데요?"

"예상했던 것보다 한 명이 더 있고, 그래서 내가 차에 갔다 와야 한다는 뜻이란다, 꼬마야."

버트는 차로 돌아갔다. 그는 트렁크에서 톱으로 잘라낸 2연발 엽총을 꺼냈다. 개머리판도 톱으로 잘려 있었다. 그는 약실을 열고 트렁크에 있던 상자에서 실탄 두 개를 꺼내 밀어넣은 다음 실탄 한 움큼을 집어 주머니에 넣었다.

"이걸 쓸 일이 없으면 좋겠구나. 소리가 엄청 요란하거든."

우리는 다시 돌아갔다.

우리는 한 시간 남짓 집 근처 수풀 속에서 기다렸다. 말없이 그저 기다리기만 했다. 아버지를 죽일 때 어땠는지 생각해보았다. 내가 아버지 머리에 총을 겨누었을 때 그의 시선이 총신을 지나 내게 닿았었다. 기분이 꽤 괜찮았다. 그날 밤 죽인 다른 남자들. 나는 그들을 알지 못했다. 그들과 이야기를 해본 적도 없었지만 다 한동속이라고 생각하니 거리낌이 없었다. 어쩌면 나도 내가 바라던 것보다 훨씬 더 아버지를 닮았는지도 모르겠다.

잠시 후, 버트가 말했다. "있잖아, 꼬마야. 놈들이 자고 있을 때 다시 와도 돼. 그러면 저중 한 명이 자기 아파트로 돌아가서 인원이 분산될 수도 있어. 아니면 지금 밀어붙여도 되고."

"밀어붙여요."

"거실 양쪽에 문이 하나씩 있는데, 집 뒤쪽으로 진입한 다음 양쪽 문으로 한 명씩 들어가면, 놈들한테 생각할 틈을 안 주고 놈들을 칠 수 있어. 또 한 가지. 만약 또다른 놈이 나타나면, 우리 예상

보다 숫자가 많으면, 끝장을 봐야 해. 무슨 말인지 알겠지?"

나는 고개를 끄덕였다.

"우리 둘이 겹쳐서 쏴서는 안 돼." 버트가 말했다. "그렇게 되면 상황이 아주 나빠질 거야. 자칫하면 우리가 서로를 쏠 수도 있어."

집 뒤쪽으로 미끄러지듯 걸어가 버트가 쐐기를 꺼내서 문틈에 밀어넣고 움직이자 문에서 작은 퍽 소리가 났다. 별로 요란한 소리는 아니었다. TV 소음 속에서 들릴 만한 소리는 아니었다.

안으로 들어가서 그는 오른쪽으로 나는 왼쪽으로 움직였다.

내 쪽에 있던 사람만 우리가 작전을 개시하기 전에 우릴 보았다. 극장에 왔던 키 큰 남자였다. 그는 바지 속 발목에 묶어두었던 총을 꺼내려 했다. 거기보다 더 편리한 곳에 보관했어야 했다. 나는 소음기를 장착한 45구경으로 그를 쏘았다. 결핵 환자의 기침 소리가 났고 그의 얼굴 일부가 날아갔다.

그 순간 버트가 엽총을 들고 나타났다. 한 발, 그리고 또 한 발. 둘 다 죽었다. 그들 몸의 상당 부분이 벽에 붙어 있었다. 엽총 소음은 원자폭탄 두 개의 소음과 맞먹었다.

버트가 TV를 쳐다보았다. "저 프로 싫어. 저 녹음된 웃음소리."

잠시 나는 그가 TV를 쏠 거라고 생각했다.

우리는 서둘러 그곳을 빠져나왔다. 뒷길로. 녹음된 웃음소리가 TV에서 울려퍼졌다.

문에 닿은 것은 쐐기뿐이었기 때문에 지문을 걱정할 필요는 없었다.

근처 집에 불이 켜질 거라 생각했지만 아무 일도 일어나지 않았다. 밤에 쏜 엽총 두 발의 소리가 생각만큼 요란하지 않았던 모양이었다. 어쩌면 아무도 개의치 않았을 수도 있었다.

버트가 자동차 좌석 사이에 엽총을 놓았고 우리가 탄 차는 그곳을 빠져나왔다. 그는 시내에서 더 멀리 나아가 강으로 향했다. 그는 강 아래쪽으로 차를 몰았고, 우리는 다리 밑에 차를 세운 다음 차에서 나와 만약에 대비해 총을 닦은 뒤 강물에 던졌다. 쐐기와 소음기도 함께.

버트가 우리집 앞에 차를 세웠다. 내리려는데 버트가 말했다.

"잠깐만, 꼬마야."

나는 문손잡이에서 손을 거두었다.

"잘 들어. 너하고 나, 우린 특별한 관계야. 너도 알고 있겠지."

"가장 가까운 관계죠." 내가 말했다.

"맞아. 하지만 이제 좀 힘든 얘기를 해야겠다, 꼬마야. 더이상 날 찾아오지 마라. 그러면 안 돼. 난 널 위해 할 수 있는 일을 했어. 내가 생각했던 것보다 더 많이. 나의 과거는 이제 강물 속에 있고 난 거기에 내 과거를 묻어두려고 한다. 널 사랑한다, 꼬마야. 너한테 화가 나서 이러는 게 아니야. 하지만 널 곁에 둘 수는 없어. 더는 이런 일을 할 수 없어."

"알겠어요, 버트."

"속상해하지 마라, 알았지?"

"네." 내가 말했다.

"너한테 감정이 있어서가 아니야. 이게 옳은 일이야. 이제 그 상자는 버려. 행운을 빈다, 꼬마야."

나는 고개를 끄덕였다. 차에서 내렸다. 버트는 떠났다.

다음날 나는 샐리를 집까지 데려다주었다. 그녀가 두려워했기 때문에 매일 밤 그렇게 했다. 폭력배들이 나타나기로 한 그 전날까지 매일 밤 그녀를 데려다주었다.

샐리와 로언스틴 부부는 걱정했고, 로언스틴 씨는 그들에게 줄 돈을 마련해놓았다. 자기한테 전혀 승산이 없다고 생각했다. 샐리는 돈을 줘야 한다는 게 싫다고 말은 했지만 그가 돈을 지불하리라는 것을 알고는 기뻐했다.

로언스틴 씨는 신문을 통해 아파트와 교외의 집에서 일어난 살인 사건에 대해 알게 되었다. 그러나 우리를 찾아왔던 사람들과 그들을 연결짓지는 못했다. 그럴 수가 없었다. 그러나 그 얘기를 하긴 했다. 세상이 갈수록 험해지고 있다고. 나도 동의했다.

마지막날 샐리를 집까지 데려다주었을 때 그녀가 말했다. "내일은 출근 안 할 거야. 로언스틴 씨가 그들에게 돈을 지불하면 그때 돌아갈래. 그러니까 당분간은 바래다줄 필요 없어. 돈을 지불하고 나면 혼자서도 다닐 수 있을 것 같아."

"좋아." 내가 말했다.

"돈을 지불한다고 해도 그 사람들이 찾아올 때 거기 있고 싶지 않아. 이해하지?"

"이해해."

나는 주머니에 손을 넣고 한참 그곳에 서 있었다. 그녀가 안전해서 다행이었다.

"샐리, 그 끔찍한 일은 그만 잊어버리고, 우리 다음주에 커피나 한잔 하면 어떨까? 그러니까, 출근하기 전에. 쉬는 날 영화나 한 편 보러 가도 되고. 공짜 영화."

마지막 말을 할 때는 미소를 지으려 애썼다. 왜냐하면 우리는 항상 영화를 보니까. 나는 영사실에서, 그녀는 객석 옆에서.

그녀가 내게 미소를 지었지만 진짜 미소는 아니었다. 마치 잠깐 미소를 빌린 거 같았다.

"말은 고맙지만," 그녀가 말했다. "나 남자친구 있어. 남자친구가 좋아하지 않을 것 같아."

"같이 있는 거 못 봤는데." 내가 말했다.

"별로 자주 보진 않거든. 그래도 만나긴 해."

"그래?"

"응. 그리고 알다시피, 아침엔 과제를 해야 하고, 낮시간이나 밤에는 일을 해야 하고, 그다음엔 공부를 해야 해서. 시간이 빠듯해. 그러다 하루 휴가를 얻으면 할 일은 너무 많고 남자친구하고도 시간을 보내야 해서. 이해하지?"

"그럼. 알았어. 근데 남자친구 이름이 뭐야?"

그녀는 조금 길다 싶게 생각에 잠겼다. "랜디."

"랜디? 그게 남자친구 이름이야?"

"응, 랜디."

"랜돌프 스콧처럼? 지난주에 상영한 영화에 나오는 남자 말이야. 〈톨 T〉. 그 영화 좋아한다고 했지?"

"응. 그 영화 좋아. 남자친구도 이름이 랜돌프인데 다들 랜디라고 불러."

"알겠어." 내가 말했다. "그래, 너하고 랜디하고 잘되길 바랄게."

"고마워." 그녀가 말했다. 마치 내 말이 진심이라는 듯이. 내가 랜디라는 사람이 실제로 있다고 믿기라도 한다는 듯이.

그날 이후 샐리는 다시 돌아오지 않았다. 물론 폭력배들도 돌아오지 않았다. 로언스틴 씨는 100달러를 지킬 수 있었다. 그 블록의 모든 상점들도 돈을 지킬 수 있었다. 그 비슷한 사람들이 나타날 법도 했지만 다섯 명한테 일어난 일 때문에 엄두가 나지 않았을 것이다. 어떤 폭력배가 이 블록을 점령했는지 아무도 알지 못했다. 나와 버트 둘뿐이었지만 그들은 그 사실을 몰랐다.

나는 영사실에 있는 게 정말 좋다. 가끔 샐리가 서 있던 자리를 쳐다보곤 하지만 그녀는 물론 거기 없다. 로언스틴 씨는 샐리 대신 다른 사람을 고용하지 않았다. 어쨌든 사람들은 온다는 결론을 내렸다.

동네에서 샐리를 두 번 보았는데, 매번 남자와 있었다. 같은 남자는 아니었다. 둘 다 랜디는 아닐 거라고 나는 거의 확신한다. 그녀가 나를 봤는지는 모르겠지만 알은체하지는 않았다. 내가 그녀를 위해, 그리고 우리 모두를 위해 무슨 일을 했는지 알게 된다면 그녀가 어떤 생각을 할지 궁금하다.

요즘엔 영화를 상영하고 나서 바로 집으로 간다. 가끔은 일부러 버트의 집 앞을 지나가기도 한다. 왜 그러는지는 나도 잘 모르겠다. 신문에서 그의 아내 미시가 죽었다는 소식을 보았다. 꽃이라도 보내고 싶었지만 그러지 않았다.

그리고 얼마 전에 버트가 죽었다는 소식을 들었다.

나는 내 일이 좋다. 영사기사 일이 좋다. 이 일에 만족하고, 혼자 영사실에 있는 게 좋고, 나의 상황에 대체로 만족하는 편이다. 하지만, 솔직히 말하면, 때로는 약간 외로워진다.

목사의 소장품

게일 레빈

게일 레빈은 뉴욕 시립대학교 대학원과 버룩 칼리지의 걸출한 미술사, 미국학, 여성학, 일반 교양학 교수다. 미국의 사실주의 화가 에드워드 호퍼의 권위자로 인정받고 있으며, 카탈로그 레조네(1995)와 『에드워드 호퍼: 빛을 그린 사실주의 화가』(1995)를 포함한 수많은 저서와 기사를 썼다. 그는 에드워드 호퍼의 작품집 두 권을 편집했다. 호퍼를 언급한 현존하는 소설들을 모아서 펴낸 『고요한 곳: 에드워드 호퍼를 기리며*Silent Places: A Tribute to Edward Hopper*』(2000)와, 호퍼에 관한 시들을 모아서 소개한 『고독의 시: 에드워드 호퍼를 기리며*The Poetry of Solitude: A Tribute to Edward Hopper*』(1995)다. 게일 레빈은 1976년부터 1984년까지 휘트니 뮤지엄의 큐레이터로 일했으며 그곳에서 에드워드 호퍼를 비롯한 다양한 주제로 획기적인 전시를 기획했다. 레빈은 이 작품집을 통해 첫번째 소설을 발표하면서, 도리스 레싱의 『황금 노트북』의 문장, "나는 '진실'에 관한 한, 사실을 기록하는 것보다 소설이 낫다는 결론을 내렸다"에 동의를 표하게 되었다.

그녀는 현재 풀브라이트 장학금을 받아 아시아에 머물면서 아시아와 미국 문화의 연계를 탐구하며 여러 권의 책을 집필하고 있다.

도시의 지붕들, 1932

사람들은 나를 '샌번 목사'라고 부른다. 나는 1916년, 뉴햄프셔 맨체스터에서 아세이어와 애니 컴비 샌번의 아들로, 아세이어 R. 샌번 주니어로 태어났다. 나는 매사추세츠 웨넘에 위치한 훌륭한 기독교학교 고든 칼리지를 졸업한 뒤 앤도버 뉴턴 신학교를 졸업했다. 매사추세츠 우드빌, 로드아일랜드 운소킷의 미국 침례교회에서 봉사하다가 뉴욕 나이액으로 갔고, 거기서 노스 브로드웨이에 위치한 제1침례교회를 이끌었다. 목사라는 직업 덕에 교회 바로 옆에 있는 사택이 제공되었고, 그곳에서 아내 루스와 네 아이와 함께 살았다.

얼마 후 나는 우리의 이웃이자 오랜 교구 주민인 매리언 루이즈 호퍼를 만났다. 노처녀였던 그녀는 교회 옆에 있는, 가족이 살던 낡은 집에서 혼자 살고 있었다. 그녀는 자신의 유일한 형제이자 남동생이 에드워드라는 유명한 화가라고 자랑하기를 좋아했다. 그러나 에드워드 호퍼는 나이액이나 자신의 누나와 최대한 거리를 두고 싶어하는 것처럼 보였다.

1956년 4월 초, 매리언이 병이 나서 에드워드에게 도움을 청했다. 에드워드와 그의 아내 조가 맨해튼에서 부리나케 나이액으로 달려왔다. 의사는 매리언에게 담석이 있고 혈액 상태가 위험하다고 진단했다. 당시 그녀는 일흔다섯이었고 난방기기와 배관시설이 제대로 작동하지 않는 낡은 집에서 살고 있었다. 허리띠를 졸라매느라 25와트 전구만 사용했기 때문에 집안은 절망적일 정도로 어두웠다. 고양이는 야위고 병들었다.

누나보다 고작 두 살 어린 동생은 누나의 구원자 노릇이 성가셨다. 그는 귀에서 소리가 난다면서 아내에게 매리언을 맡기고 뉴욕으로 돌아가버렸다. 조는 나에게 시누이가 너무 깐깐하다고 불평했다. "우린 서로 힘들게 하고 서로 너무 거슬려요." 에드워드에겐 특별한 이상이 없었기 때문에 그도 다시 나이액으로 돌아와 조를 돕고, 매리언의 상태를 살피고, 늦봄의 눈보라가 몰아쳤을 때 난방이 제대로 작동하는지 확인해야 했다. 그러나 조는, 이제 교회의 "고결한" 친구들이 자신들의 가치를 증명할 때가 되었다고 나에게 말했다. 그래서 그때부터 내가 나서게 되었다.

나이가 들고 허약해지고 적막해질수록 매리언은 교회에 더 많이 의존하게 되었다. 나는 교회의 여성 지원 단체들이 필요할 때 그녀를 들여다보도록 했다. 그러나 나도 그녀를 알아야겠다고 생각했다. 나는 매리언에게 응급상황에 대비해 집 열쇠를 달라고 했다. 나는 가엾은 은둔자를 위해 텔레비전을 하나 놓아주어야겠다는 생각을 했고, 그녀는 곧바로 드라마에 푹 빠졌다. 덕분에 나는 짐을 덜었다. 그녀가 텔레비전 앞에 붙어 있는 동안 나는 오래된 집을 꼭대기에서 지하까지 훑어보기로 했다. 지붕 상태를 점검해야겠다는 생각이 들어서 어느 날 다락방에 올라갔다.

집안을 둘러보다가, 놀랍게도 나는 비가 새는 곳 대신 에드워드 호퍼의 초기 작품들을 발견했다. 수많은 소묘들, 유화들, 그리고 삽화들이었다. 몇 번을 찾아가서 뒤지고 돌아다닌 끝에 나는 호퍼가 미대를 졸업한 직후 세 차례에 걸쳐 유럽을 여행하던 중 가족들에게 보낸 편지를 포함해 역사적 의미가 있는 귀중한 자료들을 발굴할 수 있었다. 알면 알수록 매리언이 죽으면 이 많은 보물들이 어떻게 될지 걱정되었다. 그것들의 운명을 머릿속에서 떨쳐버릴 수가 없었다. 매리언의 가족은 남동생과 그의 아내뿐이었고 그들은 매리언보다 겨우 몇 살 아래였다. 유산을 관리할 자식을 둔 사람은 없었다.

나는 이 작품들이 망각 속에 묻히지 않도록 조치하는 것이 옳은 일이며, 그 일을 해내는 구원자는 영웅이라고 믿기에 이르렀다. 그래서 나는 호퍼의 작품에 가해질 피해를 막기 위한 일에 착수했다. 유기된 집은 부랑자들이 점령한다. 텅 빈 집에 불을 지를 수도 있다. 고풍스러운 가구들과 소중한 작품들이 도난당하고, 훼손되고, 파괴될 수 있다. 매리언은 내가 이 작품들을 옮기는 것을 결코 허락하지 않을 것이다. 그것은 에드워드의 소유였다. 그러나 그는 이미 오래전에 이 작품들을 버리고 뉴욕으로 떠났다. 오직 나만이, 이 세상 그 누구보다 이 작품들을 소중히 여겼다. 나는 그것들의 가치를 알아보았다. 도서관에 가서 에드워드 호퍼에 관한 글을 읽었다. 나는 공부를 했고 전문가가 되었다. 17세기 뉴암스테르담에 처음 도착했던 시절로 거슬러올라가 호퍼 가족의 계보를 조사했다.

시간이 흐르면서 나는 점점 에드워드와 조 호퍼에게 도움이 될 방법들을 찾아나갔다. 맨해튼에서 나이액으로 오는 것은 그들에게 달갑지 않은 일이었다. 특히 일 년의 반을 케이프코드의 맨 끝에 위치한 사우스트루로에서 보내는 그들에게는 거의 불가능한 일이었다. 노부부는 10월 말에 뉴욕시티로 돌아갈 때면 차를 몰고 나이액에 들렀고 에드워드는 그때 가족의 집에 차를 두고 갔다. 그들은 오직 그때와 봄에 차를 가지러 올 때만 매리언을 만날 계획을 세웠다. 그들은 매리언과 친밀하지 않았다. 매리언은 그들에게서 멀어졌고 잊혔다.

뉴욕에서의 남동생의 삶에 대해 매리언은 거의 알지 못했다. 1964년 에드워드가 휘트니 뮤지엄에서 회고전을 열었을 때 매리언이 파티에 참석하겠다면서 자신의 친구 비어트리스와 나를 데려가겠다고 했다. 나는 정말이지 가고 싶었다. 그러나 당시 여든둘이던 에드워드는 누나의 부탁을 신경쓸 겨를이 없었다. 그는 그녀에게 이런 편지를 썼다. "일 년에 한 번 중요한 미술관 디렉터들, 평론가들, 수집가들을 만나는 자리야. 그들한테 내 모든 시간을 할애해야 해(누나와 샌번 박사, 비어트리스를 위해 따로 시간을 낼 수 없어)." 그는 한마디로 배은망덕한 사람이었다.

어린 시절을 보낸 집의 다락방에 방치해둔 작품들에 대해 걱정할 시간은 에드워드에게 더더욱 없었다. 처음에 나는 비교적 작은 소묘들과 그림들을 찾아서 연구하려고 집으로 가져갔다. 나는 바로 그 다락방을 그린 소묘 작품과 유화로 그린 초기 자화상이 유독 마음에 들었다. 매리언은 알아차리지 못했다. 처음에 나는 호퍼 작품들의 금전적 가치를 몰랐다. 호퍼의 초기 작품, 그가 유명해지기 전의 작품은 매물로 나온 적이 한 번도 없었다. 그 작품을 그린 당시만 해도 그는 아무것도 팔 수 없었다. 그의 작품을 원하는 사람이 아무도 없었기 때문이다.

에베소서 4장 28절에는, "도둑질하던 사람은 이제부터 그런 짓을 그만두고 제 손으로 일하여 떳떳하게 살며 가난한 사람들을 도와줄 수 있도록 노력하십시오"라고 나와 있다. 학자로서의 내 노력과 내 손을 거친 호퍼의 작품을 지키려는 노력이 나의 행동을 정당화한다는 것을 알고 있다. 내가 얻은 이윤은 아내와 세 아들과 딸, 아홉 명의 손자들과 나누었다—그들 모두에게 교육, 결혼식, 삶의 안락함이 필요했다. 그토록 귀중한 작품들은 결코 낭비되어서는 안 되었다!

매리언은 1965년 5월까지 가족의 집에 남아 있었는데 어느 날, 분홍색 복면을 쓴 강도가 침입해서 그녀의 입을 틀어막고 위층으로 끌고 갔다. 거의 여든다섯 살이 된 그녀의 건강은 더욱 악화되었다. 에드워드와 조가 고용한 가정부가 7월 4일에 휴가를 가겠다고 고집을 부리자, 그들은 일주일 동안 매리언의 간병인 노릇을 하러 와야 했다. 나는 그들을 뉴욕에서 나이액까지 태워 오고 다시 집으로 데려다주는 일을 자청했다. 7월 16일, 매리언이 병원으로 실려갔고 다음날 사망했다. 나는 다시 한번 뉴욕으로 차를 몰아 노부부를 데리고 와서 나이액에서 매리언의 장례식을 치렀다.

에드워드는 관심이 없었기 때문에 조가 홀로 남아 그 집에 있는 가족의 유품과 낡은 사진들을 정리했다. 그녀는 나이액에 육 주 정도 머물렀다. 그녀가 나에게 이렇게 말했다. "매리언은 나처럼 잡동사니 수집광이었어요…… 날 좋아하진 않았지만, 무덤 속에서, 내가 자기 보물들을 내다 버리지 않고 수백 년 된 집을 팔아치우지 않아서 기뻐하고 있다는 걸 느낄 수 있어요." 그녀는 에드워드가 자기한테 이 일을 떠넘기는 바람에 "한 세기 동안 축적된 먼지"를 들이마시게 되었다고 불평했다.

나는 조와 에드워드가 나이액을 떠날 때까지 기다리면서 때를 보았다. 호퍼의 작품, 가족사진, 고풍스러운 가구가 가득한 그 집의 열쇠를 여전히 갖고 있었다. 에드워드의 건강이 쇠약해지자 나는 다락방 작품들을 옮겨놓기 시작했다. 고급스러운 오래된 네덜란드 찬장을 보니 그것을 빈집에서 가지고 나와 이웃집에 옮겨놓아야겠다는 생각이 들었다. 만약 노쇠한 에드워드와 조가 와서 찾으면 안전하게 보관해두었다고 말할 생각이었다. 그러나 호퍼 가족의 집 세 곳이 다 정리되면 너무 갖고 싶었던 물건들을 가질 생각이었다. 오직 나만 그것을 원했다. 나에겐 그럴 자격이 있었다.

에드워드의 건강은 계속 악화되었다. 1966년 12월, 그가 극심한 통증을 호소했고 조는 구급차를 불러 그를 병원으로 데려갔다. 그녀는 내게 전화를 해서 그가 이중탈장수술을 받았다고 알려주었다. 조는 시야가 흐릿해지는 것을 교정하기 위해 백내장수술을 받기로 했었는데 그 수술을 연기해야겠다고 했다. 에드워드는 이듬해 7월 다시 병원으로 돌아갔다. 녹내장까지 앓고 있던 조는 입원 중인 에드워드에게 가려고 준비하다가 스튜디오에서 미끄러졌다. 그녀는 엉덩이뼈와 다리뼈가 부러져 같은 병원에 입원했고 두 사람은 그곳에서 석 달을 지냈다. 조의 눈은 녹내장 때문에 수술을 할 수 없는 것으로 판명되었다.

1966년 12월 병원에서 퇴원한 호퍼 부부는 일상생활이 불가능한 상태였다. 그들은 낡은 연립주택의 맨 꼭대기 층에 살고 있었는데, 계단을 일흔네 개 올라야 했다. 나이액의 집에 있는 낡은 물건들을 점검해볼 상태가 아니었다. 탈장수술을 받고 아홉 달 뒤 에드워드는 심장 이상으로 다시 병원으로 갔다. 그는 거의 먹지도 못하는 상태로 퇴원했다. 1967년 5월 15일, 여든다섯번째 생일을 두 달 앞두고 그는 자신의 스튜디오에서 사망했다.

보다 유명했던 에드워드에게만 관심을 가졌던 친구들로부터 버림받은 조는 나 말고는 기댈 사람이 없었다. 나는 에드워드의 장례식을 나이액에서 진행했다. 장례를 치르기 위해 당시 머물고 있던 피츠버그에서 비행기를 타고 돌아와야 했다. 조는 나를 "열세번째 제자"라고 불렀다—"그분은 기꺼이 나이액의 부인들을 돌보는 양치기 노릇을 하는, 건장한 체격의 잘생긴 풋볼 코치입니다…… 필요한 일을 하고 때로는 현실적인 궂은일도 마다하지 않았지요. 거기엔 부엌으로 가서 매리언의 점심을 준비하는 것도 포함되어 있었어요." 내 봉사의 대가로 그녀는 재산에서 500달러를 떼어 내게 주었지만, 그들을 위한 나의 지속적인 노력에 비하면 하찮은 액수였다.

조는 몹시 상심한 상태로 홀로 남겨졌다. 그녀는 병들었고, 시력도 퇴화했다. 그와 에드워드에게는 생존해 있는 가족이 없었다. 그녀는 유언장을 공증하고 나이액의 재산을 처분해야 한다는 걸 알았지만 자신이 "완전히 혼자인데다 거의 장님"이라 그대로 내버려두는 편이 낫다고 생각했다. 그녀는 힘겹게 일상을 이어갔다. 다리는 회복이 더뎠고, 도시의 거의 텅 빈 건물 맨 꼭대기 층에 갇힌

죄수가 된 것 같은 기분이었다. 뉴욕 대학에서 그녀가 살고 있는 연립주택을 매입했으나 호퍼의 가족을 쫓아낼 수는 없어서 그녀가 죽어 개조 공사를 시작할 수 있게 되기를 기다렸다.

조의 쇠락 속에서 나는 기회를 보았다. 에드워드가 죽은 뒤로 그녀를 찾는 사람은 거의 없었지만 나는 그 수고를 감내했다. 한번은 그녀가 나빠진 시력으로 간신히 스튜디오를 돌아다니고 있는 상태였을 때 그녀를 방문하고 돌아오는 길에 에드워드가 팔지 않은 그림 한 점을 챙겼다. 1932년 작 〈도시의 지붕들〉이라는 작품이었다. 내가 보금자리를 찾아줄 때까지 그 그림은 외로이 버려져 있었다. 나는 조에게 유언장을 고쳐 나를 집어넣게 했다. 불행히도 그녀는 나에게 그림을 한 점도 남겨주지 않았고 나는 그녀가 에드워드의 작품들의 소재를 상세하게 기록해두었다는 것을 알지 못했다. 그녀는 결혼한 직후부터 전시, 판매, 혹은 선물용으로 그림이 스튜디오에서 반출될 때마다 기록을 남겼다. 훗날 나는 그녀가 나에게 〈도시의 지붕들〉을 주었다고 주장했다. 왜냐하면, 나이액에서 에드워드의 수고를 덜어준 나의 노력에 그녀가 사례를 할 수 있었더라면 기꺼이 그랬으리라는 걸 알았기 때문이다. 그러나 그러는 대신 그녀는 떨리는 손으로, 내가 가지고 있는 이 그림이 팔린 적 없고 "이 스튜디오에 있는 것"이라고 기록했다.

조 호퍼는 1968년 3월 6일 세상을 떠났다. 여든다섯번째 생일을 열이틀 앞두고 있었고 에드워드를 잃은 지 열 달이 채 안 되었을 때였다. 그 소식을 듣고 나는 그동안 숨겨두었던 네덜란드 찬장을 가지러 이웃집으로 달려갔고 그곳에서 직접 찬장을 회수했다. 아무도 조의 장례식을 기억하지 않았다. 한 명도 오지 않았다. 누가 참석하겠는가?

조의 유언장이 공개되면서 에드워드의 모든 "예술적 자산"은 휘트니 뮤지엄으로 넘겨진다는 발표가 났다. 나는 계속 빈집을 관리하면서 호퍼의 초기 작품들을 조금씩 내 소장품에 보태기 시작했다. 그러다가 1970년의 어느 날, 나이액의 변호사이자 유언 집행인이 호퍼의 집을 매물로 내놓았다. 조가 죽은 지 이 년 만의 일이었다. 그 집은 리넷 부인에게 팔렸다. 그녀는 그 집과 집안의 물건을 함께 매입한 것으로 알고 있었다. 내가 그녀에게 그 집의 소품 몇 가지를 가져가도 되겠느냐고 물었더니 그녀가 안 된다고 했다. 그녀는 욕심을 부리는 바람에 엄청난 자산을 잃었다. 그녀가 인색하게 굴어서 나는 어쩔 수 없이 행동을 취해야 했다. 나는 변호사에게 다락방의 예술 작품들에 대해 알려주었다. 변호사도, 휘트니 뮤지엄측도, 나이액의 집 다락방을 확인해보지 않았고 거기 있는 작품들에 대해 알지 못했다.

집이 넘어가기 전에, 나는 아들과 함께 다락방에 남아 있던 작품들을 빼냈다. 작품 몇 점과 모든 유품 및 문헌 자료는 나의 소장품에 추가했지만 나머지는 유언 집행인의 조언에 따라 호퍼의 작품 딜러인 존 클랜시에게 넘겼다. 그 작품들은 거기서 결국 박물관으로 가게 되었다. 집을 매입한 사람은 다락방에 더이상 예술 작품이 남아 있지 않다는 것을 알고 놀라 부동산 업체를 고소하고 매입을 취소했다. 그 집에 남아 있던 가구들은 경매에 부쳐졌고 수익금은 교회에 헌납되었다.

나의 소장품에 마지막으로 작품들을 보태고 나서, 나는 서서히 호퍼의 작품들을 경매에 올리기 시작했다. 내가 올리는 작품들을 반드시 익명으로 팔아달라고 경매소에 편지를 썼다. 나한테 관심이 쏠리는 것을 원치 않았다. 결국 나는 보다 높은 값을 받기 위해서는 화가를 직접 아는 사람이 기록한 작품의 소유권 이력을 제공해야 한다는 사실을 알게 되었다. 그것이 곧 작품의 진위를 확인하는 방법이었기 때문이다.

나는 다른 박봉의 목사 친구에게 호퍼의 초기 초상화를 판매하라고 주었는데, 보스턴 미술관에서 그걸 6만 달러를 넘게 주고 매입했다는 소식을 듣고 무척 놀랐다. 호퍼의 작품값이 치솟는 것이 놀랍기도 했고 기쁘기도 했다. 나는 팔십 점에 달하는 그림과 함께, 초기작은 물론이고 원숙기의 소묘 수백 점을 갖고 있었다. 나에게 없었던 것은 에드워드와 조 호퍼가 나에게 특정 작품을 주었다는 서면 자료였다.

1972년, 나는 뉴욕의 케네디 갤러리에 전화를 걸었다. 그들은 미국 미술품을 취급하고 있었다. 도서관에 비치된 미술 잡지에서 그들이 호퍼의 작품을 찾고 있다는 광고를 낸 것을 보았다. 그들은 나이액으로 사람을 보내 나의 소장품을 감정했다. 나는 다수의 작품을 보유하고 있다고 말하지 않고 일부만 보여주었다. 위대한 미국 화가의 작품을 어떤 경로로 수집했는지에 대한 의구심 없이, 이 유명 갤러리에서는 내가 보여준 작품 전체의 위탁 판매를 제안했다. 그들은 향후 판매 수익금의 보증금 조로 바로 그날 나에게 6만 5천 달러짜리 수표를 써주었다. 나는 은행으로 가서 곧바로 그 수표를 예치했고, 절차가 끝나자마자 제1침례교회에 편지를 쓰고 은퇴했다. 은퇴할 당시 내 나이는 쉰여섯이었다. 나는 남은 삶을 에드워드 호퍼의 작품을 연구하고 상품화하는 일에 바칠 생각이었다.

훗날 나는 조가 유산으로 남긴 에드워드의 작품을 하나씩 팔고 있던 휘트니 뮤지엄과 작품 판매 경쟁을 하게 되었다. 1976년, 휘트니 뮤지엄은 에드워드의 작품을 "복제판" 명목으로 팔아치우고 있다는 비난을 받았다. 뮤지엄측은 그 많은 호퍼의 작품들을 어떻게 처리해야 할지 알지 못했다. 미술비평가 힐턴 크레이머는 〈뉴욕 타임스〉에서 휘트니 뮤지엄을 비난했다. 그는 뮤지엄이 유산을 탕진하고 있다고 주장했다. 이로써 휘트니 뮤지엄이 내 소장품을 필요로 하지 않는다는 것이 증명되었다.

세간의 비난을 피하기 위한 조치로, 휘트니 뮤지엄은 어느 재단의 후원을 받아 에드워드 호퍼를 조사하고, 완벽한 작품 목록을 만들고, 조의 유언장에 있는 작품들을 연구하기 위해 젊은 미술사학자를 고용했다. 호퍼의 작품을 위해 게일 레빈을 큐레이터로 고용한 것에 대해 〈뉴욕 타임스〉에서 힐턴 크레이머의 격찬을 받았다. 그는 "그녀는 날카로운 안목과 학문적 지식을 동원하여 자신을 기다리고 있는 방대한 작업에 임하고 있다"고 썼다.

그 기사가 내게 말을 걸었다. 내 소장품의 판매를 보장하기 위해서는 내가 보유하고 있던 호퍼의 모든 작품들을 레빈 씨가 감정해주어야 했기 때문이다. 그 기사를 읽자마자 나는 곧장 그녀를 찾아갔다. 지체하지 않고 내가 수집한 작품 몇 점을 슈트케이스에 넣어서 휘트니 뮤지엄의 사무실로 그녀를 찾아갔다. 나는 은퇴한 모습 그대로 갔다. 차분하고, 여유 있고, 햇볕에 그을린 상태로. 후덥지근한 6월 말의 어느 날이었기 때문에 버뮤다 반바지를 입고 있었다.

레빈 씨에게 내가 에드워드 호퍼와 조 호퍼의 가까운 친구였다고 설명했다. 나는 가방을 열고 호퍼의 어린 시절 작품들을 보여주었다. 이십대였던 새로 온 큐레이터는 내가 가져간 물건들에 흥미와 호기심을 보였다. 그러고는 이 작품들이 선물이었다는 나의 말을 증명해줄 글이라든가, 사적인 편지라든가, 어떤 형식이건 짧은 글이라도 있는지 물었다. 나는 보여줄 게 없다고 했다.

연구를 계속하는 과정에서 그녀는 훗날, 에드워드 호퍼가 조에게, 혹은 다른 사람들에게 선물한 작품들이 스튜디오에서 반출될 때마다 조가 작품 기록부에 꼼꼼하게 기재했다는 사실을 알게 되었다. 조가 자신의 일기장에 기록해둔 내용만 유일하게 기록부에 기재되지 않았다. 나는 그 불미스러운 세부 사항에 대해 아직 모르고 있었다. 그러나 그날, 레빈 씨는 이제 막 연구를 시작했던 터였다. 그녀에겐 날 의심할 이유가 없었다.

그해 여름, 레빈 씨가 뉴햄프셔 뉴포트에 있는 우리 별장에서 집사람 루스와 나를 만나기로 약속했다. 호퍼의 작품을 판 돈으로 매입한 별장이었는데, 그녀가 그런 사실까지 알아야 할 이유는 없었다. 그녀는 별장에 보관된 호퍼의 작품들을 보려고 뉴욕에서 왔지만 나는 그녀의 첫 방문 때 상당수의 작품을 숨겨두었다. 순진하지만 캐묻기 좋아하는 젊은 아가씨에게 위압감을 주고 싶지 않았고 그녀를 자극해 너무 많은 질문을 유발하고 싶지도 않았다.

레빈 씨는 호기심이 너무 많았다. 그녀는 내가 호퍼의 전성기 그림의 스케치들을 어떻게 그렇게 많이 보유하고 있는지 물었다. 그리고 이 작품들이 나이액의 다락방에 호퍼의 어린 시절 작품들과 함께 보관되어 있지 않았던 모양이라고 제대로 된 추측을 했다. 집사람 루스가 설명 삼아 이렇게 말했다. "작품들이 휘트니 뮤지엄으로 인계되고 나서 재산 수유자 중 한 명이었던 샌번 목사님에게 뉴욕 스튜디오의 유품들을 구입할 자격이 주어졌어요. 거기 있던 물건 전체를 100달러가 조금 넘는 돈으로 살 수 있었어요. 우리는 그 기회에 작은 옷장 한 개, 큰 옷장 한 개, 그리고 고풍스러운 네덜란드 가구들을 몇 점 구입했지요. 그런데 놀랍게도, 그 옷장 서랍 안에 호퍼의 그림이 가득 들어 있지 뭐예요." 레빈 양은 그 설명에 만족하는 것 같았다.

그뒤 우리의 겨울철 별장인 플로리다의 멜버른 해변으로 그녀가 우리를 찾아왔다. 나는 그곳에도 호퍼의 작품들을 보관해두었다. 그녀는 자신이 박물관에서 제작하고 있는 그의 작품 목록을 위해 박물관 비용으로 전문 사진작가에게 그 작품들을 촬영하게 했다. 그렇게 하면 후대를 위해 작품의 진위를 판명할 수 있을 거라고 했다. 그녀는 내가 원했던 바로 그 작업을 하고 있었다.

그해 겨울, 케네디 갤러리의 로런스 플래시먼이 에드워드 호퍼의 작품전을 기획했다. 초기 작품 전부와 후기 작품 몇 점은 내 소장품이었다. 그는 다른 곳에서 매입한 작품들도 함께 전시했는데, 작품 카탈로그에서 나의 두드러진 노고에 대해 전혀 언급하지 않았다. 나는 그 점에 분개했고 더는 그와 일을 하지 않기로 했다. 그는 휘트니 뮤지엄에서 호퍼의 전시회를 기획한 적 있는 레빈 씨와 로이드 굿리치의 에세이를 목록에 실었다. 그 두 사람 모두 나에 대해 언급하지 않았다.

1979년, 레빈 씨가 에드워드 호퍼에 대한 그녀의 첫번째 전시회를 기획했을 때, 나는 호퍼의 일러스트와 소묘 작품 상당수를 나의 소장품에서 대여해주었다. 아무도 관심을 갖지 않았을 때, 내가 그 작품들을 나이액의 다락방에서 구했다. 그러나 그녀는 내게 감사 인사를 했으면서도, 내가 말한 것처럼 나를 에드워드와 조 호퍼 부부의 가까운 친구로 언급하지 않았다. 내가 했던 이야기를 미심쩍어하는 것 같았다. 그렇다면 왜 내가 그녀가 요구하는 대로 호퍼의 문헌들을 공유하겠는가?

나는 호퍼 가족의 사진들과 자료들을 다락방에서 꺼내 나의 개인 소장품으로 관리했다. 호퍼가 파리에서 집으로 쓴 편지들과 1925년 조와 결혼한 직후 산타페 여행을 하던 중 어머니에게 그림을 곁들여 쓴 편지도 있었다. 나는 또한 호퍼의 작품 기록부 두 권을 갖고 있었고 그중 한 권은 케네디 갤러리에 팔았다. 조가 유언장을 통해 로이드 굿리치에게 남긴 작품 기록부들은 휘트니 뮤지엄에 귀속된 것으로 밝혀졌다. 내가 갖고 있던 두 권은 끝내 그의 유산으로 귀속되지 않았다.

1980년, 레빈 씨는 휘트니 뮤지엄에서 자신의 두번째 대규모 호퍼 전시회 '에드워드 호퍼, 그의 삶과 작품 세계'를 개최했다. 이번에도 역시 그녀는 나의 방대한 노력에 걸맞은 인사를 하지 않았다. 어찌됐건, 나는 호퍼의 편지들을 비롯한 다른 문헌들을 빌려주었고 그녀는 그 자료를 인용했으며 나의 허락도 없이 복사본을 만들었다. 나는 그녀의 상사인 박물관장 톰 암스트롱을 찾아갔다. 그는 내가 아직 소장하고 있던 작품 기록부를 탐내고 있었다. "우리, 얘기 좀 합시다." 내가 말했다. 알고 보니 레빈 씨가 자기 상사에게, 내가 호퍼의 스튜디오와 나이액의 다락방에서 작품들을 훔친 것이라고 주장했다는 것이다. 암스트롱과 나는 이 사실이 언론에 알려져서는 안 된다는 데 합의했다. 그는 내가 작품 기록부를 포함한

다른 몇몇 작품을 포기하면 레빈 씨를 해고하겠다고 제안했다. 우리는 합의했다. 그 나머지는, 사람들이 말했듯이, 다 지나간 일이다. 에드워드 호퍼의 수집가로서 나의 역할은 이제 확고하다. 나의 아이들과 손자들이 내 유산을 돌볼 것이다.

게일 레빈은 1976년부터 1984년까지 미국 휘트니 뮤지엄에서 에드워드 호퍼의 작품 큐레이터로 일했다. 그녀가 편집한 호퍼의 작품 카탈로그 레조네는 휘트니 뮤지엄의 요청으로 1995년 W.W. 노턴 앤드 코에서 출판되었다.

아세이어 R. 샌번 주니어는 플로리다주 셀러브레이션에 위치한 자택에서 2007년 11월 18일 91세의 나이로 세상을 떠났다. 이 이야기에서 언급된 모든 사람들 중 오직 작가만 아직 생존해 있다.

밤의 사무실

워런 무어

워런 무어는 사우스캐롤라이나 뉴베리에 위치한 뉴베리 칼리지의 영문학 교수다. 2013년 장편소설 『부서진 유리의 왈츠*Broken Glass Waltzes*』가 출간되었고, 여러 소규모 온라인 잡지에 글이 실렸으며, 2015년에는 단편집 『어두운 도시의 불빛들*Dark City Lights*』에 작품을 수록했다. 그는 아내와 딸과 함께 뉴베리에 살고 있으며 (호퍼를 소개해준) 아버지와 (마지를 소개해준) 어머니에게 감사하고 있다.

밤의 사무실, 1940

월터가 책상 위 서류를 바라보는 동안 마거릿은 기차가 덜컹거리며 지나가는 소리를 들었다. 블라인드에 달린 줄이 흔들렸다. 기차의 진동 때문인지 창문을 스치는 바람 때문인지 알 수 없었다. 그녀는 둘 다 느낄 수 없었다. 몸매가 드러나는 파란 드레스—그녀가 가장 좋아하는—조차 느낄 수 없었다. 그녀의 눈에 보이는 것이라곤 월터뿐이었고, 월터의 눈에 보이는 것이라곤 책상 램프의 불빛이 만든 여울 속 서류철들뿐이었다.

그녀는 서류 문서들을 서류 보관용 캐비닛에 넣고 한쪽 팔을, 마치 일생처럼 오래된 것 같은—어쩌면 실제로 일생만큼 오래된 것일 수도 있는—폴더 위에 올려놓았다. 그 표현이 마거릿의 얼굴에 엷은 미소를 떠올렸다. 얼마의 시간이건 일생일 수 있었다. 얼마나 살았느냐에 따라 다르겠지만. 그녀는 때때로 생각했다. 월터와 일생을 함께했을 수도 있었을 거라고. 그녀가 죽기 전에.

마거릿 듀폰트는 자신의 이름이 도무지 마음에 들지 않았다. 진이나 벳 같은 영화배우 이름이면 좋으련만, 그녀의 이름은 어떤가? 막스 형제*의 영화에 나오는 여자를 연상시키는 이름이었다. 그러나 그녀는 그 이름을 고수했다. 그럴 수밖에 없었던데다, 중간 이름인 루실은 그것보다 더 싫었기 때문이다. 요절한 독신녀 이모의 이름을 따서 지은 것인데, 가끔 그 이름에 징크스가 있는 건 아닌가 하는 생각도 했다. 그러나 그녀의 할머니는 그 이름을 좋아했다. 사촌 하나가 십대 소녀였던 마거릿에게, "할머니가 그 이름으로 하자고 네 엄마를 들들 볶았던 것 같아"라고 말했을 때, 마거릿은 탈진한 채 병원에 누워 있던 어머니가 "에라 모르겠다, 그냥 마거릿으로 해버려요"라고 말하는 모습을 상상할 수 있었다. 그러나 큰 소리로 말하지는 않았을 것이다—어머니는 사람들 앞에서 그런 식으로 말하는 사람이 아니었고, 불붙인 담배를 들고는 한 발짝도 걷지 않았다. 그건 숙녀답지 못했다.

그러나 마거릿은 어렸을 때도 조신하지 않았다. 그것이 비로 그녀와 어머니가 몇 주씩 말을 안 하고 지내곤 했던 이유였다. 어머니는 작았고 마거릿은 컸다. 그녀의 아버지처럼. 그녀의 아버지는 아홉 살 무렵 이미 밭을 갈 수 있을 정도로 덩치가 컸고 그래서 그맘때 학교를 그만두었다. 어머니는 몇 년 더 학교를 다니다 그만둬야 했고, 몇 년 후 아버지와 결혼해 도시로 왔다. 마거릿은 그로부터 몇 년 후 태어났다. 둘째 아이이자 막내 아이로—얼마나 컸는지 어머니를 죽일 뻔했다는 얘기를 자주 듣곤 했다.

* 20세기 초에 활약한 미국의 희극배우 사형제.

마거릿은 나이에 비해 체격이 컸다—대부분의 남자아이들보다도 큰, '덩치 마지'였다. 적어도 병이 나기 전까지는. 성홍열이라고, 의사들이 부모에게 말했다. 그 병은 그녀의 심장을 약하게 만들고 성장을 지연시켰다. 그녀는 운좋게 살아남았다—모두가 그 병을 이겨내고 살아남는 건 아니었다. 그러나 그녀는 삶에 매달렸다. 그래야만 했고, 다른 선택지가 있다는 생각이 들지 않았다. 성장이 더뎌졌는데도, 그녀는 너무 컸다. 키가 거의 180센티미터에 달했다, 젠장. 어떤 남자가 그렇게 크고 나이든 여자를 원하겠는가? 그녀는 학교를 일 년 쉬어서 나중에 따라잡아야 했기 때문에 학교의 다른 아이들보다 나이도 한 살 많았고 심지어 덩치도 그만큼 컸다. 이름에 걸맞게 덜렁거렸던 '덩치 마지'. 학교 댄스 시간에 무릎이 탈골된 적이 있었는데 강당 바닥에 쓰러지는 순간의 창피함이 무릎이 탈골된 고통보다 더 컸다.

그러나 그녀는 똑똑했고, 그래서 학교에 남아 학업을 마쳤다. 어머니 아버지가 그 외의 다른 일을 용납하지 않았기 때문이다. 그리고 그녀는 일을 할 수 있었다. 여름이나 방과후에 일을 했고, 부모님이 일을 나갈 때면 집안일을 돌보았다—그녀의 언니는 일곱 살이 많았고 결혼해서 가정을 꾸렸다. 마거릿은 고등학교에서 타자 치는 것으로 메달을 땄다. 그림도 잘 그렸다—그녀가 그린 그림은 지역 백화점의 신문 광고에도 사용되었다. 그녀의 이름과 함께 그림이 실렸다.

그러나 그린스버그에서 그런 것은 중요하지 않았다. 그녀는 언제나 '바이얼릿과 어니의 딸' 혹은 '장대' 혹은 '엘크' 혹은 '덩치 마지'였다. 그녀를 그 외의 다른 사람으로 봐줄 수 있을 정도로 마을이 크지 않았다. 그래서 그녀는 그 정도로 큰 곳을 찾아야 했다.

그녀가 어머니 아버지에게 도시로 가고 싶다고 말했을 때—그리고 세 사람 모두 그 말 속에서 뉴욕이라는 말을 들었다—어머니는 그녀에게 제정신이냐고 물었고, 절대 안 된다고 했다. 마거릿이 그래도 갈 거라고, 돈도 모았고, 여자들이 안전하게 묵을 수 있는 호텔—바비존이나 러틀리지 같은!—도 찾아두었다고 하자, 어머니는 도시로 탈출하고 싶어하는 여자애들은 창녀가 되거나 이탈리아 남자와 결혼한다고 말했다. 마거릿이 자기는 그렇게 될 일이 없다고 하자 어머니는 그녀를 때리고는 성큼성큼 방에서 걸어나갔다. 마거릿은 그 자리에 서서 어머니가 나갈 때까지 눈물을 참았지만, 아버지가 울음을 터뜨렸다. "차라리 애틀랜타로 가면 안 되겠니?"

마거릿도 그제야 울음을 터뜨렸지만 그러면서도 큰 도시로 가보고 싶다고 말했다—기회들이 있는 곳, 그녀의 포트폴리오와 작품을 봐줄 상점들이 있는 곳으로. 아버지는 고개를 저으며 방에서 나갔다. 돌아서서 나가는 아버지의 어깨가 떨렸다. 그녀는 어머니와 다시 이야기하지 않고 사흘 뒤 떠났다. 아버지와 이야기를 해볼까 생각도 했지만 아버지는 곧바로 눈물을 쏟을 것 같았고, 그 모습을 한번 더 보았다가는 영영 떠나지 못하리란 것을 알았다. 그녀는 배웅하는 이 하나 없이 짐을 챙겨 기차를 탔다. 그날 밤 그녀는 슈트케이스 속에서 10달러가 든 봉투를 발견했다. 겉봉에는 "아버지"라고만 적혀 있었다.

뉴욕으로 가는 기찻삯은 그것보다 비쌌지만 그녀는 값을 치렀다—갖고 있던 돈으로 표를 사고 심지어 짐꾼에게 25센트 동전도 주었다. 덜컹거리는 기차를 타고 달린 시간은 서른 시간쯤 되었겠지만("기억해! 시계 사는 거!" 그녀가 혼잣말을 했다) 그녀에게는 마치 삼십 년처럼 느껴졌다. 그녀는 식당칸에서 수프를 먹었고 남은 크래커를 주머니에 넣었다가 나중에 간식으로 먹었다. 여행 둘째 날에는 젊은 군인이 그녀에게 미소를 지으며 말을 걸었다. 마거릿은 별로 할 얘기가 없었지만 어쨌든 웬 남자가 그녀와 대화를 나누려 한다는 사실—키가 크고 덜렁대는 덩치 마지에게 말을 걸고 싶어한다는 사실—이 놀라웠다. 그는 오하이오 어딘가에서 내렸고 다급히 주소를 적어주면서 언젠가 아주 유명한 '아티스트'가 되면 자기한테 편지를 쓰라고 했다. 그녀는 그렇게 되려면 시간이 좀 걸릴 거라고 하면서도 고맙다고 인사했다. 하지만 그를 다시 보는 일은 없으리란 걸 알고 있었다—오하이오는 한 번 이상 지나치고 싶은 곳이 아니었다.

뉴욕에는 그녀에게 맞는 사람이 틀림없이 있을 것이다. 그녀는 그 사람을 상상해보았다. 아버지처럼 키가 큰, 그녀보다 더 큰 남자. 금발에 상냥한 목소리, 단연코 예술을 사랑하는 사람. 그러나 조심해야 했다. 도시에는 여자들을 이용하고 버리는 남자들도 있었고, 그래서 다시 그린스버그로, 어머니에게로 돌아오는 여자들이 있다는 것을 잡지에서 읽어 알고 있었다—그런 생각은 안 하는 게 좋았다.

그녀는 창문에 머리를 기댄 채 졸았고, 역무원이 그녀의 어깨를 가볍게 두드리며 "펜실베이니아역입니다, 손님. 이 열차 종착역이에요"라고 말할 때 깜짝 놀라 잠에서 깨었다. 그녀는 얼굴을 붉히며 일어서서 가방을 챙긴 다음 객차에서 나와 짐을 찾으러 갔다—슈트케이스와 화장품 가방, 그리고 그녀의 포트폴리오였다. 그녀는 가판대에서 지도를 사고 바비존 호텔을 찾았다. 2마일 반 정도 되는 것 같았지만 여기까지 와서 택시비로 돈을 다 써버릴 수는 없었다. 그녀는 세븐스 애비뉴를 따라 센트럴파크가 있는 북쪽을 향해 걷다가 거기서 다시 동쪽으로 걸었다.

호텔에 도착하기까지 거의 두 시간이 걸렸다. 한 시간이면 올 수 있는 거리였지만 자신을 둘러싼 높은 건물들과 수많은 사람들에 놀라 자꾸만 걸음을 멈췄다. 이런 생각이 머릿속을 맴돌았다. "여기가 바로 뉴욕이구나." 그러다가 생각이 바뀌었다. "여기가 바로 뉴욕이고 내가 뉴욕에 있구나." 마침내 그녀는 호텔을 찾았다. 지금까지 그녀가 본 것 중 가장 큰 건물이었다.

그녀는 로비로 들어가 데스크 쪽으로 다가갔다. "방 하나 주세요."

호텔 직원은, 그 여자는, 그녀가 다니던 초등학교 사서를 연상시켰다. 수척해 보이는 심각한 얼굴에, 키가 마거릿보다 적어도 머리 하나 정도 작으면서 그녀를 내려다보는 능력까지. "누구 이름으로 예약하셨나요?"

"죄송하지만 예약은 안 했는데요."

"추천서는요?"

"추천서라면, 취직에 필요한 그런 거 말인가요?"

"아뇨. 바비존에 머물기 위해서는 세 통의 추천서가 필요합니다. 이곳에 머무는 숙녀분들에 대해 저희가 좀 까다로운 편이라서요."

"그런 건 갖고 있지 않아요. 이 도시에는 처음이라 몰랐어요. 죄송하지만 그냥 좀……"

"죄송합니다." 사서가 말했다. "그렇게는 안 됩니다. 안녕히 가세요."

나이든 여자가 돌아서는 순간 마거릿의 얼굴에서 핏기가 가셨다. 그녀는 무릎이 약간 후들거리는 것을 느끼며 카운터에서 물러섰다. 그리고 머리를 낮추며 문들을 지나 거리로 나섰다. 오후였고, 거리는 이미 키 큰 건물들의 그림자 속으로 사라져가고 있었다. 그녀는 공원 쪽으로 걷다가 다시 남쪽으로 향했다. 거리의 숫자가 작아질수록 간판의 언어가 영어에서 독일어로 바뀌었고 이따금 다시 영어가 나오곤 했다. 독일 간판 중에 번트*라고 적혀 있는 것들이 눈에 띄었다—마거릿은 뉴스 영화**에서 본 사람들을 말하는 건지 궁금했다.

북부의 80번대 거리를 지날 즈음 가방은 점점 더 무거워지고, 어쩌자고 이런 바보 같은 짓을 했는지, 골목길에서 죽으면 아버지 어머니가 시신을 거두어줄지 궁금해하고 있는데, "방 빌려드립니다"라고 손으로 쓴 간판이 걸린 집이 보였다. 그녀가 문을 두드렸다.

문을 열어준 사람은 머리를 뒤로 묶었는데, 바비존에서 봤던 여자보다 친절해 보였다. 그녀는 마거릿과 짐을 쳐다보더니 이렇게 말했다. "방, 차가운 아침식사, 저녁식사 제공해드리고 일주일에 5달러예요. 두 주 치 선불이고요." 그녀의 목소리는 유쾌했고 외국인의 억양이었다—레프러콘***이 꼭 이런 목소리를 낼 것 같았다. 미처 생각해보기도 전에 마거릿이 물었다. "아일랜드분이세요?"

여자가 기분 나쁘다는 표정을 지었다. "그게 문제가 되나요?"

마거릿이 눈을 깜빡였다. "오, 아뇨, 그게 아니고요. 말씨가 예

---

* 1936년도에 결성된 미국 내의 나치 조직.

** 과거 극장에서 영화 상영 전에 상영하던 뉴스.

*** 아일랜드 민화에 나오는 남자 모습의 작은 요정.

빼서요. 영화에 나오는 목사들처럼."

"그쪽 말투는 촌스러운데요, 뭘."

"아마 그럴 거예요. 묵을 곳이 필요한 촌뜨기랍니다. 제겐 10달러가 있어요."

"15달러예요, 아가씨. 10달러 선불에, 이번주 방세 5달러 해서."

마거릿은 머릿속으로 셈을 해보았다. 방세를 내려면 빨리 일자리를 구해야 했지만 여자의 어깨 너머로 보이는 복도와 그 옆의 식당은 깨끗해 보였다. "그럼 15달러 드릴게요." 그녀는 여자에게 돈을 건네며 자기 지갑 속을 흘긋 쳐다보았다. 그리고 생각을 고쳐먹었다. 그녀는 아주 빨리 일자리를 구해야 했다. "이름이 뭐예요, 촌뜨기 아가씨?"

"마거릿 듀폰트. 미스 마거릿 듀폰트예요. 당신은요?"

"미시즈 도로시 데일리. 말이 그렇지 '미시즈'에 큰 의미가 있는 건 아니에요. 남편이 이 년 전 세상을 떠났거든요." 그녀는 팔짱을 끼었다. 마거릿은 미소를 짓고 싶었다—이런 일도 영화에서 말고는 본 적이 없었기 때문이었다. 그러나 그녀는 침착한 표정을 유지했다. "그런데 페기, 체구가 상당히 크네요. 엄청 많이 먹겠어요."

"체중을 유지하려고 노력하는 편이에요." 마거릿이 말했다. 뉴욕 사람들이 불친절하다는 기사를 읽은 적이 있었는데, 나름 일리가 있는 것 같았다. "그런데 왜 절 페기라고 부르세요?"

"마거릿의 줄임말이 페기잖아요, 아가씨." 데일리 부인이 고개를 저으며 말했다. 그 말이 어떤 의미인지 마거릿이 파악하기도 전에 데일리 부인이 말했다. "그렇게 얼간이처럼 서 있지 말고, 저녁식사하기 전에 안으로 들어와요."

방은 작았고—그린스버그였다면 너무 비좁다고 생각했을 것이다—침대 하나에 세면대 하나, 테이블 하나, 서랍장 하나가 전부였다. 테이블 위 거울의 은도금이 조금 벗겨지긴 했지만 그 정도면 쓸 만했다. 마침내 그녀는 짐을 내려놓을 수 있었다. 데일리 부인이 이 집의 규칙에 대해 설명할 때 마거릿은 다시 그녀의 목소리에 귀를 기울였다. "위층에 다른 투숙객은 없고요. 샤워는 일주일에 네 번 이상은 안 돼요. 깨끗한 집이긴 해도 궁전은 아니거든요. 아래층 복도에 전화가 있어요. 오 분 제한이 있고 장거리전화는 미리 요금을 지불해야 해요."

"그건 상관없어요." 어차피 전화할 사람도 없는데 뭐.

"그리고 페기?"

"네?"

"짐을 풀고 나면 슈트케이스를 들고 내려오세요."

"아! 제 대신 보관해주시나요?"

"그렇게도 볼 수 있어요, 촌뜨기 아가씨. 일종의 담보물이라고 볼 수도 있고. 소지품을 담을 가방이 없으면 내뺄 일도 없을 테니까요, 안 그래요?"

마거릿은 시키는 대로 했다. 포트폴리오는 빼놓았다. 포트폴리오는 짐이라기보다는 샘플 북이라고 생각했다. 저녁식사는 닭고기와 감자, 깍지 콩이었다—수없이 먹었던 음식이고 그녀 자신이 수없이 조리했던 음식이지만 고향에서 먹던 것과는 맛이 달랐다. 그래도 수프와 크래커가 아니어서 접시를 깨끗이 비웠다. 한 그릇 더 먹을까 생각도 했지만 그녀의 덩치에 대해 데일리 부인이 했던 말을 떠올리고는 그만두기로 했다. 식사는 충분했고 당분간은 하루

두 끼로 버틸 수 있었다.

데일리 부인이 그녀를 다른 투숙객들에게 소개했다. 나이든 남자와 서른 살쯤 되어 보이는 여자 그리고 열아홉 살 마거릿까지. 그녀는 그들의 이름을 바로 잊어버렸다. 하루의 피로와 든든한 식사가 그녀를 잠으로 이끌었다. 그녀는 한동안 버티다가 위층 자기 방으로 올라가 마치 몽둥이로 두드려 맞은 사람처럼 잠이 들었다. 내일은 목요일이고, 이제 일자리를 알아봐야 했다.

금요일도 일자리를 알아보는 날이 되었고 그다음주도 마찬가지였다. 루스벨트의 원대한 구상이 백화점 매장에까지는 미치지 못한 게 분명했다. 왜냐하면 스케치 아티스트는 고사하고 쇼윈도 장식가를 원하는 사람도 없었기 때문이었다. 패션 지구에는 일거리가 좀 있을 거라고 생각했지만 거기도 아무것도 없었다. 그녀에게 웨이트리스 일을 제안하면서, 돈이 아닌 다른 "수수료"를 요구했던 바텐더의 뺨을 갈긴 것마저 후회될 지경이었다. 거의 후회할 뻔했다. 하지만 그녀는 어머니 말이 옳다는 것을 증명하고 싶지 않았다.

가먼트 지구*를 다시 한번 돌아보다가(여관에서 한 시간 거리였다) 그녀는 낡아빠진 사무실들이 있을 것 같은 낡아빠진 건물을 하나 발견했다. 그녀 자신도 낡아빠진 것 같은 기분이었다—하루에 두 끼만 먹는데도 돈과 시간이 떨어져가고 있었다. 머지않아 데일리 부인에게 숙박비 대신 접시를 닦거나 요리를 해도 되느냐고 물어봐야 할 판이었다. 그러나 일단은 계속 일자리를 찾아봐야 했다.

그녀는 건물로 들어갔고, 층별 안내판을 찾아 살펴보았다. 10층,

* 뉴욕 맨해튼에 있는 패션의 중심지.

7층, 6층, 3층에 사무실들이 있었다. 마거릿은 꼭대기 층에서 내려오는 게 좋겠다고 생각했다. 그래야 허탕을 치더라도 내려갈 계단이 조금밖에 남아 있지 않을 테니까. 그녀는 엘리베이터를 타고 꼭대기 층으로 올라갔고 구십 초가 채 안 되어서 갈랜드선 아키텍트라는 회사에서, 사람 필요 없어요, 아가씨, 라는 말을 들었다. 세 층 내려가니 7층이었고 그것은 놀랍지 않았으나, 그 층에서도 파커 앤드 선Parker and Son이라는 정체 모를 회사에서 일자리를 구하는 데 실패했다. 파커 씨하고도, 그의 아들(아들Son이 맞나?)하고도 얘기를 나누지 못했기 때문에, 사람을 구하지 않는다는 것 외에는 그들이 하는 일이 무엇인지 알 길이 없었다.

마찬가지로 복도 끝에서 만난 부킹 에이전트*—랜즈버그 씨—는 그녀에게 춤을 출 줄 모른다면 취직은 글렀다고 말했다. 마거릿은 하마터면 춤을 출 뻔했지만 미안하다고, 쇼걸은 아니라고 말했다.

"언제든 한번 해보지 그래요." 랜즈버그 씨가 말했다. "외모가 쇼걸에 적합하니까. 키가 몇이죠?"

마거릿은 자기 외모가 무엇에든 적합하다는 말이 놀라워서 사실을 말했다. "181.6센티미터요."

랜즈버그가 고개를 저었다. "미안해요, 아가씨. 로켓**에 들어가기엔 너무 크네요. 하지만 혹시 마음이 바뀌면 전화해요."

"아마 제가 전화를 안 하는 게 모두를 위한 일일 거예요." 복도에서 그녀는 혼자 중얼거렸다. 쇼걸에 적합하다고? 덩치 마지가?

* 주로 연예계와 방송계에 일자리를 알선해주는 중개자.

** 뉴욕 맨해튼 록펠러센터에 있는 라디오시티 뮤직홀에서 공연하는 여성 무용단.

그녀는 자신을 내려다보았다. 그녀의 다리는 정말 길었고 최근에 많이 걸어서 적당히 그을었고 하루 두 번의 식사 덕분에 가냘픈 몸매를 유지하고 있었다—심지어 데일리 부인조차도 저녁식사 때 한 그릇을 더 내어주곤 했다. 문득 그녀는 이 상황에도 긍정적인 측면이 있을지도 모른다고 생각했다.

또 한번 계단을 내려가보니 6층이었고 대체로 비어 있었다. 나의 앞날처럼, 이라고 그녀는 생각했다. 하지만 그래도 끝까지 해보겠다는 생각으로 복도를 따라 걸었고 복도 끝에서 문 하나를 보았다. 무늬가 있는 불투명한 유리에 금박으로 "월터 슈러, 명의 전문 변호사"라고 적혀 있었고, 아직 글자가 벗겨지지 않았을 정도로 새것이었다. 적어도, 아직은. 그녀는 유리를 통해 사람의 실루엣을 보고 문을 두드렸다.

"들어오세요." 목소리가 들렸다. 남자의 목소리였고 더구나 유쾌한 목소리였다. 마거릿이 안으로 들어서자 그가 말했다. "아, 에이전시에서 온 아가씨로군요. 왜 이제야 왔어요?"

그 순간, 그녀는 거짓말을 할까 생각해보았다. 그렇다고. 내가 바로 에이전시에서 온 아가씨라고. 그러나 그래서는 안 될 것 같았다. 더구나 에이전시(무슨 에이전시?)에서 보낸 진짜 아가씨가 언제고 나타날 수 있었다. 그래서 그녀가 말했다. "무슨 말씀이신지 모르겠지만, 전 일자리를 구하러 왔어요. 하지만 누굴 기다리고 계신 거라면……"

"글쎄요, 기다리고 있었죠." 남자가 말했다. "하지만 그 아가씨는 안 오는 것 같군요."

마거릿이 주위를 둘러보았다. 사무실은 비좁았다. 데일리 부인의 집에 있는 그녀의 방보다 크지 않았다. 남자—그리 여러 사람이 일할 수 있는 사무실은 아닌 것으로 보아 슈러 씨일 거라고 짐작되는—앞에 자그마한 책상과 초록색 카펫 위에 놓인 갈색 나무 책장이 있었다. 서류 보관용 캐비닛이 그의 오른쪽 어깨 뒤쪽으로 이상한 각도의 벽에 기대어져 있었다. 방의 모양은 그녀에게 목캔디, 혹은 가장자리를 말끔하게 정리하기 전 루크* 카드에서 삐져나온 카드 한 장을 연상시켰다. 그녀의 오른쪽에 조금 작은 책상이 대각선으로 놓여 있었고 그 위에 타자기가 있었다. 남자의 책상 위에는 서류철을 비출 수 있는 위치에 책상 램프가 놓여 있었고 그의 왼쪽 팔꿈치 옆에 전화기가 한 대 있었다.

그녀가 주위를 두리번거리자 슈러가 그녀를 쳐다보았다. "타자 칠 줄 알아요?" 그가 물었다.

"네, 선생님. 일 분에 60타에서 65타 정도요."

그가 휘파람을 불었다. "서류 정리는요?"

"알파벳을 아니까 타자를 치겠죠."

그가 미소를 지었다. "받아쓰기는 할 수 있어요? 가만. 저기 한번 앉아봐요." 그가 타자기를 가리켰다. "책상 서랍에 종이하고 펜이 있을 거예요." 찾아보니 있었다. "준비됐나요, 미스……"

"듀폰트예요." 마거릿이 말했다. "마…… 페기 듀폰트." 그녀는 페기라는 이름이 좋았고 어쩌면 새 이름이 그녀의 운을 바꿀 수도 있다고 생각했다.

"좋아요, 마-페기." 슈러가 말했고, 그녀가 미소를 지었다.

---

* 특별히 제작된 카드를 사용하는 일종의 속임수 게임.

"1935년 10월 19일, 친애하는 맥길리커디 씨—d가 두 개—플랫 Z219X3으로 명명된 땅에 저당권이 설정되어 있지 않음을 기쁜 마음으로 알려드립니다. 또한 토지의 권리에 통행권이 포함되어 있으므로 지역권 설정은 필요하지 않습니다. 필요한 서류를 동봉합니다. 도움이 필요하시면 언제든 연락 주십시오. 월터 슈러. 한번 읽어봐요." 그녀가 다시 읽었고, 다 읽고 난 뒤 그가 말했다. "나쁘지 않네요. 타자로 쳐줘요." 그래서 그녀는 타자를 쳤다. "봐도 될까요?"

"선생님 사무실인걸요." 그녀가 말했다. 자신의, 뭐랄까, 뻔뻔한 태도에 조금 놀라면서. 어머니가 보았다면 발작을 일으켰을 것이다. 그러나 그녀가 종이를 넘겨주니 그는 "잘했네요"라고 말했다. 그러고는 책상으로 돌아가 수화기를 들고 전화를 걸었다.

"에이잭스 인력회사인가요? 월터 슈러라고 합니다. 착오가 있었다고요? 뭐 종종 있는 일이죠. 애쓰실 것 없어요. 일할 사람을 찾은 것 같습니다. 고맙습니다. 안녕히 계세요." 그가 다시 마서럿을 쳐다보았다. "마-페기, 말하는 걸 들으니 브루클린 출신은 아닌 것 같은데. 타자와 받아쓰기는 어디서 배웠죠?"

"그린스버그 고등학교에서요, 선생님. 테네시주 그린스버그에 있어요."

"거기서 타자도 가르치는 줄은 몰랐네."

그녀가 미간을 찌푸렸다. "거기 학생이라고 다 잘하는 건 아니에요."

"그래서 학교에서 쫓아냈군요." 그녀가 일어서려 하자 그가 그녀를 향해 손바닥을 아래로 내린 채 양팔을 벌렸다. "진정해요,

마-페기."

"계속 그렇게 부르실 건가요? 그냥 페기라고 불러주세요."

"알려줘서 고마워요. 전에 비서 일을 한 적 있나요? 없다고요? 만약 일주일에 17달러 50센트가 괜찮다면 비서 일을 해도 좋아요. 현행 임금은 20달러지만, 웬만큼 운이 따라주지 않으면 그렇게 주는 곳을 찾긴 힘들 거예요. 부고란을 살펴보는 걸로 시작하는 게 좋겠어요. 그리고 전화를 받아줘요. 그리 어려운 일은 아닐 거예요. 자주 오진 않을 테니까."

"17달러 50센트라면 아주 만족스럽네요, 슈러 선생님."

"선생님 같은 호칭을 쓸 정도로 사무실이 크지 않아요. 고객이 없을 때는 월터라고 불러요."

어머니라면 결코 용납하지 않았겠지만, 여기는 그린스버그가 아니었다. "좋아요, 월터."

"좋아요. 재산법에 대해 뭐 아는 거 있어요?"

공교롭게도 그녀는 하나도 아는 게 없었고, 그래서 그날 오후 그는 소유권이 무엇인지, 그가 무슨 일을 하는지, 이따금 그녀를 보낼 등기소가 어디인지, 식당이 어디인지, 내일 점심 그의 샌드위치를 사와야 하는 식당이 어디인지 알려주었다. 다섯시가 되자 마침내 그가 물었다. "질문 있나요?"

백만 개는 안 넘어요, 라고 속으로 생각했지만 이렇게 대답했다. "이미 많은 걸 알려주신걸요. 저에게 기회를 주셔서 감사합니다."

그가 어깨를 으쓱했다. "에이잭스한테 고맙다고 하세요. 내일 아침 아홉시에 봅시다."

"네, 선생님." 하숙집까지 걸어간 3마일은 그녀가 걸어본 가장 짧은 길이었다. 다음날 아침이 되기 전까지는. 마침내, 더이상 그녀는 어느 도시를 걷고 있는 게 아니었다—마치 그녀 자신의 도시를 걷고 있는 기분이었다.

죽어 있는 상태에 익숙해지기까지 시간이 꽤 걸렸다고, 마거릿은 생각했다. 그저 몇 주가 흘렀을 뿐이지만 아직도 규칙이 무엇인지, 그것들을 파악하기까지 얼마나 시간이 걸릴지 정확히 알 수 없었다. 어쩌면 영원히 파악하지 못하려나? 그녀가, 음…… 유령, 혹은 고향에서는 혼령이라고 불리는 존재로 사는 것에 흥미를 잃어서 다른 존재가 되거나, 아니면 아무것도 아닌 것이 될 수도 있을까? 앞으로 무슨 일이 닥칠지 알 수 없었지만 그래도 일이 어떻게 돌아가는 건지는 알고 싶었다.

예를 들어, 그녀의 육체만 해도 그렇다. 그녀의 육체가 어디 있는지는 알았다—그린스버그의 가족 묘지에 있었다. 아버지가 그렇게 하자고 주장하는 것을 들었고 적어도 그녀는 그렇게 알고 있었다. 그녀가 자신의 육신이 있는 곳에 있을 필요가 없다는 사실을 깨닫고 그녀는 조금 놀랐다. 사실 그럴 수가 없었고—그러려고 노력은 했지만, 설령 그게 가능한 일이라 해도 어떻게 해야 하는지 알 수가 없었다—어쨌든 훌륭한 장례식이었기를 바랐다. 코니 이모는 근사한 장례식을 좋아했는데, 그중에서도 친지들이 '몸싸움'을 하거나 흐느껴 울거나 울부짖거나 무덤에 몸을 던지는 것 따위를 좋아했다. 마거릿은 자신의 장례식에서 그런 일이 일어났을 거라고 생각하지 않았다—어머니가 그런 걸 참지 못했을 것이다. 가엾은 코니 이모. 그러나 음악을 듣는 건 좋았을 수도 있었다.

그녀는 여전히 뉴욕에 있었고 유령으로 사는 것에는 몇 가지 이점이 있었다. 더이상 방세를 내지 않아도 되었고, 안에 있건 밖에 있건 별반 다르지 않았고, 깨어 있건, 혹은, 글쎄, 잠을 안 자고 있건 별반 다를 게 없었다. 더이상 피로를 느끼지 않았기 때문이다. 그러나 때로는 여기저기 구경을 하거나 도시를 돌아다니다가, 더 내키지가 않아서 눈을 한 번 깜빡이면, 몇 시간, 심지어는 며칠이 지나 있었다. 눈을 깜빡이기 전에 어디에 있었건, 정신을 차려보면 그녀는 사무실에 있거나, 데일리 부인의 여관 앞, 그러니까 그녀가……

그녀가 죽은 그 자리에 있었다. 극적인 사고는 아니었지만 치명적인 사고였던 것만은 확실했다. 거리의 범죄도 아니었고, 택시에 치인 것도 아니었고, 그저 잘못 넘어진 것뿐이었다. 메이시 백화점에서 새로 산 허니서클 향수를 생각하고 있었는데 모퉁이에서 힐이 부러졌거나, 혹은 무릎이 또 한번 탈골되어서—정확히는 기억나지 않았고, 사실 그런 소소한 것들은 별로 중요하지 않았다—넘어졌는데, 머리가 보도 쪽으로 곤두박질치려는 순간, 그녀는 생각했다. 좀 아프겠는데. 그러나 아프진 않았고 다음 순간 그녀는 데일리 부인 뒤에 서 있었다. 데일리 부인은 이웃 사람에게 그 꺽다리 여자가 방금 죽었다고, 넘어져서 촛불처럼 꺼지고 말았다고 이야기하는 중이었다(데일리 부인이 성호를 그으며 말했다). 그녀는 가엾은 여자의 아버지가 유품들을 챙겨서 어디인지는 몰라도 고향으로 돌아갔고, 다시 세놓아야 할 빈방만 덩그러니 남았다고도 이야기했다.

마거릿은 슬픈 일이라고 생각했지만 그것 때문에 힘들거나 하진 않았다. 아픈 것도 아니었고, 공연이나 박물관, 공원, 도시의 어느 곳이건 갈 수 있었고 입장료 따위를 낼 필요도 없었으며, 당연히 아무도 그녀를 괴롭히지 않았기 때문이었다. 몇몇 동물들은 그녀를 알아보는 것 같기도 했지만—골목길이나 창틀에 앉아 있는 고양이들, 새들, 그리고 센트럴파크의 다람쥐들은 그녀를 보고 고개를 약간 갸우뚱하는 것 같았다—사람들은 그녀를 알아보지 못했다. 그리고 지치거나 배고파지지 않고 하루종일 걸어다닐 수 있었고, 그것도 그녀에겐 나쁘지 않았다.

그녀는 그 동네에서 다른 유령들(이 말은 여전히 이상하게 들리고 심지어 조금은 불편하게 들렸다. 마치 미혼모 혹은 깜둥이처럼. 그러나 아는 단어가 그것밖에 없었다)도 보았다. 그러나 설령 그들이 그녀를 보았다 해도 말을 하진 않았다—아마 유령들은 그런 말을 하지 않는 것 같았다. 그들은 자기 일에만 신경을 썼고, 그녀도 그녀의 일에만 신경을 썼고, 그래도 상관없다고, 그녀는 생각했다.

그러나 그녀가 할 수 있는 일은 그리 많지 않았다. 그녀는 사물을 관통할 수 있었는데—그것이 데일리 부인의 얘기를 듣고 나서 그녀가 처음으로 한 일이었다—그것은 곧 사물들이 그녀를 관통할 수 있다는 의미이기도 했다. 대부분의 시간에는 그랬다. 시간이 흐르면서, 그녀는 집중만 하면 그것들이 그녀를 관통하는 동안 머저리처럼 서 있는 대신, 전차, 택시, 혹은 지하철을 타고 이동할 수도 있다는 것을 알게 되었다. 그러나 물건을 집어들거나 움직일 수는 없었다. 먼지 몇 톨 이상은. 집중력과 시간을 요하는 일이었고, 그러고 나면 더 집중하고 싶지 않아서 눈을 깜빡였고 그러면 다시 여관이나 사무실로 돌아갔지만 시간이 흘러 있었다.

그녀는 자신이 어떤 모습일지, 자신과 마주쳤을 때 동물들이, 그리고 다른 사람이, 아니, 다른 사람들이, 무엇을 보게 되는지 확실히 알 수 없었다. 그런 생각을 할 때면, 그녀는 자신의 육체가 있었던 곳을 내려다보았고, 예전과 똑같은 모습이라는 생각을 했다—그녀가 가장 좋아하는 흰 칼라가 달린 파란 드레스(그 드레스를 입은 채로 묻혔을까? 그걸 입고 죽었던가? 그녀도 알 수 없었지만 그 드레스가 마음에 들었다), 스타킹, 짙은 색 구두. 거들은 입지 않았지만 전에도 입을 필요가 없었고, 그녀에게 그 문제에 관해 이야기할 입장이었던 사람도 없었다. 상점 유리창에 비친 자신의 모습을 얼핏 본 것도 같았다. 파란 드레스에 어울리는 파란색 꽃이 그녀의 짙은 색 머리에 꽂혀 있었지만 확신할 수는 없었다. 아마도 불빛이 부린 조화였을 것이다. 어쩌면 그녀야말로 불빛의 조화일 수도 있었지만 그런 느낌은 들지 않았다.

어떤 느낌이었냐고? 마치 그녀 자신의 세번째 복사본 같은 기분이었다. 식별은 가능하지만 흐릿하고, 약간 얼룩진 복사본. 보관용 사본으로는 쓸모가 있지만 고객들에게 보낼 수는 없는 것. 그러나 그녀는 그녀의 도시가 되어버린 도시, 그녀가 폐기로 살았던 도시에 여전히 살고 있었다. 비록 넘어지는 순간 덜렁대는 덩치 마지가 본색을 드러내며 그녀를 배신했지만.

그녀는 월터가 그리웠다. 두 사람은 그녀가 죽기 전 여섯 달을 함께 일했고 그녀는 그의 곁에 있는 것이 좋았다. 물론 어디까지나 업무 관계였지만, 그는 좋은 상사였고, 거기다가 무지하게 잘생겼고, 그 사실도 한몫한 것은 사실이었지만, 완벽한 신사이기도 했다.

젠장. 물론 그녀는 숙녀답게 행동했지만—어머니도 그 사실을 부정할 수는 없을 것이다—거리를 걸을 때 눈을 반짝이는 남자들을 보면서, 혹은 그녀에게 농담을 던지는 식당 카운터의 남자를 보면서, 자신을 눈여겨보는 남자들이 있다는 것을 알 수 있었다. 몇 번인가는 월터에게서도 그런 느낌을 받았다—솔직히 말하자면 그게 그녀가 향수를 산 이유였다.

그는 예전에 한 번 사랑에 빠진 적이 있었는데 그가 법대에 다닐 때 여자가 소아마비로 죽었다고 했다. 그는 그 얘기를 어느 한가한 오후에 꼭 한 번 했을 뿐이었고 그의 눈에 어린 고통을 읽은 그녀는 화제를 돌렸다. 어쩌면 언젠가는 월터와 그녀에게 어떤 일이 생겼을 수도 있었다. 그녀는 그런 장면을 수십 편의 영화에서 보았다. 비서와 사랑에 빠지는 상사 이야기. 때로 그 사랑은 이루어졌다. 결국엔 그렇게 될 수도 있었다.

그러나 페기에게 그런 일은 일어나지 않았다. 그런데도, 어쩌면 그래서, 자신이 사무실로 자꾸 돌아가게 되는 건 아닐까 하고 페기는 생각했다. 월터도 사무실에서 많은 시간을 보냈고 때로는 밤늦도록 일했다. 그녀가 그곳에서 일할 때도, 오후에 그녀가 퇴근한 뒤에도 그랬던가? 아마 그러지 않았을 것이다. 훌륭한 비서가 있다면 밤늦도록 일할 필요가 없다고, 그녀는 생각했다.

월터는 다시 생각하는 것을 소리 내어 말하고 있었다. 그녀가 그를 위해 일할 때에도 그는 그렇게 했고 그녀는 공명판 노릇을 하는 것을 좋아했다. 그는 고객의 서류를 살펴보고 있었는데 서류가 완전하지 못했다. 에이잭스에서 파견된 여직원 중 한 명이 일을 제대로 못한 게 분명했다—페기는 캐비닛 옆 의자에 놓인 속기 수첩을 보았다. 칠칠맞지 못하기는. 그녀는 속기 수첩을 항상 타자기 옆에 두었다. 나중에 찾지 않도록.

사무실 전체가 그녀가 기억하는 것보다 허름했다. 이 사무실이 정말 이렇게 작고 낡았던가? 그 차이를 이해하기까지 잠시 시간이 걸렸다. 이 사무실에는 예전에도 이 물건들이 그대로 있었지만 그러면서도 또한 그녀의 기회를 위한 공간이 있었다. 이제 그 공간은 사라졌다. 그녀가 사라졌다. 죽은 뒤 처음으로, 그녀는 속은 것 같은 기분이 들었다.

그러나 그조차도 잠시뿐이었다. 그녀는 앞으로 닥칠 일을 알지 못한 채 이곳에 왔고 도시는 그녀를 받아주었다. 비록 짧은 시간이었지만 그녀는 이 도시의 일부가 된 것 같았다. 그녀는 그린스버그에서라면 결코 될 수 없었던 누군가가 되었다—그녀는 페기 듀폰트였다.

이제 그녀는 무엇이 될 수 있을까? 알 수 없었지만 그건 예전에도 알 수 없었다. 그러나 그녀는 스스로 도시로 오는 길을 찾았고, 잠시나마 그 안에서 사는 법을 찾았다. 다음에 무얼 할지도 찾을 것이다. 그녀가 만났던 다른 유령들을 생각해보았다. 도시를 스치듯 오가며, 그녀에게 말을 걸지 않았던, 그게 무언지는 몰라도 각자의 일을 하던 유령들. 왜 그녀는 그들을 거의 볼 수 없었을까? 아마도 그들은 그곳에 있을 필요가 없다는 사실을 깨닫지 못해서 그곳에 있었을 것이다.

그린스버그에서 그녀는 갇혀 살았고, 어느 순간 그렇게 살지 않기로 결정했다. 여관에 발이 묶인 채 혼자 지냈고, 어느 순간 그렇게 살지 않기로 결정했다. 만약 그녀가 여기 있지 않기로 결정한다면? 글쎄, 어떻게 될지 알 수 없었지만 예전에 그녀가 찾았던 것들이 그녀는 좋았다. 또 뭐가 있는지 찾아보지 못할 게 뭔가?

그렇게 생각하자 페기 듀폰트는 자신이 줄곧 원해왔던 것이 무엇이었는지 깨달았다. 그녀는 자유를 원했다. 그리고 이제 자유로웠다. 그린스버그로부터 자유로웠고, 어머니로부터 자유로웠고, 그녀를 배신한 거대한 몸으로부터 자유로웠다. 이제 그녀는 상상할 수 있는 곳은 어디든 갈 수 있었다. 그녀는 고등학교 시절 배웠던 긴 시의 한 구절을 떠올렸다.

그들이 편히 쉴 곳이 어디인지
온 세상이 그들 앞에 놓여 있네,
신의 섭리가 그들을 인도하리니.

그녀는 자신 앞에 세상 이상의 것이 놓여 있다는 생각이 들었다. 작은 사무실보다 이 도시가 컸던 것처럼. 그 이전의 여정은 그저 작고 어설픈 시작이었다는 것을 그녀는 알고 있었다. 그녀에겐 다른 여정이 있었다. 하지만 그녀에게 친절했던 월터도 있었다. 그를 사랑했던 걸까? 더이상은 그녀도 알 수 없었지만 그가 친절했다는 것만은 알았다. 아마도 작은 친절로 그에게 보답할 수 있을 것이다.

그녀는 열려 있는 서류 서랍에 사라진 서류가 이상하게 꽂혀 있는 것을 발견했다. 그녀는 그 어느 때보다 집중했고, 그것 때문인지 아니면 바람과 지나가는 기차의 진동 때문인지, 서류가 책상 옆으로 팔랑거리며 떨어졌다. 월터는 서류철의 나머지 부분을 읽느라 아직은 그것을 보지 못했지만 머지않아 보게 될 것이다.

그리고 잠시 후, 그가 서류를 보았지만 페기는 이미 사라진 뒤였다. 다음날 아침, 서류철을 닫으려고 챙기다가, 월터 슈러는 희미한 흙냄새와 허니서클 향을 맡았다.

창가의 여자

조이스 캐럴 오츠

조이스 캐럴 오츠는 다수의 장편소설과 단편집을 펴낸 작가이며 최신작으로는 『그림자 없는 남자*The Man Without A Shadow*』와 『인형의 주인: 공포 이야기들*The Doll-Master: Tales of Terror*』이 있다. 그녀는 미국예술문학아카데미 회원이며 브램 스토커 상, 전미도서상, 오 헨리 상을 수상했고, 무엇보다 국가인문학훈장을 받았다.

오전 열한시, 1926

그녀는 파란 플러시 천 의자의 쿠션 밑에 그것을 숨겼다.

수줍은 듯 그것을 찾아 더듬던 손가락이 불에 덴 듯 움츠러든다.

안 돼! 있을 수 없는 일이야. 바보 같은 생각 하지 마.

오전 열한시. 그는 이 방으로 그녀를 만나러 오기로 약속했고 이 방은 언제나 오전 열한시다.

그녀는 자신이 가장 잘하는 일을 하고 있다. 바로 기다리는 것.

더구나 그가 좋아하는 방식으로 그를 기다리고 있다. 발가벗고서. 그러나 신발은 신고.

누드라고 그는 말했다. 발가벗은 게 아니라고.

(발가벗었다는 말은 천박하다! 그는 신사이고 천박한 것에 대한 거부감이 있다. 모든—여자가 하는—상스러운 말이나 상투적인 표현에 대해서도.)

그녀는 이해한다. 비속어를 쓰는 여자들이라면 그녀도 좋아하지 않는다.

그녀는 혼자 있을 때에만, 그것도 아주 가벼운 비속어를 중얼거린다—젠장! 제기랄. 빌어먹을……

아주 화가 났을 때에만. 몹시 속이 상할 때에만.

그는 자기가 하고 싶은 말을 다 할 수 있다. 남자라면 누구나 그러하듯이—가장 상스럽고 가장 잔혹한 말을 웃으며 내뱉는 것이야말로 남자들의 특권이니까.

그러나 그 역시 이런 말을 중얼거릴 때도 있다—세상에!

비속어가 아닌 감탄의 표현이다. 때로는.

세상에! 당신 아름다워.

그녀가 아름다운가? 그 생각을 하며 그녀가 웃는다.

그녀는 창가의 여자다. 뉴욕의 어느 가을 아침 여린 햇살 속의.

파란 플러시 친 의자에 앉아 기다리고 있다. 오전 열한시.

간밤에 거의 잠을 이루지 못했고 아침 일찍 욕조에 몸을 담그고 그를 맞이할 준비를 한다.

몸에 로션을 바른다. 가슴, 배, 허리, 엉덩이.

피부가 너무 보드라워. 놀라워…… 그의 목소리가 목에 걸린다.

처음에 그는 그녀를 만질 엄두를 내지 못한다. 그러나 처음에만 그렇다.

그것은 엄숙한 하나의 의식이다. 옅은 치자나무 향이 나는 크림색 로션을 피부에 문지르는 것.

그녀가 살고 있는, 텐스 애비뉴와 23번가 교차로에 있는 브라운스톤 아파트—더 맥과이어(라고 불리는 그곳)—의 라디에이터 열기와 건조하고 답답한 공기에 피부가 메말라가는 게 두려워, 꿈꾸는 여인처럼 가수면 상태에서 피부에 로션을 바른다.

거리에서 바라보면 더 맥과이어는 품위 있어 보이는 비교적 낡은 건물이지만 안은 그야말로 진짜 낡았다.

마치 이 방의 벽지처럼, 그리고 탁한 초록색 카펫처럼, 그리고 폭신한 파란 플러시 천 의자처럼—낡았다.

건조하고 덥다! 때로는 목이 재처럼 바짝 말라 한밤중에 숨이 막혀서 잠에서 깨곤 한다.

나이든 여자의 메마른 피부를 본 적이 있다. 어떤 여자는 그렇게 늙지도 않았고, 육십대이거나, 그보다 더 젊은 경우도 있다. 종잇장처럼 얇은 피부, 뱀의 허물처럼 메마른, 자글자글한 흰 주름의 미로는 참으로 보기 끔찍하다.

그녀의 어머니. 그녀의 할머니.

한심한 생각 하지 말라고, 그녀에겐 일어나지 않을 일이라고, 스스로를 타이른다.

그의 아내는 몇 살일까. 그는 신사이고, 아내 이야기는 하지 않을 것이다. 그녀 역시 감히 묻지 않는다. 넌지시라도 묻지 않는다. 그의 얼굴이 분노로 벌겋게 달아오르고, 그의 얼굴에 난 구멍과도 같은 널찍하고 어두운 콧구멍이 악취를 맡은 듯 좁아진다. 그는 아주 조용해지고, 아주 뻣뻣해진다. 물러나야 할 때라는 걸 알리는 위험신호다.

그러나 고소해하며 생각한다. 그 사람 부인은 젊지 않아. 나처럼 예쁘지 않아. 그는 그 여자를 보면서 날 생각할걸.

(하지만 과연 그럴까? 지난겨울 이후, 크리스마스를 걸친 긴 연휴 동안 두 사람이 떨어져 지낸 이후 반년 가까이[그녀는 도시에 남아 있고 그는 가족과 함께 그녀에게 밝히지 않은 어딘가로 떠나 있었는데, 돌아왔을 때 얼굴과 손이 그은 것으로 보아 버뮤다일 확률이 무척 높았다] 그녀는 그다지 확신이 들지 않았다.)

그녀는 버뮤다에도, 그 어떤 열대 지역에도 가본 적이 없었다. 만약 그가 데려가주지 않는다면 앞으로도 그런 곳에 가볼 확률은 희박하다.

대신, 그녀는 이 방에 갇혀 있다. 언제나 오전 열한시인 이곳에. 때로는 이 의자에, 이 창문에 갇혀 있는 것 같은 기분이 든다. 진한 갈망을 품고 창밖을 내다보면서—그러나 무엇에 대한 갈망일까?

그녀가 살고 있는 이런 아파트 건물. 좁다란 통로 같은 하늘. 오전 열한시에 이미 스러져가는 것 같은 햇살.

닳기 시작한 파란 플러시 천 의자가 이제 아주 지긋지긋하다.

(그가 고른) 머리판이 달린 더블베드도 아주 지긋지긋하다.

이스트 8번가에 있던 그녀의 먼젓번 집, 엘리베이터가 없는 5층 건물 싱글룸에 있던 먼젓번 침대는 당연히 싱글베드였다. 그에게는 너무 작고, 너무 좁고, 너무 약한 싱글베드였다.

그의 허리둘레와 체중—그는 못해도 90킬로그램은 나간다.

전부 근육이야—그는 즐겨 말한다. (농담이다.) 그리고 그녀는 응, 이라고 웅얼거리며 답한다.

설령 그녀가 눈을 부라리더라도 그는 보지 못한다.

그녀는 이곳에 갇혀 지내는 것을 싫어하게 되었다. 항상 오전 열한시이고 항상 그를 기다리고 있는 이곳.

생각하면 할수록 그녀의 증오심은 불길이 치솟기 직전 연기를 피우는 열기처럼 소용돌이친다.

그녀는 그가 밉다. 그녀를 이곳에 가두다니.

흙먼지 취급을 하다니.

흙먼지보다 더 나쁜 것, 그의 신발 밑창에 달라붙어서 그가 털어내버리려 애쓰는 그것. 그럴 때 그의 고집스러운 표정을 보면 그녀는 그를 죽여버리고 싶어진다.

다음번에 내 몸에 손대기만 해봐! 후회하게 될 거야.

다만, 직장에서, 사무실에서—그녀는 부러움의 대상이다.

다른 비서들은 그녀가 더 맥과이어에 산다는 것을 알고 있다. 언젠가 그들 중 한 명을 데리고 와서 구경을 시켜주었기 때문이다.

몰리의 눈에 담긴 그 표정을 보는 것은 얼마나 즐거웠던가!

그리고 그것은 사실이다—여긴 정말 근사한 집이다. 그녀의 비서 월급으로 감당할 수 있는 그 어떤 집보다 근사한 집이다.

부엌이 없는 것만 빼고. 겨우 구석에 핫플레이트 하나만 있어서 음식을 만들기가 어렵다. 그녀는 21번가와 식스스 애비뉴 모퉁이에 있는 자동판매기 식당*이나 그가 데리고 가는 다른 곳에서 (그러나 일주일에 한 번을 넘기는 일이 없고, 많아야 그 정도다) 식사를 한다.

(그런 경우에도 그녀는 조심해야 한다. 말처럼 먹어대는 여자만큼 혐오스러운 건 없다고 그가 말했다.)

---

* 1900년대 초반 자동판매기로 음식과 음료를 팔던 식당.

그녀에게는 아주 조그만 욕실이 있다. 살면서 처음 가져본 개인 욕실이다.

그가 집세의 대부분을 부담한다. 그녀가 요구한 적은 없지만 그는 매번 갑자기 생각났다는 듯 청하지도 않은 돈을 준다.

나의 아름다운 아가씨! 제발 한마디도 하지 말아줘. 그랬다간 마법이 깨져서 다 엉망이 될 테니까.

몇시지? 오전 열한시.

그는 그녀에게 늦게 갈 것이다. 그는 항상 그녀에게 늦게 간다.

렉싱턴 애비뉴와 37번가의 모퉁이에서. 남쪽으로.

짙은 색 페도라에, 낙타모 코트를 입은 사람. 치아 사이로 약하게 휘파람을 불면서. 키가 크진 않지만 키가 큰 것 같은 인상을 준다. 덩치가 크지 않은데도 다른 보행자를 위해 길에서 비켜서지 않는다.

이봐요! 앞을 똑바로 보셔야죠.

그의 걸음은 흐트러지지 않는다. 자신의 주변 상황을 부분적으로만 의식할 뿐이다.

꽉 닫힌 얼굴. 꾹 다문 입.

밀려드는 살기.

창가의 여자, 그는 그녀를 상상하기를 좋아한다.

그는 3층 아래 보도에 섰다. 브라운스톤의 창문들을 세었다. 어느 창문이 그녀의 창문인지 안다.

어둠이 내리면, 블라인드에 비친 불 켜진 실내의 모습이 블라인드를 투명한 피부로 만든다.

그가 그녀를 떠날 때. 혹은 그녀에게 올 때.

낮시간에 그녀에게 오는 일은 흔하지 않다. 그의 낮시간은 일, 그리고 가족들로 채워져 있다. 그의 낮은 노출되어 있다.

밤에는 또다른 자아가 있다. 꽉 조이는 옷들을 벗겨낸다. 코트, 바지, 흰 면 셔츠, 벨트, 넥타이, 양말과 신발.

그러나 이제 여자가 목요일에 쉬기 때문에, 더 맥과이어에서 늦은 아침을 보내는 것이 편리하다.

오후로 접어드는 늦은 아침들, 늦은 오후, 그리고 이른 저녁.

그가 집으로 전화를 건다. 가정부에게 메시지를 남긴다—사무실에서 일이 늦어지고 있음. 기다리지 말고 저녁 먹을 것.

사실 그가 가장 좋아하는 것은 창가의 여자를 상상하는 일이다. 상상 속에서 여자는 결코 상스러운 욕을 내뱉지 않고 상스러운 버릇을 갖고 있지도 않기 때문이다. 그녀는 결코 따분하거나 멍청하거나 상투적인 말을 내뱉지 않는다. 그의 예민한 신경은 (예를 들어) 여자가 남자들처럼 어깨를 으쓱하거나 농담을 하려고 애쓰거나 냉소적인 말을 하는 것에도 거슬려 한다. 그는 여자가 씩 웃는 것도 싫어한다.

그중에서도 가장 끔찍한 것은 여자가 (맨)다리를 꼬아 허벅다리가 두꺼워지고 불룩해지는 것이다. 보드라운 솜털이 덮인 단단한 근육질의 다리라니, 도저히 봐줄 수가 없다.

블라인드는 내려져야 한다. 끝까지.

어둠, 햇살이 아닌. 어둠이 최고인 이유.

가만히 누워 있어. 움직이지 마. 말도 하지 마. 그냥…… 다 하지 마.

숨통을 틔우기 위해 해컨색에서 도시로 오는 것은 그녀에게 길고 긴 여정이었다.

그녀는 한 번도 뒤돌아보지 않았다. 당연히 사람들은 그녀가 이기적이고 잔인하다고 했다. 사람들이 어떻게 생각하는지가 대체 무슨 상관인가. 떠나지 않았다면 지금쯤 골수까지 쪽 빨렸을 텐데.

죄악이라고 했다. 그녀의 폴란드 출신 할머니가 분노에 휩싸여 묵주를 굴리고 큰 소리로 기도하면서 그렇게 말했다.

그러건 말건 누가 신경쓴대? 날 내버려둬.

첫번째 직업은 월 스트리트의 회사 '트리니티 트러스트'의 사무직이었다. 거기서 그녀의 상사 브로더릭 씨가 그녀의 (병약한) 아내와 (정서적으로 불안정한) 사춘기 딸을 떠나기를 기다리며 삼 년을 허비했다. 그녀처럼 똑똑한 여자라면 그보단 덜 한심했어야 하지 않을까?

두번째 직업 역시 사무직이었는데 웨스트 14번가의 '리만 타이프라이터'에서 캐슬 씨의 비서로 승진했다. 그게 늙은 독수리가 그나마 그녀에게 해줄 수 있는 최소한의 배려였고, 후덕한 얼굴의 스텔라 체키가 불청객으로 끼어들지만 않았다면 훨씬 더 잘 풀렸을 것이다.

언젠가 엘리베이터가 고장났던 날 그녀는 하마터면 엘리베이터 수직 통로로 스텔라를 밀칠 뻔했다. 엘리베이터 문이 철커덕 열리자 섬뜩하고 바람이 부는 동굴이 펼쳐졌고 기름때 묻은 전깃줄들이 흉측하고 두툼한 검은 뱀처럼 꼬인 채 늘어져 있었다. 스텔라가 짧은 비명을 지르며 물러섰고, 그녀는 실제로 스텔라의 손을 잡았고, 두 사람은 잔뜩 겁에 질렸다—세상에, 엘리베이터가 없어! 우리

하마터면 죽을 뻔했어.

나중에 그녀는 그때 스텔라를 밀어버릴 걸 그랬다고 생각했다. 아마 스텔라는 그녀를 밀어버릴 걸 그랬다고 생각했을 것이다.

세번째 직장은 플랫아이언 빌딩에 있는 '트벡 리얼터스 앤드 인슈런스'라는 회사였고 그녀는 트벡 씨의 개인 비서였다—당신 없으면 난 어떻게 하지, 내 사랑 자기?

트벡이 그녀에게 돈을 두둑하게 줄 때의 얘기다. 그가 지난 크리스마스처럼 그녀를 실망시키지 않을 때의 얘기다. 그때 그녀는 죽고 싶었다.

오전 열한시. 오늘 아침이 바로 그 아침일까? 그녀는 흥분과 두려움에 전율한다.

그를 해치고 싶은 마음이 너무도 간절하다. 처벌!

그날 아침 목욕을 마치고 나서 그녀는 책상 서랍에서 재봉 가위를 꺼내드는 자신의 손가락을 홀린 듯 바라보았다. 날카로운 끝을 확인하는 손가락을 보았다. 정말 날카로웠다. 얼음송곳처럼 날카로웠다.

창가에 놓인 파란 플러시 천 의자의 쿠션 밑에 가위를 넣는 자신의 손을 보았다.

쿠션 밑에 가위를 숨긴 게 이번이 처음은 아니다. 그가 죽기를 바란 게 이번이 처음은 아니다.

한번은 침대 베개 밑에 가위를 숨겼다.

또 한번은 침대 옆 테이블 서랍 속에 숨겼다.

그가 얼마나 미웠던가. 그런데도, 그녀는 (아직) 그를 살해할 만큼의 용기, 혹은 절망을 끌어모으지 못했다.

(살해는 정말이지 끔찍한 단어가 아닌가? 살해한다는 건 곧 살인자가 되는 거니까.)

(처벌이라고, 정의의 실현이라고 생각하는 편이 낫다. 의지할 데라고는 재봉 가위뿐일 때에는.)

그녀는 평생 누군가를 해쳐본 일이 없다!—어렸을 때에도 다른 아이들을 때리거나 몸싸움을 해본 적이 없었다. 적어도 자주는 아니었다. 적어도 그녀가 기억하기로는.

그는 억압자다. 그가 그녀의 꿈을 살해했다.

그녀를 떠나기 전에 그는 처벌받아야 한다.

매번 가위를 숨길 때마다 (그녀의 생각에는) 실제로 가위를 사용할 시점에 조금 더 가까워졌다. 그저 찌르고, 찌르고, 찌르면 된다. 그가 보기에도 끔찍하게 얼굴을 흉측하게 일그러뜨리고서 그녀 속으로, 그녀의 몸속으로, 자신을 욱여넣듯이, 그녀의 몸을 갈취하듯이.

돌이킬 수 없는 행위이기에 엄두가 나지 않는다.

이 가위는 여느 가위들보다 조금 더 크기 때문에 훨씬 더 강하다.

이 가위는 솜씨 좋은 재봉사였던 그녀의 어머니 물건이었다. 해컨색의 폴란드 교민 사회에서 어머니는 무척 존경받았다.

그녀 역시 재봉을 하려 애쓴다. 그러나 어머니만큼 솜씨가 좋지 않다.

옷을 수선해야 할 때가 있다—드레스 밑단이라든가, 속옷이라든가, 심지어 양말까지. 그럴 때면, 뜨개질이나 코바늘뜨기를 할 때처럼, 마음이 가라앉는다. 심지어 시간적 압박이 없을 때에는 타자를 치는 일도 그렇다.

다만, 이럴 땐 예외다—아주 말끔하게 작업을 했네, 자기! 하지만 '완벽'하진 않은 것 같아. 다시 한번 해줘야겠어.

때로 그녀는 그를 미워하는 만큼 트벡 씨도 미워한다.

긴박한 상황에 처하면 가위를 단단히 움켜쥘 수 있을 거라고, 그녀는 확신한다. 그녀는 열다섯 살부터 타이피스트로 일했고 그 기술 덕분에 손가락이 튼튼해졌을 뿐 아니라 정확해졌다.

물론, 그녀도 알고 있다. 남자라면 한 번의 가격으로 그녀의 손에서 가위를 떨어뜨릴 수 있다는 것을. 얼음송곳처럼 뾰족한 가위 끝이 자기 살에 박히기 전에 그녀가 무슨 짓을 하려는지 그가 알아차린다면.

그녀는 신속하게 찌르되 목을 찔러야 한다.

'경동맥'—그게 무엇인지 그녀는 안다.

심장을 찌를 수는 없다. 심장이 어디 있는지 정확히 알지 못한다. 갈비뼈가 보호하고 있으니까. 상체는 크고 부피도 크다—지방이 너무 많다. 가위를 가지고 단 한 번의 신속한 동작으로 심장을 찌르기를 바랄 수는 없다.

살이 덜 두꺼운 등마저도, 그녀를 겁먹게 할 것이다. 그녀는 죽을 정도는 아니고 그저 상처를 입힐 정도의 깊이로 등에 가위가 꽂힌 남자의 악몽 같은 모습을 떠올리곤 한다. 팔을 버둥거리며 분노와 고통으로 포효하면서 사방에 피를 뿌리는 모습을……

그러니까, 목이다. 목구멍이다.

목구멍은 남자도 여자만큼이나 연약하다.

가위의 뾰족한 끝이 그의 피부를 파고들고 경동맥을 뚫기만 한다면, 그들 두 사람은 더이상 돌이킬 수 없을 것이다.

오전 열한시.

그가 손등으로 가볍게 문을 두드리는 소리. 안-녕.

열쇠를 돌린다. 그리고……

문을 닫고 들어선다. 그녀에게 다가온다.

그녀의 (누드인) 몸 위를 기어다니는 개미들 같은 시선으로 그녀를 빤히 쳐다본다.

이것은 영화의 한 장면이다. 남자의 얼굴에 드리운 욕망의 표정. 일종의 굶주림, 탐욕.

(그에게 말을 걸어야 할까? 그럴 때면, 그는 자신이 보고 있는 대상에 너무도 심취한 나머지, 그녀가 하는 말을 거의 듣지 못하는 것 같다.)

(아무 말도 안 하는 편이 낫겠지. 그래야 그녀의 비음 섞인 뉴저지 억양에 얼굴을 찌푸리며 쉿! 하지 않을 테니까.)

지난겨울 심하게 말다툼을 한 뒤 그녀는 그가 아파트에 들어오지 못하게 하려 했다. 의자를 끌어다 놓고 문을 막으려 했지만, (당연히) 그는 괴력을 발휘하며 밀고 들어왔다.

그를 막으려는 것은 유치하고 무모한 일이었다. 그는 당연히 열쇠를 따로 갖고 있었다.

그뒤에 이어진 것은 응징이었다. 처절한 응징.

침대에 내동댕이쳐져 베개에 얼굴을 눌린 채, 거의 숨도 쉬지 못했다. 비명소리는 막혔고, 등과 허리, 엉덩이를 주먹으로 세게 맞으며 살려달라고 애원했다.

그리고 그녀의 다리는 거칠게 벌려졌다.

앞으로 한 번만—더—이런—짓을—하면 어떻게 되는지 맛만 보여준 거야.

더러운 폴란드 계집 같으니라고!

물론 그들은 화해했다.

매번, 그들은 화해했다.

그는 전화를 하지 않고, 거리를 두는 것으로 그녀를 응징했다. 그러나 결국, 그가 그러리라는 걸 그녀가 알고 있었듯, 그는 다시 돌아왔다.

장미 열두 송이를 들고서. 그가 가장 좋아하는 스카치위스키 한 병과 함께.

그녀가 다시 그를 받아준 거라고 말해야 할지도 모르겠다.

그녀에겐 선택권이 없었다. 그렇게 말해야 할지도 모르겠다.

안 돼! 있을 수 없는 일이야. 바보 같은 생각 하지 마.

그녀는 두려워하면서도 흥분을 느낀다.

그녀는 흥분하면서도 두려움을 느낀다.

오전 열한시가 되면, 그녀는 침실 문 앞에 서서 주머니에 열쇠를 넣는 그를 보게 될 것이다. 그가 그토록 강렬한 눈빛으로 그녀를 바라볼 때면 그녀는 강한 존재감을 느끼고, 비록 찰나지만, 여자인 것 같은 기분이 든다.

남자의 얼굴에 드리운 욕망의 표정. 강꼬치고기처럼 꽉 다문 입.

내 것—이라고 생각하는 순간의 그 소유의 표정.

그때쯤 그녀는 이미 신발을 갈아 신었을 것이다. 당연히.

영화 속 한 장면처럼, 여자가 혼자 있을 때 편하게 신는 수수한 검은색 단화가 아니라, 그가 여자에게 사준 화려하고 섹시한 하이힐을 신어야 한다.

(공공장소에 함께 모습을 드러내는 것은 위험한 일이지만 남자는 여자를 피프스 애비뉴의 상점 몇 곳에 데리고 다니며 하이힐을 사주는 것을 자못 즐긴다. 그녀의 옷장에는 그가 사준 비싼 하이힐이 못해도 열두 켤레는 있다. 발이 아프긴 해도 멋진 구두라는 건 부정할 수 없는 사실이다. 지난달 그녀의 생일에는 환상적인 악어가죽 구두를 사주었다. 그는 그녀의 아파트에 단둘이 있을 때조차 그녀에게 하이힐을 신으라고 요구한다.)

(그녀가 누드일 때는 더더욱 하이힐을 신어야 한다.)

남자의 눈동자에 담긴 그 표정을 바라보며 생각한다—물론 그는 나를 사랑해. 이건 사랑의 표정이야.

그가 도착하기를 기다린다. 지금이 몇시지?—오전 열한시.

만약 그가 그녀를 정말 사랑한다면 꽃을 가져올 것이다.

어젯밤 일, 보상하고 싶어서.

그는 자기가 아는 모든 여자들 중 그녀가 스스로의 육체 안에서 행복한 유일한 여자인 것 같다고 말했다

스스로의 육체 안에서 행복하다. 듣기 좋은 말이다!

그가 말하는 여자들은, 추측건대, 성인 여자들일 것이다. 어리거나 젊은 여자들은 자신들의 육체 안에서 꽤 행복하다.

너무 불행해. 아니면—행복해……

그러니까 내 말은, 나는 행복해.

나의 육체 안에서 나는 행복해.

나는 당신과 함께 있을 때 행복해.

그래서 그가 방으로 들어서는 순간 그녀는 그를 향해 행복하게 미소 지을 것이다. 마치 그를 미워하지 않고 그가 죽기를 바라지 않는다는 듯이 그를 향해 두 팔을 벌릴 것이다.

두 팔을 들 때 젖가슴의 무게를 느낄 것이다. 그의 눈빛이 탐욕스럽게 그녀의 가슴에 고정되는 것을 느낄 것이다.

그를 향해 어젯밤엔 약속해놓고 왜 안 왔어? 이 나쁜 자식, 날 신발에 묻은 흙먼지 취급하지 말란 말이야! 라고 소리지르지 않을 것이다.

그를 향해 내가 당하고만 있을 줄 알아?—너한테 이런 거지같은 대접을 받고도? 빌어먹을 네 마누라처럼, 가만히 누워서 당하고만 있을 줄 알아? 여자라고 반격할 방법이 없을 것 같아?—복수할 방법이 없을 줄 알아? 라고 소리지르지 않을 것이다.

복수의 무기. 남자의 무기가 아닌 여자의 무기. 재봉 가위.

어머니의 가위였기에 더 적절하다. 그러나 어머니는 이 가위를 자신이 쓰고 싶은 용도로 결코 쓰지 못했다.

만약 가위를 손에 단단히 움켜쥐고, 힘센 오른손으로 움켜쥐고, 한 방 날릴 수만 있다면, 주저 없이 찌를 수만 있다면.

만약 그녀가 그런 여자라면.

그러나 그녀는 그런 여자가 아니다. 그녀는 남자가 장미꽃 열두 송이를, 값비싼 초콜릿 한 상자를, (매끄럽고 은밀한) 옷들을 사줄 수 있는 로맨틱한 감성을 지닌 여자다. 고가의 하이힐도.

두 사람을 위한 차, 차를 위한 두 사람, 당신과 나, 나와 당신, 단둘이서…… 같은 노래를 부르고 흥얼거리는 여자다.

오전 열한시. 그는 늦을 것이다!

젠장, 그는 이런 게 싫다. 그는 늘 늦는다.

렉싱턴 애비뉴와 31번가가 교차하는 모퉁이에서 31번가 서쪽을 지나 다시 피프스 애비뉴로 향한다. 그리고 다시 남쪽으로.

남쪽의 눈이 덜 부신 맨해튼으로 향한다.

그는 72번가와 매디슨 애비뉴 교차로에 산다. 어퍼이스트사이드.

그녀는 (그의 생각에) 상당히 괜찮은 동네에 산다—그녀의 수준에 비하면.

뉴저지 해컨색 출신의 폴란드 비서치고는 조금 과하다 싶을 정도로 괜찮은 동네에.

잠깐 멈추어 한잔하고 싶다. 에이스 애비뉴의 저 술집에서.

다만 아직 열한시도 안 되었다. 술을 마시기엔 너무 이른 시간이다!

적어도 정오는 되어야 한다. 원칙은 지켜야 한다.

정오는 점심식사를 할 수 있는 시간이다. 업무상의 점심 자리에서 술을 마시는 것은 관례다. 칵테일로 시작. 칵테일로 계속. 칵테일로 마무리. 그러나 사무실이 있는 다운타운의 체임버스 스트리트까지 택시를 타고 가야 하는 상황에서 대낮에 술을 마시는 것이라면 그는 선을 긋는다.

그는 맨해튼 미드타운*의 치과에 진료 예약이 되어 있다고 핑계를 댔다. 취소할 수 없는 예약!

물론 오후 다섯시는 한잔하기 좋은 시간이다. 점심식사 이후 이미 한참 지난 시간이기 때문에 오후 다섯시의 첫 잔은 거의 '그날의 첫 잔'으로 여겨진다.

오후 다섯시의 한 잔은 '저녁 전의 한 잔'이다. 저녁식사는 여덟시, 혹은 그후.

그는 그녀의 집에 가기 전에 잠깐 옆길로 새야 하나 고민한다. 주류 상점에 들러 스카치위스키를 한 병 살까. 지난주 그녀의 집에 가져갔던 술은 거의 비었을 것이다.

(물론, 그 여자는 몰래 술을 마신다. 술잔을 손에 들고, 창가에 앉아서. 그가 아는 것을 원치 않는다. 하지만 어떻게 모를 수가 있는가? 교활한 계집 같으니라고.)

나인스 애비뉴에 한 군데가 있다. 샘록 인. 거기 잠깐 들를 수도 있다.

그녀와 술을 마실 시간이 기다려진다. 그 폴란드 여자에 대해 한 가지 분명히 말할 수 있는 건, 그녀가 아주 좋은 술친구라는 점이다. 술을 마시면 말을 해야 할 필요가 없다.

너무 많이 마시지만 않는다면. 그녀에게 가장 듣고 싶지 않은 말이 있다면 불평, 비난이다.

그가 가장 보고 싶지 않은 것이 있다면 그녀가 뿌루퉁하게 골이 나서 얼굴이 별로 안 예뻐 보이는 것이다. 앞으로 십 년 뒤 어떤 모습일지 암시하는, 이마의 날카로운 주름들.

이건 불공평해! 약속을 해놓고 전화도 안 하고! 오겠다고 해놓고 안

* 도심과 외곽의 중간지대를 뜻함.

오고! 날 사랑한다면서……

지겨워지기 시작한 그 말을 들은 것도 여러 번이다.

듣는 시늉은 하지만 그를 질책하는 사람이 누구인지만 어렴풋이 의식할 때도 여러 번이다. 창가의 여자인가? 아니면 아내인가?

창가의 여자에게 그는 이렇게 말하는 법을 터득했다—물론 당신을 사랑해. 이젠 그만 좀 해.

아내에게는 이렇게 말하는 법을 터득했다—나한테 일이 있다는 거 알잖아. 난 뼈빠지게 일하고 있어. 이 돈을 다 누가 벌고 있지?

그의 삶은 복잡하다. 그건 엄연한 사실이다. 그는 여자를 속이는 게 아니다. 그의 아내를 속이는 것도 아니다.

(음…… 어쩌면 아내를 속이고 있는 건지도 모르겠다.)

(어쩌면 여자를 속이고 있는 건지도 모르겠다.)

(그러나 여자들은 으레 속으려니 한다. 그렇지 않은가? 성性의 계약에서 속이는 것은 하나의 조건이다.)

사실 그는 처음부터 폴란드 출신 비서에게 말했었다(아니 경고했다). 거의 이 년 전 일이다—(젠장! 그렇게 오래되었다니. 갇힌 것처럼 밀실공포증을 느끼는 것도 당연하지!)—나는 가족을 사랑해. 가족에 대한 나의 의무가 우선이야.

(사실 그는 이 여자가 슬슬 지겨워진다. 따분하다. 말을 하지 않을 때조차 말이 너무 많다. 그녀의 생각이 다 들린다. 그녀의 젖가슴은 무겁고, 늘어지기 시작한다. 늘어진 뱃살. 때로는 함께 있을 때 양손으로 그녀의 목을 감고 조르고 싶다.)

(얼마나 격하게 몸부림칠까? 그녀는 결코 작지 않지만 그는 힘이 세다.)

(그가 '몸싸움'—이것이 그 행위를 위해 그가 선택한 단어다—을 했던 프랑스 여자아이는, 그렇게 어리고 쥐처럼 굶주린 표정을 한 아이였는데도, 한 마리의 늑대나 밍크나 족제비처럼 버둥거렸다. 전쟁중의 파리에서였고, 사람들은 비참했다. 에데무아*! 에데무아! 그러나 아무도 오지 않았다.)

(앵무새나 하이에나처럼 그들만의 빌어먹을 언어로 앵앵거릴 때 그 말을 진지하게 받아들이기는 어렵다.)

그날 아침 그는 자신의 아파트에서 늦게 출발했다. 젠장, 아무 이유도 없이 그를 의심하는 망할 놈의 아내가 괘씸하다.

그래서 전날 밤에 집에 머물지 않았는가? 그러느라 여자를 낙담하게 만든 것 아닌가?—다 아내 때문이다.

뻣뻣하고 냉랭하고 조용한 아내. 젠장, 얼마나 따분한지!

그녀의 의심이 따분하다. 그녀의 다친 감정들이 따분하다. 그녀의 묵직하게 억눌린 분노가 따분하다. 그중에서도 가장 끔찍한 그녀의 따분함이 따분하다.

물론 그는 아내가 죽는 상상을 여러 번 해보았다. 그들이 결혼한 지 얼마나 되었던가? 이십 년, 이십삼 년. 한때 그는 잘나가는 증권 브로커의 딸과 결혼한 게 행운이라고 생각했지만, 알고 보니 그 증권 브로커는 그리 잘나가지 않았고 몇 년 뒤에는 더이상 증권 브로커도 아니었고 단지 파산한 사람일 뿐이었다. 그에게 돈을 빌려달라고 부탁하는.

또한, 아내의 미모도 사라져버렸다. 나이든 여자의 허물어진 외

* '도와주세요'라는 뜻의 프랑스어.

모. 얼굴이 처지고 몸도 처진다. 그는 아내가 (그의 잘못이 아닌 사고로) 죽고 자신이 보험금을 받는 상상을 한다. 부채 없이 4만 달러. 그러면 다른 여자와 결혼할 수도 있을 것이다.

다만, 이 여자와 결혼하고 싶은가?

젠장! 술 생각이 난다.

오전 열한시. 망할 놈의 개자식은 또 늦을 것이다.

전날 밤 그런 모욕과 상처를 주고도!

만약 그가 늦는다면, 일이 벌어질 것이다. 그가 피를 다 쏟을 때까지 그녀는 찌르고 찌르고 또 찌를 것이다. 안도감이 밀려드는 것을 느낀다. 마침내, 결단이 내려졌다.

쿠션 아래 숨겨둔 재봉 가위를 확인해본다. 놀랍고 불안하게도, 가위의 날이 엷고 흐릿한 붉은색으로 보인다. 붉은 천을 잘랐던가? 그러나 붉은 천을 자른 기억은 없다.

얇고 투명한 면 커튼으로 스며드는 햇살 때문일 것이다.

가윗날의 감촉에 마음을 위로하는 무언가가 있다.

부엌칼을 쓰지는 않을 것이다—절대로. 푸줏간 식칼 따위는 쓰지 않을 것이다. 그런 무기는 사전에 계획한 것인 반면, 재봉 가위는 생명의 위협을 느낀 여자가 우연히 집어들 수 있는 물건이다.

그가 날 위협했어요. 날 때리기 시작했어요. 목을 졸랐어요. 그가 여러 차례 경고했어요. 언제든 수틀리면 죽여버리겠다고.

살기 위해 어쩔 수 없었어요. 제발 선처해주세요! 저에겐 선택의 여지가 없었어요.

그녀 자신이 크게 웃는 소리가 들린다. 환하게 조명이 밝혀진 무대 위로 오르기 직전의 배우처럼 대사를 연습한다.

배우가 될 수 있었을지도 모른다. 그녀의 어머니가 곧바로 비서학교로 보내지만 않았다면. 그녀는 브로드웨이 배우들처럼 외모가 빼어나다.

그도 그녀에게 그렇게 말했다. 그녀와 처음 외출하려고 핏빛 붉은 장미 열두 송이를 들고 왔던 날.

그런데 그들은 외출하지 않았다. 그날 밤을 이스트 8번가의 엘리베이터가 없는 그녀의 아파트 5층에서 보냈다.

(때로 그녀는 그곳이 그립다. 거리에 친구들과 아는 사람들이 있던 로어이스트사이드.)

발가벗고 있으면서, 그러니까 누드인 채로 신발을 신는 것은 기분이 묘하다.

이제 (맨)발을 하이힐에 욱여넣을 시간이다.

마치 댄서처럼. 그들은 나체 댄서라고 불린다. 오직 남자들만을 위한 파티. 그런 파티에서 춤을 춘다는 여자들 얘기를 들었다. 누드로 춤을 춘다고 했다. 그녀가 비서 일을 하면서 이 주 동안 버는 돈보다 더 많은 돈을 하룻밤에 번다고 했다.

누드는 멋진 단어다. 예술가들의 언어처럼 거만하다.

그녀가 보고 싶지 않았던 게 있다. 이제 그녀의 몸은 더이상 소녀의 몸이 아니다. 거리에서, 멀리 떨어져서 보면 (아마도) 무심한 시선들을 속일 수 있겠지만 가까이 들여다보면 다르다.

어머니처럼 나이들어가는 몸을 거울 속에서 보는 것은 너무도 두렵다.

더구나 저 망할 놈의 의자에 앉아 있을 때, 그녀가 혼자일 때—앞으로 몸을 숙이고 팔을 무릎 위에 올리고 건물들 사이의 좁다란 햇살 기둥을 바라볼 때면—그녀의 배가, 보드라운 배의 지방이, 불룩하게 불거진다.

처음에 그것을 알아차렸을 땐 충격이었다. 우연히 거울을 보다가 알게 되었다.

늙어간다는 신호는 아니다. 그저 체중이 늘어가는 것뿐이다.

생일 선물이야, 자기. 이제…… 서른둘인가?

그녀는 얼굴을 붉혔다. 맞아, 서른둘.

그와 눈을 맞추지 않고. 선물을 풀고 싶어 안달난 척하면서. (상자의 크기와 안에 든 물건의 무게로 가늠해보건대, 또 한 켤레의 빌어먹을 하이힐이라는 걸 알 수 있었다.) 두려움으로 정신이 혼미해진 상태에서 그녀의 심장이 빠르게 뛰기 시작한다.

그가 알면 어쩌지. 서른아홉인데.

그게 작년이었다. 다음번 생일은 빠르게 다가오고 있었다.

그가 밉다. 죽었으면 좋겠다.

다만 그러면 다시는 그를 보지 못할 것이다. 그의 아내가 보험금을 챙길 것이다.

하지만 그를 죽이고 싶진 않다. 그녀는 사람을 해치는 그런 사람이 아니다.

사실 그녀는 그를 죽이고 싶다. 그녀에겐 선택권이 없고, 머지않아 그는 그녀를 떠날 것이다. 다시는 그를 보지 못할 것이고 그녀에겐 아무것도 없을 것이다.

혼자 있을 때 그녀는 이 사실을 이해한다. 그게 바로 최후의 순간을 위해 쿠션 밑에 재봉 가위를 숨겨둔 이유다.

그가 그녀를 폭행했다고, 죽이겠다며 협박했다고, 그리고 그녀의 목을 조르기 시작했고, 그래서 절망적인 심정으로 재봉 가위를 집어들어 반복해서 그를 찌르는 것 말고는 선택의 여지가 없었다고, 숨을 쉴 수도 없고 도움을 청할 수도 없어서, 그의 무거운 몸이 경련을 하고 피를 쏟으며 그녀에게서 미끄러져 카펫 위 초록색 빛의 직사각형 위로 쓰러질 때까지 찌를 수밖에 없었다고 말할 것이다.

그의 나이는 마흔아홉이 넘었을 거라고, 그녀는 확신한다.

그의 신분증을 본 적이 있다. 그가 입을 벌리고 요란하게 코를 골면서 자는 동안 그의 지갑을 뒤지다가. 마치 공룡이 코를 고는 것 같았다. 그의 젊은 시절 사진—지금의 그녀보다 젊을 때 찍은—을 보고 그녀는 깜짝 놀랐다. 검은 머리카락, 굵고 검은 머리카락에, 꿰뚫을 듯 카메라를 응시하는, 너무도 강렬한 눈빛의 그. 미 군복 차림의 그는 너무도 미남이다!

그녀는 생각했다—이 남자는 어디 갔지? 이런 남자라면 사랑할 수 있었을 텐데.

이제 그녀는 사랑을 나눌 때 그 상황에서 자신을 분리해 예전의 그를, 젊은 시절의 그를 상상한다. 그녀가 어떤 감정을 느낄 수 있는 그를.

너무 많은 가식으로 살아야 한다는 것. 피곤한 일이다.

스스로의 육체 안에서 행복한 척.

그가 찾아오면 행복한 척.

사무실의 비서 중 누구도 이 아파트를 구할 여력이 없다. 사실이다.

처음에 그토록 특별하다고 생각했던 이 빌어먹을 아파트가 이제는 혐오스럽다. 그가 비용을 지불한다. 너무 많이 주지 않으려고 조심하는 듯 지폐를 세어가면서.

이 정도면 해결할 수 있을 거야, 자기. 당신 자신을 위해 한턱써.

그녀는 그에게 고마워한다. 그녀는 그에게 고마워하는 착한 여자다.

한턱을 쓰라고! 그가 그녀에게 주는 돈, 10달러 몇 장으로, 아주 어쩌다 20달러 몇 장으로! 젠장, 그녀는 그가 밉다.

가위를 잡는 그녀의 손가락이 떨린다. 가위의 바로 이런 감촉.

이 아파트를 얼마나 싫어하게 되었는지 그에게는 감히 말하지 못했다. 엘리베이터에서 만나곤 하는, 때로는 지팡이를 짚고 있는 나이든 여자들은 그녀를 쳐다본다. 노부부들도 그녀를 쳐다본다. 적대적으로. 의심의 눈초리로. 뉴저지 출신 비서가 어떻게 더 맥과이어에 살 수 있지?

3층은 빛이 스며들지 않는 영혼의 바닥 층인 듯 어둠침침하다. 뭉툭하고 허름한 가구들과 매트리스는 우리가 느끼긴 하되 보지는 못하는 꿈속의 육체들처럼 벌써 늘어지기 시작한다. 그러나 그녀 외에 보는 사람이 있건 없건 그녀는 매일 이 망할 놈의 침대를 정돈한다.

그는 무질서를 싫어한다. 1917년 미 육군에서 침대를 제대로 정리하는 법을 배웠다고 그가 그녀에게 말했다.

중요한 것은, 그의 말에 따르면, 일어나자마자 침대를 정리하는 것이다.

시트를 힘껏 당긴다. 가장자리에 집어넣는다—팽팽하게. 주름이 져서는 안 된다! 손으로 가장자리를 매만진다! 다시.

중위였다, 그는. 중위로 전역했다. 자세가 군인 같다. 통증이라도 느끼는 것처럼 척추를 곧추세운다—관절염? 포탄 파편?

그녀는 궁금했다—그는 사람을 죽여봤을까? 총을 쏘고, 총검을 썼을까? 맨손으로?

그녀가 용서할 수 없는 것은 그 일이 끝나는 순간 그가 그녀에게서 떨어지는 방식이다.

끈적이는 피부, 털이 난 다리들, 그의 어깨, 가슴, 배에 듬성듬성 나 있는 털. 그녀는 그가 자신을 안아주고 함께 잠들기를 원하지만 그런 일은 거의 일어나지 않는다. 그의 다리에서 신경이 움찔거리는 느낌이 싫다. 그가 그녀의 냄새를 맡는 것을 느끼는 게 싫다. 그가 사정을 하자마자 그녀에게서 화들짝 벗어나는 게 싫다, 개자식.

남자는 사랑을 나누고 싶어 환장을 하다가도, 어느 순간 느닷없이 끝나버린다—그는 그의 머릿속에, 그녀는 그녀의 머릿속에 있다.

전날 밤, 그가 전화해서 못 오는 이유를 설명해주기를 기다렸다. 저녁 여덟시부터 자정까지 그녀는 마음을 가라앉히려고 위스키에 물을 타 마시며 기다렸다. 언젠가 그녀 자신에게 사용할지도 모르는 끝이 뾰족한 가위를 생각하면서.

그를 증오하고 그녀 자신을 증오하는 그 시간 속에서—마침내 전화벨이 울리는 순간 희망이 솟았다.

집에 피치 못할 긴급 상황 발생. 미안.

지금은 오전 열한시. 그가 문을 두드리기를 기다린다.

그가 늦으리란 걸 안다. 그는 항상 늦는다.

그녀는 몹시 초조해진다. 그러나. 술을 마시기엔 너무 이르다.

마음을 가라앉히기 위해서라 해도 술을 마시기엔 너무 이르다.

발소리가 들리는 상상을 한다. 엘리베이터 문이 열리고 닫히는 소리. 가볍게 문을 두드리고 자물쇠를 여는 소리.

그는 격정적으로 안으로 들어오고, 침실 문 쪽으로 다가온다—의자에 앉아 그를 기다리는 그녀를 본다……

창가의 (누드) 여인. 그를 기다리고 있는.

그의 그 표정. 그를 증오하면서도 그녀는 그의 얼굴에 드리운 그 표정을 갈구한다.

남자의 욕망은 충분히 진실하다. 거짓으로 꾸밀 수 없다. (그렇게 생각하고 싶다.) 그의 욕망이 그녀의 욕망처럼 기만적인 것이라고 생각하고 싶지 않다. 만약 그렇다면, 왜 그녀를 보러 오겠는가?

그는 그녀를 사랑한다. 그녀 안에 보이는 무언가를 사랑한다.

그녀가 서른한 살이라고, 그는 생각한다. 아니—서른두 살이라고.

그의 아내는 열 살, 혹은 열두 살이 더 많다. 브로더릭 씨의 부인처럼, 그의 아내도 어딘가 병약하다.

상당히 의심스럽다. 내가 얘기를 듣는 부인들은 다 병약하다.

아마도 그래서 섹스를 피하게 되었을 거라고, 그녀는 추측한다. 두 사람이 결혼을 하고 나면, 그리고 아이들을 갖게 되면, 그걸로 끝이다. 섹스는 남자가 다른 데서 해결해야 하는 문제다.

지금 몇시지?—오전 열한시.

그가 늦는다. 당연히, 그는 늦는다.

어젯밤의 수모 이후, 델모니코에서의 근사한 저녁식사를 기대하며 하루종일 아무것도 먹지 않고 기다렸건만. 그는 나타나지 않았고 그의 전화는 한심한 핑계일 뿐이었다.

그러나 예전에 그가 취한 행동은 의외였다. 그녀는 이제 그와 그녀가 끝났다고 생각했고, 그의 얼굴에서 혐오감을 보았다. 남자의 얼굴에 나타난 혐오감보다 더 정직한 것은 없다. 그런데도…… 일주일, 열흘이 지난 뒤 그는 다시 그녀에게 전화했다.

혹은, 아파트에 나타났다. 노크를 하고 열쇠를 꽂았다.

그리고 그의 얼굴에는, 거의 분노, 증오의 표정이 드리워져 있었다.

도저히 참을 수가 없었어.

젠장, 난 당신한테 완전히 미쳤어.

그녀는 너무 밝지 않은 조명 아래에서 거울 속 자신의 모습을 살펴보기를 좋아한다. 대낮의 햇살에 무방비 상태로 적나라하게 드러나는 욕실 거울은 피해야 하지만 화장대 거울은 한결 부드럽고 한결 너그럽다. 화장대 거울이 바로 진짜 그녀의 모습이다.

사실 그녀는 (그녀 생각에는) 서른두 살보다 어려 보인다.

서른아홉 살보다는 훨씬 더 어려 보인다!

젊은 여자의 팽팽한 얼굴, 도톰한 입술, 빨간 립스틱을 바른 입술. 새침한 적갈색 머리는 여전히 보기 좋고, 그도 그 사실을 알고 있다. 거리에서나 레스토랑에서 눈으로 그녀를 좇고 눈으로 그녀의 옷을 벗기는 남자들을 그 역시 보았고 그 사실이 (그녀가 알기로는) 그를 흥분시킨다. 그러나 그녀가 반응을 보이거나 주위를 둘러보면 그는 화를 낸다—그녀에게.

남자가 원하는 여자는, 다른 남자들이 원하지만 결코 그런 관심을 갈구하지도 의식하지도 않는 것처럼 보이는 여자인 것 같다.

그녀는 절대 금발로 염색하지 않는다. 적갈색 머리카락을 뿌듯해한다. 그편이 더 현실적이고 친근하기 때문이다. 그녀에겐 가짜 같거나, 인위적이거나, 현란한 것이 없다.

다음 생일이면, 마흔. 어쩌면 자살할지도 모른다.

오전 열한시인데도 그는 한잔하려고 샘록에 들렀다. 보드카온더록스. 딱 한 잔.

그를 기다리고 있는 부루퉁한 얼굴의 여자를 생각하니 흥분이 된다. 하이힐 말고는 아무것도 걸치지 않고 누드로, 창가에 놓인 파란 플러시 천 의자에 앉아 있는 여자.

통통한 입술, 빨간 립스틱. 게슴츠레한 눈. 굵고 아주 약간 거친 머리카락으로 뒤덮인 머리. 그리고 그를 흥분시키는 그녀의 몸 다른 곳에 난 털.

약간 역겹지만, 한편으로는 자극적이다.

그는 늦었다. 왜 늦었을까? 무언가가 그를 잡아끄는 것 같다. 붙잡는 것 같다. 보드카 한 잔 더?

시계를 보며 그는 생각한다—만약 열한시 십오분까지 그녀에게 가지 않으면, 그건 이제 끝났다는 뜻이야.

안도감이 밀려든다. 이제 다시는 그녀를 보지 않아도 된다니!
이제 자제력을 잃고 그녀를 해칠 위험도 없다.
그녀가 그를 자극해서 몸싸움을 하게 될 일도 없다.

그녀는 개자식에게 십 분을 더 주기로 한다.
만약 그가 열한시 십오분 이후에 도착하면 그들은 끝이다.
그녀의 손가락이 쿠션 밑의 가위를 더듬는다. 여기 있어!
그녀는 그를 찌를 생각이 없다—당연히 없다. 이 방에서는 그럴 수 없다. 그가 자신을 죽이려 했다고, 격하게 사랑을 나누는 동안 그녀의 목을 조른 적도 여러 번이라고, 그래서 제발 이러지 마, 나 너무 아프단 말이야, 라고 말했는데도 그는 성적인 탐욕의 희열 속에서 그녀의 말을 거의 듣지 못하는 것 같았다고, 마치 잭 해머처럼 자신의 거대한 몸을 그녀에게 욱여넣었다고 그녀가 주장한다 하더라도(그렇게 주장할 것이다), 그가 흘린 피가 파란 플러시 천 의자와 초록색 카펫에 스며들 테고, 그녀는 결코 그 얼룩을 지울 수 없을 것이다.
당신에겐 날 이런 식으로 취급할 권리가 없어. 난 창녀가 아니고, 네 한심한 마누라도 아니야. 날 모욕한다면 널 죽일 거야—내 목숨을 지키기 위해 널 죽일 거야.

지난봄만 해도 그는 그녀를 델모니코에 데려가려고 왔다가도 그녀를 보자마자 흥분했다. 그 칠칠치 못한 개자식이 침대맡 램프를 쓰러뜨렸고, 그들은 흐릿한 조명 속에서 침대 위에서 사랑을 나누었고, 저녁을 먹기엔 너무 늦은 시간이 되도록 침대 밖을 벗어나지 못했고, 결국 그녀는 그가 전화로 변명하는 것을 엿들었다—샤워를 마치고 나오다가 문 앞에 서서, 홀린 듯 분노에 휩싸인 상태로 들었다. 너무도 어수룩하고, 너무도 비겁하게, 아내에게 변명하는 남자의 목소리를 들었다. 생각만으로도 역겨워서 구역질이 난다.

그런데도 그는 자신이 가족을 떠났다고, 그녀를 사랑한다고 말한다.

보려고 애쓰는 장님처럼 그가 그녀의 온몸을 더듬는다. 얽은 자국이 있고 흉터가 있는 얼굴에 빛을 내면서, 굶주린 사람이 음식을 탐하듯 그녀를 갈구한다. 당신 없으면 난 죽어. 떠나지 마.

그녀는 그를 사랑한다! 그런 것 같다.

오전 열한시. 그는 나인스 애비뉴와 24번가 교차로를 건너고 있다. 불어오는 바람에 티끌이 눈에 들어간다. 보드카가 혈관을 타고 흐르고 있다.

마음을 단단히 먹는다. 만약 그녀가 책망하듯 부루퉁한 표정으로 그를 쳐다본다면 그녀의 뺨을 갈길 것이고, 울기 시작한다면 손가락으로 그녀의 목을 감고 조르고, 조르고, 또 조를 것이다.

그녀는 아내에게 말하겠다고 협박하지는 않았다. 그녀 이전의 여자는, 안타깝게도, 그렇게 협박했다. 그러나 그는 그녀가 그런 상황을 연습하는 상상을 한다.

……부인 되시나요? 당신은 절 모르시겠지만, 난 당신을 알아요. 내가 바로 당신 남편이 사랑하는 여자거든요.

그녀가 생각하는 것과 다르다고, 그가 그녀에게 말했다. 그녀를 마음껏 사랑하지 못하는 이유는, 그의 가족 때문이 아니라, 그가 아무에게도 말하지 않았던, 전쟁중 프랑스 보병대에서 겪었던 일 때문이라고. 그 기억이 마비 증상처럼 그의 몸에 번져와서라고.

그가 겪은 일들, 그가 목격했던 일들, 그리고 그가 자신의 두 손으로 했던 (몇 가지) 일들. 두 사람이 술을 마실 때면 그 슬픔, 두려움이 그의 얼굴에 나타나곤 했다. 그녀가 알려고 하지 않았던 회한의 역겨움. 그리고 그녀는 (그녀가 짐작하기로는) (오직 전쟁중에만) 누군가를 죽였을 그의 두 손을 잡고 그 손에 키스했고, 그 손을, 빨리고 싶어하고 양분을 주고 싶어 안달하는 젊은 엄마의 젖가슴처럼 욱신거리는 자신의 젖가슴에 갖다댔다.

그리고 그녀가 말했다. 아니. 그건 당신의 예전 삶이야.

난 당신의 새로운 삶이야.

그가 건물 입구로 들어선다. 마침내!

오전 열한시—결국 그는 늦지 않았다. 그의 심장이 미친듯이 두근거린다.

전쟁 이후 느껴본 적 없는 아드레날린의 분비.

나인스 애비뉴에서 그는 위스키 한 병을 샀고 거리의 꽃집에서 핏빛 붉은 장미를 열두 송이 샀다.

창가의 여자를 위해. 죽이거나 죽거나.

그가 문 잠금장치를 여는 순간, 그리고 그녀를 보는 순간, 그는 그녀에게 해야 할 일이 무엇인지 알게 될 것이다.

오전 열한시. 여자는 하이힐만 신고 파란 플러시 천 의자에 누드로 앉아 기다리고 있다. 또 한번 그녀는 쿠션 밑에 숨겨놓은 가위를 확인한다. 이상하게도 감촉이 따뜻하다. 그리고 축축하기까지 하다.

창밖으로 좁다란 하늘을 바라본다. 그녀는 편안하다, 거의. 그녀는 준비가 되었다. 그녀는 기다린다.

정물화 1931

크리스 넬스콧

다수의 상을 수상한 바 있는 크리스 넬스콧은 스모키 돌턴 미스터리 시리즈로 가장 잘 알려져 있다. 첫번째 스모키 돌턴 소설인 『위험한 길*Dangerous Road*』은 헤로도토스상 최고의 역사 미스터리 상을 수상했고 에드거상 최고의 소설 후보에 올랐다. 세번째 작품 『얇은 벽*Thin Walls*』은 〈시카고 트리뷴〉 선정 올해의 미스터리에 선정되었다. 『분노의 날들*Days of Rage*』과 스모키 돌턴 시리즈 중 가장 최신작인 『거리의 정의*Street Justice*』는 셰이머스상의 올해의 탐정소설로 선정되었다. 〈엔터테인먼트 위클리〉는 그녀와 대등한 작가는 월트 모즐리와 레이먼드 챈들러라고 평했다. 〈북리스트〉는 스모키 돌턴 시리즈를 "하이클래스 범죄소설"이라고 평했으며 '살롱닷컴'은 "크리스 넬스콧은 오늘날 미국에서 가장 강렬한 탐정소설을 쓰는 작가"라고 말했다.

넬스콧의 다음 작품은 『그녀만의 체육관*A Gym of Her Own*』으로 스모키 돌턴 시리즈의 주변 인물 중 한 명이 등장하며, 2017년 출간 예정이다.

넬스콧도 그녀만의 비밀 신분을 갖고 있다. 넬스콧은 베스트셀러 작가 크리스틴 캐스린 러시의 여러 필명 중 하나다. 넬스콧에 대해 더 알고 싶은 분이나 그녀의 뉴스레터를 받고 싶은 분은 krisnelscott.com을 방문하기를. 그녀의 모든 작품이 궁금하다면 kriswrites.com을 방문하기를.

호텔방, 1931

그녀는 멤피스 은행 앞에서 처음 깨달았다. 사람들이 박스 카*를 인종 구분 없이 타고 있었다. 그녀는 또다시 문 닫힌 은행 앞에 서 있었다. 분통을 터뜨리는 은행 고객들이 그 블록 전체를 에워싸고 있었다—흙투성이 바지에 때묻은 셔츠를 입고 모자를 쓴 남자들, 단화와 평상복 드레스 차림에 낡은 모자를 쓴 여자들.

릴린은 관심을 끌기 딱 좋을 정도로 모습이 달랐다. 초록색 종 모양의 모자는 조금 지나치다 싶게 새것이었고, 코트는 너무 무거웠다. 신발은 다른 사람들의 신발만큼 닳아 있었지만 오래 신어서 닳았다기보다는 긴 여행으로 닳은 것이었다.

그녀는 갈색 더플백에 달린 두 겹 손잡이를 꼭 움켜쥐고 그녀가 놓쳐버린 기회를 바라보았다. 창문에 절망적인 글씨가 휘갈겨 쓰

* 1930년대 미국에 처음 등장한 교통수단으로 지붕과 문이 달린 상자 모양의 차.

여 있었다. 현금 소진. 내일 다시 오세요. 날짜도 없고 서명도 없었다. '내일'이 어제였는지, 사흘 전이었는지, 아니면 정말 내일인지 알 수 없었다.

그러나 현금이 있을 가능성이 있다는 듯 줄을 서 있는 지저분하고 낙담한 사람들에게 묻고 싶지는 않았다. 그녀는 지난 두 달 동안 여섯 군데 동네에서 이 광경을 보았고 매번 사람들이 유리창을 깨고 문을 열고 들어가 은행에 남아 있는 돈을 강탈하지 않는 것에 놀랐다.

아마도 사람들 모두가 은행에 아무것도 남은 게 없다는 걸 알고 있었을 것이다. 아무것도 남지 않았다는 걸.

그녀는 장갑 낀 손으로 더플백의 두툼한 손잡이를 움켜쥐고, 더플백이 비어 있는 척, 그 안에 현금이 들어 있는 게 아니라, 현금을 채우려고 기다리는 척하려고 애썼다. 그녀는 거액의 현금을 들고 여행할 정도로 어리석지는 않았지만 지금은 다른 선택이 없었다.

여기까지 오는 길에 문을 닫고 유기된 은행을 얼마나 많이 보았는지 생각하면 어느 은행을 믿어야 할지 알 수 없었다. 그녀는 자신의 모든 저축을 은행들 중 한 곳에 맡겼다가 동전 한푼 못 건질까봐 걱정이었다.

사람들이 왜 금고를 사고 집안에 현금을 보관하는지 이해가 갔다.

그러나 그녀에게는 집이 없었다. 더이상은.

집을 판 건 아니었다. 사실 굳이 그럴 필요도 없었다. 그 집은 판잣집을 겨우 면한 수준이었다. 날씨가 궂을 때면 갈라진 벽 틈으로 바람이 불어와, 네 개의 방에 오후 내내 치워도 다 치우지 못할 정도로 흙먼지가 가득 들어왔다.

프랭크가 세상을 떠나자 그녀는 그 집이 지긋지긋했다. 가족 묘지에 그를 묻은 다음 프랭크를 만나기 전에 그녀가 여행할 때 쓰던 가방 두 개에 짐을 꾸렸다. 마치 바로 지난주에 썼던 가방처럼 깨끗하고 견고했다.

그녀는 속옷과 깨끗한 드레스 한 벌을 챙긴 다음 여행중에 한 벌을 더 사기로 했다. 프랭크가 남긴 돈을 전부 찾았다—200달러였고, 가다가 그녀의 돈도 찾을 계획이었다.

그녀는 사랑 때문에 실수를 저질렀다.

여자들이 종종 저지르는 실수였다. 여자들은 갈색 눈동자와 따스한 미소 속 어딘가에서, 결코 오지 않을 아이를 가질 마지막 기회 속에서, 그리고 역시 결코 오지 않을 안락함을 약속하는 미래 속 어딘가에서 자기 자신을 잊었다.

프랭크를 만나기 전, 그녀는 외로운 길을 가는 외로운 여자였고, 오직 그녀만이 할 수 있는 옳은 일을 하고 있었다.

그녀는 더 젊고 더 강인했으며, 그녀가 겪어왔던 모든 일에도 불구하고 인간의 선함을 믿었다.

그러다가……

그녀는 닫힌 은행 주위에서 꿈쩍도 않는 줄을 흘긋 쳐다보았다. 그녀는 살짝 고개를 저었다. 저들을 절망에 휩싸인 폭도로 바꾸는 것은 단 한 문장이면 충분하리라. 단 한 문장이면, 그들의 분노가 정확히 잘못된 방향으로, 악에 받친 비명소리로 분출될 것이다.

단 한 문장, 그리고 그 문장의 악의적인 변형들.

단 한 문장, 그녀가 다시는 듣고 싶지 않은 단 한 문장.

"저놈 짓이야!"

사람들이 고함을 지르며 주먹을 쳐들고 얼굴이 벌겋게 달아오른 채로 그녀 곁을 지나 뛰어갔다. 럴린은 한 손으로 인형을 꽉 움켜쥐고 잡화점 근처 기둥에 바짝 붙어 섰다. 엄마가 문 안쪽에서 그녀의 언니 노린의 팔을 잡고 있었다. 노린은 엄마의 손을 뿌리치려 했지만 그럴 수 없었다.

아빠는 없었다. 상점에서 팔 물건들을 사러 애틀랜타에 갔다. 엄마가 전보를 치느라 돈을 썼는데도 아직 소식을 듣지 못했다. 그래서 엄마가 상황을 해결해야 했고, 노린은 거짓말을 했다.

이틀 밤 전, 노린은 조지 탈린과 부둥켜안고 서로 움켜잡으면서, 럴린에게 어른들 일이니 그만 쳐다보라고 말했다. 럴린은 엄마에게 그 사람은 조지 탈린이었다고, 나쁜 동네 나무 근처에 앉아 있던 그 착한 남자, 책을 읽으면서 럴린의 인형에 대해 물어보던 그 착한 남자가 아니었다고 설명하려 애썼다.

그러나 노린은, 그 착한 남자가 그랬다고, 처음부터 그 착한 남자였다고 말했다. 그가 자기를 때렸다고 했다. 어제 아침에 아빠의 허락 없이는 결혼할 수 없다고 말했을 때 그녀의 뺨을 갈긴 조지 탈린이 아니라. 아니라고, 이 멍을 만든 장본인은 바로 그 착한 남자라고 그녀는 말했다.

소문이 걷잡을 수 없이 퍼졌고 이제 모두 노린이 "더럽혀졌"으며 착한 남자가 한 짓이고 그가 대가를 치를 거라고 했다.

저놈 짓이야, 사람들이 말했다. 그리고 그는 대가를 치렀다.

그는 럴린이 처음 본, 교외 나무에 매달린 남자였다. 그녀가 보았을 때 그의 눈은 이미 사라지고 없었고, 얼굴의 반은 뜯겼고, 옷은 찢어져 피로 물들어 있었다. 아빠가 돌아오자 럴린은 아빠를 따라갔다. 엄마는 반대했지만 미약한 반대였다.

엄마는 그 착한 남자들이 어떤 일을 할 수 있는지 럴린이 알기를 바랐다.

아빠가 고함과 환호의 진원지로 럴린을 데리고 갔고, 그리고 데려오지 말 걸 그랬다고 했다. 아빠는 자신이 남자의 몸에 그 일을 치르는 동안, 도끼로 닭의 목을 치는 듯 고기 자르는 것 같은 소리가 나는 동안, 그녀에게 마차 안에 눈을 감고 앉아 있으라고 했다.

그리고 노린은, 영영 딴사람이 되었다. 누구와도 이야기를 하지 않았고 사람들은 그게 다 그 착한 남자 때문이라고, 그가 저지른 짓 때문이라고 말했다. 조지 탈린은 착한 남자가 저지른 짓 때문에 더 이상 노린을 원하지 않았다.

그러나 착한 남자는 노린에게 아무 짓도 하지 않았다.

럴린과 노린 둘 다 그 사실을 알았다.

아빠의 지나치게 날카로운 면도날로 자기 손목을 그어 죽기 전날, 노린은 럴린에게 말했다. "동생아, 이것만은 꼭 알아둬. 거짓말, 그게 널 죽일 수 있어. 모든 걸 죽일 수 있어. 네가 한 일에 대해 거짓말을 하지 마. 그 무엇에 대해서도 거짓말을 하지 마. 내 말 알겠니?"

럴린은 그러겠다고 약속했다.

그녀는 아주 오랫동안 그 어떤 거짓말도 하지 않았다. 그러다가 모든 것에 대해 거짓말을 했다.

왜냐하면, 모든 것에 대해 거짓말을 하는 것만이 진실을 찾을 유일한 방법이라는 것을 서서히 깨달았기 때문이었다.

럴린은 고개를 저었다. 줄과 군중과 성난 사람들—그것은 항상 두려움을 일으켰다. 인간이 저지를 수 있는 일에 대한 두려움.

그래서 사람들의 줄로부터, 그녀가 어렵사리 모은 족히 50달러는 되는 돈을 가져가 다시는 돌려주지 않을 허름한 멤피스 은행으로부터 고개를 돌리고 지나가는 박스 카들을 바라보았다.

은행 때문일 수도 있고 군중 때문일 수도 있고 기억 때문일 수도 있었다. 어쩌면 절망 때문일 수도 있었다. 돈이 없어서가 아니라 예전보다 없는 데서 오는 절망이었다.

더러운 옷을 입은 남자들이 가장자리에 다리를 대롱거리며 앉아 있는 박스 카들이 지나갈 때 그녀는 그녀답지 않은 생각을 했다. 그들의 옷만큼이나 더러운 그들의 얼굴을 바라보다가, 문득 자신이 검댕 밑의 흰 피부와 또다른 검댕 밑의 검은 피부를 바라보고 있음을 깨달았다.

그리고 생각했다. 아, 저건 문제가 될 텐데.

그러다 멈칫했다. 그녀는 인종의 통합을 반대하지 않았다. 다른 사람들은 다 반대했지만. 프랭크를 만나기 전에 그녀는 인종이 다른 커플들을 보았다(때로 그들은 그 사실을 숨기려 했다). 그녀는 이미 오래전에 피부색이 머리색과 다를 바 없다는 것을 알았다. 어쩌면 어린 시절 그녀가 알았던 착한 남자, 언니의 거짓말 때문에 죽었던 그 남자 때문일 수도 있었다. 그는 피부색이 검었다. 그는 책 읽기를 좋아했다. 조지 탈린은 전혀 그렇지 않았다. 그리고 착하지도 않았다.

하지만 문제는……

럴린은 더이상 환상을 품지 않았다. 그녀는 여전히 전쟁이 진행중인 이곳, 남부연합군 참전용사들이 여전히 영예를 누리고 있는 이곳, 과거의 낭만이 과거의 진실보다 우월한 이곳에서 저렇게 섞여 앉는 것은 손가락질이 더해진 거짓말—저놈 짓이야—보다 더 위험한 조합이라는 것을 알았다.

그녀는 돌아서서 기차역으로 터덜터덜 걸었다. 돈이 정말로 있는 사람들을 위해 짐을 맡아주는 기차역 짐꾼에게 그녀의 다른 가방을 맡겨두었다.

이제 그녀 자신에게 집중해야 했다. 그것이 웨스트텍사스를 떠나면서 그녀가 스스로에게 했던 말이었다. 그녀가 하려고 했던 일이었다.

그녀는 보다 나은 무언가를, 이 나라의 나머지 절반이라고 생각되는 것을 찾기 위해 발견의 항해를 하는 중이었다. 실제로는 그저 기차 객실의 좌석에 앉아 여행을 했다. 일등석 숙녀답게, 싫어하게 되리란 걸 알기에 대화하고 싶지 않은 일등석의 다른 백인들과 함께.

두번째 삶을 뒤로하고 떠나면서 그녀는 예치해두었던 돈을 찾아야 했다. 프랭크 이전의 삶. 프랭크가 죽기 전에는 그 돈을 찾을 수 없었고, 그는 일 년이라는 너무 긴 시간을 끌고 나서야 이 세상을 떠났다.

이제 모든 소규모 은행들이 문을 닫고 있었다. 개인 은행들, 지점이 없고 해당 지역 사람들의 투자를 받는, 그들이 의사 결정을 하는 은행들이었다.

은행 소유주들이 여자의 눈을 똑바로 쳐다보면서, 새로운 시대가 왔습니다, 부인. 여자들도 투표를 할 수 있어요, 그럼요, 남편 없이도 계좌 개설해드려요, 라고 말했던 소규모 은행들이었다. 그리고 그들의 말은 진심이었다. 그녀는 자신이 그런 은행들을 지지한다고 생각했고, 옳은 일을 하고 있다고 생각했다. 당시에는 얼핏 현명한 처사처럼 보였지만 사실 그녀는―프랭크가 알았더라면 그렇게 말했을 것이다―돈을 내다버리고 있었다.

이제 정차역이 별로 남지 않았다. 내슈빌, 로어노크, 리치먼드, 그리고 북부로. 진짜 북부. 양키*들의 북부. 1차대전 발발 이후 한 번도 가보지 않은 곳. 프랭크 이전에 그녀가 양키들의 북부를 위해, 양키들의 북부 유색인종을 위해 일했다는 사실이 우습게 느껴졌다―버나드 대학을 졸업한 이후 그녀는 한 번도 북부에 가본 적이 없었다.

물론, 그건 사실이 아니었다. 그중 어떤 것도 사실이 아니었다. 졸업, 아파트, 타이피스트 임시직, 그리고 엘리엇이 있었다. 그리고 당연히, 그녀의 아버지도 있었다. 아버지가 그 유대인과의 삶으로부터 그녀를 구해 집으로 끌고 왔고, 엘리엇은, 그녀가 아버지의 잡화점에서 비싼 전화를 걸었을 때 그가 말했던 대로, 따라오지 않았고, 따라올 수도 없었다. 이해하지, 자기?

아니, 그녀는 두 남자 모두 이해할 수 없었다. 그녀가 다시 북부로 돌아갔을 때―잠시 동안이었다(그녀가 셈에 넣지 않은 시간)―엘리엇은 이미 "더 어울리는" 여자와 결혼했다고, 그의 어머니가 못마땅한 기색이 역력한 표정으로 릴린을 쳐다보며 말했다.

* 본래 뉴잉글랜드 지방을 일컫는 말이었으나 남북전쟁 당시에는 남부인이 북군 병사를 가리키는 모멸적 칭호로 사용했다.

럴린은 그길로 그곳에서 도망쳤고, 다시는 결혼하지 않겠다고 맹세했고, 엘리엇이 아르곤 포레스트 전투에서 사망했다는 소식을 듣고도 아무렇지 않은 척했다.

그러나 그녀는 자신이 시작한 일을 멈추지 않았다. 그를 감동시키기 위해 시작했던 일이었다.

그러다가 그 일을 멈추게 된 것은……

그녀는 검은 슈트케이스 안에 든 책 대여섯 권을 외면하며, 눈을 감고 고개를 뒤로 젖혔다. 그녀는 더플백 손잡이 사이에 끼워두었던 신문을 읽었다. 지폐paper money가 아니라 신문paper을 운반하는 척하려고 끼워둔 것이었다. 그러나 자신이 신문을 읽는다기보다는 생각에 잠겨 있음을 깨달았다.

그녀는 십사 년 전 자신이 지극히 현실적이었다고 믿었다. 엘리엇의 어머니가 두 사람의 약혼을 없던 일로 해달라면서, 다시는 이 일을 언급할 일이 없길 바란다며 한사코 내민 돈을 받았다. 웨스트텍사스의 그녀 가족이 유대인과 사랑에 빠진 딸을 수치스럽게 생각했던 것만큼, 뉴욕시티의 상류층 가문 역시 웨스트텍사스 출신의 중산층 기독교 신자인 여자가 수치스러웠던 게 분명했다. 다만 텍사스에서는 아무도 그들의 관계에 대해 몰랐다. 버나드 대학과 컬럼비아 대학 친구들 중 여러 증인들이 있었다.

그들 중 상당수가, 럴린과 엘리엇이, 럴린이 믿었던 것처럼, 사랑의 결합이라고 믿었다. 그 여행 이전에는. 그녀가 셈에 넣지 않은 그 여행.

그 여행에서 엘리엇의 어머니가 그녀에게 준 위로금은 충격적이게도 5000달러였다. 그를 알았다는 사실 자체를 잊는 대가였다.

그가 보낸 연애편지들을 파기하고, 그들의 약혼을 위해 주문했던 기념사진을 찢어버리고, 반지를 돌려주는 대가였다.

그녀는 그 돈을 받았고, 편지를 찢어버렸고, 기념사진을 찢어버렸고, 반지를 그의 어머니에게 돌려주었다. 앙심을 품고. 분노에 휩싸여서. 자신이 그 거액을 받음으로써 엘리엇과 그의 유산에 타격을 입히기를 바라는 마음으로.

그러나 훗날 그의 부고를 보면서 그의 집안 재산이 어느 정도인지 알게 되었고, 그들이 그녀에게 준 돈—그녀의 아버지가 지난 십 년 동안 번 것보다 더 많은 돈—이 그들에겐 푼돈에 불과했다는 걸 깨닫게 되었다.

그게 바로 엘리엇이 '좋은 일'에만 집중할 수 있었던 이유였다. 생활비를 벌지 않아도 되었던 이유였다. 그는 생활비가 나오리라는 것을 알고 있었다.

럴린의 방식은 본래 엘리엇의 방식이었다. 처음에 두 사람은 그 일을 함께 하려 했다—그와 럴린 둘이서. 그들은 세상을 바꿀 생각이었고, 그녀의 창백한 피부와 붉은 빛이 감도는 금발을 위장으로 사용하려 했다. 그가 치밀하게 계획을 세우고 자신의 법학 학위를 동원해서 정보의 정확성 여부를 확인할 생각이었다.

엘리엇은 전미유색인종지위향상협회NAACP*와의 교류망을 구축한 장본인이었다. 그들의 팀에 남부 백인들과 대화할 수 있는 사람, 그들의 마음을 열 사람, 그들이 일상 속에서 얼마나 끔찍한 범죄를 자행하고 있는지 인정하게 만들 조사원들이 필요하다는 결론

* 1909년 설립된 미국에서 가장 역사가 오래된 흑인 인권 단체.

을 내린 장본인이었다. 그는 그들이 하고자 하는 일이야말로 좋은 일이라고 말했던 장본인이었지만, 사실 그것은 그저 한때 그의 관심을 끈 재밋거리였을 뿐이라는 걸 그녀는 나중에 알게 되었다.

그 무모함, 그 위험.

어머니의 반대를 무릅쓰고 '그곳'으로 가게 만들었던 바로 그 무모함과 위험이었다.

남부에서의 '좋은 일'에 대한 그의 계획은 이론적으로는 너무도 훌륭했지만, 현실은 달랐다—곱슬한 검은 머리카락에, 늦은 오후면 원하건 원하지 않건 자라나는 턱수염, 누구라도 대번에 알아챌 뉴욕 억양을 가진 그가 실제로 남부에 갔다면 오히려 짐이 되었으리라는 것을 릴린은 알게 되었다. 그들은 가는 도시 중심지마다—혹은 전쟁 이전이나 이후 남부에서 도시 중심지로 통했던 모든 곳에서—쫓겨났을 것이다.

그러나 돈에 대한 그의 생각, 즉 은행이 털리거나 자산을 잃을 경우에 대비해 여러 은행에 돈을 분산시켜놓는다는 생각은 현명했다. 그녀는 언제든 기차를 타면 한번에 갈 수 있는 거리에 비상용 예금을 가지고 있었다—때로는 동전 한 닢까지 찾아 써야 할 때도 있었다.

그 돈을 칠 년 동안 묵혀둔 건 그의 잘못이 아니었다.

그것은 프랭크의 시간이었다.

내슈빌의 돈은 인출했지만 로어노크의 돈은 인출하지 못했다. 그 은행은 문을 닫은 게 아니라 아예 사라져버렸다—1926년부터. 당시 은행에 위기가 있었던 모양인데, 그녀는 들은 바가 없었다.

리치먼드의 은행은 그녀가 도착했을 때 영업중이었지만 그녀의 돈을 전부 보유하고 있진 않았다. 애초에 50달러를 넣어두었지만 그들은 25달러를 주겠다고 제안했고 그녀는 그 돈만 받았다. 나머지 25달러와 1917년부터 모아온 (이론상의) 이자는 결코 받을 수 없을 것이었다.

그다음엔 뉴욕으로 갔다.

쉬익 하는 증기 소리와 함께, 기차가 펜실베이니아역에 도착했고 역무원들이 외치는 소리가 들렸다—종착역입니다! 펜실베이니아역입니다! 이 열차의 운행은 여기서 끝납니다! 종착역입니다!

그녀는 가방들을 챙겼다. 더럽고 단정치 못한 기분이 들었다. 몇 시간 동안 기차 안에만 있었는데도.

다른 승객들을 따라 문을 나서, 계단을 내려가 승강장에 내려서는 순간, 그녀는 주변에 있던 다른 시골뜨기들과 똑같은 행동을 했다—위를 올려다보았다.

웅장함에 숨이 멎을 것 같았다. 승강장 밖으로, 역 중앙 광장으로 올라가는 계단들이 보였고, 그녀가 있는 곳에서도 철제 아치문들과 눈이 아릴 정도로 환한 조명을 볼 수 있었다.

승강장에서 증기, 독일식 소프트프레츨, 향수와 땀 냄새가 났다. 그녀는 가방들을 꽉 움켜쥐고, 그녀가 갔던 기차역마다 서성거렸던 소매치기와 도둑들을 조심하며 고개를 꼿꼿이 들고 계단을 올라갔다.

이미 한 번 시골뜨기처럼 굴었다. 다시는 그렇게 보이지 않을 생각이었다. 이제 어디로 가야 할지 아는 뉴욕 숙녀처럼 굴어야 했다.

쉽지는 않았다. 펜실베이니아역은 그녀가 기억하는 것과 전혀 달랐다. 아, 전쟁 전에도 이곳에 골조는 있었다—철근 기둥 그리고 조명. 그러나 사람들은 없었다. 적어도 이런 인파는, 이런 소음은 없었다. 상인들도 없었다, 적어도 그녀의 기억으로는. 그때만 해도 이곳은 마치 입장객들을 기다리는 박물관처럼 모든 게 새것 같았지만 이제는 수천 개의 목소리와 뒤섞인 한 꺼풀의 때가 덮여 있었다.

뉴욕. 양키. 양키들의 북부의 빠른 심장박동.

이곳이 얼마나 활기 넘치는지 그녀는 잊고 있었다.

그녀는 자신이 촌뜨기임을 이미 드러냈고, 그래서 마지막으로 촌뜨기의 걸음걸이로 걸어서 안내 데스크 앞에 멈춰 섰다. 안내 데스크는 역 자체만큼이나 크고 둥글었고, 인파의 한복판에 자리잡고 있었다. 안내 데스크를 지키는 지친 남자는 그녀와 눈을 맞추지 않았지만 이 근방에는 곳곳에 호텔이 있고, 오후 시간에는 방이 다 차지 않았을 거라고 알려주었다.

"하지만," 그가 말했다. "하지만 당신 같은 여자는 그런 호텔들은 피해야 해요. 만약 당신이 내 여자라면, 호텔 뉴요커로 가라고 하겠어요. 바로 길 건너예요. 에이스 애비뉴와 34번가 교차로. 저쪽 출구로 나가세요. 친절하게 대해줄 거고 안전할 겁니다."

그리고 그는 돌아섰다. 눈물이 차오르는 그녀의 눈은 보지 못한 채. 프랭크가 병에 걸린 이후 그녀의 안전을 걱정하는 사람은 아무도 없었다. 그리고 심지어 그전에도 그녀는 한창때를 넘긴 장미였다. 그는 그녀를 아내로 보았다. 실패한 아내. 그녀는 살림 솜씨도 없었고 아기도 갖지 못했다. 결혼 초기의 그 열정의 순간들—그것들은 모두 사라지고 없었다. 마치 존재한 적도 없었던 것처럼.

그녀는 더는 프랭크를 생각하지 않기로 했다. 프랭크를 생각하는 것은 그의 삶의 마지막 육 개월 동안 그녀가 느꼈던 외로움을, 그가 죽으면 (만약이 아니라 기정사실이었지만) 아무도 그녀가 한 일에 신경쓰지 않으리라는 깨달음을 떠올리는 것이기 때문이었다.

그녀는 데스크 근처에서 서성이며 철제 아치문들과 찬란한 조명으로 가득한 거대한 홀의 맞은편 출구를 바라보았다. 그녀가 서 있는 자리에서도 읽을 수 있는 표지판에 모양을 낸 글씨로 "에이스 애비뉴 방향"이라고 적혀 있었다.

저기로 가면 뭘 얻을 수 있을까? 호텔방 그리고…… 그다음엔? 일자리? 일자리는 없었다. 자격을 갖춘 사람들에게조차도. 더구나 그녀에겐 일자리가 필요하지 않았다. 그녀의 돈 4분의 1을 맡기지 말았어야 할 은행에 빼앗기거나 잃어버리거나 소실했음에도 불구하고.

다른 은행들이 그 일부를 만회했다. 수년간의 이자가 있었고, 그중 상당 부분은 좋은 시절의 이자였으며, 그 이자가 손실의 일부를 만회했다.

그 돈으로 무얼 할지 생각해야 했다. 뱅크 오브 유나이티드 스테이츠가 12월에 파산한다는 소식에 그녀는 은행들을 돌며 돈을 찾기로 했다—이 나라 사람들이 전부 그러는 것처럼. 그 돈이 그녀에게 여행의 빌미를 제공했다. 비록 현금이 가득 든 더플백 하나를 들고 뱅크 오브 유나이티드 스테이츠 본점이 있는 이곳까지 온 게 무모하게 느껴지기는 했지만.

그녀의 마음속 일부는 아직도 믿고 있는 게 분명했다. 뉴욕의 모든 것이 다 멋지다고. 멋지고 옳고 바람직하다고.

엘리엇이 그랬던 것처럼.

웬 남자가 그녀와 부딪쳤고, 그녀의 몸이 획 돌아가며 딱딱한 가방이 그의 다리를 쳤다. 그가 비틀거리면서 자신이 소매치기가 아님을—혹은 그녀에게 들키는 바람에 성공하지 못했음을—증명하기에 충분할 정도로 빈 양손을 들어 보였다. 그녀가 그를 쏘아보았고 그는 사과의 말 한마디 없이 비틀거리며 걸어갔다.

그녀가 더플백을 꼭 움켜쥐었다. 손잡이들 사이에 여전히 신문지가 끼워져 있어서 그걸 빼지 않고는 잠금장치를 만질 수 없었다.

그래도 주의를 기울여야 했다. 그녀 말고는 아무도 주의를 기울이지 않았기 때문이었다.

그녀는 널찍하게 트인 홀을 가로질러, 계단을 올라가 거리로 나섰다. 에이스 애비뉴의 소음과 엷은 햇살과 자동차 경적 소리 속으로 들어섰다. 포장도로와 휘발유 냄새. 말은 어디에도 없었다. 그게 달라진 점이었다. 길 건너에 펼쳐진 풍경도 마찬가지였다.

너무 높아서 목을 뒤로 젖히지 않고는 꼭대기를 볼 수 없는 빌딩. 양쪽 부속 건물은 서로에게서 멀찌감치 떨어져 있고 창문들로 뒤덮여 있었다. 한 남자가 그녀를 지나며 "감탄은 나중에 하시죠, 아가씨"라고 말하고는 인파 속으로 사라졌다.

그녀는 빰을 붉히며 한옆으로 비켜섰다. 진짜 촌뜨기였다. 혼자 여행하는 긴 시간 동안 현지인처럼 보이려고 그렇게 노력했건만, 결국 그녀의 삶에서 가장 중요한 시간을 보냈던 도시에서 실패하다니.

도금한 문 위로 돌출된 현관 지붕이 행인들을 보호하고 있었다. 호텔 뉴요커라는 굵은 글씨가 지붕을 가로질렀다.

그녀는 길을 건넜고 더이상 얼빠진 표정을 짓지 않으려 애썼지만 쉽지 않았다. 지나가던 차가 경적을 울렸고, 그녀는 모퉁이에 주차되어 있는 커다란 검은색 승용차 뒤로 물러서야 했다. 벨보이가 트렁크에서 가방들을 꺼냈고 제복을 입은 나이 지긋한 남자가 조수석에서 나오는 어떤 여자에게 손을 내밀었다.

럴린은 기차에서 미처 씻을 생각을 못한 게 아쉬웠다. 여행의 흙먼지로 더러워진 코트 때문에 엘리엇의 어머니가 보았던 백인 쓰레기 여자가 된 것 같은 기분이 들었다—엘리엇의 어머니는 남부에도 (남부에서는 더더욱) 겉으로 드러난 것보다 훨씬 더 여러 겹의 계층이 있다는 것을 이해하지 못했다.

럴린은 벨보이 중 한 명이 알아차리기 전에 가까스로 문을 통과했다. 거대한 대리석 로비 맞은편의 벨보이를 보고는 그가 다가오기 전에 서둘러 접수 데스크로 갔다. 금박을 입힌 천장에 매달린 샹들리에나 에칭 유리로 만든 것 같은 2층 발코니의 난간을 보고도 얼빠진 표정을 짓지 않으려 애썼다.

데스크에 있는 남자는 그녀를 전혀 수상하게 생각하지 않았다. 비록 여행길에 구겨지긴 했지만 종 모양의 모자와 세련된 옷차림 때문이었을 것이다.

그는 하룻밤에 3.5달러짜리 방부터 있다고 말하고 어떤 방을 원하느냐고 물었다. 작고 편안한 방이라고, 그녀가 목소리를 낮추며 말했다. 얼마나 오래 묵으실 생각이신가요, 마담? 그가 물었다. '마담'이라는 호칭에 그녀가 멈칫했다—누구도 그녀를 그렇게 부른 적이 없었다.

그러나 그녀는 젊은 아가씨가 아니었다. 더이상은 아가씨가 아니었고 아가씨로 불릴 수도 없는 것이 분명했다.

"얼마나 머물지는 모르겠어요." 그녀가 그의 질문에 답했다. "적어도 며칠은 묵을 것 같아요."

그녀는 마지막 남은 빳빳한 10달러짜리 지폐를 지갑에서 꺼내 '계약금'으로 지불했다. 그 대가로 그는 에이스 애비뉴가 내려다보이는 중간급(그의 말에 따르면) 방 열쇠를 내주었다. 비교적 조용할 거라고 그가 말했다.

호텔 전체에 정적의 기운이 감돌았다. 놀라운 일이었다. 그녀는 이 도시를 냄새나고 시끄럽고 거친 곳으로 기억하고 있었다. 이런 곳이 있을 줄은 몰랐다.

벨보이가 가방을 들어주려고 그녀의 곁으로 다가섰다. 거절하면 관심을 끌 것이다.

"더플백은 제가 들게요." 그녀가 말하며 그에게서 멀어졌다. 남부의 고급 호텔에서 기혼 부인들이 이렇게 하는 것을 본 적이 있었다. 그가 검은 슈트케이스를 들고 그녀의 뒤를 따랐다.

그녀는 호텔 직원 모두의 인사 세례를 거쳐야 했다—벨보이, 엘리베이터 작동하는 사람, 그녀의 층 청소부, 모두가 그녀에게 좋은 하루를 기원했다. 럴린은 고개를 숙였다. 벨보이가 그녀의 방문을 열쇠로 열고 방의 특징을 전부 설명했다—네 개 채널이 나오는 라디오, 개인 욕실, 위로 열리는, 그래서 무엇이든 밖으로 던지는 것이 거의 불가능하다는 (그의 말에 따르면) 창문.

그녀는 '거의 불가능하다는' 게 무슨 뜻인지 궁금했고, 그걸 어떻게 아는지 묻고 싶었지만 참았다. 대신 그에게 25센트를 주었고—너무 많은 금액이었지만 그를 내보내고 싶었다—마침내 그가 방에서 나가자 그녀는 모자를 벗어 서랍장 위에 올려놓고 한 손으로 머리를 매만졌다.

그다음엔 코트를 벗어서 갈색 책상에 바짝 붙여놓은 의자에 걸쳐놓았고 신발을 벗고 더러운 드레스를 벗었다. 그녀는 혼란에 휩싸인 채 침대 가장자리에 잠시 앉았다. 목욕을 해야 했지만 아직 그럴 준비가 되지 않았다.

이렇게 더러운 상태로 희고 깨끗한 시트에서 자고 싶지 않았다. 그러나 무엇을 할지 결정해야 했다.

돈을 정리해서 일부는 지갑에, 일부는 다른 곳에 두어야 했다. 이 방에 둘 수는 없었다. 이 정도 근사한 호텔이라면 투숙객에게 개인 금고를 제공할 것이다. 개인 금고를 사용하는 게 불안하긴 했지만. 그러나 은행은, 거기 개인 금고가 있다 해도 절대 믿을 수 없었다. 다음날 아침 은행 문이 열린다는 보장이 없었다.

청소부의 서비스를 거절할 수도 있겠지만 그런 행동은 의심을 살 것이다—도대체 저 여자 왜 저러는 거야? 뭘 숨기려고 저러지?

이 종착지에 대해 그녀는 제대로 생각해보지 못했다. 뉴욕, 그곳이 무슨 성배라도 되는 양. 뉴욕은 모든 것이자 궁극의 그 무엇이었다. 학교로 돌아가고 싶진 않았고 그것 말고 할 수 있는 일이 뭐가 있을지 몰랐다.

NAACP 사무실을 찾아가 화이트 씨에게 마침내 자신을 소개할 수도 있을 것이다. 그는 오랜 세월 동안 그녀에게서 엽서를 받았고, 그것들 대부분은 무기명이었으며, 전부 끔찍한 사건의 보기 흉한 사진이 실려 있었다—주로 린치 장면이었지만 누군가가 산 채로 불에 타 죽는데 사람들이 그 광경을 '즐기고' 있는 사진도 있었다.

대부분의 사진에는 뒷면에 날짜가 적혀 있었다. 그녀는 십 년 전, 화이트 씨가 반린치 캠페인을 위해 그 사건을 조사할 수 있도록 그 사진들을 그에게 보냈다.

아득히 먼 옛날 일처럼 느껴졌다. 그가 그녀를 기억이나 할까? 그녀는 그를 기억했고, 상당히 비싼 몇 차례의 전화 통화 때 들었던 그의 목소리의 따스함을 기억했다. 그녀가 그에게 자신들이 목격한 참상을 증언할 사람들의 명단을 제공할 때조차도 그의 목소리는 따듯했다.

그녀는 더이상 그 노트를 갖고 있지 않았다. 프랭크와 함께 웨스트텍사스로 도망칠 때 노트들을 상자에 담아 뉴욕주 뉴욕시 피프스 애비뉴 69번지 스위트 518호로 부쳤다. 그녀가 한 번도 가보지 못한 곳. 소포가 제대로 도착했는지 확인도 하지 못했다.

어쩌면 그것을 확인해봐야 할지도 모르겠다. 기차를 타고 이렇게 오래 여행했으니 이젠 좀 걸어도 좋을 것이다.

목욕을 한 뒤에. 휴식을 취하고 난 뒤에.

시간을 갖고 계획을 세운 뒤에.

자신이 속죄중이라는 것을 그녀는 알고 있었다.

오래전, 럴린은 남부를 가로지르는 자신의 여행이 '좋은 일'과는 전혀 관계가 없으며 전부 노린과 관계가 있다는 것을 깨달았다. 만약 노린이 진실을 말했다면 그녀는 아직 살아 있을 것이다. 노린과 그 착한 남자는, 럴린이 도저히 이름을 기억해낼 수 없는 그 착한 남자는, 어딘가에서 각자 살고 있을 것이고, 그들의 삶과 죽음은 서로 닿지 않았을 것이다. 그들은 별개의, 그러나 동등한 가족들을 가졌을 것이고, 별개의, 그러나 동등한 집을 가졌을 것이고, 별개의, 그러나 동등한 삶을 살았을 것이다.

물론 럴린은 별개인 것이 결코 동등함을 의미하지 않는다는 것을 알 정도로 많은 일을 겪었다. 대부분의 경우 별개인 것은 동등하지 않았다.

그녀가 본 모든 것들. 그녀가 했던 모든 거짓말들. 진실을 찾는 그녀의 여정 속에서.

때로 그녀는 애틀랜타의 '사람들'과 함께 있는 러린 테일러였다. 때로 그녀는 몇 마일 떨어진 사촌들을 방문하는 노린 드레이턴이었다. 때로는 학교 교사 자리가 아직 비어 있는지 알아보는 베이시 부인이었다. 그리고 때로는 아주 작은 마을—어느 마을이 되었건—에서 겨우 오후 나절을 보내고도, 그 마을 사람들에게 진실을 감별하는 능력이 있다는 결론에 이를 정도로 많은 거짓말을 했다.

그녀는 마을에서 쫓겨나기 전에, 시작도 하기 전에 떠나곤 했다.

그러나 어떤 곳에서는 일주일, 한 달, 혹은 여름을 보내며 마을 깊숙이 파고들었다. 그녀는 과부이거나, 결혼할 생각이 없는 노처녀이거나, 남편을 놀라게 할 새집을 장만할 자금을 아버지에게서 받은 유부녀였다.

얼마나 많은 사람들이 그녀의 거짓말을 믿었는지 놀라울 따름이었다. 특히 그녀에게는 억양에 대한 감이 있어서 피드몬트 북부의 애틀랜타 억양과 가든 디스트릭트 뉴올리언스 억양의 차이를 알았다. 그녀는 헌츠빌 출신처럼 말할 수 있었고 캐롤라이나에서 온 사람을 속일 수 있을 정도의 앨라배마 억양으로 말할 수도 있었다. 아칸소 억양은 그녀의 혀에 조금 빽빽하게 느껴졌고, 멤피스와 내슈빌 억양의 차이는 흉내내지 못했지만, 거의 대부분의 경우 애틀랜타 억양으로 모면할 수 있었다. 왜냐하면, 애틀랜타 사람들은 언제나 떠돌아다니기 때문이었다.

들킨 적은 거의 없었다. 1919년 아칸소에서 들킬 뻔했던 적은 있었다. 그 동네 여자들 몇 명이 그녀를 간파했다. 그리고 댈러스에서 프랭크를 만났던 날 오후의 사건도 있었다. 그날 식당으로 가는 그녀를 남자들 몇 명이 미행했다. 그녀가 너무 많은 질문을 했기 때문이었다. 그녀는 혼자 커피에 스위트애플파이를 먹고 있던 프랭크의 자리로 가서 잠깐만 같이 있어달라고 부탁했다.

프랭크는 미행한 남자들이 여자들 스커트 속에 관심이 있는 건달들이라고 생각했고, 그녀는 굳이 시정하지 않았다. 두 사람은 대화를 나누게 되었고, 그 대화는 그녀가 웨이코를 떠나면서 그 일을 포기한 후 몇 달 뒤 편지로 이어졌다.

그러나 그 과정에서, 그녀는 수많은 진실들을 발견할 수 있었다. 어느 기숙학교에서 식사중 소곤거리는 이야기들. 시체 옆에서 포즈를 취하고 있는 가족의 사진이 담긴 엽서를 그녀에게 보여주던 사람의 자부심. 눈을 힐끔거리는 남자들 중 한 명이 저지르는 불미스러운 광경을 목격하지 않으려면 그 동네 특정 지역에는 가지 않는 게 좋을 거라는 경고들.

그녀의 임무는 항상 야비한 사람들, 살인자들과 그 가족들, 린치를 오락으로 여기는 마을 사람들과 이야기를 나누는 것이었다. 그녀는 우편엽서나 사진이나 소문에 이끌려 매번 너무 늦게 도착했고, 〈암스테르담 뉴스〉나 〈더 크라이시스〉 〈더 디펜더〉 혹은 〈애틀랜타 인디펜던트〉 같은 신문에 실릴 기사에 필요한 정보를 수집했다. 자신들의 고객을 도울 수 있는 단 하나의 증거자료, 단 하나의 보도가 필요한 변호사들과 대화를 나누었다.

그녀는 위대한 대로*와도 이야기를 나누었는데, 결국에는 그가 포기하게 될 사건을 위해 하마터면 그녀의 신분을 노출할 뻔했다.

그녀가 실제로 믿고 있는 일을 행하는 데서 오는 모든 흥분과 두려움과 진솔한 삶. 엘리엇의 '좋은 일'. 노린의 속죄.

그후로 한동안 계속되었던, 럴린의 삶.

현금을 놓고 안절부절못하며 밤의 절반을 보냈다. 20달러짜리는 지갑에 넣고, 네 개의 다른 봉투에 100달러씩 넣어 가방에 밀어 넣고, 슈트케이스 바닥에 또 한 개의 100달러짜리 봉투를 넣고, 욕실 타일 속에 봉투를 또하나 숨겨놓았다.

나머지는 속옷과 잠옷들로 겹겹이 감싸서 더플백에 넣었다. 결혼반지와 진주목걸이 상자를 그 모든 것들 위에 놓고, 호텔 매니저에게 가방을 보관해달라고 부탁할 때 그것이 더플백을 맡기는 이유라고 말했다. 그렇게 하면서도 아버지가 쓰던 낡은 이중 노끈으로 가방을 묶어서 혹시라도 누가 열어보려 했을 경우 바로 알 수 있도록 했다.

그녀는 호텔에서 나와—그녀가 알기로—피프스 애비뉴 69번지 쪽을 향해 섬을 걸어내려갔고, 그곳은 지도에 의하면, 웨스트 14번가와 교차했다. 그녀는 도시를 가로질러 걷는 일의 특별한 즐

* 클래런스 대로(1857~1938). 미국 변호사이자 저술가로 미국 역사상 가장 유명한 인권변호사로 알려져 있다.

거움과 불편함을 잊고 있었다. 말끔한 슈트 차림의 남자들이 서둘러 출근을 하고, 멋진 드레스를 입은 여자들이 윈도쇼핑을 한다. 그들 모두 허름한 슈트나 더러운 작업복을 입은 남자들, 팻말—먹을 것만 주시면 일합니다—을 목에 걸고 있는 노인들, 무기력한 아이들을 무릎에 앉히고서 그들 뒤에 앉아 있는, 올이 다 드러난 드레스를 입은 여자들을 지나친다.

릴리도 다른 모든 사람들이 하는 것과 똑같이 시선을 돌렸다—너무도 많은 비극이 있었고, 그중 어떤 것도 그녀의 것이 아니었다. 가는 길에 문을 연 은행 세 곳을 찾았다. 세 곳 모두 조사해보진 않았지만 아무래도 상관없었다. 모두가 뱅크 오브 유나이티드 스테이츠야말로 미국에서 가장 탄탄한 은행이라고 믿었다. 뉴욕 최고의 은행이라고, 누군가가 선언하고 나서 불과 여섯 달도 되지 않아 은행은 문을 닫았고, 은행이 결코 안전하지 않다는 것을 모두에게 일깨워주었다.

그러나 가방이나 더플백에 항상 돈을 넣고 다니는 것보다는 안전했다. 그녀에겐 조금 잃어도 괜찮을 정도의 돈이 있었다.

각각의 은행 세 곳에 90달러씩 예치하고, 각각의 봉투에서 5달러짜리 두 장씩을 남겨 그녀가 처음 만났던, 가족들과 함께 있던 두 여자에게 주었다. 이상하게도, 길을 걷는 동안, 남자들은 그 돈으로 술을 마셔버릴 거라는 생각이 들었다. 여자들이라면 아이들을 위해 뭐라도 살 것 같았다.

그런 선물을 했는데도 기분이 나아지지 않았다. 왜냐하면 블록마다, 아니 반 블록마다, 돈이 필요한 사람들, 일주일 혹은 한 달 이상을 버틸 돈이 필요한 사람들을 적어도 다섯 명은 만났기 때문이었다. 그들에겐 일자리와 도움과 몸을 피할 지붕이 필요했다.

웨스트 14번가에 이르렀을 때, 럴린은 다시 한번 가방에 손을 올려놓은 채 눈길을 돌렸다. 식스스 애비뉴를 가로지른 뒤 고개를 들지 않았다면, 차가운 봄바람에 보란듯이 펄럭이는 현수막을 보지 못했을 것이다. 반 블록 거리에 있는 그 메시지는 어쩌면 가까이 다가가서 본 것보다 더 선명했다.

어제 남자 한 명이 린치당했습니다.

그 글자가 깜빡이며 사라지더니 잠시 다른 광경이 펼쳐졌다—웨이코의 그 남자, 메인 스트리트에서 끌려가면서 도와달라고 비명을 지르던, 겁에 질린 검은 눈으로 그녀와 눈을 맞추던 그 남자. 그녀는 이끌리듯 그를 따라갔고, 그것이 그녀가 직접 목격한 첫번째이자 유일한 린치였다.

그녀는 그 모든 것을 기록했고, 그녀가 아는 이름들을 기록했고, 엉성하게나마 스케치도 했다. 지역 신문사에서 수없이 사진을 찍었고 아마도 그중 몇 장은 엽서로 만들었기 때문에 그럴 필요가 없었는데도 그렇게 했다.

젊은 남자는 비명을 지르고 또 질렀고, 결국 그녀는 비틀거리며 물러섰다. 그를 도우려 나서는 사람은 아무도 없었고, 저지하려는 사람도 없었고, 이성의 목소리를 내는 사람도 없었다. 당국의 관계자 모두—경찰, 판사 둘, 변호사 몇 명, 시장—가 그곳에 있었다. 모두 있었다. 그들은 환호했고, 그중 한 명은 판결을 내리며 젊은 남자에게 유죄를 선고했다.

저놈 짓이야!

그녀는 남자를 구하지 않았다. 대신 오후 기차를 타고 댈러스로 달아났고, 노트에 기록을 했고, 동네 사람들이 무얼 하느냐고 물었고, 그녀는……

그녀는 프랭크에게로 갔고, 그와 사랑에 빠졌다. 혹은 스스로에게 그렇게 말했다.

사랑이야말로 '좋은 일'을 포기하게 만들 수 있는 유일한 것이었기 때문이다. 그녀처럼 선한 여자, 선하고 도덕적인 여자는 도망치지 않기 때문이다. 그들은 앞으로 나서고, 남자들을 설득하고, 모든 것을 보다 나아지게 만들었다.

그리고 그녀는 결코 그렇게 하지 못했다.

릴린은 그 기억을 떨쳐내며 애써 현수막을 외면하고 앞으로 나아갔다. 갈색 건물을 향해 걸었다. 건물의 낮은 층으로 시선을 유지할 필요가 있었다. 현수막이 아닌. 그 건물에서 공표한 내용이 아닌.

그러나 도저히 그럴 수가 없었다.

그로부터 다시 반 블록을 지나자 같은 층 창문을 가로지르는 또 하나의 간판이 보였다.

더 크라이시스The Crisis

위기. 사실이었다. 몇 가지 위기가 있었다. 그리고 그것들이 서로 얽혀서 그녀가 아직도 완벽하게 이해하지 못하는 무언가가 되었다.

그러나 그녀는 그 간판이 실제로 무엇을 의미하는지 알고 있었다. 〈더 크라이시스〉는 NAACP에서 발행하는 잡지 제목이었고, 그녀는 오랜 세월 그 잡지를 열심히 읽었다. 프랭크도 그녀를 막을 수 없었다. 그는 그녀를 향해 잡지를 흔들었다—왜 이런 쓰레기를 읽는 거야? 라고 그는 물었고, 그럴 때면 그녀는 그에게, 제발 그 안에 담긴 글을 보라고, 그 시들, 소설들, 목소리들을 들어보라고 간청하곤 했다.

그러나 그는 그러지 않았다. 솔직히 그럴 거라고 기대한 적도 없었다. 그가 자란 환경을 감안했을 때 그 정도면 그는 마음이 열린 편이었다. 그는 결코 다른 사람에게 해를 끼친 적이 없었지만 인종 분리에 대한 문제의식도 없었다.

두 사람은 그 문제로 꼭 한 번 언쟁을 했고, 그녀는 거기서 멈추었다. 대화를 더 진전시켰다가는 오랜 세월 동안 그녀가 다녔던 여행의 내막이 폭로될 수도 있었다. 그녀가 NAACP의 조사원—그것도 변호사들에게 증거를 제공하는 일을 하던 무보수 조사원—이었다는 걸 알게 된다면, 아마도 그는…… 그녀는 알고 싶지 않았다. 그러나 그가 어쩌다 한 번씩 그녀에게 던지는, 난 당신이 이해가 안 가, 라고 말하는 듯한 표정과 그녀를 내쫓는 것 사이의 어떤 것이었을 거라고 짐작할 수는 있었다.

전율이 그녀를 관통했다. 그리고 그 순간 그녀는 자신이 또다시 촌뜨기처럼 보도 한복판에 서서 현수막과 창문의 글자를 쳐다보고 있다는 걸 깨달았다.

그녀는 가방을 꼭 끌어안고 피프스 애비뉴를 가로질러 가까스로 건물 안으로 걸음을 옮겼다. 호텔처럼 깨끗한 선과 많은 금테로 마감한 건물이었다. 대리석 바닥 맞은편에 엘리베이터들이 있었고, 그중 몇 개의 문이 열려 있어서 안에 있는 엘리베이터 도우미들이 보였다.

그녀는 가장 가까운 엘리베이터에 올라타, 도우미를 쳐다보지 않고 침착하게 말했다. "5층 부탁합니다." 오늘은 아무도 쳐다보지 않는 날이었다.

엘리베이터에서 담배 냄새와 다른 여자의 향수 냄새가 났다. 위로 올라가면서 엘리베이터가 조금 흔들렸지만 럴린은 개의치 않았다. 그녀에겐 여전히 마법처럼 느껴졌다.

문이 열렸고, 복도가 펼쳐졌고, 긁힌 타일 종류이거나 혹은 아래층 대리석과 비슷하지만 조금 더 저렴한 바닥재가 깔려 있었다. 수십 개의 서리유리문들이 닫혀 있어서 한층 더 불길한 느낌을 자아냈다.

"5층입니다." 도우미가 말했다. 그녀가 내리기를 기다리는 것이 분명했다.

그녀는 침을 삼키고, 고개를 끄덕인 뒤 복도로 들어섰다. 엘리베이터 문이 닫힐 때까지 기다렸다가 복도를 걸으며 518호라고 적힌 문을 찾았다.

찾기가 어렵지 않았다. 문이 조금 열려 있었고, 안쪽에서 타자 치는 소리와 웅성거리는 소리가 들렸다.

목이 바짝 말랐다. 열린 문틈으로 안을 들여다보자, 책상 앞에 앉은 남자들과 여자들, 타자 치는 여자, 전화 받는 남자가 보였다. 서류들과 포스터들이 벽을 덮고 있었다. 흑인들에게 조심하라고 경고하는 것도 있었고 완벽한 민주주의의 실현을 위해 NAACP에 가입하세요, 라고 쓰여 있는 것도 있었다.

안에 있는 사람들 모두 피부가 검었다. 전부.

그녀가 있을 곳이 아니었다.

그녀가 돌아서는 순간 여자의 목소리가 들렸다. "도와드릴까요?"

럴린이 심호흡을 했다. 아뇨, 괜찮아요. 사무실을 잘못 찾아왔어요, 라고 말할 수도 있었다. 누구도 의심하지 않을 것이었다.

그러나 그녀는 그보다는 용기가 있는 사람이었다—혹은, 용기가 있었다, 한때는.

그녀가 돌아섰다. "저…… 실은…… 화이트 씨를 만나러 왔어요."

문가에 기대서 있는 여자는 젊고 예뻤다. 머리카락을 전부 뒤로 넘겨 따듯한 눈동자를 드러냈다. "들어오세요." 그녀가 말했다. "안에 계세요."

럴린의 뱃속이 옥죄어왔다. 그녀는 서리유리문을 통과해, 책상과 울어대는 전화벨과 벽에 늘어선 나무상자 안에 든 색인카드들이 있고, 복도에서 들었던 것보다 더 많은 대화가 오가는 사무실로 들어섰다.

사무실 안에 있던 사람들 모두가 고개를 들어 그녀를 보더니 시선을 피했고, 대부분은 그녀와 눈을 마주치지 않았다. 그 순간 그녀는 자신이 또 한번 실수를 저질렀음을 깨달았다. 이번에도 현실적인 목적 없이 스스로에게 행선지를 주었다. 화이트 씨를 만나 무슨 말을 할 것인가? 그를 위해 조사했던 게 영광이었다고? 과연 영광이었을까? 과연 그녀는 그를 전화상의 목소리, 편지봉투에 적힌 이름 이상의 존재로 생각했을까?

"화이트 씨는 회의중이세요." 젊은 남자가 그녀에게 다가왔다. 프랭크보다 키가 컸고 칼라가 빳빳한 슈트를 입고 있었다. 그의 갈색 눈동자는 웨이코에서 린치를 당했던 젊은 남자를 연상시켰다. "도와드릴까요?"

그녀는 고개를 저었다. 여길 떠나야 했다. 이곳에 있을 실질적인 이유도 없었고, 그녀가 이 선한 사람들을 귀찮게 하고 있었다.

"앨라배마 문제를 논의하고 있어요." 그 문제가 뭔지 그녀가 알고 있다는 듯 젊은 남자가 말했다. "곧 끝나니까 원하시면 기다리세요."

그녀는 어쩔 줄 몰라하며 어정쩡하게 서 있었다. 수많은 열정적인 얼굴들, 수많은 바쁜 손들, 그녀 주위의 모든 사람들이 자신이 하는 일을 믿고 있었고, 세상을 변화시키려 애쓰고 있었다.

그녀가 했던 모든 '좋은 일'에도 불구하고, 그녀는 세상을 변화시키려 애쓰지 않았다. 심지어 NAACP를 위해 일할 때조차도. 그러는 대신, 그녀는 멀찌감치 떨어져서 세상의 질병을—그녀가 사는 세상의 질병을—관찰했고, '도울 수 있는' 특권을 이용했다. 어쩌면 그저 관음증 환자처럼, 다른 사람들의 삶을 들여다보는 것 말고는 아무 일도 하지 않았던 것인지도 모른다.

그녀는 전혀 도움이 되지 못했고, 도울 기회가 찾아오면, 위험을 무릅쓸 필요가 생기면, 앞으로 나서서 생명을 구해야 할 상황이 되면 도망쳤다. 그녀가 지니고 태어난 특권 속으로, 프랭크와의 결혼 속으로 사라져버렸다—그것조차 진정한 사랑의 결합이나 통제할 수 없는 열정이 아니었다. 그저 그렇게 하고 그렇게 살도록 양육된 삶의 방식으로 도피한 것뿐이었다. 그리고 물론 그것조차도 그녀는 실패했다.

"아니에요." 그녀가 나지막이 말했다. "기다리지 않을래요. 훨씬 더 중요한 일을 하고 계실 텐데요."

그 말을 하는 동안 그녀의 어깨 근육이 조금 이완되고 가방을 붙잡고 있던 손이 조금 느슨해졌다. 그 순간 그녀는 자신이 무얼 갖고 있는지 깨달았다.

"저…… 기부를 하고 싶어요." 그녀가 말했다. "선생님께 드려도 될까요?"

"그럼요." 젊은 남자가 말하고는 가장 가까이에 있는 빈 책상 안쪽으로 들어갔다. 그는 서랍에서 영수증 철을 꺼내고 펜을 들었다.

그녀는 가방에 손을 넣어 마지막 봉투를 꺼냈다.

"성함은요?" 그가 물었다.

그녀가 입술을 축였다. 그들의 기록부에 그녀의 이름이 있었다—적어도 예전엔 있었다. 덕분에 〈더 크라이시스〉를 받아 볼 수 있었다. 그녀는 다시 이름을 밝히고 싶지 않았다.

"익명으로 해도 될까요?" 그녀가 물었다.

"물론이죠." 예상했다는 듯 그가 말했다. 그녀의 뺨이 달아올랐다. "얼마나 하시게요?"

그녀가 봉투에서 지폐를 꺼내 모두가 볼 수 있도록 펼쳤다. 누구든 그 돈을 사적으로 유용하는 것은 원치 않았다.

"100달러요." 그녀가 말했다.

가까이 앉은 사람들이 헉하고 숨을 들이켜는 소리가 들렸다. 남자가 고개를 들어 그녀를 쳐다보다가, 돈을 보다가, 다시 영수증 철을 보았다. 액수를 기입할 때 그의 펜이 살짝 떨렸다.

"기부를 특정인 이름으로 헌정하시겠습니까?" 그녀가 거절할 것을 예상한다는 듯 그가 물었다.

"네." 그녀가 말했다. "노린 퀄스 이름으로 해주세요."

그가 성 철자를 알려달라고 하고는 가까운 문을 흘긋 쳐다보았다. 서리유리문 뒤로 사람들의 그림자가 보였다. 화이트 씨가 참석 중이라는 회의인 것 같았다.

젊은 남자는 영수증을 뜯어 그 종이로 돈을 감싼 뒤 아마도 단지 이 용도로 쓰기 위해 영수증 철에 끼워둔 것으로 보이는 먹지의 뒷장을 그녀에게 건넸다.

"진심으로 감사드립니다." 젊은 남자가 말했다.

그녀는 실제로 쓸 데가 있다는 듯 영수증 사본을 받아들었다. 그리고 고개를 끄덕이고 사무실을 나섰다.

"신문이든 뭐든 좀 가져가세요." 젊은 남자가 말했다. "아니면 공고문이라도. 저희가 무슨 일을 하는지 아실 수 있게요."

그가 한 팔을 휘둘러 일간, 혹은 주간 신문, 〈더 크라이시스〉의 여분이 흩어져 있는 책상을 가리키며 말했다. 〈더 크라이시스〉는 그녀가 읽지 못한 호였고 그래서 그녀는 그것을 집어들었다. 신문을 보았지만 집어들진 않았다. 그런데 황색 메모장 위에 클립으로 꽂혀 있는, 이틀 전 날짜의 뉴올리언스 신문 〈타임스 피커윤〉의 접혀 있는 페이지가 그녀의 시선을 끌었다.

폭행죄로 흑인 소년 여덟 명 사형선고
아홉번째 가담자 앨라배마 재판부에서 심리 진행

그녀는 도저히 그냥 지나칠 수가 없었다. 그녀가 신문을 툭 건드렸다.

"이게 앨라배마 사건인가요?" 그녀가 물었다.

"네," 젊은 남자가 말했다. "그 친구들 얘기 들어본 적 있어요? 이

주 전 박스 카에서 끌려내려왔는데, 벌써 사형선고를 받았어요."

"거의 린치나 마찬가지예요." 누군가가 나지막이 말했다.

릴런이 고개를 들었다. 그 말을 한 사람이 누구인지 알 수 없었다.

"누구를 보내서 항소할지 고심하고 있어요." 젊은 남자가 말했다. 그는 그녀가 준 돈봉투를 두드렸다. "이 돈으로 여행 경비를 충당할 수 있겠네요."

그녀가 고개를 끄덕였다. 약소하지만 그래도 뭔가 한 것 같은 기분이 들었다. 그녀는 사무실을 나섰다. 복도를 반쯤 지나고 나서야 인사도 못하고 나왔다는 생각이 들었다.

엘리베이터를 타고 나서야 그 돈을 기부한 것이 5달러짜리 지폐들을 적선한 것과 똑같은 공허함을 남긴다는 사실을 깨달았다. 그녀가 약간의 도움을 준 것은 사실이었지만 그것은 한시적인 도움이었다—어떤 변호사, 어떤 대변인의 여행 경비일 뿐이었다. 한번 지불하면 사라져버리는 비용이었다.

사무실로 가는 길보다 호텔로 돌아가는 길이 더 멀게 느껴졌다. 그녀는 에이스 애비뉴의 호텔 입구의 유리문들을 지나 로비에 서서, 이 모든 금박 장식들, 섬세한 천장, 온갖 장식품들에 한 가족이 몇 달은 먹고살 수 있는 돈이 들었다는 걸 깨달았다.

물론 프랭크는 이 건물을 짓는 공사가 몇 년 동안 수백 가족을 먹여 살렸을 거라고 말했을 것이다. 그녀와 같은 사람들이 비싼 객실에 투숙하지 않는다면 지금 존재하지도 않았을 일자리들은 말할 필요도 없었다.

그녀는 브로슈어들, 지하철과 기차의 운행 시간표들이 널려 있는 테이블 근처를 서성이며 엘리베이터를 기다렸다. 엘리베이터 도우미가 그녀에게 말을 걸지 않도록 읽을거리를 찾으려고 그중 몇 개를 집어들었다.

괜한 걱정이었다. 그녀가 그에게 자기 층을 알려주자 그는 인사 대신 고개만 까딱할 뿐 거의 말을 하지 않았다. 그녀를 쳐다보지도 않았다. 그녀가 자기 층에서 내릴 때에도 좋은 하루를 보내라는 인사조차 없었다.

다른 사람이었다면, 보다 자격 있는 사람이었다면 그에게 사과문을 요구했을 것이다. 그러나 릴린은 그가 그녀처럼 그저 하루하루 지쳐가고 있는 거라고 생각했다. 항상 위기가 있었고, 항상 뭔가 잘못 돌아가고 있었다. 항상 자신들이 저지르지 않은 죄로 사람들이 죽어가고 있었다.

그 누구도, 그 사람이 한 짓이 아니에요. 그 사람은 결코 그런 짓을 하지 않았어요. 그런 짓을 했을 리가 없어요, 라고 말하지 않았다.

적어도, 책임 있는 사람들이 귀기울일 만한 사람은 누구도 그러지 않았다.

열쇠로 방문을 열면서 그녀는 얼굴을 찌푸렸다. 그녀를 괴롭히는 무언가가 있었다. 방문을 닫고 열차에서 집어온 오래된 신문을 들었다. 몇 주 전 〈뉴욕 타임스〉였다—그녀가 멤피스로 가기도 전이었다.

그녀는 자신이 보았던 광경을 떠올리며 신문을 뒤적였다. 신문 중간쯤, 광고가 있는 페이지 바로 전에서, 그 기사를 찾았다.

니그로들을 내놓으라 요구하는 폭도 세력에
교도소장이 군부대 출동 요청

여성 폭행죄로 9인 체포 이후, 앨라배마 스코츠버러 폭동 조짐

럴린은 기사를 읽으며 책상 쪽으로 몸을 숙이고 행간의 의미를 파악하려 애썼다. 그 아홉 명은 두 여성을 폭행한 죄로 박스 카에서 끌어내려졌다. 그런데 백인 남자들과의 싸움에 관해 석연치 않은 부분이 있었다. 백인 남자들은 다른 정류장에서 내렸다. 그들이 전보를 쳐서 흑인 청년들을 체포할 것을 요구했다.

그리고 폭도들이 몰려들었다.

그녀는 몸서리를 쳤다.

보안관은 군 병력을 요청했고, 백인 남자들이 너무도 명백하게 원했던 린치를 막았다. 그러나 아홉 명의 청년—몇 주 뒤에도 여전히 살아 있는—은, 이미 재판을 받고, 유죄선고를 받고, 교수형을 선고받았다.

NAACP에서 항소를 원하는 것이 당연했다.

그저 이야기를 읽는 것만으로도 강간 사건이 아니라는 걸 알 수 있었다. 박스 카를 함께 탔고, 같은 공기를 마셨다는 게 문제였다. 차별을 두지 않은 것이 문제였다.

그녀는 날짜를 보았다. 그녀가 멤피스에 가기 전에 일어난 일이었고, 피부색이 다른 남자들이 불만스러운 표정으로 함께 박스 카를 타고 가는 것을 보기 이전의 일이었다.

그녀가 그녀답지 않게, 아, 저거 문제가 되겠는데, 라고 생각하기 전이었다. 이미 문제가 되었기 때문에 그렇게 생각했던 거였다.

커다란 문제.

그녀는 분명히 그 기사를 보았고, 또 외면했다. 지난 몇 년 동안

그런 기사를 보지 않도록, 그녀를 다른 장소와 다른 시간으로 이끌 기사를 보지 않도록 스스로를 훈련시켰기 때문이었다.

그녀는 신문을 책상 위에 던져놓고 모자를 벗어서 어느새 모자 자리가 되어버린 서랍장 위에 올려놓았다. 드레스를 벗어 구겨지지 않게 걸어두었다.

그다음엔 신발을 벗었다. 저녁식사를 하러 나가기 전에 낮잠을 잘 생각이었다. 그런데 잠이 오지 않았다.

대신 그녀는 열차 운행 시간표를 집어들었다. 그녀의 머리가 아직 인정하지 못하는 것을 그녀의 손은 알고 있었다.

돈은 도움이 되었다. 나름 좋은 일을 했다. 그러나 비극의 흐름을 끊을 수는 없었다. 이미 무너진 댐에 돌멩이 한 개의 힘도 보태지 못했다.

그녀는 린치를 막을 수도 없었고, 이름조차 붙일 수 없는 끔찍한, 너무 끔찍한 죽음을 막을 수도 없었다. 산 채로 불태우는 죽음들. 코앞에서 정조준하고 쏘아대는 산탄총들.

그녀에게는 나설 용기가 없었다. 그런 용기는 전혀 없었다. NAACP 사무실에 있는 동안 그녀는 불편했다.

그곳은 그녀가 있을 곳이 아니었다.

그러나 조사는 할 수 있었다. 그녀는 이미 그 사실을 입증했다. 그녀에게는 그녀와 같은 백인들이 저지르는 죄악을 인정하게 하는 기술이 있었다. 그 공포를 떠벌리게 하는 기술이 있었다.

그녀는 주로 죽음들 이후의 이야기를 들었다. 그러나 앨라배마 스코츠버러의 그 청년들은 아직 살아 있었다. 그들의 이야기를 듣고 조사할 수 있었고, 어쩌면 누군가가 그들을 구할 수도 있었다.

이미 변호인단이 구성되고 있었다. "앨라배마 문제를 논의하고 있다"고 그들이 말했고, 그런 논의에 대해 그녀가 알고 있는 게 있다면, 누군가는 이미 가족들에게 가서, 싸우라고, 끝까지 싸우라고 가족들을 독려하고 있으리라는 것이었다.

싸우려면 증거가 필요했다.

증거를 확보하려면 양측과 대화를 나눌 사람이 필요했다—논의조차 될 수 없는 일들을 인정하게 만들기 위한 대화.

그녀는 더이상 그런 조사를 '좋은 일'이라고 부르지 않았다. 그건 '좋은 일'이 아니었다. '필요악'이었다—이미 너무 많은 시간을 악과 함께 허비했던 여자, 그래서 제대로 설 수조차 없는 여자가 행하는 '필요악'이었다.

그러나 진실을 위해서라면 그녀는 거짓말을 할 수 있었다.

그녀는 열차 운행 시간표 쪽으로 몸을 숙이고 앨라배마 스코츠버러로 그녀를 데려다줄 열차와 연결되는 뉴욕발 열차를 찾아보았다. 아이러니하게도 여기까지 와서 다시 한번 그녀의 고향으로 돌아가야 한다는 사실을 깨닫게 되다니. 향후 몇 년 동안, 그녀는 또다시 신분을 숨기고, 실제로 어떤 일이 벌어졌는지를 포착해서, 누군가가—진정한 용기를 지닌, 열정과 사명감을 가진 또다른 누군가가—자신의 목숨을 걸고 타인의 목숨을 구하도록 도울 것이다.

그녀는 결코 그 사람이 되지는 못할 것이다.

그녀는 항상 어둠 속에 숨어서 빛 속으로 기록을 보낼 것이다.

그것은 그녀가 할 수 있는 최소한의—정말이지 최소한의—일이었다.

엉뚱한 사람을 가리키며 거짓말을 했던 노린을 위해서가 아니었다.

그 손가락 반대편 끝에 있던 젊은 남자, 책을 들고서, 인형을 들고 가던 소녀를 향해 미소 짓던, 한 인간이 또다른 인간을 대하듯 친절하게 그녀를 대했던, 너무도 드문 일이라 기억에 남는 대우를 해준 그 사람을 위해서였다.

이것은 그를 위한 일이 될 것이다. 그리고 그와 같은 모든 이들을 위한 일이 될 것이다. 잘해야 명단에 오른 이름이 되고, 최악의 경우 엽서가 되는 그와 같은 모든 이들을 위한 일이 될 것이다.

그녀는 할 수 있는 한 이 일을 할 것이다.

돈이 떨어질 때까지.

밤의 창문

조너선 샌틀로퍼

조너선 샌틀로퍼는 베스트셀러인 『데스 아티스트*The Death Artist*』와 네로상 수상작 『공포의 해부학*Anatomy of Fear*』을 비롯한 다섯 권의 장편소설을 쓴 작가다. 『어두운 거리의 끝*The Dark End of the Street*』의 공동 작가이자 참여 작가, 삽화가이고, 『라 누아르: 단편집*La Noir: The Collected Stories*』『마리화나 연대기*The Marijuana Chronicles*』와 뉴욕 타임스 베스트셀러 연재소설 『죽은 자 상속받기*Inherit the Dead*』의 편집자 겸 참여 작가다. 그의 작품들은 〈엘러리 퀸 미스터리 매거진〉〈더 스트랜드〉 외 수많은 단편집에 수록되었다. 그는 국립예술기금을 두 차례 받았고, 로마의 아메리칸 아카데미, 버몬트 스튜디오 센터의 방문 작가였으며, 미국의 가장 오래된 예술인협회 야도의 이사로 활동하고 있다.

유명한 화가이기도 한 그의 작품은 메트로폴리탄 미술관, 시카고 미술협회, 뉴어크 박물관에 소장되어 있다. 호퍼의 열렬한 팬인 샌틀로퍼가 그린 에드워드 호퍼의 초상화는 2002년 '예술과 예술가에 관한 예술전'에 전시되었다. 그는 뉴욕시티에 살며 센터 포 픽션의 범죄소설 디렉터로 일하고 있다. 현재 새로운 범죄소설과 삽화가 들어간 어린이 모험소설을 집필중이다.

밤의 창문, 1928

다시 그녀가 보인다. 핑크색 브라, 핑크색 슬립, 이쪽 창문에 나타났다가 다시 그 옆 창문에, 나타났다가 또 사라진다. 조이트로프* 속 사진처럼, 깜빡이고, 덧없고, 미치게 만든다.

그렇다, 그게 정확한 표현이다. 미치게 만든다.

그 순간 그는 또하나의 단어를 떠올린다. 먹음직스럽다.

그리고 또다른 단어. 고문하다.

이렇게 빨리 대체될 줄은 몰랐다. 지난번 여자, 로라인지 로런

* 원통 안에 연속된 그림을 그려넣고 회전시키면서 작게 뚫어놓은 구멍으로 들여다보는 장치.

인지, 이름이 뭐였건 상관없는 그 여자가 떠난 지는 넉 달인가 다섯 달이 되었다. 그가 날짜를 꼽지 않은 건 아니다. 그들은 모두 대체 가능한 존재들이고, 이 여자나 이 다음 여자나 다 마찬가지다. 그러나 지난번 여자가 마음에 들긴 했다. 그녀의 순수함이 좋았다—그 순수함을 빼앗는 게 좋았다. 그녀의 모습을 떠올려보려 했지만 벌써 이목구비가 흐릿하다. 마치 그녀가 수채화이고, 그가 젖은 손가락으로 얼굴을 문질러 이목구비를 흐릿하게 만들고, 그녀를 지우고, 만들었다가 없애버린 것처럼. 그게 바로 그가 한 일이었다. 그는 늘 그 일을 한다.

핑크색 슬립을 입은 여자가 몸을 숙이고, 그녀의 엉덩이가 정면으로 그를 향한다. 웃을 수도 있었지만 그녀가 들을 수도 있고, 길 건너편을 쳐다보다가 맞은편 창가의 남자, 어둠 속의 남자를 발견할 수도 있었다. 아직 그런 상황에 대처할 준비는 되어 있지 않았다. 만남은 사전에 계획되어야 한다. 그리고 그렇게 될 것이다. 조만간.

여자가 일어서더니, 돌아서서 창문 선반 쪽으로 몸을 숙인다. 그녀의 금발이 조명을 받고, 그는 생각한다. 신이 새로운 여자를 보냈군.

지난번에 왔던 여자, 그 촌뜨기가 그를 만난 건 행운이었다. 그런 여자는 다루기 쉬웠다. 지나치다 싶게 쉬웠다. 그는 여자를 길들였고, 간단히 부수었다.

그런데 무슨 힘으로 달아날 수 있었을까?

상관없었다. 이미 그녀에게 싫증이 난 상태였다. 징징거리는 목소리하며, 그를 기쁘게 하려고 너무 애쓰는 모습하며.

새로운 여자는 완벽해 보인다. 자신이 관찰당하고 있다는 사실을 알지 못한 채 미끄러지듯 창문들을 지나치는 모습.

이 여자도 쉬울 것이다.

그는 윗입술의 땀을 닦아내며 어둠 속에서 반짝이는 세 칸의 창문을, 그만의 전용 극장을 바라본다. 그가 긴 숨을 내쉬자 그녀의 창가 커튼이 펄럭인다. 커튼도 그와 함께 숨을 쉬는 것처럼.

아……

어둠이 그를 가려준다, 베일처럼. 그는 그녀를 볼 수 있지만 그녀는 아무것도 보지 못한다.

그는 흉측한 초록색 카펫 위의 그녀의 맨발을 본다. 똑같은 카펫이다. 새로 온 여자는 굳이 새것으로 바꾸지 않았다. 지난번 여자의 발목이 낡은 철제 라디에이터에 묶여 있고 그의 맨발이 카펫을 밟았던 기억을 떠올리는 순간 발가락이 근질근질하고 사타구니가 빼근해진다.

좀더 잘 보기 위해 열어둔 창문으로 열기가 스며든다. 눅눅하고 후끈한 바람이 그의 주위에서 용해되어 아파트의 중앙냉방과 섞인다. 그의 몸 반은 서늘하고 반은 땀을 흘린다. 마치 한랭전선과 온난전선이 만나는 날씨 변화의 중심에 서 있는 것처럼, 그의 내면 깊숙한 곳에서 폭풍이 끓어오른다. 그가 술병으로 손을 뻗어 얼음이 거의 다 녹은 잔에 술을 따른다.

그는 그녀의 뒤쪽에서 돌아가는 조그만 금속 재질 선풍기를 본다. 돌아가고 있긴 하지만 딱히 쓸모는 없다. 그래도 그는 그 선풍기가 마음에 든다. 선풍기 바람에 여자의 슬립과 머리카락이 날리는 게 좋고, 그것은 곧 이 더위에 그녀가 계속 창문을 열어놓을 거라는 의미이기 때문이다.

그가 스카치를 입술로 가져간다. 술은 혀에서는 날카롭지만 목에서는 부드럽다. 그는 어둠 건너편을 응시한다. 마치 어둠이 물리적인 무언가라는 듯, 그를 그녀의 아파트 안으로 곧장 이동하게 해주는 활주로인 듯, 마치 눈으로 손처럼 그녀의 몸을 느낄 수 있다는 듯, 처음엔 부드럽게 그리고 그다음엔 강하게, 아프도록 강하게.

통증을 느끼기라도 한 것처럼, 그녀의 핑크빛이 창문에서 떨어져 아파트 안쪽으로 멀어진다.

그는 기다린다.

그가 훤히 꿰고 있는 아파트를 떠올린다. 칙칙한 인테리어, 비좁은 침실, 욕실의 금이 간 타일들, 좁은 부엌, 유행에 뒤떨어진 세간.

덮개를 씌우지 않은 거실 라디에이터도 보인다. 오래되었지만 개조 공사를 하지 않은, 이 도시에선 이례적인 아파트. 물론 그는 지난 세기 말에 지은 4층짜리 브라운스톤 주택과 절대 사용하지 않는 뒷마당을 소유하고 있다. 그는 경제 침체기 때 이 건물을 매입했다. 그때도 비쌌지만 지금은 그의 기준으로도 천문학적인 액수가 되었다. 그러나 이 집은 그가 살게 될 거라 상상했던 그런 종류의 집이 아니었다. 그는 줄곧 도어맨들이 있는 어퍼이스트사이드의 고층 건물에 살았다. 그러나 지금은 이 집을, 이 집이 제공하는 사생활을 좋아하게 되었다.

그가 술잔을 비우고 또 한 잔을 따른다. 초조하다. 어둠 속에서 스카치를 손에 흘린다.

뭐하는 거지? 뭐가 이렇게 오래 걸려?

그가 시계를 본다. 얇은 금색 시계판에 그보다 더 얇은 황금 메시 밴드. 젠장, 저 여자 때문에 비즈니스 만찬에 늦겠군.

어서 나와. 어서.

샤워를 하나? 아니면 소변? 그는 그 두 장면을 상상한다. 그 광경을 지켜보지 못하는 게 아쉽다. 곧 보게 될 것이다.

담배에 불을 붙인다. 그러지 말라고 말하는 사람은 없다. 첫번째 아내도 없고 두번째 아내도 없다. 떠난 지 오래라 나쁜 기억조차 남아 있지 않다. 몇 년 전 감히 그에게 담배는 혐오스러운 습관이라고 말했던 여자도 없다. 그래서 그가 그녀에게 혐오스러운 습관들을 보여주었다. 그렇지 않은가?

아버지의 모습—담배를 피우는 거구의 남자—이 그의 머릿속에서 섬광처럼 번뜩인다. 피 끓는 분노에 벌겋게 달아오른 얼굴로, 벨트나 주먹이나 불붙은 담배를 들고서 그의 앞에 버티고 서던 아버지. 어쩌면 그가 조작해낸 것일 수도 있고, 그가 다섯 살 때 아버지가 죽었다고 말한 어머니에 의해 조작된 이미지일 수도 있었다. 그는 몇 년 뒤 어머니 말이 거짓임을 깨달았지만 그뒤로도 아버지를 다시 보진 못했다.

마치 그녀의 창문에 페인트칠하는 붓처럼, 휙 지나가는 핑크빛. 그는 몸을 앞으로 숙이고 등딱지에서 목을 빼는 거북처럼 머리를 앞으로 내민다. 그녀는 이내 사라지지만 핑크빛은 잔상을 남긴다. 그는 고기를 생각한다. 부드러운 송아지 고기, 육즙 많은 돼지고기. 개처럼 그의 입에 침이 고인다.

그는 담배를 길게 빨아들인 다음, 기침이 나오기 직전까지 연기를 가두었다가 내뿜어서, 얼굴 앞에서 잿빛 구름이 폭발하게 한다. 연기가 잦아들자 다시 그녀의 모습이 보인다. 아파트 안쪽, 보드라운 황금빛으로 그녀의 몸을 씻기는 램프 옆에서 그녀가 브라의 고리를 푼다. 그는 자세히 보려고 연기 속에서 눈을 찌푸리지만 그럴 수가 없다. 그녀는 인상파 그림이다. 어른거린다. 아름답다. 액자에 끼워 못에 걸어두거나, 우리에 가두거나, 벽에 묶어두고 싶은 존재다.

그러다 그녀가 사라지고, 그는 지난번 여자를 떠올린다. 어리고 순수했던 여자, 그가 그녀를 벗겼고 순수함이 오래된 각질처럼 떨어져나가는 것을 지켜보았다.

그가 시계를 본다. 이제 그만 가야 한다. 두바이에서 온 고객이라 늦어서는 안 되는 약속이다. 그러나 그 순간 핑크가 돌아온다. 선명하게 창문 가까이로 다가오고, 슬립의 매끄러운 천이 슬로모션으로 그녀의 허벅다리 주위로 미끄러진다. 약간 구식인 것 같은 느낌이 든다. 슬립이 그렇고, 여자의 외모도 그렇다. 평상시에 그가 보는 멋지게 굶주린 여자들보다 둥글고 굴곡이 있다. 그런 여자들은 언제나 생선을 고르고, 생선이 차갑게 식어가는 동안 샐러드만 깨작거린다. 먹지 않는 여자들에게 낭비되는 200달러짜리 식사가 아깝고, 두바이에서 온 비즈니스맨과의 식사 때문에 면도하는 턱수염이 아깝다.

그가 그녀를 바라보며 마치 사진을 찍듯 눈을 깜빡인다. 망원렌즈가 달린 35밀리 니콘 카메라가 있으면 좋을 텐데. 그는 자신이 영화 〈이창〉의 지미 스튜어트라고, 살인을 지켜보고 있는 거라고 상상해본다—얼마나 멋질까?

핑크 아가씨—그가 그녀에게 붙여준 이름이다—는 몸을 숙였다 일으키고, 문자 그대로 빙글빙글 돈다. 그는 집 안쪽, 어둠에 반쯤 가려진 자리에, 거울이 하나 놓여 있음을 알아차린다. 새 거울이고, 전에는 본 적 없는 물건이다. 그 순간 그는, 거울에 반사된 그의 모습을 그녀가 볼 수 있을 것 같다는 생각에 뒤로 물러난다. 담배 연기가 흔적을 남긴다.

물론 그럴 리 없다. 그는 너무 멀리 있고, 사실을 인정하자, 그는 뱀파이어다—거울에 비친 내 모습을 한번 잡아보시지! 그가 웃음을 터뜨린다. 거리의 소음—버스들, 택시들, 사이렌들—이 아니었다면 그녀가 그의 목소리를 들었을 수도 있다. 앞으로 일어날 모든 일들이 뒤바뀔 수도 있다.

어쩌면 그녀가 보았을 수도 있다. 왜냐하면 그녀가 빙글빙글 돌기를 멈추고 창가로 다가와 밖을 내다보았기 때문이다.

그의 숨이 턱에 걸리고, 그는 칠흑 같은 어둠 속으로 더 깊이 물러난다.

날 찾고 있나? 날 보고 있나?

그녀가 어디를 보는지 확실히 알 수가 없다. 그녀의 얼굴은 어둡고, 빛을 등지고 있고, 그녀의 머리카락은 엷은 후광이다.

그러다가 그녀가 사라진다. 이제는 그도 가야 한다. 막 일어서려는 찰나, 그녀가 돌아온다. 흐릿한 실내 조명 속에서 거의 보이지 않지만, 완전히 사라지지는 않은 그녀가 아파트 문을 연다. 그러더니 불이 꺼지고 창문들은 깜깜해진다.

집을 나서는 그녀를 쫓아가 붙잡을 수도 있지만 그는 어둠 속에 앉아, 담배를 피우며, 마지막 남은 스카치를 홀짝이며 앉아서, 기다리기로 한다. 그는 이 대목을 좋아한다. 그들은 그를 모르고, 그는 그들을 알고 있는 대목을.

삼 주하고도 이틀이 지났다. 열두 차례가 넘는 공연이 있었다. 그는 그 공연들을, 핑크 아가씨가 오직 그만을 위해 펼치는 작은 공연, 비네트*로 여긴다.

그러나 그 정도면 됐다. 때가 왔다. 더이상 미루었다가는 미쳐버릴 것만 같다.

일은 간단하다. 그는 그녀가 들어올 때와 나갈 때, 불이 켜질 때와 꺼질 때를 본다. 출근하려고 옷 입는 것을 보고 집으로 돌아와 옷 벗는 것을 본다. 데이트를 하러 나가는 것을 보고 혼자 돌아오는 것을 본다. 항상 혼자다. 그 점이 마음에 든다. 헤픈 여자에게는 관심이 없다.

그녀를 쫓아 같은 레스토랑에 두 번 갔고, 판유리를 통해 그녀가 책을 소품 삼아 혼자 식사하는 모습을 지켜봤다. 외로워 보였고, 수줍어 보였다—좋은 징조다. 그런 거라면 그가 다룰 줄 안다.

그가 시간을 확인한다. 이제 곧 그녀가 돌아올 것이다. 그는 준비가 되었다. 출근하는 사람처럼 옷을 갖춰 입었다. 디자이너의 여름 슈트에, 머리는 단정하지만 월 스트리트의 늑대들처럼 뒤로 빗어 넘기지는 않았고, 희끗희끗하고 굵은 한 가닥이 일부러 태닝한 이마로 자연스럽게 흘러내렸다. 섬세하고 남성적인 고가의 영국 향수도 한 번 뿌렸다. 가까이 다가오면 그녀의 코를 간질일 만한 것으로. 그가 반드시 그렇게 되게 할 것이다.

맞은편의 세 칸 극장에 불이 켜진다. 뜨겁고 눈이 부셔서 세상

---

* 특정한 인물이나 상황을 분명히 보여주는 짤막한 글이나 행동.

이 잠시 형광 빛이 된다. 열기가 잦아들자 그녀가 보인다. 외출복 차림으로 거실을 활보한다. 수수하고 선이 깔끔한 짙은 파란색 정장이다. 그녀가 침실로 사라지고 그는 기다린다. 잠시 후 그녀가 다시 거실로 돌아온다. 그리고 탱크톱에 하얀 바지 차림으로 문을 나선다.

그도 나선다.

거리로 나서자 심박수가 낮은데도 신경말단이 간질거린다—그의 심박수는 80 이상으로 올라간 적이 없다. 그는 상점 거울을 통해 자신의 모습을 비춰 보며 흡족해한다. 누가 보아도 매력 있는 남자고, 무심한 듯, 그러나 결코 놓칠 수 없는 부의 상징들을 걸친 성공한 남자다.

모퉁이를 돌자 그녀가 보인다. 하늘색 탱크톱에 하얀 바지, 아파트 건물에서 나올 때 저물어가는 여름 햇살에 반사되는 금발. 마치 영화에서, 그의 영화에서 걸어나오는 것처럼, 그녀의 형체가, 세세한 것들이 그의 시야에 들어온다. 그의 피부가 기대감으로 스멀거린다. 북적이는 도시의 거리를 지나 레스토랑으로 들어서는 그녀를 미행하는 동안 그의 머릿속이 낮게 웅웅거린다. 그녀는 2인용 테이블에 혼자 앉는다. 가짜 프랑스 레스토랑이고, 반은 비어 있다. 그는 그녀 옆 테이블에 앉아 말벡* 한 잔을 주문하고 메뉴판 너머로 그녀를 본다. 마치 그녀가 메뉴판 가장자리, 그가 그녀를 위해 만든 작은 무대에서 공연을 펼치고 있다는 듯.

---

* 프랑스 보르도 지방에서 재배하는 적포도 품종으로 만든 와인.

그녀는 화이트와인, 샤도네를 주문해 한 모금 마신다. 그는 와인이 그녀의 머리카락과 같은 빛깔이란 걸 알아차린다. 그녀가 니수아즈 샐러드*를 주문하자 그는 기름진 머리에 그와 똑같이 기름진 프랑스 억양을 가진 웨이터가 테이블로 다가올 때까지 기다린다. 그는 고갯짓으로 그녀의 방향을 가리키며, 그녀에게 들릴 정도로 큰 소리로 말한다. "저분이 드시는 것과 같은 걸로 주세요." 그녀가 돌아보자 그가 미소를 짓고 그녀도 미소를 짓는다. 그러면 그렇지. 그녀의 뺨에 바늘이 꽂혔고, 낚싯대는 그의 손에 있다. 이제 그는 줄을 감기 시작한다.

"여기서 식사해보셨어요?" 그가 묻는다.

"네?" 책에서 고개를 들며 그녀가 말한다. "아. 네. 두어 번이요."

"마음에 드셨나봐요."

그녀는 그가 생각했던 것보다 조금 나이가 많다. 삼십대 초반. 레스토랑의 흐릿한 불빛이 그녀의 이목구비를 부드럽게 만들어서 그는 궁금해지고, 걱정이 된다. 혹시 그것보다 더 나이가 많은 건 아닌지. 그는 자기보다 적어도 열 살은 어린 여자가 좋다. 그러나 너무 어린 여자는 싫다. 변태는 아니다.

"이 동네 사세요?" 그가 묻는다.

또 한번의 끄덕임. 그녀가 그를 살피고 경계한다. 자기보다 나이가 많고, 잘생기고, 눈에 띄는, 그러나 낯선 이 남자와 계속 대화를 해야 할지 말지 망설이는 것이 보인다.

---

* 토마토, 삶은 달걀, 올리브 등에 안초비나 참치를 얹고 비네그레트소스를 뿌려 만든 프랑스 니스의 샐러드.

그는 가상의 릴을 조금 풀어주면서 휴대전화를 꺼내 이메일을 확인하는 척한다. 그러면서도 책을 읽는 그녀를 계속 주시한다.

입술을 달싹거리지 않아서 천만다행이군.

수줍고, 순진하고, 조종하기 쉬운 건 좋지만 멍청한 건 싫다. 멍청한 건 단연코 싫다. 그러면 무슨 재미인가? 도전하는 기쁨이 어디 있는가?

지난번 여자, 로라인지 로런인지는 천재라고 말할 수는 없지만 그렇다고 멍청이도 아니었다. 그저 잘 속고, 이십대 초반이라 더 어렸고, 처녀였다. 그 사실을 알았을 때의 충격, 그 환희. 항상 원하는 것을 손에 넣는 그였지만, 그건 보너스였다.

샐러드가 나오자 그가 그녀 쪽으로 고갯짓을 하며 말한다. "뉴욕 출신 아니시죠?"

"설라이나 출신이에요." 그녀가 말한다. "아마 한 번도 못 들어 보셨을걸요."

"캔자스." 그가 말한다. 그녀는 놀란 표정이지만 미소를 짓는다.

"킴 노백. 〈현기증〉."

"그게 뭐죠?"

"히치콕 감독 영화요. 킴 노백, 그녀가 맡은 역할이 설라이나 출신이에요."

"아." 그녀가 말한다.

"그 영화 안 봤어요?"

"안 봤어요."

"훌륭한 영화예요." 지미 스튜어트가 킴 노백이 맡은 역을 얼마나 멋지게 되살렸는지 생각하며 그가 말한다. 마치 킴 노백을 죽음에서 살려낸 것 같았다. 그가 좋아하는 일과는 반대다. "지금 필름 포럼에서 히치콕 페스티벌이 열리고 있어요. 가보세요. 아니, 제가 모시고 가죠."

그녀는 놀란 표정이다, 눈썹이 아치 모양이 된다. 그러나 불쾌하진 않은 것 같다.

"미안해요. 이러면 안 되는데…… 아마 결혼을 하셨거나, 아니면 사귀는 사람이 있으시겠죠. 제가 괜한 소리를……" 그는 수줍고, 약간 멋쩍은 표정을 보탠다. 영화를 보며 연습했던 표정이다.

"사귀는 사람은 없고 결혼도 안 했어요. 이 도시는 처음이고, 솔직히 그래서 좀 두려워요."

"두려워할 것 없어요." 수줍은 표정을 연민이 깃든 다정한 표정으로 재정비하며 그가 말한다.

"사람들을 만나기가 쉽지 않더라고요."

"저기요." 환하게 웃으며 그가 말한다. "저하고 식사 같이 하시죠." 그녀가 미처 거절하기도 전에—사실 거절할 것처럼 보이지도 않았지만—그가 샐러드를 들고 그녀의 테이블로 자리를 옮긴다. 그가 웨이터에게 손짓하자 웨이터가 그의 와인잔을 옮겨준다. 그는 그녀의 맞은편에 앉아, 그녀를 한밤의 창문 속 핑크 아가씨가 아닌 현실적인 존재로 바라보려 애쓴다. 그 이미지가 여전히 머릿속에 생생한데도.

와인 한 잔을 더 마신 뒤 그녀가 그에게 살아온 이야기를 한다—설라이나 고등학교 프롬 퀸이었다가 토피카의 비서학교에 진학하고 회계 법인에 취직하게 되기까지의 이야기다. "회계사들만 우글우글해서 따분해 죽겠어요." 그녀가 말하며 시무룩해진다.

"지금은 따분해 죽지 않을 거예요." 그가 말한다. "난 회계사가 아니니까요."

그가 와인을 더 주문한다. 한 잔을 더 마시고 난 뒤 그녀는 자신이 서른둘이고, 이혼녀이고, 새 삶을 시작하러 이곳에 왔다고 말한다. 그는 그녀가 이야기하도록 내버려둔다. 자기 이야기는 거의 하지 않는다. 그저 자영업을 한다고만 말한다. "금융 쪽에서 일하고, 특별할 건 없지만, 그 일로 청구서는 해결하죠."

그녀가 웃는다. 그러더니 그를 쳐다보며 말한다. "이렇게 잘생긴 분이 왜 혼자시죠?"

"결혼했었어요, 한 번." 그가 말하며 덧붙인다. "한번 더 해볼 생각도 있고요." 그가 미끼를 던지고, 바늘이 살을 찌르는 것을, 피 한 방울이 뺨을 타고 흐르는 것을 지켜본다. 핑크 빛깔이 아닌 붉은 빛깔의 피.

그리고 그가 그녀를 집까지 바래다준다.

아름다운 밤이다. 맨해튼의 평상시 여름 날씨와 달리, 바람이 불고 습도가 낮다. 따스한 공기가 그가 쓰고 있는 가면 위의 얇은 가면처럼 느껴진다.

"저 여기 살아요." 아파트 입구에 서서 그녀가 말한다.

어색한 순간이지만 그는 굳이 그 침묵을 깨지 않는다. 그녀가 어떻게 깨는지 지켜보고 싶다.

"그럼……" 그녀가 말하며 손을 내민다.

그는 양손으로 그녀의 손을 잡고, 잠시 그 상태로 머문다. "정말 반가웠어요." 그가 말한다. "어떻게 생각하세요?"

"뭘요?"

"필름 포럼. 히치콕."

"아," 그녀가 말한다. "언제죠?"

"페스티벌은 두 주 동안 매일 밤 열려요. 내일 어때요?"

"아," 그녀가 다시 말하며 아랫입술을 깨문다. "괜찮을 것 같아요. 어떤 영화죠?"

"동시 상영이에요. 〈현기증〉하고…… 〈사이코〉."

"〈사이코〉는 항상 보기 무서웠어요."

"걱정 말아요." 그가 말한다. "내가 지켜줄게요."

그는 아파트 안으로 사라지는 그녀를 지켜보다가 서둘러 집으로 돌아가 때마침 창문 안에서 옷을 벗는 그녀를 본다. 흰 바지를 벗어 내리고, 탱크톱을 벗어 올리고, 잠시 거실 한복판에 서 있다. 갑자기 양팔로 가슴을 가리는 그녀의 모습을 보고 그녀가 그가 보고 있는 것을 느끼는지 궁금해진다.

"둘 다 좋았어요." 그녀가 말한다. 필름 포럼에서 그리니치빌리지 거리로 나서며 그녀가 말한다. 밤은 더 뜨겁고 바람은 더 눅눅하다. "여기서 사진 찍어줘요." 그녀가 말하며 그에게 자신의 휴대전화를 내민다.

그가 〈사이코〉 포스터 앞에 서 있는 그녀의 사진을 찍는다. 그녀는 십대처럼 키득거린다. 그녀가 휴대전화를 받아들고 앞으로 들더니 그들 두 사람의 사진을 찍는다.

"난 사진 찍는 거 싫어요." 그가 말한다. 그 말은 사실이다. 그는 자신의 사진이 찍히는 것을 결코 용납하지 않는다. 여자의 휴대전화를 빼앗아 벽에 던져 부숴버릴까 생각해본다. "지워요, 알겠죠?"

"아, 네, 그럴게요." 그녀가 말하며 휴대전화 버튼을 누른다. "미안해요, 전 단지……"

"괜찮아요." 그가 말하며 애써 미소를 짓지만 그녀의 마음이 불편해졌음을 느낄 수 있다. 해결해야 한다.

"〈사이코〉, 그 영화 어땠어요?"

"아, 너무 무서웠어요."

"하지만 훌륭하죠. 심지어 그렇게 여러 번……" 그가 적절한 단어를 찾으려 말을 멈춘다. 그가 하려던 말은 오르가슴이다. "……봤는데도." 그는 샴페인병처럼 억눌려 있다. 여자 옆에서 두 편의 영화를 보았다. 향수 냄새가 풍겼고, 샤워 장면이 나올 때와 형사가 칼에 찔릴 때와 엄마의 시체가 발견될 때 그녀가 비명을 지르며 그의 팔을 붙잡았다. 그는 이미 이성을 잃기 직전이었다. 노먼 베이츠가 실컷 재미를 보는 동안 그는 자신을 억누르며 너무 오래 앉아 있었다.

이번에는 택시를 타고 집으로 간다. 택시 안은 서늘하고, 택시 기사는 가는 내내 휴대전화에 대고 떠든다.

"거기서 나오니 좋네요." 택시 문을 닫으며 그가 말한다.

"저도요. 하지만 시원한 공기를 담아갈 수 없어서 속상해요."

"왜요?"

"에어컨이 없거든요. 창문에 다는 에어컨을 사야 하는데 너무 게을러서 못 샀어요. 아무래도 사야 할까봐요."

"여름도 거의 끝나가잖아요. 굳이 그럴 필요 있어요?" 선풍기가 돌아가며 그녀의 머리카락과 슬립을 흩날리고 그녀의 창문이 열려 있기를 자신이 얼마나 원하는지 생각하며 그가 말한다.

"우리집은 시원해요. 우리집에 올래요?"

그녀가 길바닥을 쳐다본다. "그건 아닌 것 같아요."

"그럼 내가 당신 집으로 갈까요?" 그가 묻고는 웃음을 더한다.

"난 당신에 대해 아는 게 거의 없어요."

"그래요? 난 당신을 아는 것 같은 기분이 드는데." 그가 그녀와 눈을 맞추려 하지만 그녀는 여전히 바닥만 쳐다보고 있다. 그가 그녀의 턱을 만지다가, 얼굴을 들어올리고, 관찰한다. 영화에 나온 제스처. 그리고 말한다. "괜찮아요. 다음에 가죠, 당신이 나를 더 잘 알게 되고 신뢰하게 되면."

"아, 하지만 지금도 신뢰해요. 그런 게 아니에요." 그녀가 체중을 반대편 다리로 옮긴다. 오늘밤에는 단화를 신고 있다. 앞이 뚫려 있고 발톱은 핑크색으로 칠했다. 그 색깔을 좋아하는 게 분명하다. 그 역시 그렇다.

"이해해요. 하지만 당신을 좋아한다는 말은 해야겠어요. 그리고 내가 정말 좋아하는 여자를 만나는 건 아주 드문 일이죠."

"왜요?" 그녀가 묻는다.

"내가 만나는 여자들은 너무…… 뉴욕 여자들이라. 죽기 직전까지 굶주린데다 재미도 없어요. 하긴 굶주리는데 재미있는 사람이 어디 있겠어요?"

그녀가 웃으며 양팔을 벌린다. 마치 날 봐요, 라고 말하는 것처럼. "확실한 건 난 굶주리지 않았네요."

"다행스러운 일이죠." 그가 말하며 그녀의 굴곡을 감상하다가, 몸을 숙이고 그녀의 뺨에 살짝 키스한다. 그가 정말 원하는 것은 그녀의 뺨을 깨물고, 살점을 물어뜯는 것이지만. "전화할게요."

"좋아요." 그녀가 말하고는 돌아서서 아파트 안으로 들어간다.

그는 그녀가 들어가는 모습을 지켜본다. 그렇게 빨리 달아나봐야 이미 바늘에 걸려들었다.

그는 한 주를 흘려보낸다. 그녀에게 힘든 시간일 거라고 생각하고 그도 그만큼 힘들다. 다만 그에게는 창밖 세 칸의 상영관이 있다. 브라와 슬립 차림의 핑크 아가씨, 팬티만 입은 핑크 아가씨, 발가벗은 핑크 아가씨. 지연된 시간이 마치 잡아 늘인 태피*처럼 끈끈하고 달콤하다.

마침내 그가 전화를 건다. 창문으로 그녀를 지켜보면서.

"아," 그녀가 말한다. 휴대전화를 귀에 대고 거실에 서 있다. "목소리 들으니 반갑네요." 그러나 목소리가 서늘하고 멀게 느껴진다.

"일 때문에 바빴어요. 출장도 다녀왔고요."

"휴대전화도 안 되는 곳이었나요? 어디 다녀오셨는데요?"

생각했던 것보다 바늘이 더 깊이 박혔다.

"그냥 너무 바빴어요." 그가 말한다. "미안해요."

"괜찮아요." 그녀가 한결 누그러진 목소리로 말하며 한 손으로는 휴대전화를 들고 다른 한 손으로 블라우스 단추를 풀어보려 애쓴다.

그는 그 광경을 전부 지켜본다. 그녀는 이제 막 집에 왔다. 몇 분 전에 불이 켜졌고, 이제 그녀는 통화를 하며 블라우스를 벗고 있다. 이 모든 과정이 팬터마임 같다. 전화로 듣는 그녀의 목소리가

* 설탕을 녹여 만든 무른 사탕.

그가 보고 있는 여자와 잘 연결되지 않는다.

"오늘밤 시간 괜찮아요?" 그가 묻는다.

"직장 동료랑 술 마시기로 했어요."

"안됐군요. 하긴 난 거절당해도 싸요. 이렇게 임박해서 전화했으니."

잠시 침묵. "저기요, 내가 직장 동료한테 전화해볼게요. 다른 날 만나도 되는 남자니까."

"남자라고요?" 의도치 않게 튀어나온 말이다. "농담이에요. 내가 뭔데 질투를 하겠어요?"

"정말 그래요? 질투하는 거예요?"

"조금요."

"예전 남자친구는 한 번도 질투를 하지 않았어요."

"좋아요, 그럼. 난 아주 많이 질투가 나요."

그녀가 웃는다. "한 시간 뒤에 봐요. 샤워하고 옷 갈아입어야 해요."

그는 그녀가 휴대전화를 내려놓고 스커트를 벗고 창가로 다가가 밖을 내다본 다음 한 번에 하나씩 블라인드를 내리는 모습을 지켜본다.

그가 지켜보고 있는 것을 알아차린 걸까?

다른 사람이 보고 있는 것을 알아차린 걸까?

젠장.

그가 스카치가 든 유리잔을 힘껏 움켜쥐었고 그 바람에 유리잔이 깨진다. 손바닥에서 피가 배어나고, 그의 완벽한 마룻바닥에 작은 핏방울이 떨어지고, 수국처럼 퍼져나간다.

전부 흰색인 욕실에서 그는 차가운 물에 상처를 대고 세면대에서 휘몰아치는 피를 바라보면서 〈사이코〉의 한 장면을 떠올린다. 배수구로 휘몰아쳐나가는 욕조의 피. 그러나 히치콕이 허시 초콜릿 시럽을 사용했다는 것을 그는 알고 있다. 실제로는 전혀 비슷하지 않지만 흑백영화에서 피를 두 배로 강조하기 위해서.

상처는 별로 심각하지 않다. 고동치는 동맥을 베지는 않았다. 욱신거리고, 출혈을 막는 데 반창고가 세 개나 필요하긴 했지만. 어쩐지 불길한 저녁의 징조라고, 그는 생각한다. 피 그리고 통증.

"손은 어쩌다 그랬어요?"

"별거 아니에요." 그가 말한다.

두 사람은 프랑스 레스토랑에 마주앉아 있다. 오늘밤은 북적이고 시끄럽다. 그는 일부러 작은 목소리로 속삭여서 그녀가 몸을 숙여 얼굴이 몇 인치 거리로 다가오게 만든다.

그는 핑크빛 날고기를 원하지만, 입안에 피가 고이기를 원하지만, 두 사람은 이번에도 샐러드를 주문한다. 일단은 미루어야 한다. 진짜를 기다려야 한다.

저녁은 늘어진다. 지루한 잡담. 그는 오직 그녀를 아파트로 데려가고 싶은 생각뿐이다.

그는 한 손으로 주머니의 수갑을 만지작거리고 다른 손으로 스위스 군용 칼을 만지작거린다.

이번에는 그녀가 그를 집으로 초대한다. 그 집은 몇 달 전과 거의 똑같다. 지난번 여자가 꾸며놓은 모습 그대로이고, 조금도 바뀌지 않았다. 왜 바꾸지 않았는지 묻고 싶지만 그런 걸 어떻게 묻는단 말인가?

"손." 그녀가 말한다.

그는 반창고 사이로 배어나오는 피를 본다.

"이리 와봐요." 그녀가 그를 침실로 안내하고 한 번에 반창고를 떼어낸다. 그는 움찔하지 않으려 애쓴다. "상처가 깊어요." 그녀가 말한다.

"차이나타운." 그가 말한다.

"네?"

"〈차이나타운〉이라는 영화에서 페이 더너웨이가 잭 니컬슨에게 꼭 그렇게 말했어요."

그녀가 당황하는 것 같다.

"걸작 중 하나죠."

"대단한 영화광이네요."

"그 영화는 수십 번 봤어요. 그런데 결말이……" 눈알이 튀어나온 페이 더너웨이의 모습을 그리며 그가 고개를 젓는다.

"끔찍해요?"

"때론 끔찍한 결말을 피할 수 없죠." 그녀를 위아래로 훑어보며 그가 말한다.

"와," 그녀가 말한다. "무섭네요."

"언제든 꼭 보세요." 새 반창고를 붙이고 문지르는 그녀의 손길에 몸서리가 쳐질 때 움찔하지 않으려 조심하면서 그가 말한다.

"마실 것 좀 드릴까요?" 그녀가 물으며 익숙한 간이 부엌으로 그를 안내한 다음 유리잔 두 개에 브랜디를 따라서 한 잔을 그에게 건넨다.

그는 단숨에 잔을 비운다.

그녀는 그의 잔을 다시 채워주지만 정작 본인은 술을 입에 대지 않는다.

"제가 이사 왔을 때 브랜디가 있었어요." 그녀가 말한다.

그는 지난번에 이곳에 살았던 여자를 떠올리며, 맞아요, 기억해요, 라고 말하려다가 참는다. 그가 한 팔을 그녀의 허리에 두르고 끌어당기며 키스한다. 부드럽게, 그다음엔 거칠게. 반쯤 열린 그녀의 입안으로 혀를 밀어넣는다.

그녀가 그의 가슴에 손을 대고 민다. "기다려요."

그가 숨을 내뿜는다. 금방이라도 폭발할 것 같다. "얼마나 오래요?"

"난 별로 경험이 많지 않아요."

"결혼했었다면서요"

"결혼했었다고 해서 경험이 많은 건 아니에요." 그녀가 말하고 두 사람은 함께 웃는다.

그녀가 그에게 키스한다. 긴 키스. 그리고 다시 물러서며 묻는다. "피임도구 있어요?"

그가 주머니를 두드린다.

"준비하고 온 거예요? 내가 너무 예측 가능한 여자였나보네요."

"난 항상 준비해요." 그가 말한다.

그는 침실에서 그녀가 옷 벗는 모습을 지켜본다. 핑크색 슬립과 브라를 입고 있다. 그것을 보는 순간 그는 숨을 헉 들이켤 뻔한다. 가까이서 보니 멀리서 보이지 않았던 레이스 장식이 있다.

그녀가 다른 여자들처럼 수줍어할 거라고 생각했다. 늘 하던 방식대로 그가 주도할 거라고. 그러나 그녀는 이미 발가벗고 침대에 있다. "안 올 거예요?" 거의 짜증스러운 목소리로 그녀가 묻는다.

"가요." 주머니의 수갑을 만지며 그가 대답한다. 그러나 그가 미처 수갑을 꺼내기도 전에 그녀가 그를 침대로 끌어당기고, 바지를 벗기고, 그를 애무하기 시작한다. 그녀의 입이 문자 그대로 그를 집어삼키고, 그는 그녀를 통제할 수 없고, 자기 자신도 통제할 수 없다. 그는 수갑과 피를 잊는다. 그의 머리가 빙글빙글 돌고, 문자 그대로 정신이 나가고, 어느 순간 그녀가 그를 멈춘 뒤 콘돔을 끼우라고 말하고, 일이 끝나버린다. 그는 자제력을 잃었다는 게 창피하고 믿기지 않는다. 그렇게 오랫동안 계획했는데.

여자는 이미 침대에서 일어나 슬립을 걸치고 있다. 그녀가 콘돔이 벗겨진 그의 시든 음경을 향해 고갯짓을 하며 티슈를 내민다.

그는 당혹감에 얼굴을 붉힌다.

이 여자가 어떻게 이렇게 돌변했지?

"욕실이?" 그가 묻는다. 마치 그게 어디 있는지 모른다는 듯이.

"저쪽이에요. 아, 그리고 휴지는 변기에 넣지 마요. 변기가 막히거든요."

그는 익숙한 욕실 거울에 자신의 모습을 비춰 본다. 모든 계획이 수포로 돌아갔다. 수갑을 찬 여자도, 외면당한 그만하라는 말도, 비명도, 애원도 없다. 다시 돌아가 누가 상관인지를 보여주고, 그녀에게 수갑을 채우고 싶지만 그건 그의 스타일이 아니다. 그는 신사이고 그들이 자발적으로 그에게 순종해야 한다. 그러지 않으면 재미가 없다. 그는 사용한 콘돔과 휴지를 그날 밤 그의 희망과 함께 휴지통에 버린다.

어쩌면 이 여자는 실수였는지도 모른다.

방으로 돌아와보니 그녀가 옷을 다 입은 채 수갑을 가지고 장난을 치고 있다.

"내가 뭘 찾았게요." 그녀가 덤덤한 목소리로 묻는다.

그는 자신도 모르게 입을 벌리지만 적절한 말을 찾으려 애쓴다. "그건…… 그냥 장난감 같은 거예요."

"설마 이걸 나한테 쓸 생각은 아니었죠?"

"해보고 싶어요?" 그가 겨우 묻는다.

"어쩌면 다음번에요." 그녀가 말하며 그에게 수갑을 내민다.

"손가락." 그녀의 손가락에 흐르는 피를 보며 그가 말한다.

"지퍼에 걸렸어요. 별거 아니에요." 그녀가 피를 핥는다. "난 우유 사러 갈 거예요. 우유가 없으면 모닝커피를 못 마시거든요." 그녀가 초조한 듯 이 다리에서 저 다리로 체중을 옮긴다.

방이 더운데도 그는 발가벗은 채 덜덜 떨며 그곳에 서 있다. 여덟 살이나 아홉 살 때의 자기 모습을 떠올린다. 실제로는 그때 열네 살이었다는 사실은 애써 외면한다. 그는 엄마의 침실에 있다. 이불에 오줌을 쌌고 엄마는 그를 씻겨서 자기 이불 속으로 들어오게 한 다음 마치 스푼처럼, 보드라운 몸을 그에게 밀착시키고, 그를 꼭 안아서 숨막히게 했고, 엄마의 향수 냄새 때문에 그는 질식할 것 같았다.

그는 서둘러 옷을 입는다.

거리에서, 그는 빨리 자리를 뜨고 싶지만, 먼저 작별인사를 하고 짧은 키스를 한 뒤, 바보가 된 것 같은 기분으로 멍하니 서 있는 그를 남겨두고 뛰어간 사람은 그녀다.

하루가 지나간다. 그리고 이틀. 그는 집중할 수가 없다. 실패로 돌아간 그의 계획과 여자가 주도권을 쥐고 그를 통제했다는 사실 말고는 아무 생각도 할 수가 없다. 그는 결코 그런 상황을 용납할 수 없다. 몇 주를 허비하고도 해치우지 못했다는 생각, 그녀를 위축시켜서 흐느끼고 애원하게 만들지 못했다는 생각, 위축된 사람은 오히려 그 자신이었다는 생각을 하면, 견딜 수가 없다.

이 상황을 바로잡아야 한다.

그녀의 창문에 블라인드가 드리워져 있지만, 그는 그녀가 언제 오는지 알고 이번엔 준비가 되었다.

그는 팔걸이의자에 앉아 술잔을 옆에 놓고 담배를 피우며 기다린다.

블라인드가 올라가고 그녀의 모습이 보인다. 처음 보았을 때처럼, 핑크색 브라와 슬립 차림이다.

그가 휴대전화를 꺼내 그녀에게 전화를 걸려는 순간 그녀가 창문 쪽으로 몸을 숙인다—손을 흔든다.

뭐지?

그는 반사적으로 뒤로 물러서다가 휴대전화를 떨어뜨린다. 휴대전화가 마룻바닥에 요란하게 부딪히는 소리를 내며 떨어진다. 집어들어 살펴보니 액정에 금이 갔다.

"젠장!"

그녀가 손을 흔들며 외친다. "건너오세요!" 적어도 그는 그렇게 들었다. 그러나 자신이 들은 말을 믿을 수가 없다. 초저녁 도시의 웅웅거리는 소음 속에 그녀의 말이 묻힌다.

그가 지켜보고 있었단 걸 줄곧 알고 있었을까?

그는 어두운 방 한복판에 서서 금이 간 휴대전화를 들고 상황을 파악하려 애쓴다. 그러다 창문으로 조금 더 가까이 다가가고 그 순간 그녀가 다른 사람에게 손을 흔들고 있다는 것을 알아차린다. 아마도…… 그의 아래층에 있는 사람? 대체 누구지?

누군지 알아야 한다.

그가 담배를 눌러 끄고 남아 있던 스카치를 비운다.

그는 그녀의 아파트 근처에서 서성거린다. 머리가 지끈거리고, 몸이 실제로 부들부들 떨린다. 그러나 그곳엔 아무도 없다.

어쩌면 둘 다 이미 안에 있는지도 몰라.

그가 아파트 벨을 누르자 그녀가 말없이 문을 열어준다.

5층까지 한 번에 두 칸씩, 숨을 헐떡이며 올라가서 문을 두드리려는 순간—그는 문을 쾅쾅 두드리고, 그녀의 이름을 부르고, 그녀를 때려눕히고, 마침내 그가 하고 싶었던 일, 하려고 계획했던 모든 일을 하고 싶다—문이 조금 열려 있음을 깨닫는다. 안에서 소리가 들려온다.

그가 문을 열고 조심스럽게 안으로 몇 발자국 들어선다. 그의 머릿속에서 살의가 휘몰아친다—누구와 함께 있건 다 죽여버리겠어.

현관에는 아무도 없다. 목소리는 거실에서 들려온다. 녹음된 전자음.

텔레비전.

뉴스. 푸른 불빛이 거실로 스며들고, 그의 시야가 서서히 또렷해진다. 바닥에 뒹구는 쿠션들. 뒤집힌 의자. 몸싸움이 있었던 듯 구겨진 러그. 평상시에 고요했던 그의 심장이 빠르게 뛴다.

갈색 리놀륨 바닥에 얼룩이 있고, 침실까지 이어진 흔적은 거기서 기다란 줄들이 된다. 그녀의 침대 옆 구겨진 시트 위에 피 웅덩이가 있다. 시트가 벗겨진 매트리스에는 더 많은 피가 있다. 피로 물든 시트 옆에 핑크 브라 반쪽이 있고, 나머지 반은 그 맞은편에, 익숙한 핑크색 슬립과 함께 있다. 슬립은 찢어지고 피로 얼룩져 있다.

그는 꿀꺽 침을 삼킨다. 바짝 마른 입안에서 담배맛이 시큼하고 역하게 느껴진다. 방금 전까지 그가 듣지 못했던, 그러나 어느새 가까이 다가와 있는 사이렌 소리에 그의 몸이 고동친다.

피가 그의 목을 타고 얼굴로 흘러들고 그의 뺨을 뜨겁게 달구는 것이 느껴진다. 그는 이쪽저쪽 두리번거리다가 침실 창문에서 펄럭이는 커튼을 젖혀보고 창밖 비상계단을 향해 돌진한다. 하지만 왜? 그는 아무 짓도 하지 않았다.

그의 몸이 창문을 반쯤 통과했을 때 경찰이 방으로 들이닥치며, 총을 겨누고, 멈추라고 소리친다.

경찰이 왜 왔지? 어떻게 알고?

조사실은 답답하고 몹시 춥다. 여기 얼마나 오래 있었을까? 시간 감각을 잃었다. 그들이 커피를 서너 잔 주어서 방광이 욱신거리지만 그가 화장실에 가고 싶다고 해도 그들은 못 들은 척한다.

형사들이 번갈아 똑같은 질문만 해대고 똑같은 헛소리만 늘어놓는다.

아는 여자였나요?

여자는 지금 어디 있죠?

여자한테 무슨 짓을 했나요?

그렇게 몇 시간이 흐르고서야 마침내 그는 전화를 받는다.

대학 시절부터 알고 지낸 그의 변호사 리치 로언솔은 결코 그의 친구가 아니다. 그에게는 친구가 없다. 그러나 리치는 그가 신뢰하는 사람이다. 리치가 그를 바라보며 한숨을 쉬고, 배 부분이 꽉 끼는 줄무늬 셔츠 앞에 양손을 깍지 끼운다.

"경찰한테 무슨 얘기를 했나?"

"아무것도."

"잘했군." 로언솔이 몸을 숙이며 속삭인다. "하지만 나한텐 말할 수 있겠지. 그 여자, 누구지? 그 여자…… 자네한테 뭐였나?"

"그 여잔……" 그가 잠시 생각해본다. "아무것도 아니었어. 잘 알지도 못해. 두어 번 데이트한 게 다야."

로언솔이 의자 등받이에 몸을 기댄다. "나한테 꼭 털어놔야 하는 건 아니야. 난 무슨 일이 있어도 자네를 변호할 거야. 하지만……"

"할 얘기 없어."

할 얘기가 없다는 건 진짜다. 그렇지 않은가? 그는 그 여자를 지켜보기만 했을 뿐 아무 짓도 하지 않았다. 그는 범죄를 저지르지 않았다. 젊은 여자들을 발가벗기고, 겁을 주고, 징징거리는 가엾은 존재로 전락시킨 게 죄가 아니라면. 그는 그걸 죄라고 생각하지 않는다. 그들 모두가, 처음에는, 그들이 부서지기 전에는, 너무 많이 부서져버려 대항할 수 없게 되기 전에는, 동의했다. 사랑을 고백한 여자도 여럿이었다. 그렇지 않은가?

그는 여자들을 떠올리려 애쓴다. 두세 명이 떠오르고, 마지막 여자, 로라인지 로런인지 하는, 이 여자 전의 여자의 모습이 그의 머릿속을 스치고—흐느끼며, 멈추라고, 사랑해달라고 애원하는—이내 사라진다.

"싸우다가 건잡을 수 없는 상황이 됐나?" 로언솔이 묻는다. "나한테는 말해도 돼."

"꼭 경찰처럼 말하는군."

로언솔이 한숨을 쉰다. "증거를 갖고 있대."

"증거?" 그는 자신의 변호사가 다른 변호사들이 다 그렇듯, 그리고 세상 사람들 모두가 그렇듯, 바보천치가 아닌가 생각한다.

"우선, 자네 지문이 아파트 곳곳에서 발견됐어."

"그게, 물론 거기 가본 적은 있어, 한 번……" 아니, 한 번 이상이었지. 지난번 여자가 있을 때는 여러 번 갔지만 이 여자와는 한 번뿐이다. "한 번." 그가 다시 한번 말한다.

"좋아, 알겠네. 하지만 쓰레기통에서 사용한 콘돔을 발견했어. 지금 조사팀에 있어. 그게 자네 정액이 아니라고 말해주게."

그가 침을 꿀꺽 삼킨다. "섹스를 한 게 잘못은 아니잖아. 그렇다고 내가 죽인 건 아니야!"

"진정해, 친구. 아무도 자네가 죽였다고 하지 않았어. 그리고 아직 시체가 없으니까, 아직은. 그건 자네한테 유리해."

목 밑에서부터 서서히 열기가 번져와 얼굴이 벌겋게 달아오르는 것이 느껴진다. "이건 미친 짓이야. 난 아무 짓도 하지 않았어!"

로언솔이 자신의 입술을 빤다. "여자 휴대전화에 자네 사진들이 있다고 하던데."

"그래? 그게 뭐가 어때서?"

"그리고 여자가 뭘 적어놨대."

"적어놓다니…… 뭘?"

"자세히는 말을 안 하는데, 대충 알 것 같아. 나머지는 지방검사한테 제출하려고 그 사람들이 보관하고 있어. 생명의 위협을 느낀다고, 자네가 두렵다고, 자네가 창문으로 자길 계속 관찰하고 있다고 휴대전화에 기록해놓았다더군. 그리고……"

"하지만 난……"

"자네 집 창문이 그 집을 향하고 있지?"

"그래, 하지만……"

"자네가 자길 관찰하고, 미행하고, 자길 속여서 수갑을 채우고, 죽이겠다고 위협했다고 썼어."

"난 절대…… 그런 짓을 하지 않았어."

하지만 그는 그런 짓을 했다, 그렇지 않은가? 다른 여자들에게. 하지만 이 여자에겐 하지 않았다. 이 여자는 그저 지켜보기만 했을 뿐이다.

로언솔이 한숨을 쉬고 말을 잇는다. "미리 알았다면 자네 아파트를 수색하는 걸 막았을 거야. 수갑을 찾아냈더군. 칼도. 칼에 피가 묻어 있더래. 그것도 수사연구소에 가 있어."

그는 변호사의 얼굴을 뚫어져라 쳐다본다. 그의 얼굴이 흐릿해지면서 베인 손가락을 빨던 핑크 아가씨의 모습이 보인다. 지퍼에 걸렸어요.

"그 여자 설라이나 출신이야." 그가 말한다. "캔자스."

"그런데?"

"그 여자를 찾아야 해."

"캔자스에서?"

"모르겠어. 어쩌면. 그 여자가 놓은 덫에 걸린 것 같아."

"왜?"

그도 알 수 없다. 그게 사실인지조차 알 수 없다. "누군가 다른 사람이 거기 있었을 거야. 그 여자 아파트에. 그 여자가 자기 창문에서 누군가에게 손짓을 했어. 내가 봤어."

"그게 언제 일이지?"

"사건이 일어나기 직전에. 내가 그 집에 가서……"

"그럼 여자를 관찰하고 있었다는 건가?"

형사 한 명이 비닐봉지를 들고 방안으로 들어온다. 비닐봉지 안에 그의 스위스 군용 칼이 들어 있다.

그녀는 핑크색 브라와 슬립을 떠올린다. 왜 그걸 선택했는지 그녀 자신도 잘 모른다. 귀엽고 순수하고 그 역할에 어울릴 것 같았다. 그녀는 브라를 반으로 자르고, 슬립을 찢고, 피로 물들인 기억을 떠올린다. 동생에게 그 이야기는 하지 않을 것이다. 그 어떤 이야기도 하지 않을 것이다. 로런이 감당할 수 있을지, 혹은 자신이 그런 짓을 하는 걸 로런이 원하긴 했는지조차 모르겠다. 상처입고, 약에 취한, 사랑하는 나의 로런. 그녀가 사랑하는, 그 아일 위해서라면 무슨 짓이든 할 수 있는, 그녀의 어린 동생. 그 아이를 지키기엔 너무 늦었지만 복수는, 복수의 시간은 언제나 남아 있다.

동생을 끌어안을 때 앙상한 어깨뼈가 느껴진다. 뒤로 물러나 예쁘고 멍한 동생의 눈빛을 바라본다.

"오늘 약 몇 개나 먹었어?"

"약?" 로런이 슬로모션으로 고개를 젓는다. 퇴원한 지 두 달이 되었지만 나아진 것 같지가 않다. 팔의 상처들은 배와 다리의 상처들과 함께 옅어졌지만, 그가 벤 그 상처들은 엷어졌지만, 마음의 상처는, 정신적인 상처는 그보다 더 오랜 시간이 지나야 아물 것이다.

"기억이 안 나." 로런이 말한다.

"약 많이 먹으면 안 돼. 위험해."

로런의 멍한 눈동자가 붕대를 감은 언니의 손목에 머문다. "무슨 일…… 있었어?"

"아, 이거? 별거 아니야. 그냥 좀 긁혔어." 그녀가 붕대를 만지고 손끝에서 욱신거리는 상처를 느낀다. 손목을 면도칼로 그었던 일, 그녀가 바라던 일이긴 했지만 믿을 수 없을 정도로 많은 양의 피가 나왔던 일, 시트와 매트리스에 피를 다 묻히고 나서 하마터면 정신을 잃을 뻔했던 일, 상처를 감싸는 데 엄청난 양의 붕대가 필요했던 일을 떠올린다. 엄지손가락으로 그의 칼에 묻혀놓은 작은 핏방울과는 달랐다. 칼날에 피를 묻힌 다음 얼른 칼을 접어 그의 주머니에 넣어두었다.

"어디…… 갔었어?" 로런이 묻는다.

"볼일이 좀 있었어. 이젠 돌아왔잖아. 그동안 마리아가 잘 돌봐줬지?" 그녀가 없는 동안 동생을 돌봐달라고 고용한 멕시코 여자를 바라보며 그녀는 미소를 짓는다. 멕시코 여자는 그녀가 집을 사는 것을 도와주었고 그들이 떠날 때도 함께 갈 것이다.

"로런 양 짐은 다 꾸렸어요." 마리아가 말한다.

"우리…… 어디 가?" 약에 취해 흐릿해진 발음으로 로런이 말한다.

"안전한 곳." 그녀가 말한다.

잠시 로런의 눈동자가 초점을 맞추고 불타오른다. 그리고 자신을 공격하는 보이지 않는 사람에게 대항하듯 양손을 앞으로 뻗는다. "안 돼! 안 돼! 그만!"

그녀가 로런의 손을 다정하게 잡는다. "괜찮아. 넌 안전해. 이제 다 끝났어."

로런이 마음을 가라앉히고 언제나 자신을 보살펴주었던 언니에게 몸을 기댄다.

로런의 언니는 로런과 이야기를 나누기 위해 조만간 사람들이 찾아오리라는 것을 안다. 로런이 그 아파트에 살았고 계약서 어디엔가 이름이 남아 있을 것이다.

그러나 그녀의 이름은, 그녀의 이름은 어디에도 없다.

올 테면 오라지. 그때쯤 그들은 푸에르토모렐로스의 집에, 두 사람 중 누구의 이름으로도 계약하지 않은, 그들을 기다리고 있는 그 집에 가 있을 것이다. 그것은 그녀가 동생을 위해 할 수 있는 작은 희생이다. 그리고 그녀는 늘 멕시코가 좋았다.

"다 괜찮을 거야." 로런의 머리를 쓰다듬으며 그녀가 말한다.

시체 없이, 그들이 찾아서 신분을 확인할 여자 없이, 유죄를 선고하기가 쉽지는 않을 것이다. 그러나 배심원들이 부족한 증거에도 불구하고 유죄를 선고하기도 한다는 것을 그녀는 알고 있다. 어느 쪽이건 그는 아주 오랫동안 조사를 받을 것이고, 또 감시당할 것이다.

햇빛 속의 여인

저스틴 스콧

저스틴 스콧은 『노르망디를 사랑한 남자*The Man Who Loved The Normandie*』『광란*Rampage*』, 세계 스릴러 작가 필독 도서 목록인 '꼭 읽어야 할 스릴러 100선'에 선정된 『십킬러*The Shipkiller*』를 포함한 서른네 편의 스릴러, 미스터리, 해양소설을 쓴 작가다.
그는 코네티컷의 작은 마을을 무대로 벤 애벗 형사 시리즈(『하드스케이프*HardScape*』『스톤더스트*StoneDust*』『프로스트라인*FrostLine*』『맥맨션*McMansion*』『모설리엄*Mausoleum*』)를 집필중이며 클라이브 커슬러와 함께 아이작 벨 탐정 모험 시리즈를 공동 집필중이다.
그의 작품은 전미 미스터리 작가협회에서 선정한 에드거상 최고 데뷔작 및 최고 단편 후보에 올랐다. 그는 작가협회, 플레이어스, 애덤스 라운드 테이블의 회원이다.
주로 폴 개리슨이라는 필명을 사용하고, 그 이름으로 현대 해양소설(『불과 얼음*Fire and Ice*』『아침의 붉은 하늘*Red Sky at Morning*』『바다에 묻히다*Buried at Sea*』『바다 사냥꾼*Sea Hunter*』『파급효과*The Ripple Effect*』)을 썼다.
스콧은 역사학 학사, 석사 학위를 소지하고 있으며 작가가 되기 전에는 보트와 트럭을 운전했고, 파이어아일랜드의 해변 별장을 지었으며, 전기공학 저널을 편집했고, 헬스 키친의 술집에서 일했다.
스콧은 영화 제작자인 아내 엠버 에드워즈와 함께 코네티컷에 살고 있다.

햇빛 속의 여인, 1961

캔버스에 유채, 40 1/8 x 60 3/16 in. (101.9 x 152.9cm). 휘트니 뮤지엄 오브 아메리칸 아트,
뉴욕; 이디스와 로이드 굿리치의 결혼 50주년을 축하하며 앨버트 해킷 부부가 기증 84.31
ⓒ 조세핀 N. 호퍼의 상속인, 휘트니 뮤지엄 오브 아메리칸 아트 사용 허가. 디지털 이미지 ⓒ 휘트니 뮤지엄, 뉴욕

그녀는 그의 마음을 바꿀 수 있을까? 열린 창문까지 네 발짝을 다가가서, 몸을 밖으로 내밀고 외친다. "그러지 마요."

아니면 창가로 다가가 외친다. "어서 해치워요. 행운을 빌어요."

아니면 여기 서서 아무것도 하지 않는다.

그는 마지막 담배를 그녀에게 남겨주었다. 그녀가 총을 두고 가라고 그를 설득했고 그는 약속을 지켰다. 총은 여전히 침실 테이블 위에, 그녀의 스타킹 한 짝으로 감싸인 채 놓여 있었다. 담배를 피우는 동안 그녀는 마음을 정해야 했다. 만약 그 담배를 피우지 않으면 조금 더 시간이 있을 것이다. 그저 타게 내버려두면.

그녀가 전신거울에 비친 자신의 모습을 흘긋 쳐다보았다.

아침 햇살 속에서 담배를 피우는 발가벗은 여자. 그녀는 싱글베드 옆에 서 있었다. 침대 아래 하이힐이 있었다. 그 침대에 눕기에 그녀는 키가 너무 컸다. 발가락이 담요 아래로 비죽이 나와 차가워졌다. 그는 그녀보다 더 컸고 간밤에 팔걸이의자에 앉아 얼마간 시간을 보냈다.

"꼭 댄서처럼 서 있네요." 그가 그녀에게 말했다.

"아니, 그렇지 않아요. 난 테니스 선수예요. 내 다리가 왜 이렇게 됐을 것 같아요?"

남자처럼 강하고 남자처럼 근육질인 다리.

그 말이 그에게서 미소를 끌어냈고, 그의 얼굴에서 잠시 구름이 걷혔다.

"아마추어 아니면 프로?"

내 젖가슴이 왜 소녀처럼 위로 솟아오른 것 같아요? 라고 말할 수도 있었다. 오랜 세월 경기를 위해 기술을 연마한 덕분에 중력으로부터 가슴을 구할 수 있었다. 열두 살 때 처음 몽우리가 잡힌 뒤로는 밤낮으로 동여맸다. 아니면 그저 "프로"라고 대답하고 거기서 끝낼 수도 있었다. 그러나 그 말이 그날 밤 이야기의 포문을 열었다.

"시즌 내내 진다면 프로가 아니죠."

"전부 다 지기 전엔 이겼어요?"

"이겼어요."

"뭐가 달랐어요? 나이 때문이라기엔 아직 어린 것 같은데. 무슨 일이 있었어요?"

좋은 질문.

그녀는 이번 시즌에 거의 경기를 하지 않아서 구릿빛 피부도 잃었고 머리색은 더 짙어졌다. 그녀가 몇 년 동안 보지 못했던 본래의 머리색이었다. "햇빛이 그리워요. 밖에 나가는 게 그리워요……

어제 한 달 만에 처음 테니스를 쳤어요." 일종의 시험이었다. 그토록 오래 쉬었는데도 그녀의 타이밍은 놀랍도록 정확했고 발은 번개처럼 빨랐으며 그 어느 때보다도 힘이 좋았다. 기량은 녹슬지 않았다. 그러나 승리를 갈구하는 심장은 없었다. "코치가 죽었거든요." 그녀가 말했다. "나의 아버지."

그녀는 몸을 앞으로 숙이고 거울에 비친 테이블과, 그 테이블 위에 놓인 총, 그리고 전등갓 위에 내던져진 스타킹 한 짝을 보았다. 기억할 수 있는 마지막 밤이 되게 해달라고, 그가 술집에서 부탁했다. 마치 전쟁터에 나가는 군인처럼.

"다음번에 내가 이 술집에 들어오면, 당신은 바텐더에게 오늘 일을 떠벌리고 있겠죠."

"죽은 사람은 말을 하지 않아요."

"그렇죠, 마음이 바뀌지만 않으면요."

"내 마음은 안 바뀔 거예요."

그녀는 그의 말을 믿었고 자신이 그의 마음을 바꾸어주겠다고 생각했다.

술기운을 탓할 수는 없었다. 그녀는 세븐 앤드 세븐* 한 잔만 끝도 없이 홀짝였고, 그 한 잔으로 밤새 버틴 것 같았다. 그들은 이야기를 했다. 침묵이 깃들 때 그는 맥주를 조금씩 마셨고 어느 순간 바텐더가 한 잔을 더 따라주었다. 그는 두번째 잔은 거의 입에 대지 않았다.

"만약 당신의 마지막 밤이 너무 기억에 남아서 다시 한번 그런

* 시그램의 위스키 세븐 크라운과 탄산음료 세븐업을 섞어 만든 칵테일.

밤을 보내고 싶으면요?"

"우린 하룻밤 내내 같이 있을 거예요. 난 어둠 속에서 죽진 않을 거니까."

"내 말은 그다음날 또 한번 밤을 보내고 싶다면요."

"난 단지 기억에 남을 작별 의식을 찾는 것뿐이에요."

"아니면 날 침대로 끌고 갈 술수를 쓰는 것이거나. 다음날 아침 날 두고 떠나고, 그 일은 치르지 않고, 나는 그 말을 왜 믿었나 황당해하겠죠."

"당신이 내게 영원히 기억에 남을 호의를 베풀었다는 걸 당신한테 알려주고 떠날 거예요."

이유는 알 수 없지만 그 말이 그녀를 웃게 했다. 그도 웃었고 구름이 걷혔고 두 사람은 따스한 밤 속으로 나섰고 주차장에서 키스했다.

"내가 당신을 미소 짓게 만들 거라고 했죠."

"내가 한 말이에요, 당신이 아니라."

"당신은 말했고, 난 생각했죠."

"웃을 수 있는 마지막 기회."

"웃는 건 중요하지 않아요. 웃음은 미소보다 가치가 덜해요. 웃음은 어쩔 수 없는 거지만 미소는 원해야만 지을 수 있죠."

그녀가 물었다. "자살은 죄가 아닌가요?"

"가톨릭 신자들한테만 그렇죠."

"기독교 신자들이 어떻게 생각하는지는 기억이 안 나요."

"인격적 결함으로 보죠."

그녀는 그 말이 좋았다. 차를 두고 그의 오토바이에 올라탈 정도로.

이 집이 누구의 집인지 그는 딱히 밝히지 않았다. 그런 건 중요하지 않았다. 그 집엔 그들뿐이었다.

방충문 닫히는 소리가 들렸다. 그는 그녀의 담배 시계에 맞춰 움직이지는 않는다.

“왜 죽고 싶은지 다시 한번 말해봐요.”

“이미 말했잖아요. 알 것 없다고.”

“언제 그런 생각이 들었어요?” 어쩌다 그런 질문이 떠올랐는지 그녀 자신도 알 수 없었지만 그의 표정의 변화로 보아 그녀가 제대로 질문을 한 게 분명했다. 그는 잠시 생각에 잠겼다.

“차를 팔고 오토바이를 살 때요.”

“사기 전에요? 아니면 사는 동안에요?”

그는 다시 생각에 잠겼다. “사는 동안. 내가 왜 이러는지를 물었는데 대답이 떠올랐어요. 내가 죽을 준비가 되었기 때문이었죠.”

“자신한테 이유를 물었어요?”

“물었어요.” 그가 얼른 대답하더니, 이내 고개를 저었다. “아니, 그건 사실이 아니에요. 물어보지 않았어요. 그냥 알았어요.”

“뭘 알았는데요?” 그녀가 의도했던 것보다 말이 날카롭게 나왔다.

“그게 옳은 일이라는 것…… 이봐요, 거창한 사연 같은 건 없어요.”

“난 당신 안 믿어요. 당신은 지금 얘기를 지어내고 있어요. 그런 생각이 언제 처음 떠올랐어요? 처음으로요.”

“오지에 나가 있었어요.”

"오지? 그게 무슨 말이에요? 어떤 오지요?"

"일종의 표현이에요. 산간벽지에 있었단 뜻이죠. 강 상류. 정글. 베트남이 어디 있는지 알아요?"

"전에 프랑스령 인도차이나였던 곳이잖아요. 거기서 자란 프랑스 선수와 사귄 적이 있어요. 그 사람 아버지가 외교관이었어요."

"어쨌든, 거기 오지에 있었을 때 그런 생각을 했어요."

"이유를 물었어요?"

"물을 필요가 없었어요. 너무나 위안이 되었으니까…… 기억해요? 내가 헬리콥터 정비사였다고 말한 거?"

"네."

"정글에서 고장난 헬리콥터를 고치라고 날 오지에 떨어뜨렸어요. 대나무 숲에. 난 계속 생각했죠. 놈들은 사람을 고문할 때 대나무를 쓴다고."

"누가요?"

"놈들한테 붙잡혔던 사람을 알았어요."

"누굴 말하는 거예요?"

"베트민. 폭도들. 베트콩. 진짜 무서웠죠. 난 계속 생각했어요. 만약 내가 헬리콥터를 고쳐서 숲에서 빠져나가기 전에 붙잡히면 놈들이 날 고문할 거라고."

"혼자였어요?"

"완전히 혼자였죠. 우린 수가 많지 않았어요. 그 사람들은 한 명 이상 투입할 여유가 없었죠."

"그 사람들이 누군데요?"

"미 해군."

"아무 보호 장비도 없이 당신이 헬리콥터를 고쳐서 거기서 빠져 나오길 기대했다고요?"

"네이비 콜트. 저거예요." 그가 고갯짓으로 테이블 위의 총을 가리켰다. "난 두려웠고, 완전히 마비됐어요. 소리가 날 때마다 펄쩍 뛰었죠—정글에선 여러 소리가 나요. 그러다가 그게 날 친 거예요."

"뭐가요?"

"그 엄청난 느낌. 난 여기 있을 필요가 없어. 내가 원하면 언제든 여기서 벗어날 수 있어."

"어떻게 벗어날 수 있어요?"

"총. 나한텐 총이 있었어요."

"하지만 당신은 지금 거기 있지 않잖아요."

"그게 습관이 됐어요."

그녀는 다시 거울 쪽으로 돌아섰다. 자기 자신에게 화가 난 것처럼 보였다. 왜일까. 심통 부리고 싶지 않았다. 내가 뭘 했기에? 이제 뭘 하려고? 거울이 램프 불빛 속의 두 사람을 비추었다. 그는 침대 옆에 무릎을 꿇고 앉아 그녀의 다리를 자기 어깨에 올렸다.

그가 말했다. "당신이 나하고 같이 갈 생각이 없다면."

"그럴 생각 없어요."

그는 마지막 담배에 불을 붙였고, 깊이 빨아들였고, 그녀에게 나머지를 주었다. 담배 끝이 바싹 말라 있었다.

침실 문을 나서서 복도를 걷는다.

그가 방충문을 열었다.

그의 오토바이가 햇살 속에 반짝이고 있었다. 뭔가 바뀐 것이 있나? 고뇌하는 여자? 고뇌하는 남자는 고뇌하는 여자를 찾는 걸까? 그는 그날 밤을 여자와 보내고 싶었다. 그리고 자신이 원하던 바를 얻었다. 작별. 아주 멋진 작별이었다. 고뇌를 잊은, 아주 멋진 작별이었다.

근사한 작업 멘트였다. 지독한 작업 멘트였다.

다른 삶에 다시 태어난다면 반드시 다시 써먹기를.

그녀가 총을 두고 가라고 그를 설득했고 그는 약속을 지켰다. 총은 여전히 침실 테이블 위에 있었다.

담배를 피우는 동안 그녀는 마음을 정해야 했다. 만약 그 담배를 피우지 않으면, 그저 타게 내버려두면, 조금 더 시간이 있었을 것이다. 방충문 닫히는 소리가 들렸다.

그녀는 햇살의 여울 속을 가로질렀다. 창가에선 햇살에 눈이 부셨다. 햇빛을 등지고 선 그의 검은 실루엣이 보였다. 그가 오토바이에 올라타고 있었다. 그에겐 총이 필요 없었다. 처음부터 총을 사용할 생각이 없었다. 오토바이야말로 확실했다. 빗나갈 확률도 없었다. 시속 80킬로미터로 나무를 향해 돌진한다면, 영원은 보장되었다.

그가 시동을 걸기 전에 이야기하지 않으면 그가 듣지 못할 것이다.

그가 시동을 걸기 위해 일어섰다.

"정말 내가 같이 가길 원해요?" 그녀가 소리쳤다.

"당신이 원한다면."

"좋아요." 그녀가 말했다. "따라가볼래요."

그녀가 힐을 신고 강인한 두 다리를 창틀 너머로 넘기고는 모래 위로 가볍게 뛰어내렸다.

그는 그녀가 다가오는 것을 보았다. 자신이 본 광경이 좋아서, 그녀의 모습이 좋아서, 그녀의 대범함이 좋아서, 미소가 피어올랐다.

"그 차림으로 나왔다간 감기 들어요."

"햇살이 따스해요."

자동판매기 식당의 가을

로런스 블록

로런스 블록은 작가들을 위한 책 여섯 권을 포함해 넌더리가 날 정도로 많은 장편소설과 단편소설을 썼다. 오랜 세월 글을 쓰다보니 십여 권의 단편집 편집에 참여하게 되었고 가장 최근에는 『어두운 도시의 불빛들』을 펴냈다. 에드워드 호퍼는 오랜 세월 동안 그가 가장 좋아하는 화가였고 그의 소설에도 서너 번 거명된 바 있으며, 특히 도시의 외로운 암살자 켈러의 이야기에 등장했다. 『빛 혹은 그림자』의 기획은, 다른 수많은 아이디어와 마찬가지로, 다른 구상을 하던 중에 떠올랐고 도저히 떨쳐버릴 수가 없었다.

자동판매기 식당, 1927

캔버스에 유채, 36 x 28 1/8 in. (91.4 x 71.4cm).
디모인 아트센터, 영구 소장; 에드먼슨 아트 재단 후원으로 구입. 1958.2.
그림 출처: 리치 샌더스, 디모인, 아이오와.

모자야말로 중요했다.

세심하게 옷을 골라 입는다면, 장소에 맞는 옷차림보다 조금 더 세련되게 차려입는다면, 당신은 자신의 모습에 만족감을 느낄 수 있을 것이다. 42번가의 식당에 들어설 때 모자와 코트가 당신이 숙녀임을 선포한다. 아마도 당신은 이곳의 커피를 롱샴프스*의 커피보다 더 좋아하는 사람일 것이다. 아니면 델모니코**의 수프만큼 훌륭한 이곳의 콩 수프를 좋아하거나.

비참한 경제적 상황 때문에 혼 & 하다트 식당의 자동판매기 앞에 서게 된 것은 아닌 게 분명했다. 1달러짜리 지폐를 꺼내기 위해 악어 핸드백에 손을 넣는 당신을 지켜보는 사람 중 누구도 그렇게

* 1919년 맨해튼에서 처음 문을 연 레스토랑 체인.

** 1826년에 문을 연 뉴욕 최초의 고급 레스토랑.

생각하지 않을 것이다.

5센트짜리 동전이 나왔다. 다섯 개씩 네 묶음. 세어볼 필요는 없었다. 왜냐하면 계산하는 점원이 하루종일 하는 일이라고는 오직 그것뿐이었기 때문이다. 달러를 받고, 동전을 내어주고. 여기는 자동판매기 식당Automat이었고, 저 가엾은 아가씨는 거의 자동인형Automaton이나 마찬가지였다.

동전을 받으면 식사를 준비해야 했다. 음식을 선택하고, 동전을 슬롯에 넣고, 손잡이를 돌리고, 조그만 창문을 열고, 거기서 음식을 받았다. 동전 한 개를 넣으면 커피 한 잔이 나왔다. 세 개를 더 넣으면 전설적인 콩 수프 한 그릇이 나오고, 또 한 개를 넣으면 깨를 뿌린 롤빵과 버터 한 덩이가 나왔다.

쟁반을 들고 조심조심 움직여 카운터로 가서 칸이 구분된 철제 은식기 함 앞에 서야 했다.

그녀는 문을 들어서는 순간 어느 자리에 앉고 싶은지 곧바로 알았다. 누군가가 그 자리에 앉을 수도 있었지만 아무도 앉지 않았다. 그녀는 한참 뜸을 들인 뒤, 쟁반을 들고 그곳으로 갔다.

그녀는 천천히 먹었다. 콩 수프 한 스푼을 음미하면서 5센트 동전 하나 아끼겠다고 그릇 대신 컵을 선택하지 않은 건 잘한 일이었다고 생각했다. 그런 생각을 안 한 건 아니었다. 5센트는 큰 금액이 아니었지만 하루에 5센트씩 두 번을 아끼면 한 달에 3달러를 절약할 수 있었다. 사실 그보다 더 아낄 수 있었다. 일 년이면 36달러 50센트이고 그건 큰돈이었다.

아, 하지만 너무 쥐어짜며 살 수는 없었다. 절약을 할 수도 있었고, 또 그래야 했지만, 자신의 몸을 돌보는 일에 관해서만큼은 그럴 수가 없었다. 앨프리드가 썼던 표현이 뭐였더라?

키쉬크 겔트Kishke gelt. 창자의 돈, 사람의 위를 속여 모은 돈. 그 말을 하는 그의 목소리가 들리는 것만 같았고, 그의 아랫입술이 말리는 게 보이는 것만 같았다.

당연히 5센트를 더 쓰는 편이 나았다.

앨프리드의 경멸이 두려워서는 아니었다. 그녀가 무얼 먹는지, 그게 얼마인지 그는 알지 못할뿐더러 관심도 없었다.

다만, 한편으로는 희망이고 한편으로는 두려움이었지만, 그 모든 것이 죽음과 함께 끝나지는 않았다. 어쩌면 그 고매한 이성, 날카로운 지성, 풍자적인 유머는, 그 나머지가 전부 땅속으로 들어가고 난 이후에도 어떤 존재의 차원에서 여전히 살아남은 것 같았다.

그녀는 사실 그런 개념을 믿지 않았지만 때로는 그런 생각을 하는 게 즐거웠다. 그녀는 그에게 말을 걸곤 했다. 때로는 소리를 냈지만 대부분은 몰래 마음속으로 했다. 살면서 그와 나누지 않은 것은 거의 없었고, 이제 그의 죽음이 그녀가 그나마 갖고 있던 미약한 거리낌마저 씻어냈다. 이제 그녀는 그에게 무슨 얘기든 할 수 있었고, 기분이 내키면 그의 대답을 대신 생각해내면서, 실제로 그 말을 들었다고 상상했다.

때로 대답은 너무나 신속하게 떠올랐고 너무나 꾸밈없는 솔직함으로 다가와서, 그녀는 그 대답의 근원이 무엇인지 궁금해지곤 했다. 그녀가 대답을 지어내고 있는 것일까? 혹은 그가 생을 마감했음에도 그녀의 삶에 굳건히 존재하는 것일까?

어쩌면 그는 그녀의 시선을 살짝 비켜난 곳에 머무는, 실체 없는 수호천사인지도 몰랐다. 그녀를 지켜보고, 그녀를 보살펴주는 수호천사.

그런 생각이 떠오르기 무섭게 그녀는 대답을 듣는다. 기껏해야 지켜보는 정도야, 리프헨*. 보살피는 것에 관해서라면, 당신은 혼자야.

그녀는 빵을 반으로 자른 다음 작은 나이프로 그 위에 버터를 발랐다. 버터 바른 빵을 접시 위에 놓고, 스푼을 들고 수프를 한 스푼 떠먹었다. 그리고 또 한 스푼을 먹은 다음 빵을 한입 베어 물었다.

그녀는 식당 안을 둘러보면서 천천히 먹었다. 절반이 조금 넘는 테이블에 사람들이 앉아 있었다. 저기는 여자 둘, 저기는 남자 둘. 결혼한 것처럼 보이는 남녀, 그리고 활기가 있지만 서로 어색한, 아마도 첫번째 혹은 두번째 데이트중인 것 같은 또 한 쌍의 남녀.

그들에 관한 이야기를 만들어내며 즐길 수도 있겠지만 그녀의 관심은 이내 그들을 지나쳐버렸다.

나머지 테이블에는 혼자 식사하는 사람들이 앉아 있었다. 여자보다는 남자가 많았고 대개는 신문을 들고 있었다. 도시의 가을이 깊어지면서 허드슨강에서 불어오는 바람 때문에 밖에 있는 것보단 여기 있는 편이 나았다. 커피나 한잔 하면서 〈뉴스〉나 〈미러〉 따위를 읽으며 시간을 보내는 편이……

매니저는 슈트를 입고 있었다.

남자 손님들 대부분이 그랬지만 그의 양복은 더 고급인 것 같았

* 연인이나 애인을 부르는 독일어 호칭.

고 비교적 최근에 다림질을 한 것 같았다. 셔츠는 흰색이었고, 넥타이는 멀리서는 정확히 알 수 없는 차분한 빛깔이었다.

그녀는 곁눈질로 그를 관찰했다.

앨프리드가 방법을 가르쳐주었다. 시선은 항상 정면을 향하고, 주위의 관심 있는 것들을 살펴보려 두리번거리지 말아야 했다. 대신 뇌를 사용해야 했다. 시야 가장자리에 있는 무언가에 주의를 집중하라고 뇌에게 말해야 했다.

연습이 필요한 일이었지만 연습이라면 이미 충분히 했다. 그녀는 펜실베이니아역 수하물 창구 맞은편에서 했던 수업을 떠올렸다. 그녀는 슈트케이스를 맡기는 남자에게 시선을 고정한 채 연습했다. 앨프리드가 필라델피아행 열차를 타려고 줄을 서 있는 승객들에 관한 질문을 던졌다. 그녀는 차례로 그들의 모습을 설명한 뒤 그의 칭찬을 듣고 뿌듯함에 얼굴을 빛냈다.

매니저는, 이제 보니, 입술이 작고 얇았다. 윙팁 구두는 갈색이었고, 광이 나게 잘 닦았다. 그녀가 그를 보지 않으면서 그를 관찰하는 동안 그는 자기 손님들을 정반대의 방식으로 관찰하고 있었다. 그의 눈은 찬찬히, 공격적으로, 이 테이블에서 저 테이블로 옮겨갔다. 식사하는 사람들 중 몇몇이 그의 시선을 느끼고는, 딱히 이유를 의식하지 못한 채 자리에 앉아 뒤척였다.

마음의 준비를 하고 있었는데도, 그의 시선이 그녀에게로 향하는 순간, 그녀는 숨을 들이쉬지 않을 수 없었고 그에게로 시선을 돌리고 싶은 충동을 가까스로 억눌렀다. 그녀의 얼굴이 어두워졌고 스스로도 표정의 변화를 느낄 수 있었다. 커피잔을 향해 손을 뻗는 순간 자신의 손이 떨리는 것을 느꼈다.

그는 그 자리에 서 있었다. 주방문 옆에, 뒷짐을 지고, 근엄한 표정으로. 그녀가 배운 대로 그를 관찰하는 동안, 그는 그곳에 서서 노골적으로 그녀를 관찰하고 있었다.

저기 그가 있었다. 약간의 노력만으로 그녀는 조금도 흘리지 않고 커피를 마실 수 있었다. 그러고는 잔을 쟁반 위에 놓고 다시 숨을 들이쉬었다.

그녀는 그가 무엇을 보았을 거라고 짐작했을까?

그녀는 반쯤 기억하고 있는 시를 떠올렸다. 영어 수업 시간에 읽었던 시. 다른 사람에게 보여지는 모습 그대로 자신을 볼 수 있는 힘을 지니기를 바란다는 내용의 시였다. 그게 무슨 시였고 지은 이가 누구였더라?

레스토랑 매니저가 본 것은, 그녀가 생각하기에, 왜소하고 특별할 것 없는, 세월이 느껴지는 여자, 역시 세월이 느껴지는 옷을 입고 있는 여자였을 것이다. 본래의 형태를 잃은 고급 모자에, 소매가 닳고 본래의 골제 단추 하나가 그리 어울리지 않는 단추로 대체된 아널드 컨스터블 백화점 코트를 입은 여자.

신발도 괜찮았다, 수수하고 검은 펌프스. 악어가죽 백. 구두와 백 모두 좋은 가죽으로 만든 것이었고 둘 다 피프스 애비뉴의 고급 상점에서 샀다.

그리고 둘 다 세월의 깊이를 드러내고 있었다.

그리고 그녀 자신이야말로 그랬다. 그녀가 지닌 모든 물건들처럼.

그는 무엇을 보았을까? 아마도 남루한 고상함 그 자체일 거라고, 그녀는 생각했다. 그런 낙인을 선뜻 받아들이기는 힘들었지만 이의를 제기할 수도 없었다. 그러나 비록 낡았을지언정 그녀의 옷차림은 주인의 고상함을 명백히 드러내고 있었다.

그녀의 오른쪽 옆 테이블에 앉은 남자—짙은 색 슈트에, 회색 페도라를 쓰고, 넥타이를 가리기 위해 칼라에 냅킨을 꽂았다—는 커피를 홀짝이고 포크로 디저트를 한입 먹기를 번갈아 하고 있었다. 디저트는 애플 크리스프 같았다. 디저트를 먹을 생각은 없었는데, 그것을 보는 순간 구미가 당겼다. 그들이 마지막으로 애플 크리스프를 먹었던 게 언제인지 기억이 나지 않았지만 그 맛만은 기억하고 있었다. 타르트와 단맛의 완벽한 조화, 설탕이 듬뿍 든 바삭거리는 크리스프.

그들은 항상 애플 크리스프를 먹은 것은 아니었고, 그래서 더더욱 지금, 먹을 수 있을 때 먹어야 할 것 같다는 생각이 들었다. 5센트 동전 세 개 이상은 들지 않을 것이다. 많아야 네 개. 아직 그녀에게는 점원이 내어준 동전 스무 개 중 열다섯 개가 남아 있었다. 오른쪽 끝에 있는 디저트 코너에 가서 그녀의 몫을 요구하기만 하면 되었다.

안 돼.

안 된다, 왜냐하면 그녀는 이미 커피를 거의 다 마셨고 디저트를 먹으면 거기 곁들일 커피 한 잔을 원하게 될 것이었기 때문이다. 그래봐야 5센트 동전 한 개일 테고 디저트도 살 수 있는 상황에서 그 정도는 쓸 수 있었지만, 그렇다고 해도 그녀의 대답은……

안 돼.

또 같은 대답이고, 이번에는 앨프리드의 목소리였다.

당신 지금 꾸물거리고 있어, 크누델마우스*. 당신을 유혹하는 건 단맛의 쾌락이 아니야. 당신이 두려워하는 일을 미루고 싶은 욕망이지.

그녀는 미소를 짓지 않을 수 없었다. 만약 그녀 자신의 상상력의 한 모퉁이에서 앨프리드와의 대화를 지어내고 있는 거라면, 그녀는 가히 놀라운 능력을 발휘하고 있는 게 분명했다. 크누델마우스는 그가 부르던 애칭 중 하나였지만 자주 쓰지 않았기 때문에 오랫동안 그녀의 뇌리를 스치지 않았다. 그런데 그 단어가, 그의 목소리로, 쿠담**의 정취가 가득한 다른 영어 단어들과 함께 떠올랐다.

당신은 날 너무 잘 알아, 그녀가 말했다. 마음속으로만. 그가 무슨 말을 할지 기다려보았지만 더이상은 떠오르지 않았다. 그의 목소리는 그걸로 끝이었다.

어쨌든 그는 자신이 해야 할 말을 했다. 그리고 그의 말은 옳았다. 그렇지 않은가?

로버트 번스라고 그녀는 생각했다. 스코틀랜드 출신, 고등학교 학생들을 당황시킬 분명한 의도를 가지고 사투리로 시를 쓴 스코틀랜드 출신 시인. 나머지는 잊어버렸지만 두 행이 기억 속에 되살아났다.

다른 사람들 눈에 비친 모습으로 우리 자신을 볼 수 있는 능력을
우리에게 내릴 능력이 내게 있었더라면!

하지만 제대로 정신이 박힌 사람이라면 과연 그런 능력을 갖기를 원할지, 그녀는 궁금했다.

---

* 사랑스러운 생쥐를 뜻하는 애칭.

** 베를린 최고의 번화가.

회색 페도라를 쓴 남자가 포크를 내려놓고 칼라에서 냅킨을 빼고 입술에 묻은 애플 크리스프 부스러기를 닦았다. 그는 커피잔을 들었다가 잔이 빈 것을 보고는 의자를 뒤로 뺐다.

그러나 이내 마음을 바꾸고 다시 신문으로 돌아갔다.

그녀는 그의 마음을 읽을 수 있다고 상상했다. 레스토랑은 꽉 차지 않았고, 그의 자리가 나기를 기다리는 사람은 아무도 없었다. 그는 꽤 많은 돈을 지출했고—치킨 팟 파이와 커피와 애플 크리스프까지—원하는 만큼 테이블을 사용할 수 있었다. 이곳 사람들은 재촉하지 않았다. 이 식당이 단순히 음식만 파는 곳이 아니라 쉬어가는 곳이라는 사실을 알고 있는 것 같았다. 이곳은 따뜻했고 밖은 추웠다. 그의 작은 방에서 누군가가 그를 기다리고 있는 것도 아니었다.

그리고 그녀의 작은 방에서 누군가가 그녀를 기다리고 있는 것도 아니었다. 그녀는 여기서 십 분 거리에 살고 있었다. 이스트 28번가의 레지던스 호텔. 그녀의 방은 좁았지만 일주일에 5달러, 한 달에 20달러치고는 훌륭했다. 먼저 살던 사람이 남긴 담뱃불 자국을 가리기 위해 테이블 위에 깔개를 올리고, 벽에 난 가장 심한 얼룩을 가리기 위해 잡지에서 오린 삽화의 액자를 걸어놓은 것은 이미 오래전 일이었다. 바닥의 카펫은 올이 풀리기는 했지만 그런대로 쓸 만했다. 아래층 로비의 가구들은 한물갔지만 그 모든 게 그곳에 살고 있는 사람들과 잘 어울리지 않는가?

남루하지만 고상한.

두 테이블 건너에서 그녀 또래의 여자가 반쯤 마신 커피잔에 설탕을 넣고 있었다.

공짜 영양 섭취라고, 그녀는 생각했다. 설탕 그릇은 테이블 위에 있고 커피는 원한다면 얼마든지 달게 마셔도 되었다. 모든 것을 지켜보는 매니저는 여자가 설탕 한 스푼을 넣을 때마다 알아차리는 것이 분명했지만 그녀를 막지는 않았다.

처음 커피를 마시기 시작했을 때 그녀는 크림과 설탕을 엄청 많이 넣었다. 앨프리드가 그 습관을 바꾸었다. 그가 커피를 달지 않게 블랙으로 마시는 법을 가르쳐주었고 이제 그녀는 그렇게밖에 마실 줄 몰랐다.

단맛을 즐길 줄 모르는 사람이어서가 아니었다. 요크빌에는 앨프리드가 빈의 카페 데멜*의 맛과 똑같다고 주장하는 페이스트리를 파는, 그가 가장 좋아하는 카페가 있었다. 그는 그 집의 푼슈크라펜**이나 린처 토르테***를 진한 블랙커피와 곁들였다.

대비를 즐길 줄 알아야 해, 리프헨. 씁쓸한 것과 달콤한 것. 한 가지 맛이 다른 맛을 더 강하게 하거든. 이 세상이 그렇듯이 테이블에서도 그래.

그의 목소리에서 강한 억양이 배어났다. 한 카지 맛이 타른 맛을 터 캉하게 하커든. 그녀가 그를 만났을 때 그는 이 나라에 처음 온 상태였지만, 그때도 그의 영어에는 중부 유럽의 흔적이 아주 조금만 남아 있을 뿐이었고, 그는 그로부터 일 년 혹은 이 년 안에 그나마 남아 있던 흔적도 지워버렸다. 그는 그녀와 단둘이 있을 때에만

---

* 1786년에 문을 연 오스트리아 빈의 유명한 카페.

** 럼주의 풍미를 가미한 오스트리아식 빵.

*** 오스트리아 린츠 지방의 타르트.

그 억양이 살아나는 것을 허용했다. 마치 그의 고향 억양을 들을 수 있도록 허용된 사람은 오직 그녀뿐이라는 듯이.

그리고 억양은 그가 자신의 과거, 베를린과 빈 시절에 대해 이야기할 때 가장 두드러졌다.

그녀는 마지막 커피 한 모금을 마셨다. 그가 알려준 가장 진한 블랙커피와 견줄 수는 없지만 분명히 평균 이상이었다.

한 잔 더 마실까?

그녀는 시선을 움직이지 않고 다시 한번 식당을 훑어보았고, 매니저가 그녀를 보다가 고개를 돌려, 커피에 설탕을 넣는 여자를 관찰하는 걸 보았다.

여자는 그녀만큼이나 옷을 잘 갖춰 입었다. 멋진 모자와 잘 재단된 보랏빛 회색 코트 차림이었고 둘 다 새것이 아니었다. 머리카락이 희끗희끗하고 이마에는 근심의 주름이 잡혀 있었지만 여전히 도톰한 입술의 넉넉한 입을 갖고 있었다.

이제 그 여자가 그녀를 쳐다보고 있었다. 자신도 관찰당하고 있다는 사실을 알지 못한 채 여자가 그녀를 관찰하고 있었다.

동지를 찾아, 샤치*. 그들은 아주 편리하니까.

그녀는 시선을 돌려 여자와 눈을 마주쳤고, 그 순간 여자가 당황하는 모습을 보고 미소를 지어 보였다. 여자도 미소로 답했지만 이내 자신의 커피로 주의를 돌렸다. 여자와 눈을 마주치고 난 뒤 그녀도 자신의 잔을 들었다. 잔이 비어 있지만 아무도 그 사실을 알리 없었다. 그녀는 아무것도 없는 빈 잔을 한 모금 들이켰다.

* 연인을 부르는 호칭.

당신 꾸물대고 있군, 크누델마우스.

맞는 얘기였다. 그녀는 꾸물대고 있었다. 안은 따듯했고 밖은 추웠다. 그러나 오후가 저녁으로 저물어갈수록 밖은 더 추워질 것이었다. 그녀가 테이블을 떠나는 게 내키지 않았던 이유는 바람 탓도 아니고 기온 탓도 아니었다.

오늘은 4일이었고 월세를 내는 날은 1일이었다. 전에도 늦은 적이 있었기 때문에 일주일이 지날 때까지는 아무도 이야기하지 않으리라는 것을 알고 있었다. 사흘 내로, 따스한 미소와 함께 부드러운 권고가 있을 것이고, 미처 경황이 없었던 것이 분명한 그녀의 주의를 환기시켜줄 것이다.

그다음 조치가 무엇인지, 언제 그 조치가 내려질지 그녀는 알지 못했다. 지금까지는 한 번 주의를 환기시키는 것으로 목적이 달성되었다. 그녀는 돈을 마련해서 다음날 월세를 지불했다.

그때는 전당포에 팔찌를 잡혔다. 카보숑 커트로 연마한, 반으로 자른 타원형의 홍옥수와 청금석과 황수정이 황금에 박혀 있었다. 그녀는 그 생각을 하면서 자신의 허전한 손목을 보았다.

그 팔찌는 앨프리드의 선물이었다. 그러나 그녀가 갖고 있던 보석이 전부 그랬다. 그 팔찌는 분명 그녀가 가장 좋아하는 물건이었기에 마지막으로 전당포에 맡겨졌다. 그녀는 기회가 되면 그 물건을 다시 찾겠다고 스스로를 타일렀다. 전당표를 파는 그 순간까지 그렇게 믿었다.

그 무렵에는 이미 팔찌가 없는 것에 어느 정도 익숙해져 있었고, 고통도 둔화되었다.

사람은 항상 익숙해지기 마련이야, 리프헨. 교수형에도 익숙해지지.

베를린 사람 특유의 억양이 아니라면 그 말을 그토록 설득력 있게 할 수 있는 사람이 또 있을까?

그런데 당신 여전히 꾸물대고 있군.

그녀는 핸드백을 테이블 위에 올렸고, 그 순간 기침을 시작했다. 냅킨을 입술에 대고, 숨을 들이쉬고, 다시 기침을 했다.

주위를 둘러보지 않아도 사람들의 시선을 느낄 수 있었다.

그녀는 심호흡을 하고 기침을 하지 않으려 애썼다. 그녀는 여전히 냅킨을 쥐고 있었고 그 상태로 차례로 식기를 챙겼다. 수프 스푼, 커피 스푼, 포크, 버터나이프. 하나씩 깨끗이 닦아 핸드백에 넣었다. 그리고 핸드백을 잠갔다.

그리고 주위를 둘러보면서, 표정으로 어떤 감정을 드러냈다.

그녀가 일어섰다. 일어서면서 현기증을 느끼는 게 처음은 아니었다. 그녀는 중심을 잡으려고 테이블을 손으로 짚었고 언제나처럼 현기증은 잦아들었다. 그녀는 심호흡을 하고 돌아서서 문으로 향했다.

일정한 보폭으로, 정확하게 걸었다. 서두르지 않았고 늑장을 부리지도 않았다. 호텔 근처의 레스토랑과 달리 이 자동판매기 식당에는 청동으로 마감한 회전문이 있었다. 그녀는 잠시 멈춰 서서 새로운 손님이 식당에 들어올 때까지 기다려주었다. 그녀는 호텔 데스크의 직원을 생각했고 20달러를 생각했다. 그녀의 지갑에는 5달러 한 장과 1달러 두 장, 5센트짜리 동전 열다섯 개가 있었다. 우선 일주일 치 세를 내고 나서 나머지를 구할 시간을 며칠 벌고, 그다음엔……

"어허, 이거 왜 이러십니까. 거기 서세요, 부인."

그녀가 회전문 쪽으로 한 발짝을 더 내디뎠고 누군가가 그녀의 팔을 붙잡았다. 돌아서서 보니 입술이 얇은 매니저가 서 있었다.

"참 뻔뻔하시네." 그가 말했다. "스푼을 들고 나가는 사람이 부인이 처음은 아니에요. 전부 챙기셨죠? 그 와중에 그것들을 닦으셨고요?"

"무례하군요!"

"이리 주세요." 그가 그녀의 핸드백을 빼앗았다.

"안 돼요!"

그녀의 악어 핸드백에 세 개의 손이 달라붙었다. 그의 한 손과 그녀의 두 손. "무례하군요!" 그녀가 조금 더 큰 소리로 외쳤다. 식당 안의 사람들 모두가 그들을 쳐다본다는 것을 알 수 있었다. 볼 테면 보라지.

"아무데도 못 갑니다." 그가 그녀에게 말했다. "훔친 물건이나 되찾고 끝낼 생각이었는데, 손버릇만큼이나 태도가 고약하시네요." 그가 어깨 너머로 소리쳤다. "지미, 관할 경찰서에 연락해서 담당자한테 경찰 두 명 보내달라고 해." 그의 눈이 번득였고—오, 그는 이 상황을 즐기고 있었다—본때를 보여주겠다고, 감방에서 하루나 이틀을 보내고 나면 남의 물건에 손을 대선 안 된다는 걸 확실히 알게 될 거라고 말하는 그의 목소리가 그녀를 감쌌다.

"자," 그가 말했다. "핸드백을 열어주시겠습니까? 아니면 경찰이 올 때까지 기다리겠습니까?"

경찰 두 명이 도착했다. 한 명이 다른 한 명보다 족히 열 살은 많아 보였지만 그녀에게는 둘 다 어려 보였다. 두 사람 모두 식당에서 식기를 훔친 여자를 처벌하는 일에 차출된 것을 달가워하지 않는 게 분명해 보였다.

둘 중 나이 많은 남자가, 거의 미안해하는 말투로, 그녀에게 핸드백을 열어달라고 말했다.

"그러죠." 그녀가 말하며 고리를 풀고 나이프와 포크와 두 개의 스푼을 꺼냈다. 경찰은 표정 변화 없이 그것들을 바라보았지만 매니저는 자신이 보는 물건들이 무엇인지 알았고, 그의 표정에 그녀의 심장박동이 빨라졌다.

"난 이곳 음식을 좋아해요." 그녀가 말했다. "여기서 식사하는 사람들은 품위가 있고 의자도 편해요. 하지만 스푼과 포크는, 손과 입에 닿는 느낌이 영 마음에 안 들어요. 내 물건이 더 좋아요. 이건 우리 어머니의 물건이고 품질 보증 마크도 찍혀 있어요. 어머니의 모노그램도 새겨져 있고……"

사과의 말들이 쏟아져나왔지만 그래도 그녀는 분을 삭이지 않았다. 매니저는 그녀에게 비용을 일절 지불하지 않고 마음껏 식사를 할 수 있는 이용권을 드리겠다고 했고……

"앞으로 무슨 일이 생겨도 다시 여기 오는 일은 없을 것 같군요."

그는 너무나도 미안해하면서 다행히 물리적인 피해가 있었던 건 아니었으니……

"당신은 수많은 사람들 앞에서 내게 모욕감을 줬어요. 나한테 손을 댔고, 내 팔을 잡았고, 내 핸드백을 빼앗으려 했어요." 그녀가 주위를 둘러보았다. "이 사람이 한 짓을 봤나요?"

손님 중 몇 명이 고개를 끄덕였다. 커피에 설탕을 넣던 여자도.

사과의 말이 이어졌지만 그녀가 그 말을 잘랐다. "제 조카가 변호사예요. 그애한테 전화할 거예요."

매니저의 표정이 달라졌다. "제 사무실로 가시죠." 그가 제안했다. "이 문제를 해결할 방법이 있을 겁니다."

그녀가 호텔로 돌아가 가장 먼저 한 일은 밀린 방세와 두 달 치 방세를 선불로 낸 것이었다.

그녀는 방으로 돌아가서 나이프와 포크와 스푼을 꺼내 서랍에 넣었다. 그 물건들은 세트의 일부이고 전부 대문자 J가 새겨져 있었지만 어머니의 물건은 아니었다.

순은도 아니었다. 순은이었다면 팔았을 것이다. 그러나 나름대로 괜찮은 은식기였고, 항상 들고 다니지는 않았지만 핫플레이트에 삶은 콩 한 캔을 데워 먹을 때 상당히 유용했다.

오늘은 특별히 유용했다.

사무실에서 매니저는 100달러로 해결을 보려 했지만 그가 그녀를 모욕했다는 사실이 분명해지자 두 배로 금액을 올렸다. 그녀는 단호하게 고개를 저으며 한숨을 내쉬는 것으로 그에게서 100달러를 더 뜯어낼 수 있었다. 그녀는 그 돈을 받을지 고심하다가, 한숨을 쉬며 아무래도 조카에게 전화를 해서 조언을 얻는 게 최선이 아닐지 고민했다.

금액이 300달러에서 500달러로 뛰었고, 그가 액수를 더 올릴지도 모른다는 생각이 들었지만, 앨프리드는 주어진 상황에서 돈을 너무 탈탈 털어내는 우를 범하지 말라고 경고했었다. 그래서 그녀는 그 금액을 덥석 받아들이지는 않고, 한참 생각을 한 뒤 우아하게 굴복했다.

그가 그녀에게 서명을 하라고 했다. 그녀는 망설이지 않고 예전에 사용하던 이름을 썼다. 그는 20달러짜리 지폐로 합의된 금액을 세었다.

20달러 스물다섯 장이었다.

5센트짜리 동전 만 개야, 리프헨. 식당 점원이 심장마비를 일으키겠군.

"잘 해결됐어." 그녀의 작은 방에서 그녀가 소리 내어 앨프리드에게 말했다. "내가 제대로 해냈어, 그렇지?"

그가 말하지 않아도 대답은 아주 분명했다. 그녀는 모자를 고리에 걸고 코트를 옷장에 걸었다. 그러고는 침대 가장자리에 앉아 돈을 세었고 한 장만 뺀 다음 아무도 찾지 못하는 장소에 숨겼다.

앨프리드가 돈 숨기는 법을 알려주었다. 심지어 돈을 마련하는 방법을 가르쳐줄 때에도.

"그 방법이 통할지 확신이 없었어." 그녀가 말했다. "어느 날 문득 떠오르더라고. 갈래 하나가 구부러진 포크가 있었는데, 그걸 보고 참 품질이 형편없다고 생각하다가, 나이가 들면서 체면을 잃은 어떤 여자를, 핸드백에 자기 은식기를 넣어 가지고 다니는 여자를 생각했어. 그러다가 그 여자를 잊어버렸는데, 어느 날 갑자기 다시 떠올랐고 그래서……"

그렇게 한 가지 일이 그다음 일로 이어졌다. 그리고 일이 멋지게 풀렸다. 그녀의 소심함은 그녀의 역할에 어울렸다.

멀리서 그 사건을 바라보고, 앨프리드의 비판적인 관점으로 검

토해보니, 자신의 연기를 보다 섬세하게 다듬고, 보다 확실하게 미끼를 달아 낚싯바늘을 던질 수 있는 방법들이 보였다.

한번 더 해볼까? 그럴 필요는 없을 것이다. 적어도 한동안은. 올해 말 방세까지 지불했고 숨겨놓은 돈으로 그때까지, 혹은 그후까지 버틸 수 있을 것이다.

물론 그 자동판매기 식당으로는 돌아가지 않을 것이다. 호텔 근처에 아주 훌륭한 식당도 있고, 그곳 말고도 다른 곳들이 있었다. 그 식당 체인의 매니저들은 서로 정보를 교환하지 않을까? 그녀가 상대했던 매니저, 얇은 입술에 비열한 작은 눈을 가진 남자는 그녀와의 만남에서 딱히 자랑스러운 모습을 보이지 않았고, 아마도 그 사실을 혼자만 간직하고 싶어할 것이다. 그러나 사람 일은 모르는 법이고 모자란 사람들이나 상황을 운에 맡기기 마련이고……

아마도, 적어도 당분간은, 다른 곳에서 식사하는 게 나을 것 같았다. 이 근처에는 남루하고 고상한 여자들이 저렴한 가격으로 괜찮은 식사를 할 수 있는 곳이 많았다. 예를 들면 차일즈 레스토랑이 몇 개 있었는데 서드 애비뉴 고가철도 그늘 아래 34번가 근처에 있는 지점이 괜찮아 보였다.

혹은 슈라프트 레스토랑도 있었다. 가격이 조금 더 비싸고 보다 고상한 손님들이 있었지만 그녀라면 충분히 어울릴 수 있었다. 만약 그곳에 적절한 매니저만 있다면, 그녀가 돈이 떨어졌을 때 해야 할 일이 무엇인지 알 수 있을 것이다.

사람은 상황에 적응해야 했다. 그녀는 김벨 백화점의 방금 닦은 바닥에서 미끄러지기엔 너무 늙었고, 에스컬레이터에서 발을 헛디디기에도 너무 쇠약했다. 앨프리드가 그녀에게 가르쳐준 방법들이 있었지만 파트너 없이는 실행할 수 없는 것들이 많았다.

슈라프트로 가야겠다고 그녀는 생각했다. 레이디스 마일 중심부, 웨스트 23번가의 식당을 정찰하는 것으로 시작할 생각이었다.

거기 애플 크리스프가 있을까? 있어야 할 텐데.

그림 허가

모든 작품은 별도의 표기가 없는 한 에드워드 호퍼(1882~1967)의 유화다. 우리는 이 책에 작품을 수록하도록 허가해준 모든 분들에게 감사한다. 우리는 판권 소유자를 파악하고 접촉하기 위해 모든 노력을 기울였다. 혹시라도 실수나 누락이 있다면 향후 출간되는 판본에서 기꺼이 수정할 것이다. 더 많은 정보가 필요하다면 출판사와 연락하기 바란다.

Frontispiece

Cape Cod Morning, 1950 (p.8)

Oil on canvas; 34 1/8 x 40 1/4 in. (86.7 x 102.3 cm). Gift of the Sara Roby Foundation, Smithsonian American Art Museum ⓒ Smithsonian American Art Museum, Washington, DC/Art Resource, NY

Megan Abbott, "Girlie Show"

The Girlie Show, 1941 (p.16)

32 x 38 in. (81.3 x 96.5 cm). Private collection/Bridgeman Images

Jill D. Block, "The Story of Caroline"

Summer Evening, 1947 (p.48)

30 x 42 in. (76.2 x 106.7 cm). Private collection ⓒ Artepics/Alamy Stock Photo

Robert Olen Butler, "Soir Bleu"

Soir Bleu, 1914 (p.74)

$36\frac{1}{8}$ x $71\frac{15}{16}$ in. (91.8 x 182.7 cm). Whitney Museum of American Art, New York; Josephine N. Hopper Bequest 70.1208 © Heirs of Josephine N. Hopper, licensed by Whitney Museum of American Art. Digital Image © Whitney Museum, NY

Lee Child, "The Truth About What Happened"

Hotel Lobby, 1943 (p.92)

$32\frac{1}{4}$ x $40\frac{3}{4}$ in. (81.9 x 103.5 cm). Indianapolis Museum of Art, William Ray Adams Memorial Collection, 47.4 © Edward Hopper

Nicholas Christopher, "Rooms by the Sea"

Rooms by the Sea, 1951 (p.108)

$29\frac{1}{4}$ x 40 in. (74.3 x 101.6 cm). Yale University Art Gallery, Bequest of Stephen Carlton Clark, B.A. 1903

Michael Connelly, "Nighthawks"

Nighthawks, 1942 (p.134)

$33\frac{1}{8}$ x 60 in. (84.1 x 152.4 cm). Friends of American Art Collection, 1942.51, The Art Institute of Chicago

Jeffery Deaver, "Incident of 10 November"

Hotel by a Railroad, 1952 (p.150)

$31\frac{1}{4}$ x $40\frac{1}{8}$ in. (79.4 x 101.9 cm). Hirshhorn Museum and Sculpture Garden, Smithsonian Institution: Gift of the Joseph H. Hirshhorn Foundation, 1966. Photography by Lee Stalsworth

Craig Ferguson, "Taking Care of Business"
South Truro Church, 1930 (p.170)
29 x 43 in. (73.7 x 109.2 cm). Private collection

Stephen King, "The Music Room"
Room in New York, 1932 (p.188)
37 x $44\frac{1}{2}$ in. (94 x 113 cm). Sheldon Museum of Art, University of Nebraska-Lincoln, Anna R. and Frank M. Hall Charitable Trust, H-166.1936. Photo © Sheldon Museum of Art

Joe R. Lansdale, "The Projectionist"
New York Movie, 1939 (p.200)
$32\frac{1}{4}$ x $40\frac{1}{8}$ in. (81.9 x 101.9 cm). Given anonymously. The Museum of Modern Art, New York, NY. Digital Image © The Museum of Modern Art/Licensed by SCALA/Art Resource, NY

Gail Levin, "The Preacher Collects"
City Roofs, 1932 (p.244)
29 x 36 in. (73.7 x 91.4 cm). Private collection

Warren Moore, "Office at Night"

Office at Night, 1940 (p.262)

22 3/16 x 25 1/8 in. (56.4 x 63.8 cm). Collection Walker Art Center, Minneapolis: Gift of the T.B. Walker Foundation, Gilbert M. Walker Fund, 1948

Joyce Carol Oates, "The Woman in the Window"

Eleven A.M., 1926 (p.288)

28 1/8 x 36 1/8 in. (71.3 x 91.6 cm). Hirshhorn Museum and Sculpture Garden, Smithsonian Institution: Gift of the Joseph H. Hirshhorn Foundation, 1966. Photography by Cathy Carver

Kris Nelscott, "Still Life 1931"

Hotel Room, 1931 (p.322)

60 x 65 1/4 in. (152.4 x 165.7 cm). Madrid, Museo Thyssen-Bornemisza. Inv. N.: 1977110. © 2016 Museo Thyssen-Bornemisza/Scala, Florence

Jonathan Santlofer, "Night Windows"

Night Windows, 1928 (p.362)

29 x 34 in. (73.7 x 86.4 cm). Gift of John Hay Whitney. The Museum of Modern Art, New York. Digital Image © The Museum of Modern Art/Licensed by SCALA/Art Resource, NY

Justin Scott, "A Woman in the Sun"

A Woman in the Sun, 1961 (p.398)

Oil on linen, 40 1/8 x 60 3/16 in. (101.9 x 152.9 cm). Whitney Museum of American Art, New York; 50th Anniversary Gift of Mr. and Mrs. Albert Hackett in honor of Edith and Lloyd Goodrich 84.31 © Heirs of Josephine N. Hopper, licensed by Whitney Museum of American Art. Digital Image © Whitney Museum, NY

Lawrence Block, "Autumn at the Automat"

Automat, 1927 (p.410)

36 x 28 1/8 in. (91.4 x 71.4 cm). Des Moines Art Center, Permanent Collections; Purchased with funds from the Edmundson Art Foundation, Inc., 1958.2. Photo Credit: Rich Sanders, Des Moines, IA.

옮긴이의 말

그의 그림은 고독하다.
환희와 행복의 순간을 포착하지 않는다.
매끄러운 도시의 선과 면과 공간 속
서늘한 표정의 사람들이
제각기 다른 삶의 행로에서
제각기 다른 삶의 무게를 감당하고 있다.

화가에게 그림이 찾아오는 방식이 다양하듯,
작가에게 이야기가 찾아오는 방식도 다양하다.
한 점의 그림으로 그들의 영감을 제한해도
걸출한 작가들은 그 속에서
또하나의 우주를 읽어낸다.

그림에서 풀어낸 소설은
마치 그림보다 먼저 존재하고 있었던 듯
그림에 담겨 있는, 혹은 담겨 있지 않은 시간을
쓸쓸하고도 아름답게 기록한다.

이 책에 들어 있는 모든 이야기가
내 상상과 추측의 범주를 벗어났지만,
여기 실린 작품을 읽고 난 뒤에는
다른 이야기가 떠오르지 않았다.

이 시대 최고의 화가의 그림에서
이 시대 최고의 작가들이 꺼낸 이야기를
이 한 권의 책에 담았다.
더이상 무슨 말이 필요하겠는가.

낯선 풍경이 익숙해지고
익숙한 풍경이 낯설어지는
그림 속 이야기,
이야기 속 그림.

에드워드 호퍼에게 바치는 작가들의 찬사이자,
시공을 초월한 거장들의 조우.

글과 그림을 함께 번역하며

특별한 행복을 느꼈던 시간을 뒤로하고
이제 독자 여러분을 초대하려 한다.
빛 혹은 그림자의 세계로.

이진

엮은이 **로런스 블록**
하드보일드 작가이자 이 책의 기획·편집자. 매슈 스커더 시리즈, 버니 로덴바 시리즈 등을 쓰고 있으며 앤서니상, 에드거상 등을 수차례 받았다. 이 책에 실린 그의 단편 「자동판매기 식당의 가을」은 에드거상 최고 단편 부문(2017)을 수상했다. 2017년 미술작품에서 영감을 받은 다양한 작가들의 소설을 엮은 두번째 단편집 『주황은 고통, 파랑은 광기』를 펴냈다.

옮긴이 **이진**
이화여자대학교에서 문헌정보학을 전공하고 광고대행사에서 근무하다가 현재 전문 번역가로 활동하고 있다. 『탄제린』 『도그 스타』 『저스트 원 데이』 『어디 갔어, 버나뎃』 『오늘은 다를 거야』 『미니어처리스트』 『우리에겐 새 이름이 필요해』 『사립학교 아이들』 『기꺼이 죽이다』 『658, 우연히』 『갈림길』 『비행공포』 『페러그린과 이상한 아이들의 집』 등 80여 권의 책을 번역했다.

문학동네 세계문학
빛 혹은 그림자

1판 1쇄 2017년 9월 11일 | 1판 8쇄 2021년 3월 17일

엮은이 로런스 블록 | 옮긴이 이진
기획 이현자 | 책임편집 윤정민 | 편집 이봄이랑 이현자 홍유진 오동규
디자인 엄자영 이원경 | 저작권 한문숙 김지영 이영은
마케팅 정민호 정진아 김혜연 정유선
홍보 김희숙 김상만 함유지 김현지 이소정 이미희 박지원
제작 강신은 김동욱 임현식 | 제작처 영신사

펴낸곳 (주)문학동네 | 펴낸이 염현숙
출판등록 1993년 10월 22일 제406-2003-000045호
주소 10881 경기도 파주시 회동길 210
전자우편 editor@munhak.com | 대표전화 031) 955-8888 | 팩스 031) 955-8855
문의전화 031) 955-8896(마케팅) 031) 955-2634(편집)
문학동네카페 http://cafe.naver.com/mhdn | 트위터 @munhakdongne
북클럽문학동네 http://bookclubmunhak.com

ISBN 978-89-546-4679-6 03840

잘못된 책은 구입하신 서점에서 교환해드립니다.
기타 교환 문의 031) 955-2661, 3580

www.munhak.com